秦棉杰 著

这路风尘

图书在版编目（CIP）数据

这路风尘 / 秦棉杰著. -- 南京 : 江苏凤凰文艺出版社, 2025. 2. -- ISBN 978-7-5594-9111-4

Ⅰ. I247.5

中国国家版本馆CIP数据核字第2024NR2102号

这路风尘

秦棉杰 著

责任编辑	姜业雨
装帧设计	王小耳
责任印制	杨 丹
出版发行	江苏凤凰文艺出版社
	南京市中央路165号,邮编:210009
网 址	http://www.jswenyi.com
印 刷	南京新洲印刷有限公司
开 本	787毫米×1092毫米 1/32
印 张	10.75
字 数	350千字
版 次	2025年2月第1版
印 次	2025年2月第1次印刷
书 号	ISBN 978-7-5594-9111-4
定 价	68.00元

江苏凤凰文艺版图书凡印刷、装订错误,可向出版社调换,联系电话 025-83280257

目录

第一章 / 001

第二章 / 011

第三章 / 021

第四章 / 033

第五章 / 046

第六章 / 053

第七章 / 068

第八章 / 077

第九章 / 087

第十章 / 101

第十一章 / 106

第十二章 / 117

第十三章 / 129

第十四章 / 137

第十五章 / 147

第十六章 / 153

第十七章 / 161

第十八章 / 164

第十九章 / 173

第二十章 / 178

第二十一章 / 194

第二十二章 / 205

第二十三章 / 213

第二十四章 / 220

第二十五章 / 231

第二十六章 / 241

第二十七章 / 252

第二十八章 / 268

第二十九章 / 286

第三十章 / 299

第三十一章 / 307

第三十二章 / 315

第三十三章 / 324

第三十四章 / 333

第一章

一九八七年二月二日一大早,山洼村张玉梅家的芦花鸡刚叫第二遍,她和丈夫陈三强就从睡梦中咧着嘴笑醒,这时天已蒙蒙亮,年近三十的小两口从小到大几乎都是在放牛场和庄稼地里摸爬滚打,没有因饱读诗书而镜片不离眼,为了省二两煤油灯钱,三强就着塑料纸蒙着的窗户映进来的微弱亮光,从床头柜上一堆破烂衣服中精准地扒出一件深蓝色棉袄,一边龇着牙丝丝拉拉地嗖着凉气,一边麻利地穿上。

下床之前,三强转身对着正在往头上套毛衣的玉梅猥琐一笑,趁其不注意,伸出毛糙的手指在她圆滚滚的屁股上轻轻一揪,粗鲁地开起了少有的玩笑。

玉梅被撩得苦笑着假装生气,咬牙切齿地轻声骂道:"你个和尚,现在也渐渐学得不正经了,倒尿盆去。"随即摸起一个稻壳枕头掼向他的后背。

二月二是龙抬头的日子,每年这一天,在中国苏北地区,许多男孩子都将剃掉自出生以来蓄留的长发。过去医学落后,疾病肆虐,孩子成活率较低,民间传说只有留毛头才可以拴住孩子的性命,避免幼年夭折。这一天对三强家来说是个大喜的日子,他们的儿子陈龙要在亲友的见证下剃毛头。前几年为了生下这个儿子，三强一家可谓吃尽了苦头，不仅家里值钱的两个木柜和几袋粮食被村计划办人员横扫一空，还在四十里外的远房表哥家从桃园躲到竹园，从竹园躲到马尾松树林，像跑反一样东逃西藏。苏北农村人的潜意识里有"早生儿子早得济"，有了儿子也就有了精神支柱，有了未来的依靠。儿子不仅在和邻居争地盘、打架中能够壮大家庭势力，就是来了客人，也有资格上桌喝酒谈闲，不至于整天围着锅台转，客人酒足饭饱之后才能在锅屋吃点残羹剩饭。

三强平时老实巴交，三棍打不出一个闷屁，在家里权威都在玉梅之下，除了曾经一起放牛的杨黑子经常用破锣嗓子和他讨论牛市价格和哪家牛耕地好，他几乎没有一个朋友，更不要说在村里有什么位置和影响力，难怪两个孩子没什么见识，胆怯怕人，至今县城都没去过，就连出生也是把接生婆喊到家里，在西厢房听天由命来到人间。不过三强父亲陈国东因病去世之前是村里的教书先生，老先生短暂的一生知书达理，待人和善，桃李满天下，极有威望，经常用儒学五常的"仁义礼智信"教育自己的子女。他溺爱这个幼子，一心想把他培养成知识分子，只可惜三强一学期没上完就因经常打瞌睡而辍学，从此回到了放牛种地的"正轨"上来。更不幸的是，在三强即将成年时，天妒英才，陈国东突发脑出血撒手人寰，从此这个名门望族的光芒渐渐变得黯淡寻常。

尽管三强两口在村里一直仁仁义义，但现实社会是马软被人骑，人软被人欺。几年来，让他们两口无法容忍的邻居刘大有，和三强家只有两墙之隔，矛盾纠纷在所难免。他在兄弟中排行老二，大家习惯性喊他刘二，刘二长得人高马大，杀狗不眨眼，吃肉不吐骨头，在村里横行霸道，为人处事一言不合就拳脚相加，不少冤家对头都吃过他的哑巴亏，一些胆小的男人见了他都要绕着走。其女人黄立英，大队书记沙登贵的小姨子，是名副其实的泼妇，跟人说话常带钩子,骂人更是满嘴喷粪,三句不离生殖器。就连他们家养的大狼狗也是狗仗人势,见人就龇着尖利的牙齿汪汪汪地上蹿下跳,东奔西突。

在陈龙出生前,立英仗着自己生了两个带把的儿子,和玉梅为鸡毛蒜皮吵架时专爱揭短,骂她家"绝尾巴",这句话无异于在伤口上撒了一把盐——腌心,往往把三强夫妻俩骂得抬不起头、直不起腰。要强的玉梅受不了这个窝囊气,多次想跟这个万恶的邻居拼个你死我活,都被一向"阿弥陀佛"的三强苦苦劝下。幸亏三强在村里叔伯兄弟较多且是名门之后,刘二要不是迫于威慑和对陈老先生的敬仰,说不定早就给他点颜色看看了。与这样残暴凶狠的人为邻实属不幸,他们多次想过搬家逃离,只是一直苦于没有出路。

陈龙的出生,让三强夫妇长舒了一口气,太久的压抑如释重负,至少堵住了立英那张乌鸦嘴。他们对这个邻居一直敬而远之,但刘二两口得寸进尺,欺软怕硬,依然不依不饶,觉得三强生了儿子是对他们反击的一记耳光,甚至是侮辱、威胁,心理严重失衡。陈龙刚会叫妈,刘二就找了几个瓦工把自家那边的院墙加固加高,抠鼻瞪眼地命令两个儿子不许和陈凤姐弟俩讲话、玩耍,甚至撂下狠话,一旦看到,就砸断他们兄弟俩的小腿,有种要和三强家老死不相往来的架势。因而三强全家把希望都寄托在陈龙身上,决定好好栽培,盼望他将来通过读书这条路跳出农门,让一家人远离这种不幸。

三强这么早起来一方面是为了准备五桌客人的酒席和剃毛头仪式,另一方面是按照当地传统习俗,在家门口用锅堂清灰撒几个圈圈,每个圈圈代表一个苃子,里边分别放着小麦、玉米、水稻、黄豆等粮食,祈愿当年风调雨顺,五谷丰登。

玉梅从黄庙乡陡山村嫁到山洼以后,左邻右舍对她赞不绝口,都夸泥塑一样的三强是前世修来的好福气,娶到这么一个灵巧能干的媳妇,不仅长得杏脸桃腮、明眸皓齿,还做得了针线活,烧得出好茶饭,挑得动重担子。但玉梅也是有个性的女人,脾气火爆,争强好胜,看三强说话行事经常嘟嘟囔囔、瞻前顾后,她有时就会像个女汉子一样当家立事,说一不二,因而日子过得叮叮当当。他俩每天都是同床共枕,同起同歇,看到丈夫今天早起忙里忙外,玉梅也心照不宣地走进锅屋,唰唰几下划着火柴,开始一天的烟火。这时锅口散发出浓浓的火药香味,乳黄洁亮的蘘草瞬间映红锅膛,也烤热了玉梅红扑扑的脸庞,燃出的青烟通过烟囱轻纱一样飘向晴空。

早饭做好以后,玉梅双手在围裙上重重抹了几下,向堂屋边走边仰脖扯嗓大喊:"小凤子、大龙子,起来吃饭了。"姐姐陈凤比陈龙大五岁,尽管也是个孩子,但已当个小大人用,从弟弟出生开始,陈凤不是抱就是背,和父母共同承担照顾陈龙的责任,姐弟俩时常形影不离。弟弟像个跟屁虫一样黏在姐姐后边,也习惯了姐姐的百般呵护。这时听到妈妈的喊声,姐弟俩条件反射不约而同地揉揉惺忪的睡眼。玉梅脸上挂着喜悦的笑容,走到床边像个文质彬彬的老师,一改往日粗门大嗓的习惯,贴着陈龙耳畔温柔地说:"我的大乖,今天你是主角,快爬起来呀,把这身在黄庙才买的草绿色儿童军装给穿上,还有这双妈妈过年新做的灯草绒棉鞋给试试,等上午剃过毛头,再把这个大檐帽给戴上。今天你要好好表现啊,听到没有,不要给陈家丢脸。"

陈龙毕竟还小,对这些风俗礼仪不是很懂,都是随着大人的命令机械地执行,听了这话他向妈妈眨了眨黑豆样的大眼睛,小声嘀咕一声:"嗯。"

一家四口还没吃完早饭,掌勺的大厨、理菜刷碗的大娘和其他帮忙打杂的庄邻就陆续来到了三强家。其中就有平时和玉梅处得比较好且年龄相仿的万巧萍和刘新兰。万巧萍家在玉梅家西隔壁，都属于中郚，她身材臃肿，走路摇晃，没心没肺，一见到人就咧嘴无声大笑，从没见她和哪个邻居拌过嘴，家里大小事都由耿直的丈夫陆必贵说了算。俗话说女人屁股大容易生儿子，万巧萍到了陆家还果真在几年之内连生了两个儿子，这两个儿子会说话以后也把她的唠叨当作耳边风。她还是个虔诚的基督徒，在家做姑娘时就信仰主耶稣，一年四季每个周日清晨不管是大雪封门还是大雨如注，她都会挎个装有《圣经》的布包前往山明化工厂附近的教堂赶礼拜。在她眼里，玉梅是个无所不能的女人，她不仅遇到难事会找玉梅商量，还经常端个碗一边吃饭一边找玉梅谈闲，直到家人过来催促才意犹未尽地离开。玉梅也喜欢她这样大大咧咧的性格，遇到开心或者烦心事会直言不讳地跟她说。无论玉梅说什么，她都会顺着玉梅嗯嗯嗯、啊啊啊的。而刘新兰家在下郚，离玉梅家有四百多米，她的性格和玉梅较为相似，都是快言直语、性格泼辣的风格，这两个闺蜜处得像亲姐妹，经常一起下地，一起赶集。

跟大人们一同前来的还有黑皮、李刚等几个陈龙的小伙伴，他们今天围着陈龙团团转，不仅是看热闹陪他玩，主要是还能吸溜到点大糕、糖果等稀罕美食。

黑皮也就是万巧萍的大儿子，学名叫陆猛，长陈龙四岁。今年十岁的他在家中是老大，四肢藕节一样粗壮，两瓣嘴唇肥厚微噘，黝黑的皮肤让他像个粗粝的汉子，所以大家都叫他黑皮。黑皮一双篾片划开似的小眼整天滴溜溜转，主意百出，玩世不恭，桀骜不驯。父母对他疏于管教，他算放养长大，浑身散发着野性，和他妈一样，在家待不住，一有空就到处乱窜。他能养得胖嘟嘟，一部分原因还要归功于他那有着杀猪手艺的朴实父亲陆必贵，每年腊月一到，陆屠夫就和大哥陆必富用平板车推个椭圆形木质杀猪桶到前村后庄为乡亲们杀年猪，到任何一个主家都会吃香喝辣的，不仅有钱苦,还能带一块肉回去,有时家里吃不完,隔壁三强家也跟着沾光。但这滴滴拉拉苦的几个小钱并没有改变陆家贫穷落后的面貌,至今一家四口还挤在两间破草房里。在黑皮能到处跑着玩的时候就跟在他爸爸后边"押车"了,顺便"扛锅铲子"。尽管他自上学以来已经在一年级原地踏步留了两级,但是爬树、游泳、掏鸟窝等男孩子的专利无师自通,身手敏捷。

而李刚比陈龙也就大一周岁多点,从虚岁上来说大两岁,两人是一起撒尿和烂泥玩的发小。李刚高鼻梁尖下巴,唇薄肤白,机灵活泼,一双丹凤眼炯炯有神,他也经常腿一抬就摸到陈龙家玩了。两人到了四五岁,每天吃过饭就和黑皮黏在一起,不是趴地上弹玻璃珠珠,拍洋火皮,就是从树枝上捉蜻蜓,到水边抓癞蛤蟆,一切都玩得不亦乐乎。李刚的妹妹李燕则和陈龙同岁,也长得体体面面的。

三个人义结金兰,逐渐形成玩耍的铁三角,时常结伴而行,特别是黑皮一副老大派头,非常关照两个小子。

早春的阳光温暖地将三间草房里外照得金黄,简陋的堂屋挤满了叽叽喳喳的人群,连门口石头堆上和墙根底下也蹲了几个正在眉飞色舞谈论自己小时候剃毛头搞笑经历的小伙子。尽管已经进入农历二月,阳气生发,可天气依然比较寒冷,春捂秋冻,大人孩子们还是裹着厚厚的棉袄,因为这没有炕和暖气的苏北地区稍不注意就会冻感冒。他们都在耐心等待一个中心人物——今天活动的知客。知客在民间往往德高望重,是婚嫁、丧葬、祝寿、满月、建造、移居等各种仪式上必不可少的主持人。不一会,只见三强二大爷陈国柱一手背在身后,一手用两指衔着一支飞凤牌香烟,脊背微俯,眉头紧锁,若有所思地从竹林旁小路朝三强家走来。

大家看到知客来了都纷纷站起身,三强带头满脸堆笑地迎上去,恭敬地问候:"二大爷吃过啦?"并顺手递过去两支烟,其他人也开始慢悠悠聚拢到知客周围,等待分配任务。

陈国柱舒眉展眼,笑吟吟地说:"吃过了,桌椅板凳、锅碗瓢盆都准备得怎么样了?"

"碗筷已经租来了,桌椅板凳前两天就已跟几家说好今天去搬,其他的等您吩咐。"伶牙俐齿的玉梅抢着说。

憋了一早上闷气的刘二两口看到隔壁欢天喜地,心里像猫抓的一样难受,正巧家里一只公鸡无故死在鸡圈,他们眼前一亮,黄立英即刻转悲为喜,觉得这是天赐良机,开始借题发挥泄私愤。只见她昂首挺胸、气势汹汹地走到自家院门外,还没站定就尖着嗓门子骂道:"奶奶的,哪个偷人养的东西把我们家鸡子药死了,我们家鸡子还能啄他家小孩眼珠喝小孩血的啊?孬种东西子,下回我要看到是谁药的,给他手都剁了。"

一句句喋喋不休刺耳的骂声将隔壁陈家喜庆热烈的气氛一阵阵漾开,已经到来的客人们都感觉莫名其妙,好奇地围过来瞧个究竟,弄得三强两口咬牙痛恨,玉梅平时是搂不住火的,今天保持了最大的克制。最后还是陈国柱来到刘二家咳嗽了两声,将刘二两口喊到屋里拉弯子,骂声才中道而止。陈国柱既像是批评,又像是劝导:"什么情况啊?吵得半截庄子都能听到,有什么事要心平气和地说。"

"家里一个鸡子不知被谁药死了!"黄立英面色如鸡冠气呼呼地说。

陈国柱老成持重地哦了一声以示晓得了,然后慢条斯理地给刘二两口做思想工作说:"散养的鸡子死伤是正常现象,就是关在鸡圈里养也不能保证一个不死,你们看隔壁三强家正在办喜事,为这点小事在大门口嚷嚷骂骂的,好不好看啊?嗯?再说你们也不肯定鸡子是怎么死的。远亲不如近邻,抬头不见低头见,有什么解不开的过节?还是互相让一步吧,哪个用不到哪个啊,你们说是不是？"

　　黄立英心里嘀咕道："我就是故意骂给他们家听，解解恨的。"碍于脸面，在老陈面前她说不出口。

　　刘二觉得老长辈话都说到这个分上了，还有什么不好商量的，立即为黄立英找个台阶下，客气地说："二大爷，我们谁的话不听也要听您的，请您放心，我们也不追究了，鸡子既然死了也不能复活，就当吃个哑巴亏呗，您今天浑身事情，就先去忙吧。"说着给老陈递上一支烟，好让他续上即将吸完的那支。

　　"好哎，你们在这，我走了。"陈国柱说完转身又匆匆赶到隔壁。

　　在山洼村，有矛盾纠纷就要靠这些德高望重的人调解，谁能不卖个面子呢？

　　上午十点半刚过，只听三强家老槐树南边拐弯口突然响起噼噼啪啪的鞭炮声，几个满头大汗正在斗鸡和跳皮筋的小孩听到响声立即停下，呼啦一下散开，飞快跑向炸鞭的地方看热闹。玉梅手上攥着一把没理完的芹菜，也跟着孩子们一路小跑着追出去。戴着皮手套在瓦盆里搅鱼圆的刘新兰支棱着耳朵听了一会，横眉竖眼地对锅屋里其他人小声嘀咕一句："一定是小孩外奶家人到了。"果不其然，只见陈龙外婆、舅舅、姨娘一行人穿得喜气洋洋，谈笑风生地朝三强家走来，有的怀里抱着孩子、手里搀着孩子，有的背着个鼓鼓囊囊的灰色上海牌行李包，有的拎着装满大糕、桃酥等茶食的网兜。三强两口忙不迭地上前与他们打招呼，并主动将礼品接在手上，又满腔热情地把客人带往堂屋。

　　不一会，剃头匠老谭用小木箱背着理发工具，双手插进袖口缩着脖子从村西也笑眯眯地赶来了，他的到来预示着今天的重头戏即将拉开大幕。在和知客简单交流了几句以后，老谭在巴掌大点的当门心正中间摆上了一张独人凳子。这条凳子像个聚光灯，当门心立刻被人群围得水泄不通，两头厢房和堂屋大门口也都挤满了探头探脑的人。大家目不转睛地盯着这个"宝座",仿佛等待新王登基。

陈龙被三强从老槐树下找到硬拖过来,只见他低头咬着粉嫩的红唇,脏兮兮的小手不停地捻着衣角,拖着个小麻花辫扭扭捏捏地穿过拥挤的人群,在三强的命令下极不情愿地坐到了这张只属于他的"专座"上,恨不得地缝此时立即开裂,连凳子带人掉下去躲起来。

一切就绪后,剃毛头仪式正式开始。只见陈龙脚底各踩着一条阜宁牌大糕,意味着步步登高;手里抱着一个少了四个珠珠的破算盘,家人希望他将来学会精打细算;面前小斗里放着一杆秤、一块崭新的红洋布和几棵葱,也寓意着以后会苦钱、人生红红火火和聪明过人、智慧不凡。

堂屋里离陈龙最近的一圈人当然是父母、外婆、舅舅、姨娘等,老谭首先将剪刀庄重地递给陈龙大舅,按照规矩由其先动头剪,陈龙大舅有好几个外甥,剪辫子的活早已练熟,他毫不怯场,左手攥住辫梢,右手握紧剪刀,咔嚓一声刀起发落,人群中顿时爆发出雷鸣般的掌声和此起彼伏的叫好声。

而后老谭接过剪刀,声音一下提高了八度,喜气洋洋地对众人说了一段顺口溜:"金钩挂起银岁帐,请出小官坐明堂。昨日朝中剃宰相,今日又剃状元郎。舅舅姨娘都到场,来点喜钱同欢畅。"听了这番喜话,几个长辈纷纷高兴地从衣服衩口里掏出手帕,你十块我二十块给剃头匠喜钱。接过这些毛票,老谭笑得合不拢嘴,也来不及整理,像抓一把瓜子一样小心翼翼地揣到自己棉袄衩口。紧接着操起理发刀,三下五除二就把陈龙头剃得像个铁蛋。此时,门外响起震耳欲聋的鞭炮声,将这个隆重的仪式推向高潮,老谭又拿起事先准备好的红蛋在陈龙乌青的头顶滚动三圈,取意鸿运当头,愿他将来平步青云,有好姻缘。

自始至终,陈龙都被这隆重的场面吓得紧张不安,手足无措,只好撇着小嘴,任泪花像断线的珍珠不断渗出紧闭的双眼,差点哭出声来。知子莫如母,玉梅时刻陪伴在陈龙旁边,一会用激将法:"你都六岁了,还是小龙年呢,哭什么的?"——龙年也就是男人的意思;一会用哄劝法:"马上就好了,剃过给你大檐帽戴,给你小糖吃。"费了很大的劲,陈家才把这个欢乐的剃毛头仪式进行完,陈龙本身就长得天庭饱满,方脸挺鼻,杏眼传神,而且懂事乖巧,剃了毛头之后,稚气的脸上一双大眼更显得聪慧深邃。

这场酒席尽管把所有的亲戚和有往来的邻居都请遍也只有这几桌客人,但要走的程序一样没少,简朴而热闹。下午客人吃饱喝足了之后,每人依次到账房先生那里行礼,再拿手帕包几块糖走人。夕阳西下时,陈龙和发小黑皮、李刚在一堆鲜红的碎纸中非常投入地捡拾还没炸完的鞭炮,这两个小哥哥趁陈龙不注意偷偷转到他身后,调皮地揭开大檐帽,在他光亮亮的头上嘻嘻哈哈摸了几下,还蹦起大声喊叫:"陈龙是滑头蛋子,陈龙是滑头蛋子!"气得陈龙转身给这两个小哥哥假模假样一人一拳。这时,三强家送走最后一拨客人——厨师和打杂人员。

第二章

　　陈龙剃过毛头仿佛一夜之间长大了很多,经常和姐姐争抢着干活。本来三强两口就对其寄予厚望,希望他将来早日捧上公家饭碗,从四岁开始,便将家里的西瓜地交给他看管,磨炼他的耐心和意志力,要是陈龙敢心不在焉、贪玩失守,不是三强罚他下跪,就是玉梅揪他耳朵,小两口通过面命耳提把陈龙调教得整天毕恭毕敬,奉令唯谨,少了些像黑皮、李刚这些农村孩子身上的野性。但他内心很羡慕几个小伙伴像鸟儿一样可以整天自由自在地玩耍。麦收时节刚到,父母就经常在饭桌上对他唠叨说今年秋天就该练书(方言,读书。下同)了。这时黑皮已经上一年级,而李刚还整天在家玩,私下里两个孩子也经常憧憬着校园生活,听说那里不仅可以交到更多的朋友,还能学会识字算数。极少数有眼光的村民都希望自己的孩子通过上学来改变命运,跳出农门。山洼小学成了所有读书孩子们的第一个学校,实际上也是很多孩子一生唯一的学校、最高学府。

　　三强两口比村里大部分人家更重视教育是有根本原因的。陈家在一九四〇年之前相对较辉煌,好几代人都在衙门里谋差,还是地主,过着衣食无忧的富足生活,直到抗日战争爆发。无情的炮火将几代祖先积攒的家业化为灰烬,冷酷的子弹将数个鲜活的生命瞬间夺走,有着知识分子之称的陈国东才被迫携家带口跑到离城三十多里的山洼村安营扎寨,保命谋生。那些曾经引以为傲的家族历史让三强觉得陈家还是有拿笔杆子的遗传基因的,而不是像他现在这样攥牛尾巴。睁眼瞎子的滋味真不好受啊,去集市上卖几袋粮食或者几只家畜都要请人看秤,就怕被人转了,还不是因为自己不识字嘛。所以三强希望自己的孩子早日由泥腿子变成油嘴子,唯一的出路就是砸锅卖铁背他们上学。而玉梅从小学习天赋就很高,懂得知识是珍贵的,在家里兄妹九个中她排行老四,跟父母软磨硬泡出难得的上学机会。当时全班只有六本课本,上了五天以后,老师说由于数量有限,通过考大家的识字量来决定书发给谁,聪明伶俐的玉梅以全班第一名的成绩顺利拿到了书。她如获至宝,只可惜命运不济,十天都没撑到书就被盗,一直重男轻女的父母以此为理由,悍然断送了她的求学路,因为一大帮弟弟妹妹整天嘴张多大嚷嚷着要人照应。为此,玉梅哭了三天三夜后终于咬牙认命,将之前的梦想深埋在心底。结婚怀孕以后,小时候的愿望再次被点燃,她决定好好栽培孩子,来延续自己未曾实现的梦想。

  山洼村这些孩子们的童年生活非常简单,环境相对封闭,但从未感觉枯燥,充满了童趣和快乐。家前屋后的山水树木,花鸟虫鱼,飞禽走兽,极大地满足了他们对世界的好奇。无论哪一座山哪一种树,都能让孩子们疯上半天还流连忘返。在村子里,每家院子里最多的树木就是楝果树。陈龙家院子里就有两棵,一棵在堂屋西厢房窗子对面,能遮住夏日灼人的骄阳,一棵在锅屋北墙边上,枝叶茂盛的时候,直接伸展到房顶,随风摇曳,为房顶增添了勃勃生机。

  立秋这天午后,陈龙和几个总角之交趴地上兴致勃勃地玩走老羊石子游戏,玉梅坐在从刀砖堂采回的石灰石旁,一边揩着豆大的汗珠一边弯腰霍霍地用力磨镰刀,万巧萍和刘新兰每人也拿一把刀坐在玉梅旁,边排队耐心等候,边高声拉着家常,她们准备去观牛山砍二蒿晒,卖点钱补贴家用。心思细腻的刘新兰出神看了一会身旁的几个孩子对玉梅说:"你看陈龙脑门这么大,以后练书肯定聪明。"

玉梅听到这中听的话笑靥如花,然后颇为自豪地抬头望了儿子一眼,很谦虚地说:"这不一定,马本才两个儿子脑门像两盏马灯一样亮,倒也没看精在哪里。我看你家李刚就很机灵,做事也专心,应该能练好书。"

刘新兰不以为然地说:"你要说精,李刚他爹弟兄几个都精呢,不也都没练到初中吗?"说着拽了拽自己焐人的裤脚。

万巧萍咧着嘴接过话茬笑呵呵地说:"我看你们两家孩子以后练书应该都可以,就我们家黑皮是大笨蛋,老是被老师剋,不知道小学能不能毕业呢!"

几个女人正聊着,这时满目翠绿的楝果树上一片黄叶悠然而下,落到玉梅乌黑发亮的刘海上,她以为是树上垂丝的毛辣虫掉下来,本能地用手在脑门上一掸,发现是苦如黄连的楝果叶,心里一惊,感慨地说:"一叶落知天下秋,时间过得多快哦,没觉着秋天又到了。"

刘新兰叹了口气说:"是的哦,哎,我们家李正柱到处做木匠活,看上去好像忙不轻,可也没落下几个钱,反而把田里粮食都荒了。这么多田指望我一个女人哪能行啊,你看今年天又不好,几块秋玉米和花生前段时间被水泡死了一半,就是到了秋天也是骨头里熬油——没多大指望哦。"

心宽的万巧萍苦笑着安慰刘新兰说:"哪家不是呢?我们家田还没有你家多呢,够吃的就行了,不管怎么样也比大集体时好多了。"

玉梅接过话茬说:"收成再不好到了秋天也都忙得屁眼打闪,我们家也是今年巴来年好,来年还穿破棉袄。"说着说着她开始想入非非,早就听周围风水先生和香头奶奶讲院子里有树不好,"困"这个字,一个框里加个木就是困难的困。自来到陈家门上,夫妻俩整天起早睡晚、灰头土脸地忙碌,甚至一分钱掉地都揽八面灰,但还是始终过着买菜要逢节日、穿衣要靠借拾的穷苦日子。他们经常把这种难以彻底翻身的命运怪罪于这些院子里的臭椿、苦楝果等听起来都不吉利的树木。

楝果树几乎迷惑过村上所有的孩童——无论它的树皮、树叶还是果子都像极了枣树。有一回,陈龙和李刚误以为它是枣树,望着一串串诱人的果实满嘴生津,垂涎三尺。李刚赖着屁股爬到树上拽一把,然后迫不及待地掐一颗放小舌头上咬开轻舔,还没尝两下,嘴巴立马张成O形,舌头伸在空中,肠子都悔青了,于是恼怒地往地上一掼,迅速从树上滑下来,呸呸呸吐了几口苦涩的唾沫后,气愤地对陈龙说:"稀苦的,不信你尝尝?"

陈龙将信将疑地拽一颗最大的果子,用洁白的门牙小心翼翼地咬下一小块,果真如此,还没嚼就感觉比香瓜纽子还苦。

闲聊中玉梅很快磨好刀,起身准备给刘新兰让位置,她抬头一看,猛然发现山洼村东南角上空一团团黑白相间的厚云像北冰洋夜晚的冰层倒挂在空中,醇厚剔透,如梦如幻。陈龙捧着白皙的小脸蛋奶声奶气地问玉梅:"妈,你看什么呢?"

玉梅立即大声喊起来:"去抢粮食啊!要下雨了,你们两家都有没有粮食在场上?"

刘新兰望着天空瞪着眼说:"啊?没有,但家院有衣服鞋子在晒。"

万巧萍如梦初醒般拍大腿说:"哦,对了,我家菜园石碓上还有一些菜瓜快晒干了。"

玉梅顾不上其他人了,急忙扔下刚磨得锋利泛光的镰刀,拽起乖巧的陈龙就飞奔,去抢收正在打谷场上晾晒的夏枯草和春玉米。万巧萍和刘新兰见状也立马跑回家去收衣物和菜瓜干,只留下陈龙几个发小慢悠悠地跟着四散走开。

当母子俩上气不接下气刚赶到场上,整个天空就像进入夜晚一样黑了下来,紧接着电闪雷鸣,一眨眼工夫下起了瓢泼大雨,玉梅像只猛虎一样,操起木推就将玉米往中间堆,她焦急之下也不把陈龙当孩子看了,哑着嗓子吼叫道:"大龙子,你拿木锨像我一样将玉米往中间堆,快快快。"

陈龙哪敢迟疑,将吃奶劲都使出来跟着忙个不停。

这时周围抢粮食的焦灼叫喊声不绝于耳,猛烈的暴雨下得场上到处是尺把宽湍急的流水。玉梅母子俩像落汤鸡一样,早就浑身湿透,汗水雨水混在一起往脚下流,衣衫都紧紧贴在身上,显出了酱红的肤色,他们也顾不上那么多了,抢粮食要紧,都恨不得像孙悟空那样能一下变出十只手来才好。可就这样还是有一些玉米被无情的雨水冲走了,等三强和陈凤匆匆赶到,玉梅他们已经将玉米堆好,正在用白色塑料纸覆盖。玉梅对三强喊道:"你们快到西边去把夏枯草收起来。"

三强得到命令拔腿就向西边跑去,到那抹了一把雨水细细一看,心想完了,哪还有什么夏枯草春前草的,水汪汪的一大片场上只有不断溅起的白色水花,夏枯草早就被暴雨冲得无影无踪,不知漂向何方了。

就是从这天下午开始,暴雨像水闸失灵一样不知趣地向山洼村豪放地挥洒了一天一夜,山顶上一汪汪水坑簇拥着小学,让它仿佛置身于天池中。陈龙看到父母辛苦收获的粮食经雨水浸泡后霉烂了不少,今年说不定又吃不到几顿肉了,他揪心地想:要是能像村干部家那样过上好日子多好啊。

一场秋雨一场凉,很快到了九月一号开学日,清晨陈龙还沉浸在梦乡里,就被圈里嘎嘎叫的鸭子和黑皮贴在窗外清亮的喊声吵醒。陈龙一听是黑皮的声音,高兴地对他喊道:"进来啊!我醒了。"三强两口这时早饭做得差不多快好了。

黑皮唰唰唰几步跑到陈龙床前噘着嘴唇乐呵呵地说:"快起来上学校啊!报名去迟了就挤不动了。"

小伙伴喊起床就是比家长喊起床起得快,陈龙就像每次跟黑皮去山明厂捡废品一样兴奋,骨碌一下翻身爬起来。等三强一家开始吃早饭,万巧萍喂完猪后也嚼着一块白面锅围饼慢悠悠走来了,母子俩坐在饭桌旁你一言我一语,兴致盎然地和三强一家闲扯。

匆匆吃完早饭,陈龙庄重地穿上剃毛头时的那套儿童军装,将前一天就准备好的黄书包兴冲冲地背上,书包里不仅装有单层铁皮文具盒和方格本,在文具盒里还像模像样地放进了半截铅笔、一支圆珠笔芯、一把小刀及一小块橡皮,然后和姐姐各搬一条板凳,在爸爸的带领下向学校赶去。黑皮也不惧怕旁边走着的爸爸陆必贵,一路上以老师自居,向刚入学的小伙伴滔滔不绝地介绍学校的概况和自己打架、翻墙方面的不凡身手。

到了校旁的石头塘,只见许多学生也都扛着或搬着一条条木凳从四面八方向学校走来,仿佛要参加一场隆重的集会,场面蔚为壮观,陈龙东张西望地跟黑皮嘀咕说:"黑皮,怎么到现在没看到李刚呢?"

"是的呢!"黑皮说着也转头像老鼠一样滴溜溜转着小眼,到处寻找李刚的身影,结果两人没发现李刚,李刚却从一个巷口突然冒出来先看到他俩了,李正杜手里拎着亲自打制的一条新板凳正面带笑容紧紧地跟在儿子身后。

"黑皮、陈龙,等等我。"李刚一边大声喊着他俩的名字,一边咣当咣当背个小书包撒欢奔跑过来。三人就像多日不见,笑嘻嘻地互相打量谈论着对方的穿着和书包。

刚走到校园大门口,孩子们就被货郎老曹琳琅满目的零食吸引了,一个个眼神直勾勾地盯着望,李刚流着口水、哭丧着脸,像害牙子一样哼哼唧唧地问李正柱要钱,吝啬的李正柱眼一翻,气得李刚在他爸爸屁股上狠狠地擂上一拳。而调皮的黑皮刚拿起一袋瓜子,只见粗鲁的陆必贵巴掌一竖,立刻吓得抱头鼠窜。陈龙见状就不好意思磨他爸了,正准备去拿一瓶汽水的手知趣地缩了回来。在大人们看来,刚才在家早饭都吃得饱饱的,买零食吃就是一种铺张浪费,但考虑到是开学第一天,他们都没好气地跟自己的孩子说报过名再讲,这些孩子只好恋恋不舍地从货郎面前挨过去。

走进老师办公室,陈龙和李刚腼腆地躲在大人身后挤到报名点,用十五元学费领回两本书,从此踏上了求学之路。他们手里拿着课本,而心始终在想着大门口的小货挑子,一报完名又缠着大人赶快去买吃的。卖货郎老曹长着一对滑稽的斗鸡眼,自建校以来就瞄准商机在校门口扎下了根,开学期间只要天气晴好就挑着担子从村里一路吆喝着往学校跑,他卖的五颜六色五花八门的零食总是受到孩子们的青睐,孩子们只要把钱带到学校,他就有办法把他们全部剥光。孩子们你一分、他五分地把老曹喂得像头肥猪,整天乐呵呵地忙着进货、卖货。三强和正柱两个大人身上也没带多少钱,但还是咬牙满足了孩子们的愿望,每人买了一毛钱一小袋的酸梅。陈龙和李刚拿到梦寐以求的零食兴奋得手舞足蹈,欢蹦着跑开跟大人去找教室,陈龙一边吃一边对李刚说:"我们梅子都留点给黑皮,他爸不一定给他买呢。"

李刚喜悦地点了点头说:"好,我们都留点。"

他们刚说完还没走到教室,黑皮就从后面气喘吁吁地追了上来说:"你们两个报过名啦?"

"嗯！"

黑皮走到他们面前,一下看到两个兄弟正在津津有味地吃梅子,两眼瞬间放光,情不自禁地咬了咬肥厚的嘴唇。

陈龙和李刚同时把沙包一样大小的梅子袋子递到黑皮面前说:"拿吃吧。"

黑皮毫不客气地从他们两人手中的袋子里一个抓一点就吃起来,三人像小猪抢食一样,眨眼工夫就把两袋梅子消灭掉了。黑皮觉得不够过瘾,又将他们手上的空袋子要过来,将内层翻过来用舌头将甜味都舔完才撕得丁丁碎碎地抛向天空。

马小憨今天也来到了学校,怀着好奇的心情畏畏缩缩地和李刚坐到一块。马豆腐儿子马小憨,家人原本给他起的乳名叫小聪,后来渐渐长大,村里人看他天生大舌头,生性驽钝,长得又肥头大耳,显得憨头憨脑的,不叫他小聪,渐渐叫起了小憨,家里人也就跟着麻木地接受了这个称呼。山洼小学应该说麻雀虽小五脏俱全,小班到五年级就像不可压缩的七步阶梯等待着孩子们去用力攀登,考不及格就有留级的风险,有的孩子在一年级连续读三年也不足为奇,"老留级生"这个词在校园里常年被提及。不巧的是,这个学校有史以来的第一届小班就是在陈龙这级开设的,这意味着他们至少要上小班、大班两年幼儿园,而不是像前几届学生只需要上一年。李刚被分在了后排的木课桌,陈龙在前排固定的水泥课桌,从水泥课桌到木课桌象征着时代的进步、学校的发展,没有围墙的校园使得孩子们出入自由,渴了去附近村民家水缸里舀水喝,方便极了。

第一堂课,半路出家的小沙老师就板着脸对孩子们大声说:"来,跟我读……"

小朋友们噘着粉红的小嘴,参差不齐地跟着咿咿呀呀读起来:"a,o,e……"有的将"e"读成"ōu",有的读成"è",马小憨读十几遍还是流着清澈的口水把"e"读成"ai",小沙老师先耐心地用竹竿在桌上重重点了三下来纠正发音,后来看屡教不改,凶相毕露,拽过他肉嘟嘟的小手就在掌心上敲了几下,小憨疼得瞬间涕泗滂沱,小沙老师的威风同时镇住了其他苦眉皱脸的孩子。黑皮趁着跟老师报告上厕所的机会,偷偷溜到小班教室外,扒着窗口想看看两个小兄弟在干吗,正好见此情景,龇着洁白整齐的两排嫩牙大声笑着讥讽说:"小憨你笨死了,e都不会读。"小沙老师听到笑声,吃惊地对着窗口怒吼一声:"你是哪个班的,给我站住!"黑皮吓得魂飞魄散,瞪着小眼像兔子一样撒腿跑开了,陈龙对着李刚会心地笑了一下。

一堂课上下来,自由散漫惯的孩子们就如上了紧箍咒,有的将大小便都憋出来了,小憨和几个同学跑出教室,习惯性地找个树林中干净的平地,裤子一褪就方便了起来。小沙老师走出教室看到后气得一边翻白眼,一边扭着笨重的身子急忙跑过去用公鸭嗓子大声制止道:"小炮冲的,谁叫你们在这随地大小便的啊?快把裤子拎起来,我带你们上厕所去。"灵巧一些的孩子见状抓起地上一些干树叶,在屁股上胡乱揩几下,就急忙站起身来提裤子躲避她针锥一般的目光。随后,小沙老师将全班同学叫过来,雄赳赳气昂昂地将他们引向校后的茅厕,现场教导说:"你们看好啦!注意啦!这两边分别有一个门,男女有别,男生要从右边进,女生要从左边进,听到没有?"

同学们嘻嘻哈哈异口同声响亮地回答道:"听到了!"

李刚搂着陈龙的肩膀咪咪地笑着,看到高年级的学生进进出出,甚至有的老师也来这里,都觉得既好玩也很难为情。小憨情不自禁地啧啧赞叹说:"这茅厕也太好了吧。"相比较村里用玉米秆或者石块摞成、不分男女只有一个蹲位的茅厕来讲,学校这厕所真是太豪华了,尽管里边能蹲厕观天,然而围墙缝隙用石灰抹过,因而不用担心会被调皮的孩子偷窥到。

别看山洼小学十几个老师就四个在编,但大多兢兢业业,不苟言笑。小沙老师是大队书记沙登贵的女儿,名义上初中毕业,实际上只相当于三年级文化,是从放牛场上被喊来教孩子的。她身体壮实,不擅歌舞,拙于游戏,主要就教些发音不准的拼音字母和阿拉伯数字,常用一双犀利的大眼来回扫射教室内外的动静并体罚孩子。后来像黑皮这样再胆大顽皮的小孩见到她凶巴巴的样子,都要敬她三分,有的甚至绕道而行,然后躲在一起嬉皮笑脸地对她指指点点。

学校后面是一条通向县城凹凸不平的土路,穿过路两侧高低起伏的庄稼地,远处隐约可以看到郁郁葱葱的后山、小鬼山和龙泉山,学校脚下是被村民用大锤、铁锹开采成的巨大而空旷的石头塘。每次放炮时,响彻几里路的哨笛声会提醒人们立即躲到安全的地方,这时校园里追逐、嬉戏的同学呼喊着向教室跑去,就像防炸弹一样去躲避天上的石块,炮声响过再一哄而散。

第三章

自从分单干开始,三强两口齐心协力,起五更睡半夜,不仅将生产队分的十五亩地种满了小麦、玉米、山芋、花生等五谷杂粮,还去偏远的山坡又开荒增加了四五亩,俗话说人多好种田,人少好过年,二十亩地在村里来说是个大数字,凭他们小两口忙起来够呛。除此之外,玉梅将在娘家做姑娘时学的裁缝手艺又拾掇起来,七拼八凑一百多元买了一台二手缝纫机,在家为十里八村的父老乡亲做衣服贴补家用,农闲时节和三强再去村后石头塘开些石头,用手扶拖拉机拉去卖。功夫不负有心人,靠着这股吃苦耐劳的精神,到陈龙七岁的时候,陈家不仅使出浑身解数盖起了三间大瓦房,还加盖了两间平房作为锅屋和粮仓。

在山洼村,房子是家庭条件最直接的象征,贫困一点的是草房,条件好点的是瓦房,算得上富裕的是平房,在三强家盖起这三间瓦房和两间平房之前,村里只有几户人家有瓦房,最牛的当数村会计家的三间大平房。三强家这几间房子拔地而起后,无论是亲友还是庄邻都对他们一家红红火火的日子投来赞叹的目光,他们也成为很多邻居一心想把日子过好的榜样。加盖的平房好处还真不少呢,除了让全家老少扬眉吐气,晴天可以晒粮食避免牲口偷吃、小孩糟蹋,夏天还可以睡在上面纳凉,这也极大地满足了三强两口的虚荣心和自尊心。特别是夏日来临的时候,白天村里的活动交流中心在小店,晚上就转移到了三强家的平房上,爱热闹、喜谈闲的人除了雨天,吃完晚饭就会夹个席子和单被到这平房上占席位,来得迟了的人哪怕是睡炕人的烟筒旁或者危险的房顶边缘也要挤一晚,因为许多人在一起闲谈不仅能解除一天的身体疲劳感,还能听到许多趣闻轶事。每当陈龙在家,而父母不在家时,陈家小院简直成了孩子们的游乐场,有陈龙、黑皮、李刚三人摽成把子,自然吸引村里不少其他小伙伴也跟着一块疯,他们在平房的楼梯爬上爬下,院里院外大声喊叫奔跑着,乐此不疲地玩着自创的各种游戏,黑皮和李刚知道陈龙与刘二的两个儿子有隔阂,也就义气地主动站在陈龙这边了。

一九八九年大暑的晚上,繁星满天,月光如银,村庄里的青蛙、蛤蟆、蛐蛐、知了等像打了鸡血一样,不待扬鞭自奋蹄,鼓足腮帮铆劲鸣唱,生怕错过这夜幕下的狂热。对于有音乐细胞的人来讲,这来自大自然的天籁也许就如法国巴黎圣母院奏响的交响乐般悦耳动听,但这些黎民百姓觉得这声音远没有黄梅戏和民间小调好听,甚至觉得刺耳。陈龙和一群人在队长家看完《聊斋》,一边踩着月光赶往自家的平房,一边意犹未尽地讨论着剧情,两三个活泼的小年幼扮着鬼脸唔唔唔……模仿着鬼卒腔调吓唬同行的孩子。有着夜莺一样好嗓音的陈凤走着夜路触景生情,还陶醉在剧情中,有这么多人在旁边壮胆,不由自主地咿咿呀呀哼唱起《聊斋》的主题曲:"你也说聊斋,我也说聊斋,喜怒哀乐一起那个都到那心头来……"不料,刚才还在人群中的捣蛋虫黑皮呼噜一下从竹园里蹿出来了,做着魔鬼的姿势,发出怪异的叫声,把几个女孩惊得对他穷追猛打,都大骂道:"你这个熊孩子、缺窍子。"一行人乐得笑弯了腰。今晚陈龙家平房上又早早就挤满了男女老少,大家躺在一起一边数星星,一边天南海北地聊着牛郎织女、嫦娥奔月、后羿射日等关于星空之类的故事传说和发生在身边的家长里短、躬耕稼穑,真是无比的惬意和舒心。

正聊得起劲时,一颗流星突然唰的一下划过夜空,落向西边龙潭河,花甲之年的卖货郎老曹看到几个眼尖的孩子骨碌爬起来"流星流星"异口同声地惊呼,呵呵一笑,神秘地说:"你们可能不知道呀,三十年前的一个盛夏之夜,我和家里人在杨树底下纳凉时,也是看到一颗耀眼的流星哧溜划过夜空投向村北山顶,据我当时精通星象谶纬的爷爷讲,估计这是王母娘娘被我们这里勤劳朴实、苦到极点的百姓感动而眷顾这片土地,仁慈地从项链上摘取一颗明珠投掷下来,传递福音。后来果真如此,这个地方当年就开始破土挖石,建造小学,所以村里人都觉得这个山洼小学是星空掉落的,希望这里的孩子都能借助天赐之光学知识懂文化。"孩子们听了这个故事都发出哇哇的感慨声,心想这么神奇啊。

刘二两个儿子,红中和发财相差两岁,虎父无犬子,哥儿两个也生性好斗,但通过老师几年的谆谆教导及他们从好斗中逐渐感受到了被排斥和冷落的孤独感,不知不觉中就变得比以前乖多了,所以和无冤无仇的小伙伴在一起玩耍时,他们往往极力讨好对方,生怕被撇开。这两年盛夏,看到隔壁三强家的平房上这么多人睡在一起胡侃牛吹,煞是热闹,刘二两口都感觉心里空落落的,只因争强好胜,也就无颜去凑热闹。不过,酷暑难耐,又买不起电风扇,一家四口就用凳子、席子简单支两张床,像大多数人家一样在院子里避暑,每晚静静地聆听平房上发出的阵阵欢声笑语,时常感觉无比郁闷。特别是今晚这两个小子竖着耳朵听着一个接一个精彩的故事,也默默地跟着激动。

他们的大儿子红中已经十二岁,略通一点人情世故。第二天吃晚饭时,看了几眼狼吞虎咽的爸爸,鼓起勇气将憋在心里许久的话对刘二喷涌而出:"爸,我也想去陈龙家平房上睡。"其实,在红中看来,去平房上睡不仅可以和很多小朋友玩,还少了一家对头。

没想到霸道的刘二怒吼着训斥正处于紧张状态的红中:"你他妈没出息的东西,还算个人种吗?不和他家来往会死啊?我之前怎么教你们的?不允许跟他们家任何人说话,更不能跨进他们家一步,否则就把你们弄死,听没听到?"说着就用右手食指重重点了几下大儿子的脑门。

黄立英也在一旁火上浇油:"你奶奶的,吃屎长大的啊?这么没有血水、没有料渣子,下回再说给你嘴扇歪了。"

天真的发财在一旁吓得号啕大哭,人一般只有在伤心的时候才会将心里话一股脑吐出,他一边哭一边偏向哥哥结结巴巴地说:"妈,我也想去他家玩,你看陈龙也不坏,从来没看他欺负过人。"

夫妻俩此刻就像遭到当头一棒,突然愣住了,但碍于面子又不能马上顺着孩子,刘二大吼一声:"都给我吃饭!"把在桌底等食吃的小花猫吓得喵的一声不知了去向。兄弟俩不敢违抗,用泪水和着稀饭,委屈地抽泣着,半天才将一碗饭抿完。

几天后,已时的天空骄阳似火,陈龙照旧独自在瓜棚上百无聊赖地唱歌,几首老掉牙的歌曲反反复复唱得迷迷瞪瞪要睡着时,隐约听见一个老头破口大骂的声音,凝神再仔细一听,还真是不远处李刚爷爷家的桃园传来的粗哑嚷叫:"你这两个小龟孙子,别想走,让你家大人来带你们,这么小就做贼了,长大还得了?"

陈龙就像被泼了一盆冰水,一个激灵翻起身呼啦一下跳下瓜棚,噼噼噼跑过去看个究竟,跑着跑着,却在离事发地三十米远一棵粗壮的野槐树旁陡然立住了,不看不知道,一看吓一跳,发现竟然是红中兄弟俩,他胆怯地后退了两步,再次立定悄悄地观望。陈龙视力很好,清楚地看到这兄弟俩站在一棵六月清桃树下耷拉着脑袋,红中蓝色条纹汉褡子撕开一道一拃长的新鲜口子,旁边草地上散落一小摊刚采摘的熟桃,这显然是爬树时被发现后落荒而逃撕破的。本来老李对刘二两口为人处世就心存不满,现在正好用这个把柄出出他们家洋相。然而陈龙毕竟心地善良,冤家对头遇到了麻烦,按道理完全可以在一旁幸灾乐祸,可想想自己平时也感到很馋,经常用桑果、山里红等野果或者发面饼、锅巴充饥,这时他的同情和怜悯之心油然而生,来不及多想,他立马调头,撩开腿像猎豹一样向红中家跑去,准备告诉红中爸妈这个惊人的消息。

黄立英此时正在家里埋头用捞箕子淘小麦晒,准备下午去机面,愕然看到陈龙气喘吁吁地跑到自己身边,她一下怔住了,因为自从这个孩子记事以来她就没和他说过话,但作为邻居,每天抬头不见低头见,也算是看着他一天天长大。陈龙上气不接下气地说:"红中妈,红中和发财被李刚爷爷扣在桃园了。"黄立英望着陈龙如红头蜈蚣的脸庞,惊讶地大声啊了一声,随即迅速扔下手中的工具就向桃园赶去。

这时天气热得耳边只能听到唧唧啾啾的虫鸣和鸟叫声,显得旷野更加幽静。立英本想一路小跑过去,心里一着急,还没跑几步已经汗流浃背,只好换成快走,并阴沉着脸请陈龙快去告诉老李她马上就到。等她心惊肉跳赶到桃园时,现场已经吵吵嚷嚷围了一大圈锄田、放牛的大人和看瓜、充军的孩子,大家在那议论纷纷,都在等着看立英如何处理。

"怎么弄的啊?"立英难得低声下气地问大家。

老李气不打一处来,昂首指点着刚踏进人群的立英:"你看看、你看看你家两个小孩,大白天我还在这呢,就明目张胆来偷桃子,我说最近桃子怎么老是莫名其妙地就少了。"老李越说越激动,越说越带劲,用吵架的口气,继续宣泄着他鄙视的情绪:"从小偷根针,长大偷头牛,不知道以后会长成个什么东西呢!立英,你看怎么办吧?"

立英平时就是再泼辣,现在也是哑巴吃黄连,有苦说不出。她大步流星穿到两个像木桩一样呆立的儿子面前,不由分说地啪啪给他们几肉头,一边打一边咬牙切齿地骂了起来:"你们都不知道丢人肉多少钱一斤,下次再偷人家东西,我就给你们捏死了,就当没生你们两个孽子。"

红中兄弟俩被扇得眼睛直冒金星,哇哇哇地同时号哭了起来。一旁的庄邻有的在旁边拉弯子,对立英劝说:"别打了,毕竟是孩子,回去跟他们多讲讲就好了。"

有的对老李安慰道:"嘴头吃东西,小孩不知道什么,都喜欢吃,又是一个庄的,算了算了吧,立英也打过他们了。"村里人调解矛盾正常也就是这几个步骤、这样的方式、这样的说辞,在大家的劝解下,这个事情叮当几句也就算翻篇了。

让老李有如此底气耀武扬威的还是几个出类拔萃的儿子,大儿子李正财在老李的带领下已经发家致富,他不仅是村里的会计,也是粮贩子,在村里率先盖起了三间平房,是远近闻名的万元户。二儿子李正柱,也就是李刚的爸爸,是个手艺精湛的木匠,只可惜由于懒惰好赌,始终攒不下钱。最小的儿子李正旺还未成婚,今年二十岁,自从在收音机里听了《射雕英雄传》中关于黄药师的落英神剑掌,就特别迷恋武功,一有空就在家门口的树林嘿嘿哈哈地练功,期望自己有朝一日能像黄药师那样所向披靡,天下无敌。总而言之,这个家族势力相当强大!

山洼村不算大,这个事情发生后大家奔走相告,仅一天时间很多人就已晓得了。刘二恨铁不成钢,但也只能忍气吞声。

随着时代的进步,山洼村这几年民风由彪悍逐渐变得淳朴,一些平时有不良言行的人也渐渐变得文明、有礼,就是陈龙这小小的一个举动没想到产生了"蝴蝶效应",改变了刘二两口之前很多的傲慢和偏见。第三天晚上,在田里劳累了一天的三强一家刚坐下吃晚饭,就模糊看到大门口走进两个孩子,他们吃力地抬着一个大粗篮子,陈龙定睛一看,原来是红中兄弟俩,他立马放下碗筷,跑过去好奇地问:"你们抬的什么啊?"

红中说:"我爸我妈讲,递一点糖罐子香瓜给你们家吃吃。"

玉梅也是刀子嘴豆腐心,见状赶忙站起来愉快地将瓜接下,像对待一个远道而来的客人那样客气地说:"哎哟,给这么多啊?累你们了,你们自家留吃啊,我们家有啊。"

红中这时还不太会接话,就说:"我爸我妈叫给的。"

三强关心地问:"你们吃没吃啊?没吃在这吃。"

两个孩子异口同声说:"吃过了。"

玉梅弯腰把香瓜拾出来,心里像已经吃到糖罐瓜一样甜,难为情地说:"今天家里也没有什么好给你们的东西,那就不过意了。"

红中像个大人一样忙客气道:"不用不用。"然后说了句"走了",兄弟俩嬉笑着一溜烟跑了。

两家关系通过桃子和香瓜两种水果的一个回合,渐渐破冰。先是孩子到一起玩耍,然后大人到对方的家里喊孩子吃饭,最后通过玉梅热情的邀请,刘二一家老小也破天荒夹起席子单被到曾经的"冤家"平房上睡觉了。两家人冰释前嫌,和睦相处,双方都长长松了一口气。正如人们常说的,朋友变成敌人,比敌人更危险,敌人变成朋友,就比朋友更可靠,他们的和睦关系经过几年的冷战现在失而复得,双方都无比珍惜,变得像亲戚一样热乎。然而由于大人们内心的伤口持续时间太长,尽管已经愈合,却留下了难以抹去的疤痕,就像绷断的皮筋,随你怎么结,总是会留下疙瘩,双方仍有许多事情一时半会还是处于嘴答心不答的状态。

秋学期开学后陈龙和李刚正式步入了小学,作业明显比幼儿班的时候多了,天生笔头就慢的陈龙为此经常被父母和老师骂。

他们一催,陈龙心里再一急,字写得既慢又难看,这也直接导致了他的考试成绩很难在班级名列前茅。每到周日,许多小伙伴来约陈龙去玩或者去挑菜,一贯重视孩子学习的玉梅总是让陈龙写完作业再去,在她眼里,陈龙的首要任务就是学习,不在乎他挑那点猪菜、荠菜什么的,而陈龙对挑猪菜的兴趣比学习更足,因为那样既可以借机放飞自我,挑满一筐猪菜还能带来小小的成就感。黑皮、李刚、发财这些孩子耐心极大,往往在陈龙面前围成一圈,叽叽喳喳看着他把作业做完才一起出发。黑皮和发财一向不爱学习,家人管得也不多,家庭作业基本上是鬼画符绕几笔就算完成差事,李刚学习效率比较高,总是用较短的时间就能完成各项作业。玉梅有时担心这些孩子趴在旁边影响儿子未来考大学,便直言不讳地说:"孩子们,你们都去玩吧,不要打扰陈龙学习,等他写完作业再说!"村里孩子都知道玉梅的厉害,一听她下逐客令就会自觉地跑开。

与陈龙的圈养形成鲜明对比的是,一年后,放养中长大且已经十三岁的淘气鬼黑皮个子突然蹿到接近一米六,他不再满足于在家前屋后和山川田林瞎转悠了,开始带着小伙伴们经常到山明化工厂冲黑头军。这些孩子以前都是大人带着才敢来,一年也去不了几次。现在好了,只要天气晴好,几个家教不严的小伙伴就会相约跑到这里,陈龙的家人觉得到山明化工厂的路上车来车往、河阔水深,担心安全问题,一般不允许他擅自跑这么远。别看这个小小的山明化工厂,就像一个发达的小香港,学校、电影院、运动场、菜场、澡堂、邮局、百货店应有尽有,尤其是晚上,远远地望去,一排排灯光闪烁的高楼在山脚下尽显繁华和魅力。在周围巍巍群山和落后村庄的衬托下仿佛一颗高原明珠,璀璨夺目,这就是附近老百姓心目中的人间天堂,哪家要是有人在这里工作,会无比自豪,全家都被看作是上等人。

黑皮他们每次来,对这些场所都要一一"扫荡",一旦看到哪个办公室的敞开窗口有旋转号盘电话机,都要拿起话筒模仿抗战片的镜头叽里呱啦乱说一通过过瘾。一些刁钻的看门老头一见到这几个脏兮兮的孩子鬼鬼祟祟走过来,就会防贼一样将他们大声呵斥走。除了到处晃悠看稀奇,最让他们心潮澎湃的就是到无人看管的垃圾堆里淘宝。这城里的垃圾堆和农村的垃圾堆完全不一样,农村的垃圾堆也就是粪堆,除了臭烘烘的动物粪便就是瓦渣碎瓶鸡毛清灰,让人避而远之。而山明化工厂的垃圾池在孩子们眼里哪是堆垃圾的地方啊,简直就是金山银山。小伙伴们快到垃圾堆时都是跑着冲过去,然后一头扎进去,像扫地雷一样在里边认真翻拣,玩具、首饰、瓶子、文具、梳妆用品等,只要有观赏、回收和使用价值的都会一个不漏地抱回家。当然,像游尸鬼一样喜欢到山明化工厂乱蹿的孩子绝不止山洼一个村的,附近像下港、龙潭、黄洼的孩子们也会这么干。

下元节这天正好是周日,学校即将举行期中考试,山洼村已经进入立冬时节,不过还是秋高气爽的感觉。陈龙下午写完作业,趁大人都去山上收药草的机会,又偷偷地和黑皮他们跑到山明化工厂玩。按照惯例,他们第一站不是先到垃圾池,而是先逛学校、电影院这些地方,由于是周日,他们发现好几个和他们一般大的小伙伴也在这里到处游荡。当他们瘦小的影子在地上拉得有自己身体三倍长的时候,黑皮对大伙说:"天不早了,找好东西去!万一去迟就被其他村的孩子找去了。"于是几人就像得到号令,一起飞奔着向垃圾池跑去。

等他们大汗淋漓跑到这里,果真发现下港村的几个孩子已快他们一步抢占先机,为首的是一个和黑皮差不多高,长得尖嘴猴腮的黄毛男孩,望人的眼神都露着凶光。这几个小野种正在手脚并用埋头将垃圾堆搅得哗啦啦响,一阵阵变质的酸腐味直冲鼻腔。

这让山洼村以黑皮为首的几个孩子颇为不悦,他们只迟疑了一下,就迅速加入寻宝大军。下港村的孩子看到有人要来坏他们的好事,都不约而同地提高了警惕,然后一边继续加速寻找,一边紧紧地看着堆在旁边刚找到的"宝贝"。

黑皮他们来迟了,只能顺着"野孩子"后边摸屁,垃圾池毕竟很大,他们还是陆续淘到了一些旧书本、破损的文具和缺胳膊少腿的玩具。当他们也淘得盆满钵满时,一个比黄毛男孩略矮的胖墩仗着他们人多势众,颐指气使地说:"行了,你们找差不多了,可以走了!"

黑皮一听不对劲,毫不畏惧地转头大声问:"你说什么?"

"这个地方是我们先到的,已经让你们捡半天了,还不快走!"胖墩提高了嗓门喊道,其他几个小伙伴也跟着附和。

"这也不是你家的啊,谁来都可以捡。"李刚不服气地顶了回去,说完继续埋头捡。

胖墩看李刚他们不肯离开,立马走向他准备动粗。

黑皮见这情形,迅速走到李刚面前,指着胖墩脑门怒吼道:"你想干吗?"

胖墩一看和他差不多壮实的黑皮横在李刚面前,稍微有点畏惧,就推搡了黑皮一下说:"你们再不走开就别怪我们不客气了。"

没想到黑皮不管三七二十一,根本就不想和他啰唆,嘭的一拳揣在胖墩胸口,这让他猝不及防,肉饼一样的胖墩一个趔趄,双臂摇了几下还是栽倒了,他尝到了黑皮的厉害,躺在地上对着黄毛男孩求救般大声喊道:"二猛子,上!狠狠地打他!"

双方立即混战起来,没想到根本不需要李刚他们动手,黑皮一人掼拳撂腿只用三两下就把对方几个打得落花流水,哭爹喊娘的,"二猛子"被打成"二闷子"了。自不量力的几个小野种没辙,只好抹着眼泪灰溜溜地拎着"宝贝"伤心地先一步离开。

黑皮他们带着一种战胜者的得意心情又一头扑进垃圾池。不一会只见山明化工厂很多工人已经丁零零骑车下班,看看天已不早了,几人随即就带着捡到的"宝贝们"匆匆赶回家去。

陈龙到家天已经上黑影了,他的心怦怦直跳,心想今天一定又免不了被父母一顿臭骂。

果不其然,玉梅正在压水井上打水,看到陈龙这时才回来,气不打一处来,转身走向陈龙瞪眼厉声责问道:"你上哪充军去了?啊?一个庄子喊不到人。"

陈龙紧张得战战兢兢,像蚊子哼哼一样说:"到厂里玩了。"

"你现在胆大包天了,爬腿就能去厂里玩了,啊?"

玉梅咬牙切齿地随手拿起一根竹竿就向儿子打去,陈龙顿时吓得魂飞魄散,撒腿就向大门外跑去,一边跑一边大哭起来。哪知玉梅穷追不舍地破口大骂撵着打,陈龙跑得比较快,玉梅根本追不上,她跑了一会,只好气急败坏地吼道:"你要不站住,我撵到能给你弄死了。"六神无主的陈龙被这样一吓,只好站在原地束手就擒,玉梅气呼呼蹿上来啪啪啪劈头盖脸打了儿子几巴掌,陈龙被打得发出了猪吼式的叫声,就这还不解恨,她打过后又揪着陈龙的耳朵往家拎。这疯狂的一幕正巧被出门喊丈夫吃晚饭的万巧萍看到了,她快步走向前去对玉梅大声说:"玉梅,不要这样打小孩啊,有话好好说就行了。"并伸手准备把他们拉开。

玉梅抹不开面子,只好将手松开。

到家后,有了三强的火上浇油,陈龙被批得体无完肤。

玉梅咬牙切齿地骂道:"你整天不好好学习到处充军,字写得像鳖爬的一样,分数上不去,捡那些烂东西来家能吃还是能喝?长大还考大学呢,我看小学能不能毕业都危险,下回看到你再跟那些小炮铳的瞎充军就把你剥了。"

其实陈龙像这样被父母轮番痛批不是第一次,每一次的数落都让他痛不欲生。第二天上学他问黑皮和李刚,昨天回家父母有没有打骂他们?哪知这两个兄弟都说不但没有打骂,还高兴地把捡到的东西拿去看了看,夸他们能干,只提醒他们下次晚上回家要早一点。陈龙听了无言以对,他觉得自己扛不过父母,只能用力适从。

第四章

江淮地区一般到了腊月才会下雪,今年雪来得早那么几天,冬月就开始零零碎碎落了几片,尽管如此,陈龙他们的小嫩手还是冻得像煮熟的山芋皲裂红肿,做作业时握笔无力,字写得东倒西歪。村民们如今夏日的晚上习惯到平房上纳凉避暑,而冬天依然聚集到有火烤的屋子里取暖驱寒,没有哪家舍得在精贵的平房、瓦房哪怕是草房的堂屋里引火烤,这样会把墙壁熏得黑不溜秋、丑陋不堪。大伙儿都是在牛屋或者锅屋的草房里燃烧一个老树根,七八个人围坐在一起,一边烤火谈闲,一边织毛衣、纳底、捻线或者剥花生。大人一坐就是一整天,孩子们可没这个耐心坐在那静静地烤火,就用柴棍玩火或者烤些山芋、花生充饥。玉梅、万巧萍她们喜欢带着孩子到爱热闹的刘新兰家牛屋烤火,因为刘新兰公公家有小站,就有烤不完的树根,丈夫李正柱又是木匠,工具齐全,分解起树根得心应手。

进入腊月中下旬,家家户户都要忙年了,许多人不可能在火塘旁坐一整天,只能抽空去烤一会说说话。腊月二十七这天下午,天空已经放晴,阳光照在皑皑白雪上,让整个村庄变得光芒四射,仿佛童话世界里的一座城堡,玉梅和三强忙了大半天将馒头馅准备好,然后就带着孩子到李正柱家转转,李正柱家火塘里趴着一棵像水桶一样粗的老洋槐,树根此时正燃烧着熊熊大火,将原本灰暗的牛屋照得纤尘毕现,也让整个房间温暖如春。没想几个常客前后差不多时间赶到了这里。过年有说不完的话题,年怎么过,开春有什么打算,明年田怎么种,都是大家每天讨论的热门话题。当整个柴根烧到只剩下碗口粗的银灰色骨架时,陆必贵提议道:"今年我们能不能二十八就去厂里洗澡呢?正好明天上午蒸完馒头了。"

李正柱说:"好啊,早洗完早了却一件事,省得到了二十九澡堂里挤不动人,明天上午正好再把头剃一剃。"大家纷纷响应,当即约定几家一块去。

又可以光明正大地去山明厂了,陈龙和几个小伙伴听到这个消息欢呼雀跃,高兴地哼起儿歌继续嬉闹了起来。

第二天上午等三强家蒸好馒头已经将近十一点了,来不及喘口气,他们又马不停蹄地赶往村西老谭家剃头、剪发,受到"正月不剃头,剃头死舅舅"的传说影响,村里男人们在腊月必须剃头,否则就要等正月过去才能剃。走到老谭家大门口,陈龙看到这里仿佛是一个热闹的集市,有老曹的货挑、卖冰糖葫芦的、炸爆米花的,每个摊位面前都围满了孩子。老谭家院子里还站了很多等候的人,已经剃完头的黑皮和李刚一人拿着一串冰糖葫芦站在月季花花台旁正津津有味地歪头舔着,两家大人都站在不远处和邻居们笑逐颜开地聊着。

看到陈龙来了,黑皮和李刚都跑过去争先恐后地将自己的冰糖葫芦递给好伙伴分享,陈龙望了望心情大好的妈妈,对着伙伴们腼腆地摆了摆手。大过年的再穷也不能穷孩子啊,玉梅抹不过面子,低头问儿子道:"想吃吗?"

陈龙看妈妈今天这么慷慨,也跟着兴奋地大声说:"想吃。"于是迫不及待地走到小贩面前打量一番后,精心挑了一串最大且撒上了芝麻的拔下来。

一年也吃不到几串,三个孩子就像吃到了山珍海味,根本舍不得狼吞虎咽,反过来转过去一边细细观赏,一边哈着热气伸出舌头轻轻舔舐,舔一下就吧唧吧唧咂嘴品味几下,直到将透明的糖衣舔化后才细嚼慢咽。

人群中马小憨看到许多孩子都拿着零食吃牙齿发痒,眼睛直勾勾地盯着陈龙蠕动着的嘴巴,从小就爱滴口水的他现在馋得口水流成了晶莹的线条。

善良的陈龙一看有几个孩子在取笑口水连连的小憨,怜悯心使他毫不犹豫地将自己的冰糖葫芦折了一半递给他,小憨也不客气一声就咧着嘴接下躲到远处吃去了。

陈龙一直就不喜欢理发,每当看到老谭冰凉明晃的剃刀在头上刮来刮去,就感觉自己是一只待宰杀的猪仔,心跳加速,剃过以后还如芒在背,刺闹难受。

老谭生意兴隆,不是因为他理发技术高超,会理形态各异的发型,而是整个山洼村就老谭一个宝贝剃头匠,不管你是啥头型和脸型,男的都剃成清一色的平头,女的无非就是剪成游泳头或者蘑菇头,流水线作业方式几乎十几分钟一个头,每到年跟前,全村最忙的就数他了。不仅如此,为了大赚一笔,家里其他人也顾不上拐豆腐、蒸馒头,请邻居帮忙代做一点就算了事,他们屁颠屁颠地跟在老谭后边忙些收钱、烧水、打扫卫生等后勤保障工作。

到了下午两点多,三强、陆必贵、李正柱几家老小拎着大包小包,踩着窸窣作响的冰雪,成群结队地往山明厂走去,陈龙、黑皮等几个孩子穿着臃肿的棉衣满头大汗地跑在大人的前面,不知疲倦地追逐着打雪仗。

到了男澡堂,陈龙和黑皮、李刚被安排在更衣大厅负责看管长木椅上大家的衣物。这是陈龙第四年冬天来澡堂洗澡,其实一年也就来一次,每次在这公共场合看到那么多大人孩子一丝不挂不知羞耻地摇摆着生殖器走来走去都会让他坐立不安,像走亲戚一样拘束。等大人先洗好来换他们看衣服了,才能轮到这些孩子们去洗。今天率先洗完的是黑皮爸爸陆必贵,只见壮实的陆必贵同样拥有健硕的生殖器,明显比许多成年人的都大一号。因为他到处杀猪,许多外村人也面熟,在这里碰见总要寒暄几句散几支烟,几个孩子不小心瞥见,在暗淡的灯光下都掉转头避免看到尴尬,但他们的视力太好了,全在 1.0 以上,怎么可能熟视无睹呢?这样明晃晃的一大坨肉用余光就尽收眼底,哪需要定睛细看啊,几个孩子怕自己笑出声,都在瑟瑟发抖中呼啦呼啦扒掉自己的衣服跑向浴池。

此时三十平方米的洗浴间热气蒸腾、人满为患,强烈的光线透过乳白色的雾气照在每个形态各异的胴体上,或清晰或朦胧,尿臊味直冲鼻腔。皮实的黑皮不顾酱油般乌黑滚烫的脏水,一爬上水池台就滑到水里畅快沐浴,陈龙用手试了试水温感觉滚烫难忍,只好坐在台子上将脚伸进水里慢慢地先适应一下。

陈龙看看自己的膝盖像长了一层黑色的鳞甲,坚硬发亮,一个冬天没洗澡,上面又积满了灰垢,他饶有兴趣地将灰垢较厚的地方用指甲一小块一小块轻轻抠下来,立马露出白嫩的皮肤,再看看脚后跟和肘关节外的皮肤上也是黑黢黢的一片,觉得有点不好意思,于是伸头望望黑皮和李刚,看看他们是不是这样,结果同样如此,也就见怪不怪了。特别是黑皮在水里泡了一会坐到水池边开始搓灰,只见他身上的灰比陈龙和李刚更多更厚,但奇怪的是他脚上灰不多,脚面和脚后跟还有不少血印。

李刚惊讶地问:"黑皮,你脚受伤了?"

"不是啊,我妈看我脚上灰比较多,昨天洗脚时用鞋刷刷的,给糙破了。"

李刚惊叫道："啊？你妈太狠了吧。"

陈龙看了以后牙龇着打了一个冷战。

三强撩水给陈龙湿身，这样也就暖和很多，过了一会三强说："你看黑皮和李刚都下池子了，你也下来试试吧，不泡哪能搓下来灰呀？"

不说还好，这么一说陈龙觉得浑身发痒，于是试着站进池子里，由于他的个子矮小，水一下没到颈脖处。他难受地大声喊道："不行，我快喘不过气了。"三强没辙，只好把他拉到水池边坐下，用毛巾够着水给他洗，像个保姆一样伺候儿子，帮他一点点搓灰。小孩的皮肤就是嫩，在三强粗糙有力的大手搓揉下，陈龙身上的灰尘像下黑雪一样簌簌落下，一掉进黑水里立马就消失得无影无踪。

冬去春来，又迎来了草长莺飞的时节，中午咸菜烧豆腐吃得太多了，李刚和二年级同学们看上去目不转睛地盯着黑板在听语文老师用方言讲解王二小放牛的故事，但是身在曹营心在汉，他们耳朵竖着等待铃声敲响那一刻，满脑子想的都是百米冲刺第一个跑到学校旁边红娟家要水喝。老师当当当、当当当、当当当敲了九下铃，意味着下课了，如果是当、当当、当、当当则表示上课了，如果是急促的当当当当声就说明放学了。孩子们早就对这些节奏烂熟于心，每天最盼望的就是前后两种声音的响起。

老师前脚刚迈出教室门，李刚就迫不及待地扒开同学，从课桌上翻过去跑在最前边，飞毛腿一般向杨红娟家锅屋奔去，刚冲到门口却戛然而止，只见杨红娟妈妈李彩云披头散发地顶着一把缺齿的塑料梳子，抱着她刚半岁的弟弟坐在还未来得及收拾的小桌旁，嘴里絮絮叨叨不耐烦地喂奶。李刚依然胆怯地说了一声："来你家喝口水。"

"喝吧。"得到爽快的同意后，李刚操起锅台上葫芦做的干瓢满满地舀了一瓢，仰起脖子咕咚咕咚灌下去。李彩云知道这会来的学生多,就抱起孩子转脸走向房间。

等李刚喝好了,陈龙和其他同学才陆续赶到,没一会,就听黑皮从外面插进人群霸道地大声嚷嚷着喊道:"都让开让开,老子渴死了。"伸手就去抢夺喝得正过瘾的蒋建磊手中的干瓢。建磊比黑皮大一岁,和陈凤同桌,身材挺拔,壮实有力,闷头闷脑的,一个人闷不代表他不调皮,蒋建磊属于闷皮的那种。看到黑皮这么无礼,他怒火中烧,一改斯文,甩起一巴掌,响亮地打在黑皮红扑扑的肉脸上,这一突发情况一下看傻了周围的同学,陈龙和李刚不仅觉得意外,心里也都觉得蒋建磊今天鸡蛋跟石头碰一定要吃大亏。黑皮称王称霸惯了,还真从没将这个闷葫芦蒋建磊放在眼里。这突如其来的暴风雨在黑皮看来就如同爬树时被小树枝轻轻划破了裤裆,尽管皮粗肉糙不觉疼痛,可当着这么多同学的面被掌掴,实在是奇耻大辱,以后在学校还怎么趾高气扬、横行霸道。

不行,咽不下这口气,黑皮心想今天就是被学校开除也要挣回颜面,眼里冒出如烟花的小星星稍纵即逝,他立即愤怒地甩开还装着半下水的干瓢,现场同学担心干瓢砸到自己,本能地都歪着身子躲避,但还是有几个学生被淋得像落汤鸡,尖叫着散开。黑皮平时就喜欢跟在村里游手好闲、舞枪弄棒的小伙子后边鬼混撒野,讨教打架的技巧。只见他啪啦一声回击了一记耳光,然后身子迅速下蹲,左腿微曲站定,右腿以迅雷不及掩耳之势从建磊背后扫向他的双腿,两只手像鹰爪一样死死掐住建磊的脖子猛地向地上掼去。巴掌大的锅屋被灶台、水缸、桌子、板凳、鼓囊囊的口袋和同学几乎填满,要不是后仰时锅台挡了一下,建磊肯定要后倒墙。陈龙看是姐姐的同桌与黑皮发生摩擦,和李刚等几个同学为了息事宁人都上前解围,用小手护驾着他往外拖。

李彩云看到这个情形,抛下襁褓中的婴儿骂骂咧咧走过来驱赶:"小婊子,都吃饱了撑的,给我滚远点。"其他学生吓得不敢再喝水了,推搡着跑回学校,留下李彩云一个人收拾残局。杨红娟两个妹妹都才几岁,听到外面的嘈杂声,一齐拥到房门口用手扒着巴帐向外探头探脑地张望。

姐弟四个数十岁的红娟最大,她和陈龙、李刚是同班同学,长得眉清目秀,细皮嫩肉,一笑起来两个酒窝像喇叭花一样美丽动人。她老家在县城西南方向的古城乡,那里树林茂密,人烟稀少,她父母前几年为了躲计划生育才跑到她姨妈家来避难,现在所住的房子是她大姨娘李彩虹家以前的两间锅屋兼牛屋,李彩虹家原有的三间土草房堂屋年久倒塌,就剩下这两间锅屋还能将就住人。李彩虹丈夫刘大全,大家称他刘三,和刘二是亲兄弟,干起活来生龙活虎。几年前家里条件好了些,他们重新选了宅基地,搬迁到下郢盖起了石草房。别看这两间破败不堪的草房,却成了杨振虎一家爱的港湾,承载着无数的嬉闹和欢笑,杨振虎两口将倒塌的堂屋改为实用的菜园,自此里边一年到头都长得绿油油的,一家吃菜不成问题了。这个美丽的菜园两年后就变成了三间宽敞的瓦房,杨振虎一家在这扎根了。

杨红娟虽然只有十岁,远比同龄孩子懂事、孝顺,成绩在班级也是遥遥领先,早就开始帮着父母扯草、拎水、洗衣、做饭。都说长女如母,几个妹妹都听她使唤。有时喝水的时候,红娟正巧也在家,同学们看到红娟不像看到她妈妈那样心里发怵,因为红娟天生待人友善,和小伙伴相处得也都非常融洽,很多小孩包括男孩子也都愿意跟她玩。陈龙有次和几个同学在门口排队喝水的时候,偷偷跟黑皮和李刚说,你们看红娟好像是我们村差不多大的女孩子当中最漂亮的,脾气也好,不像有的女孩凶巴巴的。调皮的黑皮逮到这个话茬,嘿嘿嘿地捉弄陈龙说:"你是不是喜欢她呀?"一边说还一边狡黠地看了一眼李刚。李刚也在旁边起哄说:"我看也是,你没看到前几天晚上吃完饭,我们在你家门口玩游戏的时候,陈龙悄不吭声地跑到红娟他们那一队去了,还和她手拉手筑成人墙把我堵得死死的。"他们说话这当儿,正好李彩云去菜园了,黑皮趁机嬉笑着粗吼一声:"红娟子,有人喜欢你。"逗得在场的同学都哈哈大笑。

可爱的红娟听到淘气的黑皮在说胡话,不但没有生气,还回头莞尔一笑,就当什么都没发生,倒是她妈正弯腰薅葱,仿佛听到有人说大女儿的名字,黑着脸扭头看了一下,没发现什么太大的异常,就小声骂了一句这些小炮铳的,然后继续忙手上的事情了。

一开始李彩云还会出于同情和外乡人急于融入当地的考量,对来要水喝的孩子来者不拒,并且温柔和善,笑容可掬,时间一长,就有点不耐烦了,从开始的一遍遍对学生狠毒地强调下次别来了,我家也不是水井,到后来根据孩子的长相和性格进行有选择的同意。就是这一瓢瓢水,让李彩云成为山洼小学数届学生记忆深处仅次于校长的一个人物。

陈凤下午放学回到家第一件事就是问陈龙:"蒋建磊今天和黑皮打架时你在现场吗?"

"在的啊,怎么了?"

"蒋建磊怎么惹黑皮了,把他打得鼻青脸肿的?"

陈龙把事情的来龙去脉如实跟姐姐说了一遍。

陈凤听后幽幽地埋怨道:"说到底还是黑皮的错,有点欺人太甚。"

陈龙向着黑皮说:"还不怪蒋建磊先动手打人的,活该!"

陈凤叹了一口气,有点激动地提高嗓门说:"如果黑皮今天打一个讨人嫌的男同学也就算了,关键蒋建磊很老实,不像有的男同学会欺负同桌女同学,他不仅保护过我几次,还买过零食给我吃的。"

陈龙一时不知怎么接话,怔了一下对姐姐说:"那我让黑皮以后注意点吧。"

陈凤没精打采地嗯了一声,就低头慢吞吞地去牛屋背个粪箕扯草做饭了。

黑皮在一年级足足上了三年,二年级上了两年,直到十四岁才升到四年级,按道理说很不受老师们待见,但由于他一向活套,经常鞍前马后主动帮老师做事,颇得一些老师的偏爱。一到下雪天,他就主动带几个男孩满村庄去捡拾木柴,到教室里架起来烤火帮同学们驱赶严寒。而同学们在上课的时候,不管是张小三家的猪跑到教室里巡逻一圈,还是李小四家的鸡跑到教室觅食,黑皮就要施展他的本领,拳打脚踢,大声呵斥将这些家畜远远轰走。不过这一套世故的做法在五年级的时候就失灵了,见风长的他已经变成半大的小伙,像一头小牛犊,俨然一个庄稼汉的好苗子,可他江山易改本性难移,贪玩厌学,再加上青春期的驱动,成绩一塌糊涂不说,还喜欢惹是生非。在以前,熟悉的老教师们骂几句、打两下也就算过去了,可不幸的是,五年级第一学期刚开学,因为山洼小学连续多年在全乡小升初中录取率排名倒数第一,乡文教办为了弥补这块短板,提升全乡整体的基础教学水平,特地从中心小学调来了教学精英罗老师到这里支教,任五年级班主任并教语文。罗老师比较注重学生成绩,对黑皮的殷勤视而不见,甚至心生反感,给他单独安排一个最后一排的座位。

风和日丽的这天早晨语文课上,黑皮趁罗老师在讲台上板书时又搞恶作剧,偷偷揪前排女同学吴永珍的头发以打发无聊的时光。无巧不成书,在罗老师扭动脖子放松颈椎时,无意中将教室正在发生的一切尽收眼底,他立马扔下粉笔,拿起教棍就大步向黑皮走去,然后不由分说,咬牙切齿地用指头粗的杨树棍唰唰唰猛揣他的手掌,倔强的黑皮心里憋着一股气,自始至终铁青着脸,像一尊雕塑面无表情,任其施威。全班二十几个同学都被这一幕怔住了,震惊中只听咔的一声,树棍断成两截,空气顿时凝固了几秒钟。可能觉得已解恨,罗老师悻悻地把攥在手上的那半截树棍咔嗒一声扔向墙角,并使劲瞪了他一眼,结束了体罚。同学们都把头埋了下去,避免看见这紧张的一幕。

没想到黑皮却突然把头一昂,像士兵在战场上跟军官汇报战况一样坚决干脆,大声报告:"罗老师,我不练了!"

这句话瞬间惊得同学们目瞪口呆,比考上初中还让人震惊,因为这是逃离苦海的勇敢选择。

"滚!"罗老师毫不留情厌烦地命令道。

黑皮回到座位,把桌上的物品胡乱收拾好后,又将瘪瘪的帆布书包用力一甩,在师生两种不同的目光注视下,迈着稳重的八字步大摇大摆离开了教室,这时黑皮已经十六岁。

回到家时,父母刚从四月底暖洋洋的庄稼地锄完玉米回来,见到儿子闷闷不乐地提前回家,都感觉很纳闷,他妈万巧萍疑惑不解地问:"怎么现在就回来了?"

"不练了,就是练也考不上初中,还不如早点下来帮你们做事。"这冷不丁的一个决定,将学校发生的不愉快一抹而净。

目光短浅的老两口对视了一下,喜出望外,心想家里又多了一个劳力,巧萍立马宽慰道:"儿子,练不练由你,只要你以后不后悔就好,和你差不多大的孩子有几个练你这么长时间书的,光文盲还有七八个呢,比上不足比下有余,再说你也不是练书的料,是不是?"

他爸陆必贵接着简单算了一笔小农账:"正好家里几头牛在放牛倌老周那里,马上拉回来就交给我们大儿子放,一年肯定能省下不少钱。你弟弟小宝高度近视,以后很多方面也需要人照顾。"

上学一直不是农村人讨论的中心话题,上学无非就是为了识两个字,卖粮食会算账不至于吃亏,到城里上厕所能分辨男女。第二天,天刚透白,黑皮就乐滋滋地将家里三头牛熟练地牵着,跟着村里牛队向南山赶去。脱离了学校的管制和束缚,他仿佛一下解放了,这山风吹来都感觉暖洋洋的,路边的花花草草也显得格外芳香美丽。

看到黑皮带着放牛必备的装备——口袋、皮鞭坐在牛背上神情自若地夹在赶牛的队伍中,老周好奇地高声问:"黑皮真不练啦?"

黑皮乐呵呵、毫不遮掩地向大家炫耀说:"嗯,被老师剋了几下就不高兴练了,下来跟你们放牛。"一听说黑皮也不练了,几个年长的老人都向陆家投来羡慕的眼光,早他几年下来的同龄孩子则叽叽喳喳地围拢来问长问短,迫不及待地告诉他南山牛草的分布情况和一些放牛诀窍,黑皮粗鲁的外表看上去更适合放牛,而不是读书。

早他几个月辍学的蒋建磊直言不讳地趁机奚落他说:"黑皮,我们都是种地的命,你成绩差得淌屎,在学校挨时间白浪费光阴,放牛种地才是你的正经事。"黑皮龇开满嘴玉石一样光洁的白牙,嘿嘿嘿笑着,觉得他说到自己心坎上了。可坐在牛背上的马本才听了这个消息后的反应明显与众不同,他一开始还眯着眼睛端坐在牛背上仿佛在打盹,整个人的身体随着牛的步伐惯性左右摇晃,当听说黑皮也下来放牛了,心里一惊,猛地圆眼大睁,打起精神追问了一下进行确认,得知活泼的黑皮确实辍学后,立马噘着乌紫干裂的嘴唇发出长长的一声唏嘘:"可惜了可惜了。"马本才人如其名,新中国成立前念过几年私塾,认识一些常用字,会用算盘飞速地进行加减乘除的运算,在村里一大群文盲中算得上是秀才了,所以大家都称他马秀才。他年轻时在村里做过几年会计,后来因犯了一些男女关系的错误被免职,但始终精明中透着傲气,看不起很多大老粗,老马闲来无事时就像孔乙己一样,喜欢拷问黑皮这些小孩关于田亩、家禽的计算题,以此来卖弄自己的才华,在这些粗俗的人看来,他浑身充满了酸腐气息,不可深交。不过他一直注重学问,也爱惜有知识的人,一旦看到哪个孩子成绩较好,对他提出的问题对答如流,就会当场竖起大拇指,并在村里反复夸口。

  按理说这样一位老秀才在培养子孙方面有得天独厚的优势,可惜天不遂人愿,生了两个儿子就像错了种,都有点呆头呆脑,老实巴交,孩提时哪个大人要是画个圈让他们站在那不要动,他们半步都不敢越线。小时候去上学,才进校门几天就由于听得头昏脑涨回家了,后来在老马的安排下,大儿子马广军学会拐豆腐卖增加收入,人称马豆腐。老马又把希望寄托在孙子孙女的身上,结果这些孩子都遗传了他们爸爸的独特基因,而没有遗传爷爷的,特别是大孙子马小聪今年已经十四岁,养得白白胖胖,就是反应迟钝。刚送到学校上学,每次因为不会做作业被老师批评时,不仅不知道脸红,反而勾着头咬着牙翻着白眼对着老师傻笑。这可让老马犯了愁,但反过来想想两个儿子都是而立之年才娶了媳妇,很不容易,也就宽慰了,一家人经过研究决定还是放过小聪,任其回家自由成长。

  之前星期天和暑假,黑皮也放过几次牛,但因为那时还小,在村子附近只要找到鲜草够牛吃的地方,短暂的一天往往一晃就过去了,像今天这样和大部队一起,手里拿根精心准备的鞭子把牛赶到南山之巅还是头一次,既新鲜,也像是在争一口气。黑皮此刻觉得这个松散的队伍很有趣,没有传说中拽牛尾巴那么辛苦,那么没出息,看到不少比自己小的孩子都在专门放牛,心想如果受罪的话,反正也不是他一人,哼!有什么!继而把牛缰绳又用力拽了拽,说说笑笑很轻松地就来到了天然牧场。

  这些牛来惯了这里,不需要人的引导,驾轻就熟地围着一大片草场各自分散开来,甩着粗黑的尾巴,在明丽的蓝天白云下,悠闲地咀嚼着鲜嫩的青草。

物以类聚,人以群分,放牛场也是娱乐场,大家将牛群安顿好以后就三五成群地聚在一起各得其乐。黑皮看到他们有的在自由自在地唱歌,有的在讨论着家长里短,有的在勾肩搭背追逐嬉闹……这些人中不光有自己的邻居,也有小学时的同学,大部分都是村里的熟人,他初到这里一开始还显得很拘谨,但经不起几个活泼孩子的引逗,没过几天便和他们打成一片。

一周后,陆必贵在饭桌上吃到半饱时,像谈心似的问黑皮道:"放牛怎么样啊,累不累啊,有没有练书舒坦啊?"扁担长"一"字都不认识的陆必贵之类的庄稼人始终认为上学是享福的差事,没有出汗劲种地辛苦。

黑皮刨了一大口干饭囫囵吞枣般咽下去,脸噎得通红,呷着嘴巴自豪地说:"很好,我第一天就适应了,你看我们家三头牛哪天肚子都吃得圆滚滚的,不像之前在放牛倌手上天天拖着松垮垮的肚皮回家,像闹荒年一样。"

乐观的万巧萍喜上眉梢地接过话茬说:"乖乖,我们家黑皮就是能干,书没本事练,下来干活不是好样的?你看我和你爸也都没进过书房,不也照样活过来了,一顿饭也没少吃。"

一家三口因为同样的世界观和人生观相谈甚欢,桌上近视的小宝眯着小眼只顾在千张炒莴苣的碗里拣千张吃,静静地听着并不插言,心里默默地想:老师都说知识改变命运,怎么我们家人都说放牛好?

第五章

不知不觉,这样的放牛日子已经持续了两个多月,黑皮感到和山上的悬崖峭壁、飞禽走兽、奇花异草、杂树野果打交道,特别是和一群泥腿子在一起其乐无穷,有时甚至流连忘返,放牛倒显得是他的副业。这时陈龙和李刚也将升到五年级,他们俩经过这么多次的考试对比,李刚成绩一直在班级名列前茅,而勤学苦练的陈龙,也许是方法不够科学,却成绩平平,只能在班级排到中上游,这与三强两口的期望大相径庭,失望在所难免,不过他们一家也不气馁,经常给陈龙加油鼓劲,拿村里那些通过学习跳出农门的事例来激励他,觉得只要坚持努力,陈龙未来总会有出息的。

本来以为这两个孩子的人生轨迹还将并行一段时间,但世事难料。就在这个暑假,已经十二岁的陈龙早就像父母一样养成了吃苦耐劳的好习惯,每天看瓜之余,就挎个篮子,扛一根竹子做的绞竿和李刚满村子够槐花卖,然后将卖的钱用来购买学习用品和零食,因为这种药材价格昂贵,大多数人家都在够,所以经常跑半天下来,也够不到半篮子。

这天他们商量,既然村里跑遍了也够不到多少,何不到其他村子看一看呢?也许那边会有新发现。两人一拍即合,当机立断,像两只不知疲倦的啄木鸟一样,顶着晒得人冒油的火辣太阳,到隔壁的村子一棵棵树木搜寻过去,从中挑出一棵棵槐树,再仰着小脸仔细排查,结果大部分只有叶子没有花。

别看他们小,做事还是有毅力和恒心的,在晚霞像烈火一样烧红大半个西天的时候,他们又继续往东边的村子钻进一片茂密的小树林。真是天道酬勤啊,奇迹就在这时出现了,他们赫然发现一棵石磙粗的老槐树,惊喜万分,激动得拍手叫好,满树黄亮亮籽粒饱满的花骨朵正含苞待放,这棵树毋庸置疑就是摇钱树,每一枝花都可以换成叮当作响的硬币或者散发着油汗气味的毛票。太诱人了,还等什么?两个孩子争分夺秒,顾不上老树上毛虫蚂蚁和病毒细菌的困扰,操起家伙就干起来。他们今天的篮子就像自己会生槐花的魔篮一样,眨眼工夫,篮子就塞得满满当当。

人心不足,他们都后悔自己带的篮子太小了,于是又用手掌将松松垮垮的槐花向篮底压了压。然而就在他们够着、笑着,为自己的聪明才智沾沾自喜的时候,背后突然有人大吼一声"别够"。这个意外仿佛一声惊雷,吓得两个孩子扔下竹竿就立在原地,心想完了,被主人家发现了,然后缓缓转身望去。真是冤家路窄啊,让他们做梦都没想到的是,这人是早就辍学,现在经常和黑皮一起放牛的蒋建磊,他今年已经十七岁,个子蹿得很高,胡须乌青。在上学时,蒋建磊和黑皮结下了深仇大恨,一直耿耿于怀,当时学校的学生们都知道黑皮和陈龙、李刚是铁哥们,尽管陈龙、李刚跟蒋建磊没有发生过口角和肢体冲突,但他们毕竟是一伙子的,恨屋及乌,因而蒋建磊对黑皮的这两个小弟也就没有好感。

说时迟,那时快,蒋建磊冲到两人面前就是咚咚两脚,一边踹还一边凶巴巴地臭骂:"妈的,你们吃了豹子胆,大白天就光明正大跑到外庄偷槐花,我也不罚你们了,篮子和槐花扣下,人都滚回去吧。"陈龙哪里肯让,心想槐花是你的,篮子可是我的,大不了槐花不要了,篮子得带走,他闷着头就去提。蒋建磊以为陈龙要把篮子连槐花挎走,铁青着脸抢先一步把两个篮子紧紧地攥在手里。陈龙大声嚷起来:"我家的篮子,给我!"两人因为争夺篮子立刻干了起来,陈龙哪里是蒋建磊的对手啊!简直像老鹰捉小鸡一样,陈龙被揍得没有还手余地。而一旁的李刚自知理亏且力薄,不敢上去和蒋建磊单挑,也趁机去抓自己的篮子,结果同样被蒋建磊打得号啕大哭。蒋建磊这时达到了泄愤的目的,觉得篮子不还也没必要,就将槐花倒下后把两个篮子扔给他们,愤愤地骂道:"滚蛋。"蒋建磊看这两人太瘦弱,况且陈龙还是以前暗恋的同桌陈凤的弟弟,就手下留情,刚才实际上并没用多大力气去揍,只是想教训教训他们。

即将天黑时,两个孩子挎着空荡荡的篮子拖着清亮的哭腔向家里一步步挪去,村民们像鸟儿晚上归巢一样,也已陆陆续续从村子的四面八方回到家。听到哭声,不少人都好奇地探出头来望望是怎么回事。村里这么多孩子每天在一起疯玩,打架号哭是正常现象,当看见是两个孩子,大家都见怪不怪,叽咕两句也就把头缩回去了。陈龙从小到大也没受过几回这样的皮肉之苦,到家时,三强在稻田放水还没回来,正在做饭的玉梅看到陈龙伤心委屈的样子心疼不已,来不及摔手上搂稀饭的玉米面,一把就拽过来问是怎么回事。陈龙这时看到家人,情感得到宣泄,反而哭得更加伤心,抽噎着几分钟才把事情的来龙去脉说完整。"走!"心急气盛的玉梅二话不说拉起陈龙就去蒋建磊家理论。别看玉梅平时对陈龙凶巴巴的,但是别人胆敢弹陈龙一个手指头她都不让。这时蒋建磊一家四口正其乐融融地在昏黄的日光灯下一边滋溜滋溜喝着玉米稀饭,一边风轻云淡地谈论着白天的一些见闻。无须客套,玉梅还没踏进蒋家门槛就大声质问正在埋头喝稀饭的蒋建磊:"小磊子,你是不是打我家陈龙的,啊?"

"他偷我家槐花的。"蒋建磊手里捏着筷子,昂起头理直气壮地说。

"两个小孩够你家几枝槐花就叫偷的?你要把他打死还不抵罪呢?"

玉梅看蒋建磊父亲蒋其田坐在旁边一言不发,气不打一处来,转而对蒋其田吼道:"蒋其田,你是怎么教育你家小孩的?看看把我们家小孩打成这样,今天一定要给个说法。"

蒋其田瞪着两只硕大的牛眼显得无奈地说:"小孩对小孩你叫我怎么弄?"

玉梅反唇相讥:"他都这么大个子了还是小孩?"

蒋其田站起身寸步不让地说:"他年龄再大没结婚也是小孩,更不要说他还没到十八周岁。"

玉梅这时气急败坏,看看周围来了一些围观的邻居,觉得孩子被打了,人家还振振有词,等于被人骑在头上撒尿,于是左手掐腰,伸出右手的食指直指蒋其田的脑门,充分施展她的骂人绝技:"一家都是有人养没人管的东西,欺负到我家小孩头上,我咒你家祖宗三代。"

蒋其田被骂得无地自容,不容分说,冲过来就打玉梅,这时三强也赶到了,两家立马撕扯起来。由于看热闹的人众多,不少都是熟人,甚至在玉梅手里做过衣服,有的拉胳膊,有的抱身子,有的捂嘴巴,都在拼命拖拽,及时阻止了这场可能血流成河的决战,但三强心窝还是不小心被强壮的蒋其田揭了一拳,而蒋其田老婆的头发也被泼辣的玉梅薅了一把。

正在这时,李正柱两口带着李刚也急匆匆赶来蒋家要讨说法。当他们听说了刚才发生的一幕,觉得不好再发飙,只好趁机数落了蒋建磊一番。李刚的大伯是村里的会计,威望很高,影响力很大,蒋其田把头转向一边,充耳不闻,任其训斥,最后在众人的好言相劝下,陈、李两家才愤愤地走开。

黑皮下午正好跟父亲去县城卖黄豆,等晚上九点多到家听说这事时已调解结束,要不然一定会跟着一起去较量较量。

当天晚上,三强两口躺在平房上辗转反侧,一夜无眠,这么多邻居为他们打抱不平,耐心开导也无法抚慰他们受伤的心。第二天在芝麻地锄草时,他们像刚结婚的夫妻,半天无话,也像被骄阳烘卷的芝麻叶子蔫头耷脑的,只顾埋头做事。太阳热到灼人的时候,玉梅深深叹了一口气,三强听到这声叹息仿佛一大口辣酒在胸腔燃烧,引起浑身痉挛,于是缓缓停下手中的锄头心疼地安慰说:"别气了,我们好好栽培,陈龙以后会有出息的,等走出了这个村子,就不受人欺负了。"

毕竟孩子是自己身上掉下的一块肉,天下的妈妈可能都是爱子如命,容不得别人对她们的子女动一根毫毛。听到三强开口了,她强忍了半天的怨气一下子得到释放,扔下锄头就双手抱膝瘫坐到旁边的草地上有气没力地说:"三强,你看我们现在锄的芝麻,如果放在干旱贫瘠的土地上不闻不问望天收,最后就怕一斗都收不到,不是干死了就是被其他杂草夺走了养分。人也一样,一个庄稼坯子要想跳出农门哪有那么容易,不是发发誓、攒攒劲就能有出息的,还是要有更好的环境和更好的老师。我们供足学费,他自己刻苦修行才有可能考上个好学校。你看这样行不行,我们不是有一些亲戚在城里住,你去找找看,能不能想办法把陈龙转到县里去念书,这村里教学水平和学习氛围摆在那,庄上几年也没能出一个中专生,陈龙不算笨,就是比他灵光的人如果一味地贪玩,没有更高的人生追求,最后还不是种地的料?"

一直听女人话且对练书两眼乌黑的三强觉得玉梅说得比较有道理,他本来以为只要钱供足了,小孩就能考上个师范或者中专,不知道和教学水平、学习氛围、自身天资还有一定的关系。心烦意乱半天的三强听到妻子的点拨后如梦初醒,他也没有耐心再锄草间苗了,当即跟玉梅商量说:"我四姨妹夫在千台县卫生局给局长开车,请他出面帮忙,看看能不能转到县里城北小学……"

第二天天麻麻亮,玉梅就起来到锅屋叮叮当当地忙活,这是锅铲和铁锅用力炒饭摩擦发出的清脆响声。吃完饭,两口子一起小心翼翼地将前天晚上精心准备的一百个鸡蛋、二斤麻油、五斤花生和六斤绿豆捆扎好往自行车上装,然后玉梅用期盼的眼神目送丈夫骑着自行车向县城满怀希望地赶去。

三强这个妹夫既认亲也大方,还肯帮忙,不仅用大鱼大肉热情接待了三强,还让三强带回了不少旧衣服和副食品,最关键的是通过几个电话当天就把陈龙转学的事情办妥了。三强下午满载而归时将那辆破自行车骑得像风火轮一样快,迫不及待地要告知家人这个喜讯。

暑假对无所事事的城里孩子来说,也许每天除了看电视、看书就是到处玩,假期显得漫长而舒坦,而农村的大孩子无论是否已经辍学,围绕田里、牲口都有做不完的农活。三强家的西瓜刚败园,新学期就来临了,就像当初上幼儿班一样,开学前几天玉梅就到山明化工厂扯了几尺不同材质和图案的布料给陈龙做了两套崭新的衣服,城里孩子每天穿得干净整齐,陈龙去城里上学不能像在山洼小学一样,每天穿带补丁的衣服,那样会让城里孩子笑话瞧不起的,这个面子必须撑起来。

报名这天,陈龙跟着父亲带着憧憬和梦想来到了城北小学,这也是他第二次由父亲亲自送上学,第一次是在山洼小学刚入幼儿班的时候。这个城里园林式的小学可让陈龙大开眼界了,只见校园整洁、楼房林立、绿荫遍地、花团锦簇,看得他目不暇接,紧张拘束,这样美丽壮观的校园一般只能在电视和课本上看到,和山洼小学真的是天壤之别。到了教室,同学们正在上早读课,几十人的读书声如苍蝇、牛虻一样嗡嗡响成一片。老师把他安排在最后一排,毕竟是插班生,前面的位置都被原有的学生占满了。进教室时陈龙根本不敢抬头看里边的情况,就怕大家用异样的眼光打量他,走路都甩不开手,像个犯错的学生低头默默走向课桌。

见惯了大世面,也见惯了学生转进转出的同学们对新同学的到来视而不见,各人都在专注地自由朗读课文。陈龙到了座位上也摊开课本认真学起来,然而他发现根本静不下心,早自习下课后他的小心脏还在怦怦狂跳,直到上第一节语文课才好些,他才渐渐进入角色,听得格外专注。在老师向同学们提问时,他细细打量了一下前面黑压压的同学,只见他们个个穿得都很干净体面,回答问题举手示意显得彬彬有礼,流利的普通话自然动听,这可能就是城市和农村学生的差别所在。可在老师眼里,陈龙尽管穿得也比较光鲜,但酱红粗糙的小脸蛋和其他几个农村刚转过来的同学一样在班级中格外醒目,一看就是乡下来的。不仅皮肤黝黑,表情也显得腼腆羞涩,不像许多城里长大的孩子细皮嫩肉,阳光自信。

带着使命和压力进城求学的陈龙经常用囊萤映雪、悬梁刺股、负薪挂角的古代励志故事鞭策自己,然而即使他使出浑身解数,一年下来成绩在班级里也只能排到中上游,但他很知足,觉得已经尽最大努力了。这期间,他经常想念家人和发小,想念家乡的一草一木,这里再也交不到像黑皮和李刚那样的铁哥们,这里的同学太势利,要么和有钱的拜把子,要么和学习好的做兄弟,要么和爱玩游戏机的交朋友,而这几样陈龙一样也沾不上,孤独感常常涌上心头。背井离乡、寄人篱下的滋味他这么小就品尝到了,因为念家心切,每周六下午一放学他就会迫不及待地跑回寄住的表姑家,眼巴巴地盼着家人来接他回家过周末。有两次家人因为忙没时间来,他在近三十里尘土飞扬的石子路上独自摸黑走回去,见到家人的那一刻,他委屈得真想大哭一场。

第六章

在铁三角各奔前程的这一年，李刚的成绩继续在村小名列前茅，并顺利考上了乡里初中，更让他引以为傲的是参加全乡查字典比赛还获得了三等奖。陈龙因四分之差与梦想中的县中失之交臂，只能上实力一般的二中。黑皮在放牛场却混得如鱼得水，他性格奔放、开朗，越是在宽松的环境越吃得开，才十七岁就左右逢源，处了不少新朋友，但一起放牛的乡亲中和黑皮最投缘的恐怕还是懂事乖巧、对他无微不至的小丫。她和黑皮同年，因为男女有别，黑皮放牛前并没和她说过几次话，更不要说在一起玩耍了，充其量也就是认识，特别是黑皮这类调皮的孩子小时候就不受人待见，女孩更是避而远之，怕被人说风凉话，庄稼人都喜欢像陈龙那样老实的孩子。

小丫的父母吴长年、徐金花都瘦得像刀刻一样，过日子精打细算，从不错花一分钱，和邻居也没有什么深交，但也是求子心切，一心想生个带把子的儿子光宗耀祖，可惜天不遂人愿，将原本就脆薄的家底都生空了，连生三个女儿也没实现生儿子的夙愿。当第三个女儿出生快满月时，徐金花才怯怯地问吴长年给孩子起个什么名字好，吴长年把脖子一梗，气愤地说："还是个丫头那就叫小丫吧。"小丫八岁上学时,根据学校要求家里给她起了学名,按辈分排下来叫吴永丽。

每当吴长年在村里看到马小憨到处游荡时,他就会出神地痴想,哪怕上天赐给我这样一个儿子后让我立马就死我也能笑着闭眼了!有次他随之真的闭起了眼睛幻想,但转脸又把头像拨浪鼓一样摇了几下,以示无奈。

小丫天生丽质,白净可人,嘴甜舌巧,唱起歌来也像山里的百灵鸟一样清脆婉转。在这样一个女孩众多的家庭里,小丫没有因为是小老巴子,也没有靠着出众的长相被父母娇生惯养,而是被一视同仁地对待,因此从小就养成了自立自强的性格,在村里格外讨人喜欢。只怪是个女孩,学习成绩名列前茅的她三年级没上完就被吴长年安排放牛开始分担家务。这样独立勤奋的女孩,放牛也同样做得毫不逊色,很少有让牛饿着、渴着、伤着的时候,总是把大人布置的任务不折不扣地完成。所以小丫渐渐成为大家信得过、夸不尽的好丫头,也让黑皮在放牛时对她形成了依赖。

"小丫,帮我看下牛,刚才看到那边跑过来一只兔子钻进杏林里了,我去追追看,要是逮到,晚上给你兔肉剁!"

"好的!"

"小丫,帮我看下牛,这棵洋槐树上有个雀窝,我爬上去看看是什么鸟,掏到蛋带你分的!"

"好的!"

"小丫,帮我看下牛,这棵树上不少朴果子,我要够下来做竹筒枪的子弹。"

"好的!"

就这样一来二去,黑皮和小丫在这青山绿水中渐渐成了知心朋友,农村的孩子在爱情上往往比城里的孩子开窍晚些,他们一般到了十三四岁才懵懂地知道一些谈情说爱的事情。小丫今年已经十七岁,书念得不多,家长里短、打情骂俏的故事却听了不少,也懂了不少,在放牛场这几年和形形色色的男孩在一起皮脸、开玩笑已经习以为常,但从未对谁心动过。一起放牛的这些男孩要么其貌不扬,要么邋里邋遢,要么吊儿郎当,要么语言粗鄙,直到看到比自己文化水平高的黑皮也来到山上,他尽管调皮了一些,也有不少缺点,不过他身上散发出的青春气息、蓬勃活力、英勇精神都让小丫很着迷,让她有一种无法用语言表达的幸福眩晕,这也是她羞于向别人倾诉的内心隐秘。所以对黑皮每次的呼唤,小丫有求必应,这也消除了主动找他搭话可能引起的别人的猜疑。

这天上午,黑皮闲来无事,独自一人在小站果林附近转悠,忽然看到眼前一棵大杏树上缀满了橘黄色的杏子,也许是熟透的缘故,香喷喷的味道撩拨得他心乱如麻,人们常说望梅止渴,这时的黑皮是望杏引渴,越看越馋,急不可耐。

几百亩的小站里分布着果林、树林和农田,果林里主要以桃子、柿子、杏子、梨子等几种水果为主,由老李家承包,每当水果快成熟时,老两口就住在山上,像哨兵一样寸步不离地看守这个远近闻名的小站。老李天生精明能干,别看他已经六十多岁,每天用山鹰一样的利眼在四周来回巡视,要是哪个小贼不幸被他逮到,无论男女老幼,不仅要照价赔偿他的损失,还要被他劈头盖脸地教训一顿并宣扬出去。要是陌生的外村人被逮到,说不定还逃不过他的一顿暴打。所以一些小孩路过果林看到诱人的果实,无论多馋,想起老李的神色都会不寒而栗,逃之夭夭。之前红中兄弟俩没能抵制住诱惑,就付出了皮肉之痛和声誉损失的代价。

出了一会神,满树黄里透红、灿若繁星的杏子飘出阵阵奶香,把黑皮看得直流哈喇子。在春天饥饿时,他看到又青又硬的桑葚未等变紫也能拽几个下来开开胃,更不用说这样熟透的果实。经过激烈的思想斗争,胆怯最终没能战胜味蕾的诱惑。黑皮在学校就是个机智勇敢的孩子,他虽知道老李的厉害,但不像其他孩子一样闻风丧胆,这和家里宽松的成长环境有着极大的关系。他想,退一万步讲,大不了像在学校一样被揍一顿,再说他和老李的孙子李刚是好兄弟,以前跟李刚一起来都沾他光,吃得很尽兴,不管多铁石心肠的人这个情面还是要给的吧。他边想边用一双贼溜溜的眼睛向四周观察一番,隐约听到老李在对面山坡西瓜地里哦喊哦喊撵鸡的吆喝声。在确定杏林周围没人后,为了防止被老李夫妻俩或者别人听到,他立马将手拢在嘴边对着山坡上正找药草的小丫捏着嗓子呼喊:

"小丫!"

"唉!"

"快来,这里那么多杏子!"

小丫很有心机,听他这么一说,兴奋地抓起草地上的蛇皮口袋就揉着草秸左顾右盼悄悄地向杏树底下走去。

到了黑皮面前,小丫顺着黑皮手指的方向抬头一望,一串串黄灿灿多如繁星的杏子,让她激动得轻声拍掌,尖着嗓子发出老鼠般咿咿咿的叫好声。以前小丫视这里如军工厂,从不敢擅自迈进半步,今天在黑皮的怂恿带领下,她觉得有人撑腰壮胆,冒一次险很刺激。

两个人蹑手蹑脚地来到树底下,黑皮伸出食指嘘一声示意她小心谨慎、低调行事。

"我爬到树上用棍子敲,你在下边用口袋拾。"

"好的!"

他们一唱一和,只见黑皮搂着树干,像黑熊一样敏捷地往上蹿,用力蹬腿时脊背露出光洁的皮肤和结实圆滚的臀部,看得站在草地上的小丫脸色绯红,难为情地假装东张西望。

等黑皮在树上站稳,小丫随手从旁边递上放牛的皮鞭,黑皮展开右臂唰唰唰几下,将树上熟透的杏子打得像冰雹一样嗒嗒嗒纷纷砸向草地,小丫赶忙闪到一旁避险,片刻后立即手忙脚乱地捡起地上的杏子往口袋里塞。人心不足蛇吞象啊,黑皮觉得还不过瘾,跷起腿,准备攀向更高的枝头。

不知是因为黑皮的裤子太瘦布料太次了,还是太紧张动作过大,只听噗啦一声,裁缝店扯布般的声音惊得两人为之一颤,目光同时聚焦到黑皮的裤裆处,天啦,丑死了,只见那里绽开了巴掌大的一个口子,露出一片淡蓝的色彩。小丫反应过来以后,捂着嘴巴咯咯咯笑个不停,黑皮觉得太丢人了,形象此刻比满树的杏子更重要,于是扔下鞭子就擦着树干滑下来。他顾不上查看杏子是否捡净,喊上小丫就神色慌张匆匆逃离了现场。塞翁失马焉知非福,没够得尽兴不要紧,庆幸的是没被凶狠的老李发现,两个人躲到山上一个大石头后面笑嘻嘻吧唧吧唧吃得又香又踏实。

过了一会,老李拿根笔直的木棍巡逻到这里时还是发现了一些端倪,心头为之一震,只见草稞里躺着不少黄杏,而光秃的地方则看不到,他想:如果是昨夜风刮下来的,也不会只刮落这一棵,就算只刮落这一棵,哪能那么巧不偏不倚全刮到草丛里去?再抬头看看枝叶,小部分有被打断的痕迹,精明的老李当即断定他家杏子今天被人偷过。他进一步懊恼地想,真是防不胜防,会是什么人呢,放牛的?锄田的?还是人家专门来偷的?半天在附近也没看见生人路过啊,难道是村里人?他心有不甘,径直踩着毛毛路想去山坡问个究竟。

到了坡上,他首先客气地询问正在抽烟的老周:"老周,你看没看到有人偷我家杏子啊?"老周翕动两下满是皱纹的脸平静地说:"刚才在那边树林拾地皮菜的,还真没注意果林的情况。"

老李又转头问横眉竖眼的倪素珍,此人是陈国柱儿媳妇,比黑皮妈妈大几岁,清瘦干练,黑皮都称她倪婶。倪婶说得更干脆:"我们几个人在这打半天跑得快,不要说没看到偷杏子的人了,连牛都没沾杏园的边。"

老李心有不甘地抬头向远处的黑皮招了招手:"黑皮,你看没看到有人偷我家杏呀?"

黑皮和小丫为了安全起见,早就走到离人群几十米远的地方把偷来的杏子藏在一片玉米地里,黑皮志忑不安地硬着头皮大声说:"没哦。"

老李看一连问了几个人都没有结果,他是个要面子的人,心想这些人是一伙的,平时也没得到他多少好处,现在的人都是多一事不如少一事,就算看见估计也不会告诉他的,问得多了反而让一些讨厌他的人看笑话。他异想天开地设想,如果挨个翻他们随身携带的口袋,看到有杏子也没法证明就是他家的,再说也没有权利去对他们一一搜身。这个想法瞬间被否定,他只能自认倒霉,埋头走了回去。黑皮和小丫早都惊出一身冷汗,看到老李离开才长舒一口气,两人相视会心一笑。

中午小丫回到家,怀着激动的心情躲进房间将口袋里的杏子倒进菜篮,她爸吴长年割麦子刚回来还没坐下,小丫就迫不及待告诉他说:"爸,今天我在小站揪的杏子,你看又大又黄,快尝尝。"

不仅小孩流口水,大人也馋,吴长年知道这个杏子来得不容易,顺手就拿一个用手捏开,掰开一瓣送到嘴里,一边甜美地嚼着,一边好奇地问小丫:"你怎么够到的?"

"爸,你不要跟别人说啊,是黑皮偷偷爬树上用牛鞭打的,放牛的就我们两个人知道。"她还把老李到放牛场问话的过程又绘声绘色地描述了一遍,直听得吴长年毛骨悚然,一会又欣慰地微笑。然而笑着笑着他却皱起了眉头,毕竟自己的三女儿也不小了,单独和讨债鬼混在一起总觉得不是滋味,但又不好明说,这个杏子吃得真是五味杂陈。

平白无故吃到老李家一颗杏、一个梨都是不容易的，这都得益于老李的六亲不认、管理有方。三十多年前，老李拖家带口从皖北逃荒到这里时连住的地方都没有，整天夹着尾巴做人，遇到三岁小孩都赔个笑脸，但老李上过几天学，识得两个字，又走南闯北做过小买卖，算得上见多识广的人。家庭经济发生转机是在二十几年前老李拼命拍时任村书记马屁而获得了果林承包权，李家的第一笔财富从那时开始积累。他还十分重视子女的教育，三儿一女尽管都没学出什么名堂，不过也都勉强撑到初中毕业。发家致富后，老李就像变了一个人似的，渐渐对很多庄邻不再像以前那么客气，而是以暴发户的姿态居高临下，果林里的水果也不再经常赠送给左邻右舍，常年备一杆秤以市场价出售。老李如今不光自己有钱，几个儿子也不用他烦神，这个家族在村里已树立了很高的威望，他无论走到哪里都是昂首挺胸，脸上洋溢着自信骄傲的神态，说起话来中气十足。更引以为傲的是他的孙子李刚在同龄孩子中也是佼佼者，不仅长得体面俊朗，成绩在乡里也是出类拔萃。

不少人对李家这个后代、未来之星充满了羡慕，有的甚至是嫉妒，尤为明显的是三强夫妻俩。陈龙刚转到城里上小学时，三强两口觉得陈龙的一只脚仿佛已经踏入大学，沾沾自喜，这么好的学习条件没有理由考不上大学。陈龙小升初确实比李刚高了几分，但实际上考上的二中不比乡里的中学强在哪里。对于县城的四所中学早就有句顺口溜：想学习去县中，想谈恋爱去二中，想混日子去三中，想打架去四中。这么小就开始谈恋爱哪能学到什么知识？考上什么学校？这可难住三强两口了，如果这时再把陈龙转回乡里练，那脸上太无光。如果想去县中还有最后一条路，找到县领导并准备较大的一笔建校费。这条路就如死胡同，压根走不通，他家既没那么大的背景，也没那么强的经济实力，最后只能到二中赌一把。

七月初,家家户户将主要精力都放在锄地间苗上,天一晴大地就会热得像个蒸笼,别说在地里弯腰翘臀干活了,就是走几步都会汗如雨下。这时学校已进入暑期,有的孩子帮家里大人分担家务,有的就到处充军,哪里有好吃好玩的,都被他们摸个透,但他们还是玩不够。从前李刚像个孩子王一样带领一帮男孩漫山遍野疯,可他现在已经十五岁小学毕业了,一有空就去山上跟看瓜的陈龙或者放牛的黑皮玩。他自从被蒋建磊欺负过,主动找三爷李正旺要求学两下子,有时还看些功夫书籍,自创一套武术动作,到小学毕业,一个人同时挑战三四个小伙伴都不成问题。男孩子谁不希望自己是武功盖世的高手,敢于路见不平一声吼的英雄呢?黑皮、李刚这两个年轻气盛的少年浑身有使不完的劲,特别是黑皮对很多有兴趣的事物都喜欢钻研,他本就有一点武术功底,看李刚在武术方面经常展示一些雕虫小技佩服不已,如果几天看不到李刚就会主动找他请教一些散打要领,并在山上切磋练习。南山真是个风水宝地,练得浑身湿透就可以跳进山脚下一个浩大的人工水库里降温,当地人叫它大坝,这大坝将整个南山顺着山沟流下的雨水拦住截留,供村里的牲畜喝水和几十亩稻田灌溉使用,一直以来还被有钱的户主承包下来养鱼养虾,更是孩子们夏天游泳消暑、捉鱼摸虾的乐园。

李刚早就在这里陆续学会了蛙泳、狗刨等各种游泳技能,每年他都和小伙伴穿个裤头到这里度过愉快的夏天。从十来岁开始淘在水里,被家长担心安全,在堤坝跑着撵,到大些能在水里自由翻滚,挥洒自如炫泳技,这湖水见证了孩子们在游泳方面成长的过程,也算是这一带地标性的场所。

黑皮自放牛以来,一到盛夏就和大家把牛赶到大坝,一要饮水,二要滚水、游泳,伙伴们一到这个时刻就无比兴奋,牵着牛匆忙走在队伍的最前头,到了水边鞋子和衣服一脱一扔,就和牛群一起跃进干净的水域。一些争强好胜的男孩还喜欢相约来个游泳比赛。在缺衣少食、以农活为主的二十世纪九十年代,处于长身体年龄的这些青少年很少有胖子,大多数都苗条得像根筷子,也不懂游泳标准姿势,只是业余爱好,谁也没经过专业老师培训,靠一代代手把手教下来,只能自我摸索,这丝毫不影响他们的比赛激情。按照自定规则,参赛选手选个大概半人深的区域蹲在水里,只露出一个黑乎乎的脑袋凝心聚力,听到发令声一响,就同时朝指定位置游去,谁第一个到达就算胜利。尽管水平各有千秋,但大家都有一股不服输的精神,他们挥动黝黑的胳膊奋力冲刺,像陈龙那样技术一般的男孩会骚腿掼脚溅起大片白花花的水浪,技术好点的则会像专业游泳运动员一样优美匀速,岸上观战的人都大呼小叫地为他们呐喊助威,有些姑娘看到健美的身材还抑制不住内心的赞叹。

小丫有好几次看黑皮看得入迷,噙着口水,脸上绽放出如花的笑容,大声喊着加油、加油,完全忘却了自己的使命。经过老周的多次大声提醒,她才回过神来,拔腿跑到田里赶牛。

南山的南边属于黄庙镇的南港村,山的北边,则是前松乡的启明、东山、洼西几个组共有,所以到大坝游泳、给牛饮水的村民不只洼西小队,几个临近小队的放牛人也会来。

这个傍晚时分,正当这些小伙子举行游泳比赛,李刚和东山组的蒋建磊,两个曾经的仇人,同时发现不远处白玉一样狭长的肚皮浮在水面上。凭着经验,两人都认为是天上掉馅饼,一条很大的死鱼。他们眼疾手快,同时用力向鱼游去,巧的是,当李刚拽到鱼尾,蒋建磊也已抓到鱼头了,两人一看一掂量,这是条足有四斤重的青鱼,为了这条鱼,他们立即展开激烈的争夺,大声吵着说是自己先抢到的,谁也不愿松手让步。其他人还没怎么反应过来,两人已经扔下鱼挥起拳头大声嚷嚷着互相砸起来。尽管李刚平时会几下三脚猫功夫,可面对身材高大的蒋建磊,嘴巴还是不小心被对方捣破了,鲜红的血液顿时从口中渗出,很快将他的牙齿染红,他用手一抹嘴角,直接花了他的脸颊,随之他撩水洗脸,又迅速染红了一片湖水。

黑皮一看自己兄弟被人欺负,立马游过去拉架,真是骂起来没好言,打起来没好拳。还未等黑皮伸手,或许是无意,蒋建磊一个摆拳掼到黑皮肋骨,打得黑皮猝不及防,哇嗷一声跌坐在水里。当水快要淹到他脸部,他下意识里嘴一抿、眼一闭,用手向下划,尽力寻找平衡稳住。黑皮恼羞成怒,顾不上疼痛,心想我是来拉架的,你他妈的却把我当成拉偏架的,腾一下从水里蹿上来,甩了几下湿漉漉的头发,猛地扑向蒋建磊。你可别小觑黑皮,他在水里站稳以后,先用左拳虚晃了几下,随即转胯、耸肩、出右拳,一记重拳稳稳打在蒋建磊的左颧骨上,疼得蒋建磊双手捂住脸部啊地大叫一声,紧接着又被一个勾拳打在小腹上,这下蒋建磊痛苦得直接喊哑了声。这时岸上几个大一点的小伙纷纷赶到跟前,连拖带拽将他们拉开,李刚傲慢地昂起头,把漂在水上的鱼一抄,脖子一拧大声说:"黑皮,今晚到我家剋鱼去!"蒋建磊看到李刚洋洋自得的样子,心中的仇恨进一步升华,抹了一下鼻涕,不服气地大骂道:"李刚、黑皮,你们给老子等着。"

黑皮和李刚看蒋建磊嘴硬不服输,污秽不堪地骂着,又转回头蹿上蹿下准备把他制服,幸亏被大家及时劝阻下来,老周在岸上也哑着嗓子焦急地喊:"建磊啊,省两句吧,好汉不吃眼前亏啊。"双方又是一阵不堪入耳的对骂,这场斗殴才止息。

通过在大坝这一架出色的表现,黑皮的功夫拳迅速在附近几个村传开了去,在放牛圈更是得到了大家的刮目相看。黑皮和李刚这一架尽管打赢了,但在蒋建磊和他的小伙伴心里却埋下了仇恨的种子,接下来连续几天,他们泾渭分明,大路朝天各走一边,在山上放牛遇见时会有意避开,在大坝游泳也是各占一角。然而毕竟还是孩子,没出一个月,他们忍不住又玩到了一起。

　　李刚感觉暑假还没玩过瘾就迎来了开学季,现在走进初中全新的环境,他每天认真听讲、遵纪守法。如此才貌双全的少年在任何一所学校都会受到老师的喜爱,更易获得情窦初开女孩的默默关注,就是男生也愿意和他称兄道弟,这初中读得真是如鱼得水。

　　初一上学期一个金风送爽的上午,当同学们做完早操一窝蜂踏起尘土气喘吁吁跑回教室,翻开语文书准备上课的时候,李刚意外发现课本里夹了张折叠整齐的练习纸,他好奇地当即展开蹙眉细看,不看不知道,一看吓一跳,两面都写满了字,于是转手找到第一页开始认真阅读,当读到第一句"亲爱的刚"的时候,他白皙皙的小脸唰的一下被热血洇红了,心脏也跟着抑制不住地剧烈跳动起来,敏锐清澈的小眼迅速瞟了一下同桌,担心被他发现,无论这封信来自仙女还是恐龙都足以让他心潮澎湃、欣喜若狂。孩子们进入青春期并了解一些男女之间的隐秘之事后,经常会和小伙伴打趣打闹,李刚不止一次成为打趣的对象,每次羞羞答答表面显得很气愤,而内心又获得一种瘙痒的快乐和满足。一听到某个同学被表白,心里难免会酸溜溜的,以为自己魅力不够才没人看上,实际上是因他太优秀而没有哪个女孩敢轻举妄动,第一次收到情书,自然让他有一种被暗恋、被倒追的窃喜。他很纳闷,这会是谁呢?

　　李刚是班级的数学课代表,平时看到的数学作业大多是阿拉伯数字,一时半会还真的难以分辨。女生人数不到班级一半,但也有二十多个呢,他一边假装在听老师讲课,一边将情书悄悄压在书本下开始抽丝剥茧慢慢欣赏和品味,他继续往下读:"你好!我之前从没暗恋过任何人,也不知道喜欢一个人是什么样的感觉,但自我们成为同学的那天起,你与众不同的外表就吸引了我,让我每天不由自主地默默关注你的一言一行,感觉你就像天上飞来的白马王子,不染纤尘,清新脱俗。不要说看到你,就是听到你说话,或者别人提到你的名字都让我怦然心动。我是个思想保守的女孩,也是个严格遵守校规的听话学生,在兄妹众多的贫穷家庭里,由于小学时成绩好,父母咬牙供到初中,我理应把精力都用在学习上才不辜负他们的一片苦心,但我就像被月光菩萨控制了大脑和手脚,无法做到心静如水、隔空远观……"

等李刚咀嚼完人生的第一封情书,语文老师已经把课文讲完,写信人的谜底也已揭晓,是董金妹,座位和李刚并排,她在左边,中间隔着几个同学。一个成绩优异、长相平平的女孩,肥嘟酱色的脸蛋上分布着几颗扎眼的雀斑,同学们喜欢叫她"黑妹"。从长相上来看,黑妹在女生中并不占优势,不过在以成绩论英雄的校园里,她却占尽了风头,一串串8或者9开头的分数让大家忽略了她其他方面的不足。

李刚以前也经常和黑妹在一起探讨题目,对其品学兼优心生钦佩,偶尔也会互相帮助打个饭什么的,然而在爱情上从未想过会碰撞出什么火花,这突如其来的一封信立即打破了原有的清白关系,李刚开始在心里重新打量这个熟悉的同学。尽管这封情书写得发自肺腑,真情实感,但她毕竟不是他的菜。于是李刚眉头紧锁,一想到假如和这样的女孩结婚过日子就感觉不适,黑妹其貌不扬确实不是她的错,不过对他说出这样露骨肉麻的话就是一种侮辱,他们的关系只能止于学习,此时的李刚对爱情还处于懵懂状态,而黑妹比李刚大一岁,在爱情上开窍稍早些。

下课后李刚若无其事地走出教室和同学们去玩单杠,挨到下一节课时,他也撕下一张练习纸,草草写了一封拒绝信:"董金妹同学你好,我们不合适也没有可能,我没你说得那么完美,现在只想把心思全部用在学习上,如果你愿意,我们还像以往一样做好同学,谢谢!"写好以后,李刚用同样的方式把这封信悄悄送给她。

情书事件发生后不久,有天晚上宿舍卧谈会。留着颜色略黄中分长发的男同学黄小辉今年十六岁,他和李刚颇有渊源,在两人刚住到同一个宿舍的当天晚上,李刚无意中得知好像以前在哪见过的黄小辉是下港村的,就纳闷地问他:"黄小辉,你们村有个叫二猛子的男孩吗?"

"就是我啊,怎么了?"

"啊?真是你啊?我就说总感觉好像在哪里见过的。你还记得吗?大概四年前的时候,我们村几个孩子和你们村几个孩子在山明化工厂垃圾池那里,因为捡垃圾打起来的。"李刚没好意思揭他丑,说他们当时打输了。

"记得啊,怎么不记得,你们村那个黑不溜秋的男孩,我都没打过他。"

"那肯定,他叫黑皮,孩子王,还会几下功夫。"

"怪不得的,乖乖,我当时嘴都被他打淌血了,在那群小伙伴面前很没面子。他现在在哪个班啊?"

"他念到五年级就不念了。"

"哦,现在干吗去了?"

"在家放牛。"

"那以后见到他也不容易了。"

"你见他干吗,想报仇啊?他现在很壮实,就怕像你这样两个都不是他对手。"

"怎么可能啊,当时都是小崽子,打架还不正常啊,就是想认识一下。"

"既然我们是同学,就会有机会介绍给你认识的。"

"好好好。"

"对了,黄小辉,当年那个敢在我们村小伙伴面前挑衅的胖墩现在在哪里上学?"

"他啊,叫董金山,就是董金妹亲弟弟啊,比董金妹小一岁,现在在村里上五年级。"

"晕死,还这么巧啊。"李刚心想姐弟俩胆子都不小,可能是遗传,一个敢主动追喜欢的人,一个敢叫板陌生人。

黄小辉成绩在全班倒数,此刻正躺在床上明目张胆地和大家吹起男欢女爱的话题,下流的他不仅偷看过几次黄片,还听过一些成年人讲的或真或假的淫秽故事。这种话题没有几个男孩子不感兴趣的,一个爱讲,一群爱听,年龄尚小、孤陋寡闻的少年们天生的好奇心被充分激发出来,在黑夜里红着脸发出一声声恐怖的惊呼声。李刚听得十分刺激,这次分享让他想起小学五年级体育课上的一次自由活动。那天他抱着手腕粗的一根铁杆向上攀爬时,忽然感到下体喷射出一种液体,给全身带来一种美妙的舒爽的快感,他迅速滑下来奔向厕所偷偷查看是什么情况,结果惊讶地发现内裤上一摊黏糊糊的黄色液体。他吓死了,以为是什么疾病,但转念又想,怎么会有这种病,不但不疼还很好受,于是从身上掏出一张废纸,偷偷地将鼻涕一样的不明液体清理掉,几分钟以后感觉身体并无大碍,只是稍微有点疲乏。这时上课铃响了,他也来不及多想,拎起裤子就向教室跑去,后来通过一本课外书才知道那是能生宝宝的精液,遗精也是男生的正常生理现象,以后再有遗精现象的发生他就不以为意了。

李刚从此在情感上再也不淡定了,尽管他没看上董金妹,可是心底的爱情火种已被点燃,悠悠冒着温暖的火苗,这个火苗是为谁而燃,他自己也不知道,只是看到漂亮的女孩就会不由自主地多打量几眼,想入非非,上课还会偶尔走神,成绩也就有了一定的滑落。到了初一下学期,幸亏他及时进行了调整,才使成绩又回升到班级前几名。

不管是在县城上学的陈龙,还是在乡下上学的李刚,周末回到家后都感觉发小比自己的爹娘还亲,书包一扔就会找去。如果黑皮在山上放牛,他们就会找到山上,如果在村里,就会结伴到处跑着玩。到了山上,只要爷爷奶奶在小站,李刚就会去看望,这也让老李更加疼爱这个引以为傲的孙子,展开难得的笑容叫着乖乖,有好吃的拼命往他手里塞,临走还要给个十块八块的零花钱。因为李正柱不是做木匠活就是去赌博,对省心的李刚在学习上也就很少过问,在李刚眼里,爷爷比爸爸对自己好,因而跟爷爷也就更亲。

第七章

岁月如水一样在潺潺流淌,村民们在中国共产党的带领下有了更多挣钱的路子,日子一天比一天红火。长久以来山洼村一直非常平静,在本县从未出过名、上过榜,然而这年七月却发生了一件惊天动地的大事。

通常情况下,李正柱都会夹一张竹席和家人来三强家平房顶上赶热闹,这天因为连日阴天腿痛不便,就在自家院子里随便铺了张床凑合一晚。当他睡到五更快起床时,迷迷糊糊听到一个有气无力的声音在呼喊他的名字:"小二子啊,快起来哦,要命喽,你爸被人杀了!"

李正柱一骨碌从床上翻了起来,惊慌地问:"什么啊?"

只见他妈穿着一件血衣在地上匍匐,一手托着个血淋淋的小肉球,一手趴在地上牵着小黑狗,无比虚弱地说:"快去小站看看,夜里来了几个小痞子拿刀砍我们,把你爸杀了!"

"啊?谁杀的?"正柱一边声嘶力竭地追问,一边颤抖着把妈妈往床上抱。

"认不得!"

李正柱看看她的手,又惊诧地问:"你手里拿的是什么?"

这时李奶奶已经气若游丝,艰难地说:"我的一只眼被人挖了,这是眼珠子,我快撑不住了,你赶快喊其他弟兄去小站。"

李正柱一时六神无主,不知先忙哪头,只顾像牯牛一样叫了起来,正巧他媳妇刘新兰在三强家平房睡觉回来了,看到此情此景,仿佛晴天霹雳,怒眼圆睁,哆嗦着问长问短,当得知公公被害的消息,妈呀一声跌坐到地上,拍打着尘土痛哭流涕。这番哭喊声惊动了隔壁邻居和在三强家平房睡觉或回家的人,他们都跑来看是什么情况。人群中的陈国柱不愧是经常主事的,神志非常清醒,了解到大致情况后,愁云满面地向大家招了招手,示意保持安静,然后喝令李正柱两口都不要再哭了,当务之急是快点救人和报案,再安排人去小站保护好现场,并命令杨振虎和刘二立即赶回家开手扶车。

听到长辈的点拨,刘新兰很快镇定下来,一骨碌从地上爬起,也顾不上擦眼泪和掸灰,果断吩咐李正柱立即去找老大和老三上小站。正在这时,老大和老三带着家人已经闻讯赶来,他们看见妈妈的样子伤心欲绝、怒不可遏,乡亲们又忙着劝阻老李这几个家人。没多久,两辆手扶车就嘟嘟嘟开来了,大家七手八脚把李奶奶抬到杨振虎车上准备送到县医院抢救,临出发时陈国柱和李正柱也爬上了车。刘二根据陈国柱安排带着红中和黑皮忙着到派出所报案,等睡懒觉的李刚从陈龙家平房上被人喊下来跑到家,两辆车刚开出家门口。

李家老大和老三失魂落魄地赶到小站时,发现屋子里一片凌乱,血腥味扑鼻而来,到处都是激烈打斗过的痕迹,老李歪着脑袋倒在血泊中早已没了气息,浑身都是伤口血印,一群苍蝇围着他的尸体呜呜乱飞。兄弟俩都是孝顺的儿子,看到这惨烈的场景,老大李正财失声痛哭,老三李正旺攥着拳头把牙齿咬得咯咯作响,泪流不止地狠狠发誓:"龟孙子的,我要跟凶手拼了,找到后把他们剁成肉酱,一命抵一命也要为父母报仇雪恨。"

大家从床上抽出被单,把老李的尸体轻轻覆盖起来,对夜里发生的一切议论纷纷,像福尔摩斯侦探一样进行缜密的推理猜测,静等公安来调查。

杨振虎像一头猛虎,将手扶车的油门拉到底,李奶奶躺在车里渐渐昏迷,大家发现怎么喊她都一声不吭,没有回应,不禁都提心吊胆。到了医院,大家手忙脚乱地将她往抢救室抬,请医生赶快救人。正柱两口跟医生简单交流了几句后,李奶奶就迅速被推进了抢救室。她已经昏睡过去无法说话,只有两片惨白的嘴唇在微微翕动,都这样了,一颗已经有异味的眼珠还像命根一样牢牢地被攥在手里。

大家寸步不离地守在抢救室门口,怀着忐忑的心情祈祷李奶奶能度过危险期。大约半小时后,一位穿白大褂的女医生带着职业性平静的表情跟蹲守在门口的家属通报:"病人生命体征平稳,目前在准备进行手术,不过左眼是保不住了,因为几乎所有的血管都已被割断,且眼球已经逐渐坏死,你们看是装个假的,还是怎么弄?请家属自己做决定。"

正柱两口眉头一皱,和大伙面面相觑,这个重大的决定不是他们能做主的。他们无助地望着人群中的陈国柱,刘新兰用哀求的眼神征询他的意见:"二大爷,还是由正柱兄弟几个做决定吧,这个家我当不了。"李家许多大事之前由老李决定,后来上了年纪自然就由大儿子李正财说了算。

陈国柱转身问女医生:"当家的人不在场,怎么办?能不能等几个小时?"

"不能,现在就要拿主意!"女医生冷冷地强调。

"装个假的多少钱?"新兰胆怯地问。

"两千。"女医生不假思索地回答。

在场的其他人不好插言,只看正柱两口和陈国柱怎么定夺了。陈国柱看看在场的人没发现有价值的信息,只好倚老卖老擅自做主:"我看正柱兄弟姐妹也不少,还是想办法筹钱安个假的吧,否则以后成独眼很难看,让左邻右舍说闲话,你们说呢?"

嘴上说着你们,但还是把目光定格在一向厉害的新兰脸上,其他大部分人只是邻居,不好表态提意见,只能跟着附和说好听话,才不会得罪人。新兰作为必须出钱的一分子,本身也是个孝顺的儿媳妇,坚定地对正柱说:"二大爷说得对,两个老的已经走了一个了,就是砸锅卖铁也要把老奶给照顾好。"正柱早就心急如焚,立马咬着牙点头说:"行!"

山洼村这边,派出所很快来了两辆警用面包车,下来六个戴大檐帽、穿绿色警服的人将现场用警戒线迅速围起来,严禁闲杂人员出入。约莫半小时后,县公安局刑警大队人员也随之赶到,入场进行细致入微的勘查,老李的家人只能坐在附近凄惨悲号,有的还要配合警方调查。

警察又是拍照,又是取证、做笔录,一直在紧张地忙碌着,让死者家属有了一丝丝宽慰。受刑侦技术的限制,其实破案的关键还是要靠人证,而案件发生在深更半夜、人烟稀少的小站,目前唯一证人就是李奶奶,此时她正躺在县医院的手术台上仍处于昏迷中,听任医生的摆布。

刑侦大队一帮人马完成了第一轮初步勘查以后,又马不停蹄地赶往县医院,想从李奶奶那里寻找重要线索、关键证据。

李奶奶在经过几个小时的紧张抢救后终于慢慢苏醒了过来,听到说话声,艰难地撑开右眼皮目光呆滞地望着天花板,但停顿几秒随即又闭了起来,大家都急忙凑过来,新兰挤出苦涩的笑容将脸贴近婆婆耳畔轻柔地说:"妈啊,你总算醒过来了,想吃点什么啊?我去买。"

"我……想……喝……稀……饭。"李奶奶虚弱地嚅动嘴唇。

就在这时,刑警火速赶到了病房,急迫地寻找家属想了解情况,看到李奶奶如此力不可支,只好推迟询问时间。

又经过了一天一夜的治疗调养,李奶奶才慢慢恢复了元气,但还是不愿意开口说话,只是流着泪哼哼,几名刑警本想这时该可以正常对话了,哪知道李奶奶还没说两句,眯着干涩的独眼,看见影影绰绰的戴大檐帽警察,立即吓得呜呜啼啼地哼哭起来,沟通也是一问三不知,前言不搭后语,只唉声叹气地直摇头说:"什么也记不起来了,我不知道。"大家有点失望,但也不气馁,继续给李奶奶舒缓的时间,耐心等待。

庆幸的是,几天后李奶奶情绪逐步好转,记忆也渐渐清晰,在能说会道的儿媳新兰循循善诱的心理疏导下,她经过了惊恐、紧张、愤恨、失控、稳定等一系列情绪波动后,听说要帮老伴寻找凶手,请她配合警方调查,争取早点将罪犯绳之以法,大脑瞬间清醒,仿佛事情刚刚发生,越是疼痛,越是深刻。当得知自己的左眼已经不保,她咬着牙开始向大家娓娓道来。

那天夜里月朗星明,她和老伴像往常一样刷完锅碗,听了一会收音机就按时上床睡觉了,和他们一起入睡的还有门前拴着的一条小黑狗。老李睡前还贫嘴,说满园都熟透的梨子意味着又可以换到大把五颜六色的票子,为儿孙们贴补家用。就在他们睡得很沉,也很香甜时,几声急促的狗吠,惊得老两口同时从床上猛然折起身子竖耳聆听。如果狗只是看到蛇、兔子之类的野兽,最多只是断断续续地叫两声。但伴随着小黑狗密集的狂叫,他们明显听到一串清晰的脚步声在不断逼近,经历过土匪欺辱时代的他们头皮发麻,屏气凝息,预感灾难可能从天而降。哪知还没缓过神,就听到咚咚咚像鼓点一样的拍门声,在寂静的夏日让人毛发直竖。老李斗胆问了一句:"哪个啊?"

"贩梨子的。"

"半夜贩什么梨子的,看不见,明天天亮再说吧!"

"麻烦你先开门,进屋谈。"这时来人说话态度稍显客气。

听到年幼陌生的催促声,老李的第一感觉是遇上地痞流氓了,当他还在犹豫时,狗叫得越发狂躁,上蹿下跳时狗链的清脆叮当声将气氛搅得更加紧张,令人窒息,看来今天这门非开不可了。

开门前,老李迅速从门后拿一把镰刀紧紧地攥在手里,又命令李奶奶去锅台上拿一把菜刀。在全员高度戒备后,老李皱着眉头轻轻抖索着将门闩抽开,并迅速后退了几步。木以为不速之客会一脚将门踹开,结果他们很绅士地像自己平时一样将门吱呀一声轻轻推开。看到四个小年幼进来后,老两口揪着的心差点蹦出喉咙眼,四人用草木灰将面部涂抹得只剩两只眼发着凉飕飕的冷光,根本辨不清是谁,但能通过身材和穿着打扮准确地分辨出是男的。

"把刀都给我放下,我们也不是强盗,只是最近手头紧,想借点钱用用,不多,五百就够了!"站在最前面的瘦高个异常冷静,手插裤兜阴阴地逼视着说。

"没有。"倔强的老李一口回绝。

"少废话,前几天卖梨了的六百多块钱呢?"

"都给儿子了。"这时老李把刀柄攥得几乎要折断,随时准备拼个你死我活。

"哈哈哈哈!"瘦高个冷笑一声,命令道,"还需要我们动手翻吗,快去席子底下拿钱。"

这时老李脑海中迅速掠过一道闪电,他如梦初醒,这个人不是那天在黄庙集市上兑梨子时看到的那个青年吗?老李的记忆被慢慢激活,当时他把梨子兑给一个陌生的贩子,这个瘦高个只是在旁边看热闹,并拿了一个梨子滋溜滋溜地嗅着,吃得津津有味,并没有怎么插言。老李以为是和梨贩子一起的,没有在意他拿了一个,权当让在场的人品尝讨个口碑。瘦高个一边吃一边问了句话,但这句话让他印象深刻:"老师傅,你们梨子是哪里的?还真好吃呢。"

"我们家梨子啊,是山洼村小站的,都种十几年了,方圆十几里没有不知道我们家梨子好吃的,每年都不够卖。"

说者无意听者有心,可能那天他问这句话并不是真的想来贩梨子,而是另有所谋。老李清楚地记得,那天梨贩子将钱点给他的时候,瘦高个也站在旁边观望。

此刻,老李为了和瘦高个套近乎,对他说:"我认识你,你是黄庙的。"

没想到这句话不仅没能缓和紧张气氛,反而激怒了瘦高个,也许他本来只想带几个兄弟弄点零花钱,不想伤害这老两口,但此时他觉得自己的精心伪装被识破了,如果对方报警后果不堪设想,于是二话不说,操起门旁的扁担就准备来打老李,想吓唬吓唬他,让他乖乖就范,快点把钱拿出来。

哪知道一向吝啬的老李爱财如命,自己攒来的血汗钱怎能轻易拱手送给别人,可是此刻又觉得夫妻俩的性命受到了威胁,只能以死相争。老李已经年逾六十,但老当益壮,浑身力气,看到瘦高个拿起扁担还没来得及举起,抢先一步挥起镰刀就向他的胳膊砍去,瘦高个也不是吃干饭的,在黑道上混这么多年,这个灵敏度还是有的,他迅速闪向一旁,幸亏躲得及时没有大碍,可手面仍然被割了一道血口。这时瘦高个气急败坏,甩起扁担就向老李夫妻俩擂去,其他三人见状也都立马闪开,瞪着眼,将随身携带的砍刀拔出来扑向老李夫妻。李奶奶此时也顾不得害怕,她临危不惧,一边惊叫一边举起菜刀和瘦高个血拼。一位年过六旬的老奶奶哪是这些年轻力壮小年幼的对手,他们轻而易举就把她一脚踹在地上,可就这样她也不肯服输,坚强的她一骨碌爬起,抓起手边的板凳就砸向他们,其中一个中等身材的歹徒用左手接住板凳,右手拿把刺刀对准她的脸和腿猛刺过来,没几下,李奶奶就叽歪几声当场倒地,一动不动。

老李看到老伴被害,痛心疾首,像个失去理智的野兽,怒吼着挥舞手中的镰刀向四个歹徒拼命甩去,结果可想而知,老李在中了十几刀后也倒在了血泊中,一命呜呼。四个歹徒看到两位老人先后毙命,扫清了障碍,走到床边将席子、床单抖开来,果真在两层席子中间找到一个黑色塑料袋,打开一看,里边包裹着一大沓整齐的百元大钞,他们顾不上清点,拿起钱就仓皇逃离。

谁也没想到,李奶奶在即将天亮的时候苏醒了过来,原来她当时并没有死,只是昏死过去,从而捡回了一条老命。

这个爆炸性新闻在千台县西南片区不胫而走,李刚在事发当天也是第一时间跟着大人赶到小站,整个家族里的人像热锅上的蚂蚁一样转来转去。他到小站看到凄惨的场面哭得伤心欲绝,毕竟爷爷和他感情较深,曾经温暖的一幕幕在脑海中不断闪现。几天后他跟着大人又赶到县医院看望奶奶,奶奶对他也是宠爱有加,从未弹过他一个指头。奶孙俩见面的那一刻都没控制住自己的泪水,感动得在场人一个个也跟着掉眼泪。事情刚发生的那段时间正值暑假,多亏两个好哥们黑皮和陈龙像亲兄弟一样每天围着他转,陪他一起睡,共同度过那段痛苦时期。

当地警方对这个恶性刑事案件可谓是想尽一切办法,根据李奶奶对歹徒形象的描述,不仅将周围五公里的所有可疑青年传去问询,抽血化验,还走访了当地大量群众,以期能够尽早破案,给死伤者和家属一个交代,还社会一片安宁。只可惜由于受到技术条件的限制,此案没能及时侦破。

李正财在事情发生的一个多月后,牵头召开了一个家庭会议,开导大家说:"老爷子已经入土为安,事情既然发生了就要想办法解决和应对,这个棘手的问题也只能坐等公安慢慢处理,活着的人生活还得继续,不能老是垂头丧气,要振作起来,这个小站还继续由我们李家承包,老二和老三你们什么意见?"老二平时就靠手艺谋生,对这些投资承包类的营生兴趣不大,老三刚成家没几年,在县城的酒厂上班也是早出晚归,觉得侍弄个果园太辛苦,二人都推辞说接不了,最后就决定由像父亲一样精明强干的老大接手管理。可是李正财仅仅也就忙活了一年,果园就被下岗的老三要过去了。

第八章

　　环境对于一个人的学习固然不是决定性因素,但对于很多自律性较差的学生来说,良好的环境更容易学有所成,陈龙就是自律性一般的学生,初一住在亲戚家,每天晚上回到家就和表弟看电视,忽视了学习,等到初一结束考试分班时结果可想而知,分到了普通班。那天三强带他去报名,在两个快班的名单上扒拉了半天也没发现陈龙的大名,不免失望地对儿子板起脸来当场批评:"在二流的学校都分不到快班,你是怎么学的?"胸无点墨的三强说不出几句鼓劲打气的话,就啰唆说:"今年给你住校了,不用在亲戚家受委屈了,要好好学啊。"陈龙只好惭愧地嗯一声以示遵命。初一上学期时,最难为情的一次还是姐姐陈凤骑车来看他,在饭桌上问他 orange、house 等几个英语单词,他一个都拼不出来。那时他就有了深深的危机感,但到了第二天看看周围的同学有的还不如自己,也就心安理得地纵容自己一步步这么混了下去。

　　陈龙此时被朴实的父亲教训得如当头棒喝,觉得愧对家人,外部因素都是借口,还是怪自己好奇心强,抵制不住很多诱惑。平时上课他喜欢交头接耳,回到亲戚家又静不下心来学习,自己后来也下决心在初二时好好努力、争取把成绩赶上去,可到了初二上学期,几个初中住校生一起自发上晚自习,在无人督促的情况下,这些青春勃发的少年不仅没专心学习,还肆无忌惮地说起污言秽语,学会了打情骂俏。如此松散的学习环境就像温水煮青蛙,陈龙在不知不觉的嬉笑打闹中浪费了大把宝贵时光,成绩一直难以突破,别看在本班一直排在前列,但放在快班中只能垫底。

在学习上,陈龙和李刚现在站在一个水平线上了,想考上好学校都够呛。李刚经过家庭变故的沉重打击,伤心了好长一段时间,以致到了初二上课经常心神不宁,成绩再次受到一定的影响,有时数学测试只能排到班级中等。

中秋过后一个周日下午,李刚像往常一样和陈龙相约着一起到村后马路上拦车去学校,到了乡里街道岔路,李刚和其他同学提前下了车,陈龙则继续乘车前往县城。李刚这次因为到校比较早,就躺在宿舍床上休息发呆,而其他早到的一些同学已三五成群结伴去玩耍了。正在他迷迷瞪瞪要睡着的时候,突然听到发财在门外喊他。发财和李刚同岁但高一届,已经初三,成绩一塌糊涂,和其哥哥红中当时的成绩差不多,两人是一对难兄难弟。红中早在初一下学期就辍学回家,发财还在这儿死撑活挨熬时间,但在校大部分时间都用来看录像、打游戏机、捣台球,和李刚联系并不多。

李刚正准备起身,发财已推门进来了。

"发财,找我什么事啊?"

"你现在没有事,我们去玩游戏机啊?"

"我不会啊,再说老师也不给玩啊。"李刚无奈地说。

"偶尔玩玩有什么,哪有男孩子不玩游戏机的,你成绩这么好,说明智商很高,一教就会,玩熟了以后肯定比大部分人厉害,在这坐也是坐,走吧,我教你玩几把,时间差不多你就先回来。"今天发财的几个铁杆游戏机迷都还没到校,所以就找李刚问问看了。

李刚被发财说得有点心动,觉得他说得不无道理,全班大部分男孩子都会玩游戏机,自己整天忙着学习,到现在游戏机室都没去过,在老师眼里可能是好孩子,但在一群男同学中显得落伍老土了,特别是每当同学们讨论交流游戏技巧时,自己像个白痴一样听得云里雾里。有几次发财玩游戏过于痴迷,一周还没结束就提前将伙食费用完,上周还问他借过六块钱作为周五的伙食费和回家路费。

这时发财又问了一遍:"去不去?再不去可能没有位置了。"

李刚明知发财不是好学生,却经不住他的软磨硬泡,犹犹豫豫地嘟囔说:"好吧,走看看,你要多教教我,不能在那太久啊,万一被班主任抓到就完蛋了。"

"放心吧,李刚,我带你去的地方在北边的一个巷子民房里,不是公开营业的游戏机室,从来没有老师发现过,几家老板为了安全起见,都请了本地已经辍学的社会上的人在巷口放风。"

天生也好玩的李刚这才放心地跟着发财出了校门,两人穿梭在人来人往的巷子里,左拐右拐终于来到了神秘的黑游戏机室。推门进去后,只见幽暗的室内烟雾缭绕,噪声嘈杂,十几台机子上趴满了人,一眼望去大部分是本校的熟面孔,也有几个社会闲杂人员,有的男孩嘴里还叼着烟,所有玩家都在专心致志地盯着屏幕,一边摇晃着手里的金属控杆,一边噼噼啪啪地拍打着五颜六色的圆形按钮。游戏机里发出的嘿嘿哈哈的战斗声和玩家、观战者们的叫好声、咒骂声响成一片,他们投入地沉浸在虚拟世界,没有人注意,也没有人在意李刚的到来,只有隔壁班一个同学起身离开时见到他微笑了一下。

这天下午,李刚轻松地学会了《三国志》,过了几周,又学会了《恐龙快打》《铁钩船长》,其游戏水平渐渐有超过发财的势头。李刚因为打得好,有的能打通关,周围自然会围着很多小伙伴像膜拜者一样呐喊助威,有时老板嫌李刚一局游戏耗时太长,得不偿失,直接强行关机,这更增加了李刚在游戏圈的英雄传奇色彩。在这片天地里,李刚渐渐找到一种成就感和被追捧、被围观的自豪感,心里开始有点飘飘然了,但与此同时,他的成绩也一落千丈,断崖式下跌。

　　班主任杨老师发现这种情况后,及时找了被寄予厚望的李刚谈话。说实话,李刚也想保持良好的成绩,未来考个中专、师范或者高中,可实在控制不住游戏对自己的诱惑,以至于经常利用周末的机会或者晚自习停电的空隙和几个小伙伴钻进游戏机室并肩作战,疯狂的时候连续两三个星期都找借口不回家,生活费就请村里的同学帮忙捎带。李刚不敢跟班主任如实坦白成绩掉下来的根本原因,就把自己家庭遭受变故过于伤心作为理由,并向班主任表示会努力把成绩赶上去。

　　好事不出门,坏事传千里,李刚因玩游戏而成绩下滑的风声很快传到了村里,有好事的人也就屁颠屁颠告诉了正柱两口。正柱本来就是个安于现状的人,听到李刚的情况并没有表现出很吃惊的样子,当家立事的刘新兰自己也没多少文化,对于教育不是很在行,等到李刚周末回来也就连玩带笑唠叨几句。李刚现在已经对学习自暴自弃,哪会把妈妈的话听进耳朵里,这让那些好事者颇为失望。之前几年李刚成绩那么好时,新兰在邻居们羡慕的目光里只是觉得李家祖坟冒青烟了,纯粹是个意外,因为李家世代也没出个状元秀才,对于李刚现在的成绩状况则认为他天生就没有吃公家饭的命。最后无比遗憾的是,在离初二暑假还有一个多月的时候,李刚看到班里有一半同学都辍学打工或者干别的事了,也卷起铺盖离开学校再也没回去,因为他觉得在学校度日如年,还不如早点下来苦钱。事实上,李刚刚下来后并没有去打工或者帮衬家里,整天就到处闲逛找人玩。

　　想不劳而获、一夜暴富是很多人的本性,陈龙作为中学生也不例外。在李刚辍学不久后的一个周日下午,他从家里坐车回学校,刚到终点站影剧院门口,就看到旁边广场上人山人海,锣鼓喧天,彩旗飘扬,如火如荼。领奖台旁边是堆积如山的奖品,熙熙攘攘的人群将回字形的抽奖台围得水泄不通,高音喇叭里不断播放着恭喜某某某又中了什么大奖,洗衣机一台、小轻骑摩托车一辆或者大彩电一台等,就连中了钟表都会榜上有名,看得人怦然心动,这对买彩票的人来说就是一种激励,刺激他们不断地出手。

陈龙对这种抽奖模式早已熟知,每年这里都会举办几场这样的活动,两元一张彩票,当场刮奖,运气不好显示的都是"感谢参与,祝您好运",运气好的至少会中一袋佳佳洗衣粉或者一个瓷盆,最高奖是价值十几万一辆的桑塔纳。以前他也蠢蠢欲动想碰碰运气,只是囊中羞涩,站着看会热闹就依依不舍地离开。今天父母给了新一周三十元生活费,他心想,花两块钱摸个彩票,就当买零食吃了,不影响一周的生活,万一中了汽车或者冰箱之类的大奖不是发了?哪怕就中一辆自行车也值好几百块呢。萌生了这种想法的陈龙毫不犹豫像模像样地坐到一个彩票销售阿姨对面。

"买彩票啊?"

"嗯。"

"几张?"

"一张。"陈龙边说边递给对方两块钱后,他的心开始怦怦直跳,默默祈祷,求上天眷顾一下自己。

"自己选吧。"

他小心翼翼地从一沓花花绿绿、如扑克牌一样的纸质彩票中随机抽取了一张,先没有急着打开,而是将这张崭新的彩票在手里翻来覆去搓捻,像欣赏一件宝贝那样仔细端详一会,然后才战战兢兢地用指甲轻轻刮下粉末状的灰色薄膜,让人遗憾的是无论今天的天气多么晴朗,他的心是多么虔诚,一切意外都没发生,一句文明礼貌的客套话"感谢参与,祝您好运"一字不落地展现在面前,刚才还让他心跳加速的彩票瞬间变成一张废纸,他忍不住又瞟了一眼那行黑色的小字,结果确凿无疑,不过人生的第一张彩票还是有纪念意义的,他把它默默装进口袋,没精打采地起身离开。

原本想就此罢休,服输认命的,哪知隔壁几个小伙子手里攥着一大把彩票在高叫着起哄,也在眼巴巴盼望奇迹的出现,这阵阵杂耍似的声浪吸引着周围很多人的注意力,陈龙对这些一掷千金的大款羡慕不已,也佩服他们坚持不懈的恒心,刮过的彩票从这些小伙子手中像雪片一样纷纷扬扬飘到地上。这时广播里又响起了炸耳的祝贺声,说一个小姑娘仅用十元钱摸到了一辆轻骑摩托车。陈龙朝领奖台望去,还真见到一个缩头瘪颈,穿得土里土气的姑娘扭扭捏捏站在主持人旁,身上披挂着一朵硕大的红花,一派喜气洋洋的场面。陈龙的自控力真是太差,经不起眼前明晃晃的诱惑,被这场景撩拨得手心发痒,他默算了一笔账,身上还有二十八元,再摸一张还有二十六,也够一周生活的了,于是勇敢地打算再碰一次运气。相当悲催的是,最后结果依然是竹篮打水一场空。

这时售票员热情地追问了一句:"要不要再来一张啊?说不定好运就在下刻出现呢。"陈龙心想今天我就不信这个邪,运气就这么差?真连一袋洗衣粉或者一个瓷盆都摸不到?于是和自己攒起劲来,决定下周省吃俭用,再摸两张试试。哪知不试不知道,一试吓一跳,老天跟这个幼稚的孩子开了一个天大的玩笑,不管他下周有吃还是没吃的,又是两张冰冷如铁的废票展现在他眼前。此时他不像扔掉第二张彩票时那么儒雅了,而是将这两张彩票咬牙撕得粉碎,直到看不清本来的色彩。他决定一不做二不休,破釜沉舟,干脆把一周的生活费都赌上,心想大不了到时问同学借,自言自语地说:"老子今天豁出去了,看看自己的命能差到何种程度?"说完非常麻利地挪了个窝子,将身上二十块钱递给另一个售票员,豪爽地说:"再来十张!"

售票员接过钱,面无表情地让陈龙继续随便挑,陈龙已经练成了熟手,老练地从众多彩票中精心挑选了自认为吉祥的十张。他怕自己性子急把好运再吓跑了,每一张都刮得如履薄冰,这盲盒开得寒气逼人。让陈龙肺都能气炸的是,又是连续五张空头支票,直到第六张才摸到了一袋佳佳洗衣粉。天啦!总算洗掉了之前一部分晦气,他得到鼓舞,继续开宝,希望好运连连,梦想成真。正在满怀期待的时候,只听身后咣当一声并连着一阵颤音,陈龙扭头一看,一个中年西装男子将一只崭新的瓷盆摔坏了,洁白的瓷片溅得四处都是,男子嘴里粗鲁地大声骂道:"今天手抹上屎了,一百多块钱就摸到一只熊盆,走!"说着埋头走出了人群,身后一个脚蹬高跟鞋的卷发女郎叽叽咕咕地紧跟着他消失在人群中。

陈龙愣了一下,反应过来是怎么回事后,立马又回到自己的梦想中,一边念着祈祷的口诀,一边忐忑不安地继续试运气,然而直到最后一张仍然显示出"感谢"两个字的时候,他才彻底泄了气,心想命真苦啊,二十八块钱就摸到一袋洗衣粉。他这时四肢无力,全身酸软。他不能扔掉这袋二十八元的洗衣粉,有了这袋洗衣粉至少证明自己曾经闪现过希望,没有输得一败涂地。

陈龙这时无心再看身边的热闹,感觉很烦躁,情绪低落地离开这个梦想破碎的地方,身上仅有的两块钱花一半坐公交车回了学校,还有一半到蛋糕店买了一袋便宜的边角料。凡事都有因果,凄惨的下场是,周一和周二连续两天陈龙只能吃蛋糕充饥,到了第三天没东西吃时,只能低三下四地去同学借钱。这是他第一次开口问同学借钱,觉得很难为情,但觉得应该问题不大,因为许多同学的父母尽管没有从政经商,至少也是工薪阶层,日子比农民们都好过得多。他万万没想到一连借了三个同学都分文没借到,同学们均以身上还真没钱或者说还差其他同学钱委婉拒绝掉了。他再也不好意思向第四个同学张嘴,心想书上说曾经有科学家做过实验,人在不吃不喝的情况下最多可以活七天,而不吃东西只喝水能活一个月之久,我这才三天,况且学校还有免费的自来水可以喝,人要有一点志气,不为五斗米折腰,这既是对自己的一次挑战,也是对自己无知行为的一次惩罚。

  一天下来连喝了三顿自来水竟然安然无恙,陈龙高兴地觉得自己体格还行,一天没吃东西也没有饥饿感,可到了第二天上午九点多钟下课后,他的肚子却不争气地咕噜噜直响。这响声就是一种空腹的提示,响过以后他明显地感到饥饿,为了解决这个问题只能尽量不去想食物的事情。有点让他郁闷的是,正在这时前面一个女生就像不懂事一样,拿出一包干脆面来嚼,刺鼻的香味和嘎嘣嘎嘣嚼得脆响的声音搅得陈龙垂涎三尺,肚子叫得更凶了,他摸摸自己干瘪的小肚皮,感到自己此刻是个非常可怜的孩子。可怜吗?他反问自己,更多的是可恨吧!

  撑到第三节下课时,陈龙已经没有多少力气去室外活动了,准备趴在座位上小眯一会来保存能量。就在此刻,他还没趴下,就听见一个尖嗓男同学在班级门口朝他刺耳地喊道:"陈龙,有个叫李刚的找你。"

  什么?李刚?陈龙就像买彩票突然中了大奖,兴奋得猛然从座位上弹起跑向门外。妈呀,还果真是他,李刚正独自一人站在窗下向门口张望,有好几个女生路过他旁边看到这陌生的帅哥,都投来友好的目光且放慢了脚步。

  陈龙很高兴地拍了拍他肩膀关心地问:"你怎么来了?学校放假了吗?"

  李刚脸唰地红了一下说:"哎呀,学不下去了,在家没事干就来看看你的。"其实李刚辍学后在家玩够了,又跑到县城来准备逛几天,正好可以住到陈龙这里,也能天天和好伙伴玩玩。

陈龙看周围同学来来往往不方便,就把李刚带到附近人少的梧桐树下慢慢聊起来。

"你以前成绩那么好,怎么会学不下去呢？是因为玩游戏机导致成绩下滑,还是谈恋爱影响的？"

"多方面原因吧,主要可能还是玩游戏机把成绩耽误了。你现在成绩怎么样？"

"我成绩还是老样子,学习效率不是太高,县中是一点指望都没有,本校的高中估计问题不大。"还有一节课就放学了,陈龙一边说一边纠结着午饭怎么办,发小大老远跑来看自己,如果连顿午饭都不请那还叫什么狗屁朋友,就是来个关系一般的邻居也应该请人吃顿饭吧？可是自己都够不到嘴了,又拿什么招待发小呢？如果实话相告自己当前狼狈的样子和发生的荒唐事情,那自己特别是父母以后在村里还怎么抬得起头？怎么办呢？他一时束手无策。

李刚像个大人一样认真地鼓励说:"坚持就是胜利,慢慢来。陈龙,你最近好像比以前更瘦了,脸色不太好看,是食堂伙食不好吗,还是学习太用功了？"

真是越怕什么越要面对什么问题,李刚的细腻情感差点让陈龙招架不住,他深知他正是因为关心自己才这么问,只好编个理由说:"不是伙食问题,也不是学习太用功,可能还是吸收不好,你知道我平时连一块肥肉都吃不下去,吃饭也比较少,不像黑皮嘴头泼皮,狼吞虎咽的,好坏都能吃一肚子。"

就在他们聊得火热时上课铃突然响了。

李刚说:"你去上课吧,等你放学再慢慢聊。"

"不要紧,再聊会,最后一节课是历史课,迟点到没关系。"这时陈龙已经有了主意并下定决心,必须把好伙伴支走,以后再向他慢慢解释并加倍补偿。

李刚觉得此行的主要目的有必要现在就跟陈龙明说,防止给他带来不便,于是客气地说:"陈龙,我这次来准备在你这住几天,方便吗?"

"哎呀,好兄弟你不要见怪啊,不是我不讲义气,我们是两人一张床,每天还有校警查房,还真不好住呢。"

这样一个现实情况将李刚的游玩计划瞬间打乱,他只好挠挠头有点扫兴地说:"那我下午就回去吧。"

李刚虽然不再让自己多为难,但陈龙觉得实在对不起好伙伴,有点伤心地问:"你和谁来的?"

"和一个初中同学,他去亲戚家了,说下午两点到影剧院门口等我的。"

"好的。对了,李刚,今天中饭我没法陪你吃了,有个同学过生日邀请我的,礼物都买好了,不去不太好。今天就先和你那个同学吃吧,下次你来我再请你,好吗?"

李刚一听这个情况也编个幌子说:"好的,我这就去找他。你去上课吧,不能耽误你学习。"其实李刚根本不知道这个同学的亲戚家在哪,准备自己一人去影剧院那找个小饭店对付一顿。既然没地方住,只好下午再玩会就打道回府。

两个发小第一次在陈龙的校园里相见意义自然非同一般,看看此时校园里这么安静,两张稚气的脸庞在阳光下灿烂着,最后两人依依不舍地小声挥手作别,陈龙目送李刚渐行渐远,鼻子一酸,泪水也不争气地模糊了双眼。

到了晚上,陈龙已经感觉非常虚弱,认为不能再这样硬撑下去了,民以食为天呀,保命重要,如果让自己的人生毁在这十四张彩票上,简直比东晋宰相谢安还可笑。于是他厚着脸皮去食堂找老板商量能否赊几顿饭吃吃,当面承诺周末回家拿到钱就还给他,老板是陈龙初一时的数学老师,还好这老师二话没说就帮他解了燃眉之急。

第九章

时间如脱缰的野马,跑起来就没完。很快又到了立秋时节,山民们天生缺少浪漫细胞,对花红柳绿、诗情画意的春天往往熟视无睹,却对炎热的夏季和凉爽的秋季情有独钟,因为这两个季节比春天可吃可玩的东西更多,不用饥肠辘辘地度日,任何一个牧牛人晚上回家,口袋都会装得鼓鼓囊囊。许多一辈子没怎么走出过大山的村民不但淳朴,而且善良,有了好吃好玩的都会一起分享,这就是大家常说的穷大方吧。

称得上放牛专业人员也是个活地图的老周,对整个南山的方圆经纬、犄角旮旯都了如指掌,眼闭着也能摸到。所以牧牛人都喜欢跟在他后边走,穿过一道道岗、翻越一座座丘。到了八月,山洼村漫山遍野五彩缤纷,仿佛一个童话世界,大家忙着采药草、摘野果。这天下午,黑皮他们赶着牛群在山上刚停下,老周就眉开眼笑地对大家说:"你们想不想吃到又大又红又多的洋李子呀?"

"哪个不想啊?""在哪块啊?"大家七嘴八舌地问。

老周用脱皮的木棍向几十米远的一个山坡一指,"看!那边一小片荆棘茂密的地方就是。"

听到这个好消息,几个小伙子抓起自己的蛇皮口袋,也不顾刺多路险就疯狂地向那边冲去,马本才关心地喊起来:"都慢点啊,山坡危险。"

"我的天啦,这里真太多了,吃不完,也摘不完。"率先跑到这里的黑皮惊叫着。

这些野果子既不是公有财产也不是私人财产,谁摘到就是谁的,不用像在小站偷杏子时那么紧张。先吃为快,黑皮迫不及待地将樱桃一样的洋李子揪了就往嘴里塞,吃了一会又得意地哼起《对花》:"郎对花姐对花,一对对到田埂下。"

"哎哟,黑皮还会唱黄梅戏啊?"倪婶好奇地问。

"嘿嘿,随便唱着玩的。"

小丫靠拢过来,偷偷竖起大拇指说:"你唱得真好听,谁教你的?"

黑皮嘴角上扬卖起了关子说:"你猜?"

小丫明亮的眸子一转说:"肯定不是老师教的,那就是跟收音机或者电视上学的,对吧?"

哈哈,黑皮坦率地对她说:"其实从记事以来,就听着我妈起床时用沙哑的嗓音唱着动情的黄梅戏,听得多了,也就能哼几句,所以心情高兴时会脱口而出。"接着他狡黠地一笑说,"那次偷杏子要不是怕被逮到,我就唱《天仙配》了,那首歌非常应景。"

小丫低头眯眯地笑起来,心里美滋滋的。

经过这些年的相处,黑皮和小丫已经成了无话不谈的朋友,且都十九岁,完全是成年人了,没事的时候都越来越注重打扮自己。黑皮不再像之前那样邋里邋遢,经常穿着打补丁的衣服在山上翻爬滚打,现在不仅穿着素净,而且皮带都很考究,将山芋皮颜色一样的PVC人造革换成了黑牛皮,金属头上还镶着闪闪发光的大拇指图案。那种PVC到了冬天就会变硬,容易断裂。小丫则每天换着花样穿,把解放鞋换成了红色布鞋。这一系列的外表变化起初并没有引起多少人在意,只有家人会偶尔唠叨他们放个牛怎么每天还穿得像走亲戚或者赶集一样齐整。但时间长了,大家开始隐隐觉得这两个小青年可能擦出了爱情火花,因为他们平时走得比较近,也没拌过嘴,甚至还经常互相帮助。

事实上这两人互相暗恋已久,彼此心心相印,但在传统封闭的农村,他们都羞于启齿,不会轻易去表白,也不善于表白,只能欣赏着、关心着对方的一举一动,将心声牢牢地摁在胸腔,等待时机成熟那天再喷薄而出。黑皮觉得小丫长相秀美,勤劳体贴,是个不错的媳妇人选。而小丫认为黑皮聪明能干,智勇双全,如果能有幸走到一起也算自己有福。群众的眼睛当然是雪亮的,他们确实恋爱了,不过这还得从上周的一天说起。

这天下午三点多,太阳烤得石头能将鸡蛋煎熟,黑皮家几头牛在山顶热得卧倒在草地上,不断伸出流着口水的舌头,眯着鸡蛋大的眼睛大力呼吸,无精打采地用尾巴驱赶嗡嗡乱飞的苍蝇、牛虻。

黑皮叫来小丫说:"你看,今天气温太高,我家牛热得都要中暑了,你家牛呢?"

"我家牛也不肯吃,而且这里草都被牛吃得差不多了,不够垫咽喉的。"

黑皮灵机一动说:"听说这山顶西南方向的南港那边树林里人烟稀少、草木茂盛、凉爽宜人,我们不如去那边看看?"

小丫爽快地答应说:"好啊。"

于是他俩趁别人在打牌闲聊时,偷偷地将几头牛往树林深处赶去。

等他们深一脚浅一脚跋涉到这里,惊喜地发现还真是别有洞天,不仅树木粗壮,有着绿油油的嫩草,还有几汪开石头留下的水塘,前些天暴雨过后存储了一大池清澈的水,牛群看到明净的雨水,顾不上炎热疲乏,甩开蹄子一路小跑过去,并发出低沉的哞哞声,到了跟前伸长脖子滋溜滋溜就嗅了起来,如同饮了甘露一样滋润。黑皮和小丫相视一笑,都觉得来对地方了。过了一会,水喝足了,几头牛又开始畅快地饱餐一顿。

黑皮心怀不轨,找了块树荫浓密的平整草地将口袋一铺,忐忑地说:"小丫,天这么热,要不要坐下来歇一会儿?"

小丫环顾四周,挠了挠头,尴尬地说:"我还是站着吧,要被人看到多不好,而且我自己也有口袋。"但其实心里对这种正儿八经的单独相处机会期盼已久,求之不得。

黑皮也不放心地向远处瞟了瞟,看没人后装得大大方方地说:"这有什么,我们又没做什么见不得人的事。"

两个年轻人,两颗火热的心此时都加快了跳动,同频共振。隔着一米远,小丫还是放不开,于是顺手就展开自己的口袋铺好坐下,然后双手环抱着两膝,若有所思地眺望着远方。

没想到小丫先开了口:"黑皮,现在流行外出打工了,听说一个月能挣四五百,是种地两倍的收入,你想去吗?"看上去是漫不经心的闲聊,说些时髦的话题,实际也是她探探黑皮未来的打算。

黑皮捋着毛茸茸、铅灰色的胡须,抿了一下肥厚的嘴唇哀叹一声:"我也听说了,但出去能做什么呢?一没文化,二没技术,我爸最近得了气管炎身体还不好,我对他不放心,况且我老大不小了,出去找对象估计也不方便。那你呢,想去外面的世界看看?"

小丫觉得身边这个老朋友一下子变得很成熟,不仅考虑问题周全,也很孝顺。

"我呀。"小丫露出两排雪白的牙齿,笑吟吟地打趣着说,"比较恋家,暂时也不想出去,大字不识几个的睁眼瞎子,怕出去被人拐卖了。"

两人海阔天空地聊了一会,黑皮觉得有点疲乏,想躺在口袋上将手枕在头下舒展身体歇一会,哪知手刚压到口袋,就啊的一声叫了起来。

"怎么了,黑皮?"小丫惊讶地跟着喊起来。

"小丫,我左手面被什么刺戳到了,疼死我了。"

黑皮一边说,一边小心翼翼地抬起左腕,他打量半天却什么也没有发现,因而又疑惑地用右手摸了摸疼痛的地方,结果刚碰到手心,立即又像针锥的一样更疼。

"不好,肯定是什么细刺戳进去了,小丫,你眼尖,帮我看下,给挑出来。"

看着黑皮扭曲着脸,痛苦的神情里透着可爱,小丫既有窃喜也有顾虑,喜的是看到黑皮不介意他们的亲密接触,顾虑的是要是答应帮他会被人误会。她苦笑着摇摇头,忸怩地哄他说:"黑皮,不是我不帮你,庄子就这么大,要是被人看到我拉着你的手,说不清道不明啊,我还是去喊别人给你看看吧,行吗?"

在缺少世俗约束的情况下,男孩子在爱情方面往往比女孩子更果敢,黑皮机警的双眼像雷达一样又瞄了几眼周围,发现除了几头牛在优哉游哉地啃草,还有就是清脆的鸟鸣和此起彼伏的知了叫声。于是他大胆地将目光聚焦到身边这个亭亭玉立的伙伴身上,这个伙伴他很熟悉,此时此刻又显得愈发神秘,小丫正扑闪着水灵灵的眼睛局促不安,身上散发出蔷薇一样的芬芳,引得几只蝴蝶在她周围翩翩起舞。在黑皮渐渐自我陶醉的时候,他体内的热量像泄洪一样,瞬间涌向大脑和四肢,浑身发硬,整个人都有种要飞起来的感觉,汗珠不断从密密麻麻的毛管渗出,头脑里一个"人不冲动枉少年"的观念迅速闪现,这股神奇的力量此刻起到了推波助澜的作用,他趁小丫不注意,倏的一下用右手钳住她柔嫩的左手,嬉皮笑脸地说:"你帮不帮?"

人在真爱面前,大脑往往都是不做主的,甚至是短路的,小丫正兴奋又紧张时,突然被一只滚烫的大手紧紧抓住吓了一跳,这股能量瞬间传到了她的体内,一阵眩晕。因高温蒸发,黑皮身上散发出来的男孩独有气味和香皂味逐渐在她鼻翼周围弥漫开来,她立刻浑身酥软。没想到,就这样被他征服,只好娇嗔地求饶说:"好吧好吧,放开我,我帮你看看,挑不出来别怪我啊?"

黑皮惊慌失措地赶忙伸直左手说:"嗯!你快看看。"

小丫手上托着黑皮粗大的手指感觉像根铁棍,她还第一次这样摸着小伙子的手,像托着一块烫手山芋,有种灼烧的感觉,不由自主地颤抖。

黑皮也显得不自然,想极力压制住自己狂跳不止的心,故显平静地说:"小丫,你就把自己当作个医生,我是你的病人,你这样颤颤巍巍的,不但不能把刺挑出来,反而会戳得更深的。"

经过黑皮的安慰鼓励,她逐渐镇定下来,将他的手拽到眼前仔细搜寻。幸亏小丫视力好,顺着阳光照射的方向,不费吹灰之力就发现了一根比头发丝还细的草刺。

望着小丫专注的样子,黑皮脸上洋溢着满足的笑容,觉得这根刺就是快乐刺,刺得痛快、刺得及时,因祸得福,他希望小丫把他的手托得更久一点,直至山崩地裂。正在胡思乱想之际,小丫左手捏着他戳了刺的位置,右手拇指和食指圈成镊子的形状,用两片指甲轻轻一拔,就把米粒长的草刺给拽出来了。

"啊,挑出来太好了!"痛苦得到解除,黑皮像庆祝胜利一样狂叫着,然后充满感激地呆望着小丫。有了刚才的亲密接触,男人狂野的本性被充分激发出来,他冲破一切束缚,再次抓紧小丫的手语无伦次地表白:"小丫,漂亮,你……你……你真漂亮,我喜欢……喜欢你!"

小丫这次也不躲闪,觉得恭敬不如从命,甜蜜地享受着此时温馨的时光,温柔地问:"你不嫌弃我吗?我家这么穷,我又没读过几天书。"

黑皮听了小丫自惭形秽的担忧,怜悯之心油然而生,这时把她的手攥得更紧,庄严地发誓:"小丫,放心吧,有我呢,跟了我,我会疼你,加油苦钱,让你过上好日子的。"正当他们渐入佳境,李刚寻找黑皮的响亮叫声从远处传来,吓得他们两人赶紧推开对方,一骨碌爬起来将各自的口袋匆匆卷起。黑皮装着若无其事地向李刚走去,小丫则佯装去赶牛。

李刚看到黑皮红彤彤略显紧张的脸好奇地问:"你和小丫去哪里了?"

黑皮一五一十地说:"我们看那边草太少,就到南港这边看看能不能把牛放饱,没想到这边水草还真丰盛。"

李刚睥睨一笑:"黑皮,这里就你们两个人,是不是没干什么好事啊?"说完哈哈大笑起来。

黑皮满脸堆笑,将眉头皱得极不自然,假装气愤的样子,轻轻捣了兄弟一拳说:"你胡说什么,我们关系很清白的。"吓得李刚跳着闪开,眨巴着炯炯有神的丹凤眼笑嘻嘻地说:"好了好了,我说着玩的,你看脸红的,这有什么,小年轻谈恋爱不正常啊?放牛放出感情的多呢。"说着又意味深长地看看远处的小丫,鬼鬼祟祟地开涮说:"你看小丫大姐吴永萍不就是因为放牛和侯海林谈恋爱结婚的,听说婚前肚子就大了,现在小日子过得赛过活神仙。"

他看黑皮沉默不语,为了打破这尴尬局面,转而岔开话题说:"对了,黑皮,我见到过一个天仙一样的美女,你想知道是谁吗?"

"嗯?你说。"

"我外奶家那个庄上有个女孩叫仙红,比我大一岁,据说小学四年级就不练了,每年过年村里玩旱船都有她,长得雪白干净的,腰肢扭起来像水蛇一样游动,也不知跟谁学会唱那么多情歌,唱歌时一笑起来两个酒窝就像会放电,触得人心里痒痒的。每次她一上场,下面的小年幼会哟哟吼吼地跟后起哄,叫声、掌声、笑声如潮水般涌起,我想这声音里有示爱,也有赞赏,捧得她尾巴翘得老高,得意地不断向四周抛媚眼,当然这可能也是表演的需要。听说有很多男孩经常像苍蝇一样围着她转,不少热心的媒婆也踏破门往她家挤,水涨船高,身价被抬成了村花,不过她一个都没看对眼,很挑剔,除了基本条件要求上等,连男孩说话声音都要讲究。"

"乖乖,真是千金小姐啊,那你心动了?"黑皮滴溜溜转着小眼追着问。

"嗯,不瞒你说,我不但动心,还动了情,经常想办法接近她,和她套近乎,但她似乎看出了我的心思。"

"那她什么反应呢?"

"你猜。"

"我猜啊,把她吓跑了,是不是?"

"哥们,你是门缝里看人把人都看扁了啊,我长得就那么砢碜吗?我不敢说自己是白马王子,但上初中和赶集时也有一定的回头率,特别是初二时,很多女孩子给我偷偷塞过情书呢。"

"那她对你也有意思?"

"嘿嘿,暂时保密。"李刚在吊黑皮的胃口。

"你快说吧,男子汉大丈夫豪爽一点,别婆婆妈妈的了。"

"好吧,"李刚自豪地炫耀说,"她不仅当众问过我家在哪个村,还跟她的小姐妹小声夸我身材好长相俊,被我偷听到了,让我乐得几夜睡不着觉……"

"这样看来可能有戏,那你加油吧,兄弟!"黑皮鼓励他。

…………

晚霞漫过西边的山顶时,他俩才想起不远处的小丫,拉上牛急匆匆地去寻找大部队。已经尝到了爱情的甜头,黑皮和小丫在回村的路上约定以后每天都找个独处的机会说说知心话。

这种幸福还没持续多久,有一天清晨,黑皮兴冲冲特地用奥尼啤酒香波洗发水洗了头,然后换了一身干净衣服,又像往常一样满怀激情地在赶牛人群中寻找自己的小心肝,正在翘首猜想她今天会穿什么样的衣服时,却意外发现他的老同学、小丫胖嘟嘟的二姐永霞牵着她家牛来了。黑皮感到纳闷,拽着牛绳匆匆追到她面前迫不及待地问:"小丫呢?"

大大咧咧的永霞大声逗弄黑皮说:"怎么了,你对她有意思啊?这么关心她!"说完白了一眼黑皮,引得大家哄堂大笑。说者无意,听者有心,一下把黑皮羞得脸更黑了,他不知道该怎么接话,嗫嚅着,难为情地说:"我就问问。"也就不好再继续往下刨根问底。还是有着"马秀才"之称的马本才了解黑皮的心思,关切地问:"永霞子,怎么今天换成你来了?"

"县里我二姨娘家有个门旁邻居在大桥头开饭店,说人手不够,昨晚二姨娘到我家问我们姊妹两个谁愿意去苦钱,一个月供吃住三四百块呢,说得我们都很心动,但家里也不能一下走掉这么多人啊,最后商量了一下就让小丫去了,既可以苦钱,也可以开眼界,家里的牛以后就由我来放。"刚才还像听新闻一样支棱着耳朵的黑皮,得知小丫放他鸽子后就像霜打的茄子一样,顿时蔫掉了。

一整天黑皮都耷拉着脑袋,提不起精神。他想,一定要先忍一忍,小丫跟他约定的事不会轻易食言的,说不定过两天就会回到他身边。黑皮爱屋及乌,本来连小丫家的牛也爱上了,但接连几天睹物思人、翘首以盼,可一次次等来的还是永霞,这让他开始灰心丧气,茶饭不思,魂不守舍,就像一只找不到方向的老鹰,他的这种痛苦无人能说,无处能解。

雨后风凉暑气收,庭梧叶叶报初秋。秋风将南山吹出了七彩斑斓,也将遍地的牛草渐渐吹黄吹硬。在小丫去饭店打工前几天,李刚也连续多日没在山上出现了,两人就像同时从人间蒸发。大家都很好奇,问黑皮,黑皮痛苦地摇头不知,有人开玩笑说这两人是不是私奔了？庆幸的是杨黑子好像发现了端倪，跟大家说他最近经常看到李刚骑个自行车吹着口哨早出晚归，心情大好，会不会谈小媳妇了。这个好消息使闷闷不乐的黑皮醍醐灌顶，因为李刚之前老是在他面前眉飞色舞地谈论仙红，黑皮心想今晚找他盘问盘问就知道了，也顺便倾诉一下心中的苦楚。

就像心有灵犀，黑皮晚上站家门口老杨树底下牧牛，还未来得及找李刚，突然看到李刚手插裤兜昂着头，吹着清脆的口哨哼唱着"一剪寒梅傲立雪中，只为伊人飘香，爱我所爱无怨无悔"正向他家得意地走来。

"这几天跑哪鬼混去了，什么好事啊？给你嘚瑟成这个样子。"

"哎呀呀，人逢喜事精神爽嘛，你懂的。"

"抱得美人归？"

"嘘！"李刚故作神秘地小声嘀咕："你不知道，我们已经互诉衷肠啦，我怕舅舅他们看到，每次都只能和她约定在淮河边人烟稀少的马尾松树林旁像躲猫猫一样匆匆见个面，然后一步三回头地难舍难分。这几天她去走亲戚了，我终于明白什么叫一日不见如隔三秋了，看不到她心里还怪煎熬的。"

黑皮这时满脑子都在回忆着和小丫在一起的点点滴滴，压根没心思去听李刚说什么，听到花前月下的事情反而更加心烦意乱，就胡乱回了一句说："时间如水，兄弟这么快就找到媳妇了，恭喜你，哪天带给我看看，帮你长长眼。"

"好的，哪天带你去河湾镇看，对了，你更可以谈了，我看小丫就不错，你要是喜欢我帮你们撮合。"

黑皮做事一向深思熟虑，对没有定数和十足把握的事情三缄其口。他苦笑一下，无奈地反问道："你难道不知道吗？"

"知道什么？"

"她远走高飞了！"

"什么意思？她能飞哪去？"

黑皮故作轻松地娓娓道来："自从你消失在山上，小丫也没再来放牛，听说去县里大桥头饭店打工去了，三四百块一个月呢，她家牛现在是永霞在放。你说你们同时不辞而别，让我心里一下空落落的，整天无精打采！"

"县里大桥头？"

"永霞说是那里。"

"兄弟，不要怪我多心，早就听说大桥头那个地方是'红灯区''黑社会'，很多饭店挂羊头卖狗肉，招聘一些年轻的小姑娘打扮得花枝招展的，站在门口对南来北往的汽车司机热情招徕。这些司机出门在外哪个人身上不是装些票子，长途颠簸身心俱疲，看到水灵灵的妹子就像铁钉碰到磁铁，不由自主地被吸引过去放松身心。这些饭店老板瞄准了客人的这种心理，利欲熏心、不择手段，大胆开发多种色情服务项目，有的甚至通过恐吓、威胁、殴打等手段谋取不正当利益，你可要当心了啊。"

"啊？"黑皮听李刚这么一说，突然两眼一黑差点跌倒，不管是真是假，他都听得脊背一阵阵发凉，既为小丫的安危担心，也为自己的爱情焦虑，甚至还有点怨恨小丫这么无情。小丫现在是他生命的重要组成部分，没有了她，每天把牛养得像大象一样高大又有何意义？黑皮是条血性汉子，认准的事情就算赴汤蹈火也无怨无悔，想着想着将拳头的指关节按得咯吱咯吱响。他对李刚说："实不相瞒，我们相爱已经有段时日了，只不过很小心。今天听你这么一说，我决定要去那个神秘之地走一趟，把小丫找回身边。"冲动的想法一旦形成，浑身就热血沸腾。

李刚哈哈一笑："你不会开玩笑吧？大桥头这么多饭店，你知道在哪家？最快捷的办法是去问她家里人看看在什么位置、哪个饭店，可是你想过没有，以什么身份去问，开得了口吗？还有，就算你找到那里,万一小丫已经移情别恋了,会不会很尴尬?你自己好好想想吧。"

听完这么透彻的分析,黑皮一下愣住了,甚至感觉自己的想法有点幼稚可笑。"那我怎么办呢?"黑皮用乞求的眼神盯着李刚。

"我想,你只能平时手勤眼活多帮助倪婶干活,然后请她放牛时像唠家常一样漫不经心地套永霞话,说不定能知道个一二三。"

"那只能慢慢来了?"

"我觉得是这样!心急吃不了热豆腐。"

此时黑皮就像失恋一样绝望无助,但也无能为力。

小丫那天晚上决定跟她二姨娘徐银花去饭店打工后兴奋纠结得一夜没睡好,听到诱人的工资,还能吃香喝辣,觉得自己时来运转,马上可以从泥腿子变成油嘴子了,但想着想着又觉得自己离不开黑皮,因为那天在草地上她亲口跟黑皮说比较恋家,暂时也不想出去,这还没多久就改变主意,黑皮肯定会责怪她心口不一,想当面去征求他意见或者跟他道个别也来不及了。但她又觉得自己并没有到很远的地方打工,只不过去县城附近,也就三十多里路程,不算出远门,以后可以经常回来看看他。她安慰着自己,不过还是思绪难平,像有千军万马在心中奔腾,就这样昏昏沉沉地想着,直到家里鸡叫第三遍才入睡。

第二天全家都起了大早,小丫忙着收拾行李和打扮自己,其他人忙着做顿像样的早饭为小丫和她二姨娘送行,以后小丫在县里还指望她二姨娘关照呢。吃完早饭,吴长年和徐金花都丢下手中的活,带着大女儿吴永萍肩挑手提,像逃荒一样把徐银花和小丫一直送到干营公路站台,看她们上了客车,才依依不舍地挥手作别。

县城经过最近几年的快速发展日新月异,透过车窗,一栋栋形状各异的楼房、一辆辆款式不同的车子让小丫眼花缭乱,这花花世界和村里还是有着天壤之别。只用一个多小时,小丫就跟着她二姨娘来到了她家,吃完午饭后刚丢碗筷,就被带到隔壁邻居家。

小丫腼腆地跟在她二姨娘后边,一进院子大门就看到一个慈眉善目、五十岁上下的中年男子,像个老爷一样倚坐在藤椅上气定神闲地抽着烟,面前围着一大圈人在热火朝天地高声交谈。小丫凭直觉认为这个男人应该就是自己去打工饭店的老板,还没来得及细看其他都是些什么人,男子就热情地招呼说:"来来来,坐坐坐。"她二姨娘进屋后递给她一张小竹椅,小丫也没客气一声就接过来,像开会一样毕恭毕敬地端坐着。

"这就是你姨侄女?"男子和蔼地问。

徐银花脸上绽放出自豪的笑容,忙不迭连回了两句:"是的,是的。"

通过交谈小丫了解到,老板姓包,坐在她旁边的两个女孩子也是经熟人介绍准备和她一起去饭店打工的,老板面试的题目也就是问了问小丫的家庭住址、年龄、学历及以前所做工作,他认真听完后满意地点了点头。约莫过了半个时辰,三个女孩和亲戚带上行李一起乘坐包老板的面包车风风火火地来到了大桥头。

小丫对工作地点格外关注,这大桥头一路看过去是鳞次栉比的饭店,房顶和门口竖立着五花八门的招牌,路边不少和自己差不多大的女孩子手里拿着"吃饭住宿"字样的牌子在高声招揽顾客,一派繁盛的景象。

下了车,小丫看到包老板家饭店房檐上鲜红的"春香饭店"四个大字非常醒目,充满了文艺气息。包老板一进店里就大声拍了拍手,迅速将全体员工召集起来开了个简短的欢迎会,这些新来的女孩和介绍人看大家站着,也跟着呈半圆形状围站在老板前面,听候他的指示。包老板将嗓门提高了几度,对老员工夸张地一一介绍了今天新来的三位小姑娘,每介绍一个,这些老员工就啪啪地鼓掌,对她们表示最热烈的欢迎。小姑娘们被这新奇的场面吓得愣住了,僵硬地看着他们。介绍完后,包老板又把老员工的情况向小丫她们简单介绍了一遍。毕竟初来乍到,又是农村上来的,对这种隆重的欢迎方式一时接受不了,也学不会,不过现场也没人让她们这么做,反倒是被介绍到的老员工们表现出主人翁的样子,笑脸相迎,重重地点了几下头,以此来证实包老板的介绍。几位介绍人将姑娘们安全送到并参观一圈后非常知趣地催着包老板把他们送回去了。

这里的饭店多数都是供过路的旅客吃饭,所以除了早中晚是高峰期,白天其他时间也陆陆续续有人。小丫由于相貌出众,上班第一天被安排为顾客端盘子。其他两个姑娘一个叫小花,身材苗条,皮肤略黑,说话干脆利索,做事麻溜,秋水一样的眼睛灵动有神,据说是初中毕业,是三人中学历最高的,被安排在前台负责收银。另一个叫小青,落落大方,养得白白胖胖,说话也慢声细语,被安排去刷盘子。

饭店的工作不像在农村种地自由散漫、自我管理,在饭店做服务员需要手勤腿快,眼尖嘴甜。开始几天三个人很不适应,被一些老员工呼来唤去,特别是当客人蜂拥而至时,手忙脚乱中难免会出错,老板娘经常毫不客气地批评提醒,心情不好时还会骂些难听的话。小丫和小青都没怎么出过村子,夜深人静的时候一想到白天所受的委屈就会想念家乡和亲人。小丫由于临行前不辞而别,对黑皮的思念也愈加浓烈,她的苦水不好向别人倒,只能躲在被窝里偷偷抹眼泪。

第十章

陈龙总的来说还属于温暾的性格，做什么事喜欢磨磨蹭蹭，注意力也不够集中，时常听倦了、学累了就会在草稿纸上信笔涂鸦。记得五年级那会，全班同学在女班主任王老师的严抓细管下，每天聚精会神认真听讲，因为王老师像个霸道女王一样，无论男生女生，不管成绩好坏，只要她觉得有人上课心不在焉、破坏课堂纪律，抓起耳朵就是几记响亮的耳光，一边打还一边龇着牙破口大骂。同学们上她的数学课都噤若寒蝉，畏首畏尾。有个成绩平平的女同学因为期中数学考得不够理想，被凶狠的王老师打得当场下跪求饶："王老师，我求求您了，能不能别打我了。"这时她才良心发现，呼哧呼哧善罢甘休，一些心软的女生忍不住流下了同情的泪水。

在这种白色恐怖氛围中，陈龙有回没控制住自己，趁王老师讲课时在草稿纸上埋头构思建筑物的外立面，投入天马行空的世界。眼尖的王老师转头向教室轻轻一瞄就发现他的异常情况，于是停住讲课，气势汹汹地朝陈龙径直奔过来。陈龙经同学提醒，一下看到她走来了，白嫩的脸蛋条件反射地未打先热。火冒三丈的王老师抓起草稿纸一看是和数学无关的绘画，二话不说，咬牙切齿直接咔嚓咔嚓撕得粉碎,然后恨恨地抛向陈龙并转手给了他三记响亮的耳光。心理脆弱的陈龙一下被打得眼冒金星,呆若木鸡。

教育是个大学问,落后的教育要求学生必须绝对服从,分数是评判一个学生优劣的唯一标准,而先进的教育是鼓励孩子学会创造。尽管这个城北小学在全县也是一流的教学水平,但主要还是以填鸭式灌输、照本宣科的方式要求学生死记硬背。许多孩子的天性和好奇心、创造力都被视为胡思乱想,被无情地扼杀。

现在上了初三,陈龙好像一夜之间开了窍,危机感猛增,每天晚上排除一切干扰,独自一人坐在教室的角落闷头自习,自我感觉很努力。但事与愿违,几次考试下来,他的成绩就像被施了魔咒,排名老是徘徊不前。他这时开始怀疑命运。有一天午饭后径直找到了县中医院门口的算命一条街,这是他每次去汽车站路上的必经之地,大师们将写有算命、风水、婚姻、学业、起名的广告布一铺,几条板凳一摆就光明正大地吆喝招客了。一旦有顾客谈好价格坐下来,很快就会围过去一大帮看热闹的人竖耳倾听集聚起人气。大师们个个都是无所不知、深谙人性心理的卖嘴郎,口若悬河地将稻草说成金条,死人说成活人,没有他们圆不了的谎言,没有他们看不清的是非,更没有他们解决不了的难题。他们凭着三寸不烂之舌,让许多深陷苦海的人找到了心理上的安慰,精神上的寄托。因而一到逢年过节,前来占卜问卦的人络绎不绝。

深秋的午饭后,阳光温暖和煦地照耀在千台县这片古老的大地上,平日精神抖擞的大师们此刻因吃得太饱太好摄入较多糖分,血液循环减慢,大脑供血、供氧不足,都有点昏昏欲睡的状态,没精打采地打量着来往行人,摊位前全没有了假日里层层叠叠的繁盛景象。陈龙像个在人才市场挑选工人的老板一样仔细打量着每个大师,最后凭直觉选中了一个身着唐装、留着花白胡子的耄耋之年的胖爷爷来给自己看相,因为这样的大师最像大师,每天他的摊位前人气最旺。

白胡子大师看到陈龙走过来蹲在他面前,立马精神矍铄地抬头问道:"小伙子,要不要看看相啊?"

陈龙看他老人家真诚和善,深邃的眼神仿佛能够洞悉世事、道破天机,因此并没有直抒胸臆,而是小声问了句:"算命多少钱啊?"

大师微笑着用苍老的手指了指地上的价格牌子说:"十元。"

陈龙用商量的口吻小声说:"我还是个学生,能不能少点?"

大师慷慨地说:"那给你优惠价,就收你五块吧。"陈龙又担心价格压得太低算得太马虎达不到目的,就点头说:"好的,老先生,那就请你看看我的命运如何。"

算命先生先不紧不慢地问了陈龙生辰八字,又看了手相和面相,然后说了些模棱两可的话。其实陈龙心里最想问的就是自己能否考上好一点的高中,所以在算命先生啰啰唆唆说了一大堆时好时坏的话后,干脆直接问他:"老师傅,您看我能考上好一点的高中吗?"

算命先生不愧是业余心理专家,一生阅人无数,吃过的盐可能比陈龙吃过的米都多,知道陈龙肯定是因为成绩不理想才来占卜问卦的,就宽心说:"你的命运还不错,但升学道路艰难,如果再加把劲还是会提升一些的。"

"那你能帮我破命吗?"

"这要到你家那边去看看风水怎么样,其实人生就是有得就有失,有失必有得,上不了好高中不代表走上社会发展得就不好。"

陈龙无奈地哦了一声,他无论如何也不会把算命先生带回家,因为父母一直就认为算命打卦的一肚子鬼话,都是骗人的把戏,要真带回去还不把自己骂死。

陈龙听了算命先生的忠告有点心灰意冷,长叹一口气后绝望地望了望地上的纸牌。心想看样子要成为一个出类拔萃的学生是不可能了,也许这是命中注定,怪不得自己之前这么努力都无济于事。但反过来想一想,路难走就不走了?肯定不能,必须继续拼搏,在初三最后这关口能提高一分是一分吧。他默默地进行自我鼓励。

第二天上午放学铃响后,他随着人流情绪低落地走出教室,刚走到楼梯口就听到爸爸熟悉的声音:"陈龙。"

陈龙转脸一看,只见爸爸拎着一只鼓鼓囊囊的白色大塑料袋,最上层堆满了黄澄澄的香蕉,正笑吟吟地站在栏杆旁向这边张望。

"爸,你什么时候来的?"陈龙因为学习忙,且妈妈在浙江打工做太空被,姐姐在无锡打工养珍珠,就剩爸爸一人守着家忙着种地。笨手笨脚的他做不出一顿好茶饭,因而陈龙已经两个多星期没有回过家了。

"我到了半个小时了,估计你快放学,就一直在这等你的。你妈前两天放假回来的,昨天刚走,她知道你学习辛苦,特地从浙江带了香蕉、苹果,还有蜜饯、葡萄干给你吃的。"

"啊?"陈龙埋怨道,"那她回来怎么不来看看我的呢?"

三强无奈地说:"她是放假三天才回来的,整天忙着和我种麦子,根本抽不出时间啊。她也想请两天假来看看你,还不是想多拿两个钱给你练书用吗?快了,还有一个多月她们就放假了。"

"好吧。"

"最近考试怎么样啊?"

"一般吧,学习太难了。"陈龙一边说一边接过爸爸手上的袋子。此时他的心里百感交集,因为今天上午刚刚得知月考成绩很不理想,觉得自己非常对不起父母的一片苦心,如果他们对自己坏一点,心里也许还好受些,可他们偏偏这么器重自己、疼爱自己,这些水果和干果怎么吃得下去啊?

"一般可不行呀,要加油啊,一大串眼珠在看着你、盼着你呢!

村里有的人在你小学的时候就嘲讽般叫起了大学生,以后要是考不上大学还不把很多人牙都笑掉了,是不是?我们丢不起那个脸啊!"

　　陈龙听到这里真想找个地缝钻进去,都怪自己不争气,成绩一而再再而三地上不去可怎么办呢?眼看就要考高中了。哎,再大的委屈也只能自己一个人承受。正在这时,忽然有几个打扮帅气的校园小混混大声追逐着从身边跑过去,他顿时眼前一亮,对,人不能在一棵树上吊死,转而强颜欢笑地安慰父亲说:"实在考不上高中就去念技校吧。"

　　三强就像一个人在田里割草时忽然看到一条大蛇受到惊吓一样,瞪大眼睛盯着儿子问:"什么?念技校?你瞎说什么,我们花那么大代价培养你这么多年,最后去念技校还有什么出息?那都是鬼混的地方。"

　　陈龙一时无言以对,就硬着头皮表态说:"好吧,我会继续努力的,一定要考个高中!"

　　三强听儿子这么保证,走起路来像装上了弹簧一样一下轻松了许多。

第十一章

经过一个多月的磨合，熟悉了同事和工作环境以后，小丫她们工作的兴致逐渐提高，彼此相处得也非常融洽。由于是同一批来的，年龄也相仿，所以走得更近一些，已经发展成为知心朋友。她们吃住在店里，每天忙碌到了下班后已经精疲力竭，也无暇顾及其他同事的喜怒哀乐。小花是个有心计的人，思维缜密，严谨细致，收银工作做得一丝不苟，从未出过差错，颇得包老板的赏识。发工资这天上午，三个人怀着激动的心情从老板手中接过崭新的四张百元大钞，她们从小到大都从未在一个月之内赚过这么多，感觉像中了巨额大奖。小丫还将自己的一沓钱凑到鼻子前用力嗅了几下，就像欣赏一束芳香的玫瑰花，觉得沁人心脾。小花妈妈是药罐子，家境贫寒，拿到这笔来之不易的收入喜极而泣，将握着钞票的双手紧紧贴在胸前，像感激又像祈祷，觉得家里的命运从此就会有所好转。小青心想，我是刷了无数个盘子才得到这笔财富，能挣还要守得住，接过钱立马用手帕包得严严实实揣进裤兜。

三人回到宿舍不动声色地将工资藏好后，小丫对其他两人提议说："我们辛苦一个月了，要不要下午去买几件衣服，一是犒劳一下自己，另外一方面在这人来人往的地方要穿得体面一点。"哪有姑娘不爱美的呢？小丫的提议立马得到其他两人的积极响应。

当天下午，三人找到老板说想请一会假去逛逛，包老板非常爽快就同意了，随后她们笑呵呵地步行到桥头农贸市场，每人花二十元挑了自己喜欢的服饰，准备一改之前稚嫩土气的形象。

小花在收银中发现有几个较她们早几个月来的同事每天浓妆艳抹，收入也比她们三个高将近一半，到晚上躺在床上，就偷偷把压在心中已久的疑惑对她们吐露。另两人听小花这么一说大吃一惊，但小花突然好像发现了什么不对的地方，皱眉转眼开始分析起来："你们想，那几个姑娘除了做服务员不是还做按摩工作吗？难道按摩的收入很高？"

听到这话，小青不甘心了，抱怨说："包老板也太偏心了吧，按摩谁不会，凭什么只安排她们，让我们的收入低人一等，难道看我们是新来的好欺负，等明天我们一起去找老板评评理去。"其他两人觉得小青说得很有道理，也跟着义愤填膺道："是的，难道看我们好欺负？"都急着要找老板理论。

三个姑娘主要还是年轻气盛，也涉世未深，第二天上班后看到老板来了立马围上去。小花平时跟老板交流得比较多，小声对老板耳语说："包老板，到这边来下，我们要跟您反映一个问题。"包老板还没问完什么事情，就被三人拽到一个包间。快言直语的小青单刀直入，阴阳怪气地问："包大老板呀，您看我们三个平时做事踏踏实实，埋头苦干，任劳任怨，可您不能歧视我们后来的啊。"

包老板丈二和尚摸不着头脑，被这架势惊得一愣："什么意思，哪里亏待你们了？明说吧。"

"为什么其他几个姑娘每个月比我们挣得多？难道我们干的活没有她们多？还是没有她们听话？"小青寸步不让地逼问。

包老板听到这个幼稚的问题恍然大悟，立马苦笑了一下说："原来是这个啊？人家可是凭手艺挣大钱的，不仅做了你们看得见的体力活,也做了技术活。有些事情只能意会,不可言传。"小丫和小花听得云里雾里,大睁着眼睛正准备继续刨根问底,机灵的小青使了一个眼色,示意她们闭嘴,像大姐大一样对包老板挥手说:"包老板,我明白了,我们先做好自己的分内工作,其他有需要麻烦您的时候再跟您汇报。"

包老板毕竟是个老甲鱼,看到小青给他解围,内心对她立马高看一眼,拍着胸脯底气十足地表态:"姑娘们,我包老板的人品和口碑在整个大桥头是经得起打听的,你们以后有什么事情尽管跟我说,我手头有点急事先去忙了,啊?"

小青代表三人礼貌地微笑了一下,娇滴滴地接住话茬说:"谢谢包老板关心,我们也去忙了。"

三人目送包老板转身离去后,小青立刻将门虚掩上压低声音说:"都过来,你们懂包老板刚才说的只可意会,不可言传的意思吗?"

另两人一起迷惑地摇了摇头。

小青说:"如果我没猜错的话,应该是一些色情服务,至于具体做哪些见不得人的事情就不得而知了。"小丫和小花听了以后倒吸一口凉气,认为在这声色犬马、充满诱惑的地方,就是有些肮脏的交易也属正常,否则不可能一条路开这么多饭店,且饭店生意如此火爆。

小丫接着分析道:"你看整条街那些打扮得花枝招展、衣着暴露的姑娘,包括我们店的雪花和春霞,光明正大地在公共场合和一些不管什么年龄的男人勾肩搭背、打情骂俏,这些老板肯定不会亏待她们,精明的姑娘也不是傻子,会不图回报地投怀送抱?"

小花嘴上很鄙视那些姑娘的行为,骨子里却是一个要强好胜、外向活泼的人,甚至十五六岁就开始早恋,村里人给她起了个外号叫"能干豆子",但这并没有改变她家贫穷落后的面貌,特别是当她看到妈妈因为生病而向亲友低三下四去借钱,往往被冷漠拒绝的一幕幕刺痛了她幼小的心灵。一分钱能逼倒英雄汉,所以她也急于翻身,想争取通过自己的努力让妈妈早日康复,让全家都挺直腰杆。她这时忽然闪过一个念头,觉得如果出卖自己一个人的身体能改变家庭现状又何妨呢?不仅不丢人,甚至是英雄壮举,想到这里自己都觉得很悲壮了。

小青觉得小丫说得很有道理,不过她也不红眼,觉得还是做一些光明正大的工作挣来钱心里踏实,劝小丫和小花,也是劝自己,头一扭喊道:"管她们呢,走,我们还是老老实实苦自己的血汗钱吧。"

别看包老板外表憨态可掬,忠厚地道,实际上是个非常有主意的狡猾商人。他的店暗地里也在从事着色情服务,但做得神不知鬼不觉,租用了隔壁饭店的几间客房用于店里的小姐交易。新来的姑娘毕竟都是熟人介绍,从不强迫也不引诱她们干那些勾当,而是通过选取其中性格和外貌都比较合适的一位做吧台收银,并通过她让新来的人自己去发现"干大事"的收入和普通打杂的收入有着天壤之别,太公钓鱼,愿者上钩。如果这些新来的姑娘自己放得开,且愿意多挣些,那是皆大欢喜,再好不过了。如果不愿意,轻易也不会打听里边的一些秘密。

没过几天,小花开始有意识接近只比她大三岁的雪花姐姐,先是请她吃零食,然后通过聊衣服和化妆品寻找共同话题。雪花人如其名,身材高挑,肤如柔雪,鹅蛋脸上一双圆溜溜的大眼睛清澈明亮,性格温柔,撒起娇来让人浑身起鸡皮疙瘩,就是这些优势让她成为春香饭店的招牌和镇店之宝。不仅包老板对雪花宠爱有加,很多汽车司机也是慕名而来。有的回头客到了饭店专点雪花陪酒聊天,雪花一天要换几套衣服,穿着一身身名牌、一套套潮款进进出出,每天过得风光快乐。

雪花之前和这三个新来的姑娘没有什么深交,但对每个人的性格外貌也有个大概的了解,相比较小青和小丫刷碗、端盘子的分工,她打交道最多的还是在吧台收银的小花。因为雪花在路边揽到的客人比较多,在"按摩"方面接到的业务也就多,这些都要经常和前台沟通交流。雪花发现小花尽管有点土,但各方面底子很好,是个值得培养的"好苗子"。最近几天小花那么主动地接近自己,人也算活泼,阅人无数的雪花一眼看穿小花的心思。为了春香饭店的基业长青、后继有人,不辜负包老板的殷殷嘱托,她决定言传身教好好带带小花。本来想精心栽培红艳的,结果她刚学个皮毛还没掌握精髓,在小丫她们刚来第二天就突然辞职不干了,这让雪花相当失望。其实红艳就是仙红,她那天吃午饭通过和同事聊天偶然得知小丫和李刚是一个村的,一下吓得食欲全无,匆匆刨几口就躲到了宿舍准备打道回府,因为她很在乎李刚,瞒着村里人和李刚到春香饭店工作只不过三天,万一在这里留下什么把柄被小丫传回去那太得不偿失了。

　　名师出高徒,小花悟性很高,经过雪花一个星期的指点调教,很快就正式出师,独挑大梁了,不仅穿着打扮变得时尚前卫,整个气质也显得成熟优雅,有时候一天挣的小费,比之前一个星期挣得还多,腰包自然也就一天天随之鼓胀起来。这一切早被小丫和小青看在眼里,只是不好强行过问,毕竟人各有志,用春霞跟别人吵架时颇具豪感的话讲,有的人丑送给人都不要,敢于走出那一步的人既需要勇气也需要资本。小花由于工作更加繁忙,不像以前那样能经常和小丫她们在一起谈天说地、逛街购物了。她是个有情有义的女孩,结交新朋友不忘老朋友,非常顾及一起来的姐妹感受,平时会尽可能主动地对她们嘘寒问暖。

　　小花这时已经无法做到收银和按摩统筹兼顾,经过雪花和包老板沟通,小花不再兼任前台收银,专心去做接待工作。本来大家是一个萝卜一个坑,现在收银少了一个人,经过分工调整,其他跑堂打杂的任务相对就重些。铁打的老板,流水的员工,正好这段时间又遇上秋收,有几个员工自从跟老板请假回家收粮食后就再也不来了,小丫和小青她们每天累得腰酸背痛,有时临睡前已睁不开眼。包老板很会做员工的思想工作,不断地给年轻人画大饼、做心理疏导,说过几天就会来新员工,困难是暂时的,请大家克服一下,不会让大家白忙,加班费已经在考虑中了。员工听到有加班费就像打鸡血一样来了精神,精力充沛的人仿佛比赛逞能一样喧喧嚷嚷争抢着干活。

纯朴善良的小丫一直坚守底线,不为半斗米而折腰。少了一个经常谈心的姐姐,辛酸和空虚时常占据着身体和脑海,这时能治愈她心灵的往往就是爱情或者风景,她心中一直对远在村里的黑皮感觉很愧疚,责怪自己来得太匆忙,喜怒哀乐无处倾诉也会让人感受到生活压抑。有天晚上,小丫被这些烦恼折磨得睡意全无,觉得要是像村里的马小憨一样无忧无虑、无牵无挂就好了。虽没上过几天学,可写一封简单的信还是没有问题。在床上翻来覆去好不容易熬到第二天凌晨四点,趁厨师还没开工,她蹑手蹑脚爬起来摸到大堂找出笔和纸,像干活一样利索,没用半小时,就把心中的烦恼、思念、快乐如开闸的洪水一样酣畅淋漓地一吐为快。

别看只有几百字的信,却饱含着这位纯朴农村姑娘对心中白马王子的一片真情。小丫首次写信也是首次寄信,当天上午独自一人找到附近的邮局,一路上心都咚咚直跳。摸摸索索寄出去以后,接下来每天最兴奋的事情就是憧憬黑皮的回信。

几天后,小丫和姐妹们逛街刚回来就听大厨黄师傅高声叫住她:"吴永丽,今天有你的一封信,是前松乡山洼村寄来的。"小丫得知这个消息喜出望外,心想黑皮回信还真快,连忙追问:"信在哪里?"

"在收银台里边。"

小丫冲进吧台,从一摞五颜六色的信封中扒出写有自己名字的那封,脸上刚绽放出如花的笑容,立刻又像遭受了一场突如其来的冰雹黯然失色,定睛一看傻眼了,这不就是自己寄给黑皮的那封吗?难道里边的内容是黑皮写的,信封没换?抱着这最后一丝侥幸,她颤抖着从信封的一端撕开个豁口,将信抽出摊开一看,还真是自己写的那封。她不好意思在同事面前问是怎么回事,于是趁人不备又一路小跑赶到邮局,问了营业员才懂得,收信人的地址和名字要写在信封的上面,寄信人的地址和名字应该写在信封的下面,她正好弄颠倒了。这下为了保险起见,不要再出洋相,也避免村里的熟人看到不好,聪明的她在信封上只写了收信人的名字和地址。

没有小丫的这段日子,黑皮在爱情遭受打击之后一蹶不振,日渐消瘦,幸亏兄弟李刚及时发现并时常开导他,才让他振作起来,继续耐心等待。倪婶确实是个好人,作为长辈也经常给黑皮打气,还通过小丫家人将了解到的关于她的一些近况及时告诉这个可怜的孩子。黑皮很会来事,有一颗感恩的心,在山上找到一些好吃的也会第一时间想到这个热心肠的婶婶,以此不断获得和她套近乎的机会。

黑皮每天盼星星盼月亮,终于盼来了希望。一天下午,当他和父母正埋头顶着秋日的暖阳在场上将一头头玉米袍子撕开,突然听到一串清脆的铃声向他们靠近,专注的一家三口都不约而同地停下手中的活,掉头想看看是谁路过,哪知还没看清是谁,来人就径直向他们打听说:"请问你们是陆猛家人吗?"

黑皮看到绿色的自行车大杠和后座上驮着的装满报纸杂志的鼓鼓囊囊的帆布袋,知道是邮递员来了。他以前上学也经常看到这个人,每次同学们见到他的邮车都会好奇地围上去指指戳戳,不过这和黑皮没任何关系。可今天邮递员直呼他的学名,他很纳闷且略显紧张,不知道是什么消息从天而降,立马起身迎上去说:"我就是,怎么了?"

"这儿有你一封信。"邮递员说完立马架好车,从一包信件里抽出一个白色信封递给黑皮。

陆必贵老两口也是少见多怪充满了好奇,都凑到黑皮跟前忙问是谁写的?

因为小丫担心这封信会被村里其他人先拿到,所以留了个心眼,只在信封上写了邮编、收信人名字和地址。黑皮跟小丫处了这么久也没见过她的笔迹,当看到这几行娟秀的字,猜到十有八九是她的来信。他知道父母不识字,就是给他们看也是盲人看书——装模作样,就随口说是一个笔友写的。

"什么是笔友?"万巧萍穷追不舍。黑皮拆开信封发现落款吴永丽,果真是小丫,他激动得手在颤抖,心在狂跳,脸在升温,百感交集,但在父母面前要尽量控制住自己的情绪和状态。

"笔友也就是通过写信认识的朋友,哎呀,说了你们也不懂,烦死了,你们撕玉米袍去吧。"老两口被黑皮不耐烦的态度冲得哑口无言,只好无奈地回到金色的玉米堆旁,一边慢腾腾捡起手中的活,一边瞥着黑皮幸福读信的样子傻笑。

黑皮:

　　你好!

　　我是小丫,多日不见你过得还好吧?不知道你长变了没有,首先请允许我向你道个歉,我不辞而别也是迫不得已,我也想在离开之前的那个晚上跟你打个招呼的,可一直没有勇气,我害怕别人异样的眼光会刺痛我柔弱的心灵。长大后我还从没离家这么长时间过,很想家人,也想曾经一起放牛朝夕

- 113 -

相处的你们。这里的老板是我二姨娘家的邻居,对我很好,请别担心,我在这边饭店的主要工作就是端端盘子,辛苦是辛苦,但收入很满意,一个月四百元,至少比放牛高得多了。不过我们这里有的同事收入比我更高,具体怎么苦的,我也不清楚。这里可以说是花花世界,每天马路上的车辆川流不息,人来人往,很多顾客都是大款,点菜也不看价格,一掷千金,不过我从不眼红,只想凭自己的双手苦点血汗钱。请你放心,我对待感情是个专注的人,对于认准的人和事任何力量都无法改变。过一段时间我准备请几天假回去看看大家,也带点好吃的请你们品尝品尝。好了,我没什么文化不会写信,同事就快起床了,过几天见!

你的朋友:吴永丽
1996年9月19日

  小丫本就是个传统的女孩,况且她不能保证这封信就会落到男友手上,所以整封信看下来既没有炽烈的山盟海誓,也没有肉麻的甜言蜜语,算中规中矩、聊家常一样的唠嗑。有人会说时间可以冲淡一切,或许小丫离开黑皮的时间还不够长,在黑皮渐渐绝望之际,这封信犹如投进湖里的一块麻石,在黑皮趋于平静的心里瞬间掀起巨大波澜,绽放出的美丽浪花在他脸上一阵阵漾开。他没有失去小丫,他还有希望,他要耐心等待,这或许也是考验彼此的最佳时机。黑皮越想越激动,越想越兴奋,以致忽略了父母在一旁眨巴着猫一样发光的眼睛正盯着自己喜形于色的脸庞一同窃喜。

  等他回过神来立马把信塞进信封揣进上衣口袋,并用手掌使劲抚平,像对待一件珠宝一样小心谨慎。陆必贵用力咳嗽了一声,示意老伴继续埋头干活。

  当天晚上吃完饭,黑皮找来之前从村部要来的印有山洼村村民委员会字样的信纸刷刷刷奋笔疾书。

小丫:

你好!

你的来信我已收到,看到你在那边过得很好我就放心了,最近各家都在忙着收粮食,我也将家里的牛请老周代放一段时间,好帮着我爸我妈忙秋收。你刚走那一段时间,我开始还是很生气并失落的,不过想想毕竟人往高处走,水往低处流,谁不想出人头地呢,总不能拽一辈子牛尾巴,对吧?你二姐永霞尽管和你是一家子,性格和你却迥然不同,她代替不了你。李刚自从谈恋爱,找我玩的时间也少了,你们几乎同时离开和疏远了我,让我每天相当寂寞。你这封信对我来说就像雪中送炭,温暖了我冰封已久的心,让我重拾对未来的信心。你在外边要照顾好自己,大桥头离我们村也不是很远,如果你不介意,我以后有空就去看看你,要是有人欺负你,你一定告诉我,我不能让你受一点委屈。我知道感情要靠缘分,强扭的瓜不甜,但我会努力做好自己,期待春暖花开的那天!

你的朋友:陆猛
1996 年 9 月 29 日

两人拉锯式一来一往的两封信都很正式地用了学名,既看出两人心理都已日趋成熟,也是为了避嫌。

黑皮写完信觉得自己就是个顶天立地的男子汉,敢于在信中委婉表达对小丫的珍惜和思念,也勇于为爱情两肋插刀,第二天问李刚借了自行车就跑到山明化工厂邮局,在营业员的指导下顺利将信寄了出去,一路上用力想象着小丫收到回信后的喜悦之情。

十几天农忙结束后,黑皮又从老周手里接过牛绳,继续着田园牧歌的生活,和小丫通过写信接上头以后一发不可收拾,两人保持着一周一封的频率和热情。每次收到新的来信,黑皮都装进口袋带到放牛场,趁没人的时候拿出来慢慢品味和欣赏。这一行行娟秀的字犹如小丫的一寸寸肌肤,嫩汪汪、香喷喷的,在这秋风萧瑟的山上睹物思人,让人忘记了季节和使命,反而更加坚定了目标和方向。对黑皮来说,这一封封信是小丫在走近自己,让人感动和温暖。

第十二章

放牛的激情刚回到正轨没多久就到了霜降的时候,这时开始各家都把牛牧在家门口,靠玉米和水稻的秸秆进行喂养,黑皮又有大把时间可以自由安排了,其实也不需要他烦心,自从山洼村有人类居住以来,祖先们代代相传,将一个冬天的时间利用得相当合理。有的上河工,有的剥玉米、花生等粮食种子,天过冷的时候就烤火取暖,女人们还会纳鞋底织毛衣……许多乡亲有了余钱以后更多是通过赌博打发时间,机灵的中老年人打麻将较多,笨拙一点的就用扑克牌打跑得快或者用牌九打老次,青壮年则会推牌九,而小孩子喜欢用扑克牌玩二八。总之唯有赌博能成为全村男女老少共同的娱乐方式,唯有赌博能让大家废寝忘食,乐此不疲,津津乐道。

黑皮父母没有赌博的嗜好,只喜欢拎一篮花生像木桩一样朝人多的地方一坐就是半天,黑皮在这方面就比父母强多了,八岁学会了二八,十岁学会了跑得快,十五岁学会了麻将,十七岁学会了牌九,现在已经十九岁的他身上的口袋还是瘪瘪的,每天吃完饭碗一推就钻到小店打跑得快。侯海林大姑家开的这个小店是村里的娱乐中心,也是新闻发布中心、信息交汇中心。小店确实很小,就两间逼仄的瓦房,但一年四季,无论严寒酷暑都围满了人,少则一桌,多则两桌,正常也就是扑克、麻将和老次。在这里赌博的金额一般都很小,以老人居多,所以烟枪就多,有的一边吞云吐雾,一边思考如何出牌,安静的时候只能听到滴滴答答的敲麻将声,或者噼噼啪啪的摔纸牌声,不时还传出赢牌时的尖叫、出错牌的惋惜唏嘘声和哄堂大笑,当然还夹杂着咳嗽和吐痰声。喜欢赌博的人有个魔咒,越赌越有瘾,输钱的想捞回来,赢钱的想赢得更多。

黑皮这几年牌技大增,以前都跟同龄人打,从去年开始不管年龄大小都敢坐一桌。跑得快每人十三张牌,他根据每人的出牌特点,通过缜密的推算和过人的记忆,能大体猜出其他三家手中剩余的牌,靠着这个小聪明,黑皮打跑得快赢多输少,陆必贵老两口每次听到大儿子打牌又赢钱了,感觉沾了光,极其地自豪,笑得合不拢嘴,还不忘问一句:"又赢多少啊?"黑皮会在写给女友的信中分享自己赢钱的喜悦,小丫自然也为男友喝彩,但会提醒他不能太痴迷和沾染牌九,要适可而止。黑皮在信中对小丫承诺绝不会走邪路,这让她很欣喜。

冬月十六这天下午,小店里又挤满了人,黑皮翘个二郎腿,将手中的余牌合起来卡在桌上,双臂环抱在胸前悠然地坐等各家出牌,突然门外不知谁喊了一句:"哎哟,这不是小丫吗?什么时候回来的啊?都长变了,现在多时髦啊!"

"没有啊,还是老样子,好久没见到你们了。"小丫热情地跟大家打着招呼。

这位人人熟悉的"稀客"将里屋所有人的注意力都转移到了店门口,想一睹这个已经在大桥头打工四个多月的姑娘的最新芳容,然而始终只闻其声不见其人,她还在外边和几个晒太阳的人问候。最惊喜的当然是黑皮,这种兴奋就像劫后重生一样按捺不住,他的魂魄先于身子一下飞离了牌桌,只稍微稳了一下情绪,立马丢下牌三步岔到门口去找朝思暮想的梦中情人。只见灰头土脸的人群中,小丫一身白色呢子大衣,在冬日暖阳的照耀下格外耀眼,眼前的她是那么地虚幻和模糊,甚至有点陌生,再定睛一看,笑盈盈的脸蛋白里透红,如熟透的水蜜桃楚楚动人,她正客气地和大家微笑致意。当小丫和黑皮对视的那一刻,两人脸上就像猛喝了一口高度酒,同时瞬间飘红,这一片片红霞火辣辣的,以致把彼此的眼眶都辣湿了,大庭广众之下的久别重逢,一切都只能憋在心里,用眼神交流,传达情感。

黑皮为了掩人耳目,客气地央小丫:"来打跑得快啊!是不是好久没打了?"

小丫这时已经走进小店,看见屋里挤满了人,扭捏地搪塞了一下说:"你打吧,我还有事。"

黑皮哪有心思再继续打,但立马下桌又不好,只好硬着头皮又心不在焉地应付了几把,然后借口说回家有事,就让在一旁喋喋不休的马本才接着打。马本才喜不自禁,就像捡到天上掉下的一块馅饼,毫不客气地将屁股挪到黑皮热乎乎的板凳上,心想终于摸上正位了。

黑皮默默地离开了人群,朝还在和大家热火朝天谈闲的小丫瞥了一眼,然后昂首挺胸地向后洼的石头塘走去。黑皮相貌平平,走路的姿势却潇洒大方,男人味十足,总能引起很多欣赏他的年轻人赞扬,此时他就像一个明星,刚离开就引起一阵小的骚动。过了几分钟,小丫也心照不宣地匆匆离开。

两人相处了这么久,信也通了好几次,成年以后,最了解他们的还是彼此,这种了解已经形成了一种默契,无需言语,有时只用一个眼神、一个动作就能够心领神会。黑皮知道小丫会跟来,因此当他走到村后场边老杨树下时,就立在原地静静等候,每到寒冷的季节,场上半天也不容易看到一个人。他们彼此心有灵犀,果然没等多久,就见小丫双手插在大衣口袋里东张西望,若无其事地朝他的方向悄声走来。黑皮的心都要蹦出胸膛,此时四周悄无声息,再无他人,他却感觉就像全村人都躲在草垛后、干塘里、树枝上向他张望。小丫的身影渐渐靠近,他狂乱的内心制造出一种紧张的气氛,突然失去了往日英勇无畏的形象,再也无法在这片平坦的土地上做到气定神闲。

还是小丫见惯了世面,她反而从容淡定,仔细瞧了瞧能让她半夜失眠的黑皮挺拔的身姿,仿佛一棵茁壮成长的松树屹立在场上,一扫农村姑娘的羞涩被动,大方地先开口问候:"好久不见,你现在长得更帅了。"

这样时髦的开场白,让黑皮一下放下了思想包袱,开始发挥他能言善辩的特长,也跟着轻松调侃говоря说:"你也是,变得更加洋气和落落大方了。走,去家后的小虎山走走,我们一起在那里放过牛。"

"好啊,那边人烟较少,也相对比较清静。"

两人就像久别重逢的老友,而不是情侣,一边走一边聊,每一句话都说得发自肺腑。一开始都很拘谨,始终保持着一指宽的距离,谁都没勇气牵起对方的手,如果一个知识分子冷不丁碰见,还以为他们是在探讨哲学问题。

走到了山上,他们就放下了顾虑慢慢地细聊起来,黑皮憧憬着城市生活,小丫甜蜜地回忆着过去。黑皮今天算豁出去了,委婉地向小丫吐露心思说:"无论一起去哪,我都不想再和你分开,否则我的未来将黯淡无光,失去方向。"

小丫深知黑皮的心思,她更加果敢。她说:"黑皮,我们谈了这么久,一份真感情是来之不易的,如果想让这份感情持久、开花结果,只有两颗心紧紧靠在一起,排除各种诱惑和干扰永不分离,你说呢?"

"你说得很对,可是现实情况是我们现在见一面太难了,我最大的担心不是我们的收入悬殊,而是怕你遇到更好的移情别恋,这方面我心里没底啊。"

"哦,你说得也对。"小丫抬头眺望着远处连绵起伏、雾蒙蒙的群山,又转头认真地看着黑皮坚毅的眼神,执着地说:"我们每天接触到的优秀男孩子确实很多,有钱的、好看的、体贴的应有尽有,如果哪个女孩子遇到心目中的白马王子对她穷追不舍,大部分都会坠入爱河。我觉得我是个例外,这些人都是知人知面不知心,仅凭第一感觉或者他们的几句花言巧语就以身相许,显得太草率和感性。黑皮,我想好了,从可观的收入上讲,我确实舍不得丢掉这份工作,况且我干得也算顺风顺水,但我必须信守诺言,也要为我们的未来考虑,我现在决定年后不去饭店干了,留下来继续和你守在村里,就是出去打工也要和你一起,我要让你放心,也让自己踏实,我心无旁骛,非你莫属!"

就像事先准备好的台词,简洁流利,小丫声情并茂地将心里话一口气吐完,她不知道黑皮会有什么样的反应,但确实是自己的真情流露,一切只能随缘了。

黑皮被小丫这一番信誓旦旦、感人肺腑的告白深深打动,既然她能这样为爱赴汤蹈火,他黑皮作为男子汉还要犹豫什么呢,于是在暮色中也不顾四周是否有人看见,大胆地一把抱起小丫在原地用力转了几圈,把小丫转得晕头转向,风铃般的笑声溢满整个萧瑟的山谷,大喊着要黑皮赶快放下她。

在这个亲密的时刻,黑皮迅速调整了一下思路,把小丫放下来后给她理了理头发,然后双手搭在她的双肩上郑重其事地说:"小丫,谢谢你这么信任我,我知道自己暂时还给不了你太多的荣华富贵,不过你的执着是我前进的最大动力,我绝不会辜负你对我的期望,我想这样,你看好不好?"

"什么?"小丫一脸茫然。

"春节后你在家继续放牛,我一边开石头,一边找工做,一旦遇到合适的机会我们就一起去,互相有个照应,也免得彼此牵挂担心。还有就是我们也都到了恋情可以公开的时候了,过完年找个合适的机会,我让我妈找个媒人,把我们的事情跟你父母说下,看看他们的意见,如果支持这门婚事,就尽早把亲给定了,省得谈个恋爱还提心吊胆、紧张兮兮的。"

小丫觉得黑皮考虑问题就是周全,他敢于担当的特质比他成熟的外表更加有魅力,她觉得自己没找错人,有个坚强的臂膀可以倚靠,有个真心的男人可以托付。她眼里闪着晶莹的泪花,仰望着黑皮成熟的脸庞满意地点了点头。

忽然远处的乌鸦哀号了一声,惊得正缠绵的两人想起已到吃晚饭时间了,家里人一定很着急,于是快步向村子里走去。他们就这样卿卿我我聊了大半个下午,直到天色渐晚还意犹未尽,彼此都有说不完的话题,说不完的故事,听不够的密语。

香港回归之年的仲春下了几场雨后河塘开始涨水,小麦拔节、油菜见花,很多鱼虾蛰伏了一个冬天后也开始在水里活跃起来。一个温暖的上午,太阳刚爬上树梢,处于热恋中的仙红心血来潮,抛却别人的眼光,简单吃几口早饭就早早坐三轮车一路打听找到李刚家,爱睡懒觉的李刚此时才从被窝里爬起来,正穿着拖鞋懒洋洋地打着哈欠、揉着眼睛去锅屋准备找口吃的,一看仙红进了院子,就像刚洗完澡陡然精神焕发,吃惊地说:"你怎么找到这里的?来得好早啊,吃饭了吗?"

"我怎么就找不到了?长嘴不会问啊?这都几点了,还没吃早饭?是你起得太迟了,懒猪!"

"是的,确实起迟了,我爸妈都已干活去了,我起得早也没事干啊,还不如多睡会养精神。"

李刚把仙红带往锅屋,脸不洗牙不刷,装起一碗鸡蛋炒饭,抹点老酱就扒拉起来,仙红看不惯他这种行为,坐旁边就开始唠叨。

李刚不但不生气,还和仙红放肆地打情骂俏起来,吓得院子里地坪上几只在紧张觅食的麻雀叽喳着呼噜一声都飞走了。

等李刚吃完早饭,明媚的阳光使屋子里又亮堂了不少,李刚兴奋地说:"仙红,我的好朋友黑皮这两天没去放牛,我们一起去打鱼啊?"

"好啊,那你看他有没有时间啊?"

说曹操曹操到,还没等李刚出发,就听一阵沉重熟悉的脚步声走进院子喊道:"李刚。"

"唉!"

李刚笑容灿烂地迎出来说:"黑皮,仙红来了,我们去打鱼啊?"

"好啊,那就走啊。"黑皮一边回答一边向门口伸头寻找传说中的仙女。

仙红大方地走到门口对着黑皮笑了笑。

李刚热情地介绍说:"这是我女朋友,叫仙红。"

仙红婀娜的身姿、妩媚的笑容、时尚的打扮让黑皮差点为之倾倒。他有点拘束地打招呼说:"你好,什么时候来的啊?"

仙红微笑着说:"刚到。"

李刚又对仙红介绍说:"这是我发小,也是好兄弟,他叫黑皮。"

仙红对黑皮点点头说:"哦哦,之前就听李刚提过。"

介绍完,李刚对黑皮说:"今天天气不错,打鱼去啊?"

黑皮高兴地说:"好啊,走走走,我也是这样想的!"

李刚对仙红说:"家里也没啥好玩的,一起去打鱼玩啊?"

落落大方的仙红也乐呵呵地说:"去就去呀,正好看看你们的技术怎么样。"

于是李刚和黑皮一个扛着渔网,一个拎个铁桶,带着仙红来到大塘边转悠,准备打些湖鲜解解馋。

李刚对黑皮开玩笑说:"听说湖鲜给女人下奶是好东西。"

黑皮一脸认真地说:"本来就是的,不要说人了,你没看有的人家老母猪下小猪秧子还弄些鱼虾给它吃呢。"

两人嬉皮笑脸说的俏皮话让仙红苦笑着轻轻捶打了一下李刚。

他们在塘埂站定将网子刚理开,就不断有人围过来看热闹,大家一看李刚小媳妇来了,就像看到动物园里珍稀动物一样窃窃私语、指指点点,全将观看的重点转移到仙红身上了。

黑皮动作敏捷地将两根长竹竿的一端分别抵在两个胳肢窝下,双手握住竿柄用力一抛,水面漾起一圈圈圆溜溜的波纹,接着按住竹竿抖动几下,在停顿了几秒后腆着肚子将网一提,感觉很轻,原来只打到几只活蹦乱跳的青鳅、指头长的杂鱼和一些蝌蚪、杂草。将网清理干净后,接下来撒的几网也不是很乐观,但也还好,打到两条大头鲢子,周围的人群看到一网打得稍多时,都情不自禁地一起欢呼雀跃,仿佛这果实也有他们的一份。

李刚他们不甘心,收拾好装备又赶向村前的大沟,看客们像跟屁虫一样继续追到沟底。尽管下了几场春雨,但整个冬天储存的雨水较少,以致扁担状的一整条长沟干涸得只剩下一汪一汪的水沟,就像劈开的竹子装满了水,节节分明。不过这个活水沟每靠近一家菜园就对应一家户主,有主子的河沟一般情况下不能轻易去打鱼,只有个别人家不计较这些,睁只眼闭只眼随他去。黑皮和李刚商量了一下还是去老好人老周家门口的沟里打,老周从未向沟里边放过鱼,就是有也是上游淌下来的,说到底还是老周比较好说话,他今天因为腿脚疼就没去放牛,此时正跟在看热闹的队伍里乐呵呵地憨笑着。

老周很爽快,听他们这么一说大声喊道:"走,去我家沟里看看吧!"

大伙到那一看,老周平时疏于管理,沟里的水比别人家的少了将近一半,相对就好打得多,黑皮试了两网还真出乎意料,每一网都被泥鳅和鱼虾坠得沉甸甸的。他见此情景激动坏了,似乎用网继续打很不过瘾,响亮地将双手一击,大声喊道:"李刚,去把发财喊来,我们来个一锅端。"

好久没这样活动身骨了,李刚于是很快喊来发财并带了瓷盆。他们脱下鞋子,卷起裤腿,也不管戳人的杂物,将脚插进黑黝黝、凉飕飕的淤泥里,水面上咕噜噜泛起亮晶晶的水泡,三人用两个盆轮流刮,用了整整一小时才将大部分水排掉,剩下膝盖深的一小池水已经被搅得浑浊不堪,沟里鱼虾被剥夺了赖以生存的清水环境,焦躁地跃出水面,本能地想要逃命。他们这时汗流浃背,浑身上下被喷溅得像泥猴一样也不管不顾,看到累累硕果高兴还来不及,都扔下盆直接用手去抓,连仙红跟后边捡鱼虾都忙得满头大汗。就像瓮中捉鳖,活蹦乱跳的鱼儿束手就擒,他们带的桶没装下,又用盆盛。结束后,他们将抓到的鱼虾一小半分给了老周,不仅如此,还义气地给岸上看热闹的人也都人手送了一份。

李刚心想,今天收获这么大,我们几人能吃多少呢?抬头对黑皮和发财说:"去把海林、红中也喊来,我们兄弟几个剋几杯如何?"其他两人拍手叫好,黑皮咧着嘴嘶啦嗅了一下说:"你一说我酒瘾都上来了。"

不知从何时开始变得好吃懒做的李刚,日常抓到一些野味就喊上几个兄弟亲自掌勺。作为年轻的庄稼人,他平时对农活没兴趣,可一谈到吃就有精神,通过一顿顿的煎、炖、烧、炒,变着花样尝试,练就了一手好厨艺。等大伙到了李刚家,李正柱两口干活才回来,看到仙红来了,掩饰不住内心的喜悦问长问短,李刚对父母耳语了几句后,李正柱两口主动回避了孩子们的活动,都跑到陈龙家蹭午饭去了。几个小伙子和仙红一起帮着李刚挑水、扯草、杀鱼、洗菜打下手,李刚今天正好可以在女朋友面前露一手。人多做事快,没用几个钟头就做了泥鳅、鲫鱼、龙虾、鲇鱼、韭菜、香椿、槐花汤等满满一桌子香喷喷、热乎乎的菜肴。紧接着李刚到小店扛了两箱青岛啤酒,在回来的路上,几个平日里埋头苦干、勤俭持家的朴实老人看到他肩头的酒箱都指指点点,觉得极不顺眼,气愤地说:"这个小败家子,整天不干活,还吃香喝辣的,哪像过日子的啊。"

当大家坐定后,李刚在几个兄弟面前像做化学实验一样老练地摆放了同样大小的白瓷碗,随之打开啤酒将这些碗一一倒满,还未等白花花的沫子炸完,他按照酒桌规矩率先端起碗大声说:"来,兄弟们,辛苦了,干! 先来一杯润润嗓子,庆贺一下。""好!"几个小伙子应声举碗,豪爽地脖子一仰,上下蠕动着喉结,咕咚咕咚牛饮水一样将猪食缸水味的啤酒都灌下肚,然后抹抹湿漉漉的嘴唇开始大快朵颐。

"哇!"有着馋猫之称的李刚一边咂巴着嘴巴,一边无所顾忌地感叹着:"这些鱼虾真鲜美,乖乖,剁得舒坦,看样下奶确实是个好东西,孩子吃不完,男人还可以跟后面吸溜。"乐得大家开怀大笑。坐在一旁的仙红羞涩地暗暗用腿抵了抵男友,可李刚满不在乎地依然龇着牙咯咯地憨笑。

李刚今天作为东道主安排得妥妥帖帖,酒过三巡,转手从岔口掏出红塔山烟给桌上每个兄弟散了一支,并咔嚓一声划着洋火给他们点燃,无须客套,大家理所当然地笑纳。黑皮眯着眼嗅了一口,从鼻孔里喷出两股白色的烟雾笼罩着新鲜的菜肴,他非常想把日子往红火处过,真诚地问红中:"兄弟,在石头塘开石头怎么样啊,一天能苦多少?"

红中沉默片刻,用大拇指弹了弹烟蒂,颇为自豪地说:"兄弟,我们现在一天能苦这个数。"一边说一边用左手摆了个 OK 的手势,意思是三十,"比种地强多了,你不信问发财,要不然我家凭什么买彩电呢?"

说得李刚也心花怒放,眼睛盯着红中一愣一愣的。

"真哒?那我们几个跟你干好了,你看刨这二亩地,养几头猪,只能够一家糊个嘴和日常开销。"黑皮心动地说。还没等红中表态,他也大方地从外套口袋摸出一包烟,从红中开始依次散去。

"好说,我回去跟我爸商量,我们家是他当家,应该没事,只要弟兄们能吃得下这个苦,我们有福同享有难同当。来,继续干,感情深一口闷。"几人端起碗又是一饮而尽。

一桌人还真是海量,频频举碗,几瓶酒下肚后个个都发了飘,愈发天南海北地狂聊,说起了豪言壮语,仿佛每人都是时代英雄、演讲家、神枪手,就连平时相对少语的红中也面红耳赤地在指点江山。

不知不觉大伙儿已经将两箱啤酒喝得只剩下空箱子,一堆空瓶子在水泥地上横七竖八地平躺着。直到下午一点多几人才歪歪扭扭站起身,踩得脚下的鱼骨头簌簌作响,脸红脖子粗地絮絮叨叨又扯一阵不着边际的话才各自回家。仙红看天不早了,安顿好李刚后也悄悄回了家。

从二十世纪八十年代末开始,采石逐渐成了处于丘陵地带的山洼村的支柱产业,无论是哪家,不管是开石头还是运石头,只要连续干上个几年,就能将家里的房子从土墙改成石墙,从灰色草房换成红色瓦房,过上温饱生活,来个亲戚吃饭都能把腰杆挺得像野苘麻一样直。一九九二年邓小平南方谈话后,全国经济发展明显加速,山洼村年轻人有的到无锡养珍珠,有的到沭阳学做太空被,有的到苏州纺织厂纺纱……不过大部分男人故土难离,就围着采石场找出路。于是村后的石头塘仿佛一座金矿,吸引着村民不惧寒暑地前来开采。

刘二进入不惑之年,在村里失道寡助,脾气渐渐收敛了很多,颇有经济头脑的他紧紧抓住村里将石头塘分片对外承包的机遇,只是请连襟村书记沙登贵吃顿饭就顺利拿下了一片石质不错的塘口开采权。面对巨大的石头宝藏,他常感叹,要想每天卖出去更多的石头,赚到更多的钱,仅靠爷几个还显得力不从心,因为他们每天开采的石头供不上车拖的。就在他一筹莫展,准备招兵买马时,好消息接踵而至。先是大儿子红中告诉了他黑皮、李刚几个人想跟他干的愿望,这让刘二惊喜万分,第二天就通知他们上岗了。后来到了清明前夜,星空璀璨,一贫如洗的黑子又揣上一包飞凤烟,穿一双磨平了底的塑料拖子,在一片狗吠声中主动摸到刘二家,恳切地说:"老二,你看我们家现在这个情况太艰难了,你们开石头还要不要人?如果要人把我也带上吧。"刘二一听露出喜悦的笑容说:"好啊,我正愁人手不够呢,你要是再喊几个能干的我都要。"边说边炫耀似的故意摸了摸腰上崭新的BP机。

黑子一听刘二答应了,一边赔笑,一边将头点得像啄米的鸡,不断说着感激涕零的话。自此,以刘二为代表的采石大户在山洼村不断涌现,刘二这几年来在事业上真是顺风顺水,求他帮忙、借钱的不在少数,他在村里的地位逐渐提高,不断有人对他点头哈腰。

陆必贵眼看儿子陆猛已经二十岁,说带媳妇就要带媳妇,跟刘二在石头塘干得也不错,每月都能见钱了,如今村里一大半人家已经盖起了瓦房,而自己家还没有个像样的房子,有树就不愁鹊儿来理窝了,于是和妻子万巧萍勒紧裤腰带,咬牙拿出全部家底,又东拼西凑几千元也盖起了三间红通通宽敞的大瓦房。

第十三章

初中三年如白驹过隙，陈龙最后以略高于普通高中录取线的成绩继续被二中录取了，他带着家长的期望及自己小小的目标，与来自全县城乡同样成绩平平的同学一起组成了二中的九七级高一年级。但和刚到县城上小学那会有所区别的是，同学们大部分来自农村，大家普遍都穿得朴素，吃得节约，学得刻苦，不仅消除了很多文化和习惯上的差异，在聊起家庭和家乡时也有了更多的共同语言。出来这么多年，陈龙突然又有了一种回村上学的感觉。

因为供电不足，高一上晚自习时学校经常停电，于是陈龙和同学们每人备了几支蜡烛，一旦停电，就燃上一支继续埋头苦学。他每次看到寂静的教室里一片橘黄色的灯光中埋着一个个黑乎乎的脑袋，就会被自己也被同学们感动。这烛光是希望之光，这脑袋是智慧的象征，教室里坐着的是未来的一个个可用之才。陈龙在初中没有上过班级晚自习，也就没有体会过晚上集体学习的乐趣和探讨问题的获得感，他格外珍惜这个学习机会，经常是起五更睡半夜，到了宿舍有时还打着手电筒学到室友响起了此起彼伏的呼噜声。同学们读啊读啊，背啊背啊，写啊写啊，目标都很明确，想在三年后走进一所和自己实力相匹配的大学。高中课程相当紧张，有时一个月才放一次假,每次放假回到村上,陈龙和黑皮、李刚见面时无形中开始有了一种小小的距离感。书卷气较浓的陈龙觉得沾染了不少社会习气的两个发小有点孤陋寡闻,对一些时事政治、社会热点了解甚少,他们要么讨论开石头和农耕的事情,要么在一起赌赌钱、吃吃喝喝,算是不务正业。而这两个发小觉得陈龙是未来的大学生,心里始终充满着崇敬和羡慕。不过三人小时候结下的深厚友谊成为彼此维系情感的纽带,他们始终惦记着对方。陈龙现在和他们聊的话题大多数是曾经的往事,而他内心更渴望有一个能够谈心的朋友。其实这个村子里不是没有,有,只不过陈龙见到她比较羞怯和自卑,她是谁呢?就是同学们小时候经常去讨水喝那一户人家的大公主——杨红娟。

在花样年华里,在落后封建的村子里,一男一女要是经常在一起叽叽咕咕,可能过不了被邻居议论的心理关,况且杨红娟上的是县中,全县最好的高中。县中和二中同在县城,但学生成绩有着天壤之别。杨红娟在家庭条件如此困难的情况下,还能从农村初中考上县中,可想而知其学习天赋和意志力绝非一般学生能比。陈龙这几年在村里和上学的路上偶尔也能碰到她,只不过是礼节性地寒暄几句,没有什么深交。

高中以来,陈龙各科成绩还算均衡,没有偏科现象,一百分试卷几乎都能考七十分左右,在年级两百多名同学中,从入学时的一百多名渐渐上升到十几名,这让他学习信心倍增。就在他志得意满的时候,有一天同桌不知从哪拿来几份县中高一下学期刚考完的期中试卷,同学们好奇地与本校的试卷一对比,发现原来他们考的都是提升题,而本校考的却是基础题。陈龙试做了一下,感觉很少有科目能考及格,这时候他产生了深深的危机感,看来有必要向县中的学生看齐了,否则坐井观天只能坐以待毙。周六下午,陈龙鼓起勇气去了一趟杨红娟家,刚走到门口,就听到一家人在大声说笑,女主人李彩云标志性造型这么多年没有变,依然头顶一把塑料梳子坐在门口低头用洗衣板卖力搓洗衣服,一边洗,还一边高声支配着几个孩子做家务。

"红娟她妈,红娟在家吗?"陈龙问的时候已经没有了小时候的胆怯心理,显得既礼貌又斯文。

李彩云被这男孩冒失地一问,纳闷地停下手中的衣服,抬头看是谁找自己大女儿。一瞧是陈龙,她顿感亲切,就像来了亲戚,客气地站起来大声说:"哎哟,是陈龙啊,红娟在家写字呢,来家里坐坐。"李彩云这么热情大方,不是看陈龙也上高中而亲切,是对以前所有经常到她家要水喝的孩子,哪怕是当时比较讨厌的,后来再见到也都是那么亲切,因为她家现在围墙已经拉得很高,学校有了自来水,小学生再也不到她家要水喝了。

李彩云转头对着窗户喊道:"红娟子,陈龙来找你了。"说罢不讲究地在裤子上抹两把湿漉漉沾有洗衣粉的双手,站起身就搬板凳递给陈龙坐。

李彩云这么客气,弄得陈龙都不好意思了,忙摆手说:"不用坐,我跟红娟问个事情马上就走了。"

李彩云其他两个女儿此时一个在房间里扫地,还有个坐在她旁边理菜,看到陈龙来找姐姐,都不约而同地红了脸,好像是找她们的一样,做起手中的活都不自如。

红娟出去上了几年学,也算见识了世面,听到陈龙来找自己,虽丈二和尚摸不着头脑,但还是大方地主动出来打招呼:"你们这周也放假啊?"

"是的,你家里有没有这学期各个科目的学习资料,我想看看和我们是不是一样,如果不一样,我想去买一点用用,跟你们好学生学习学习。"

杨红娟赶忙非常谦虚地说:"哪里哪里,我学得也一般,学习资料带了几本回来,你可以拿回家先看看,明天下午去学校之前还给我就行了。"

陈龙拿到资料如获至宝,甚为感激,和杨红娟又谈了一会各自学校的近况,就急匆匆赶回家仔细研究起一本本"葵花宝典"。

陈龙刚走,李彩云和两个小女儿就对陈龙评头论足,一致认为陈龙不管是长相、人品还是前途,在全村同龄的男孩子中都略胜一筹,以后红娟要是能找到陈龙这样的就心满意足了,说得红娟满脸通红,生气地埋怨道:"你们就会胡思乱想,爱情要靠缘分不懂吗?也不是买东西那么简单,都干正经事去吧。"

母女几个又是一阵嘎嘎嘎笑得上气不接下气才散开。

杨红娟这几年忙着学习,没有追求过或者暗恋过哪个男生,觉得这都是上大学后或者工作后的事情。不过她也没被哪个男生追求过,只是在童年时和村里的小伙伴玩小家游戏时,会和陈龙扮演夫妻的角色,让一些比自己更小的孩子装作他们的子女。陈龙学着大人的样子,在地上用个石块划来划去模仿耕地的动作,而红娟会和其他小朋友从草丛里找来一些瓷瓦片,在里边放点树叶、野果、蚯蚓、泥土,代表做了一桌子丰盛的饭菜,当陈龙丢下石块,"一大家"就开始用树枝像模像样地吃饭。这个游戏他们百玩不厌,其乐无穷。

坐在窗前,红娟看着窗外静美的秋色默默地想:一转眼中学四年过去了,还真从没仔细瞧过陈龙的面貌,今天因为他特地来找自己,交流时总不能眼神游离,显得对客人不尊重。她也是今天才悄然发现他已经和自己小时候对他的印象不一样了,他现在长得不仅宽头大脸,还显得沉稳睿智,特别是那双黑白分明的眼睛炯炯有神,感觉越看越耐看,同学当中比他好看的还真不多,如果今生能找到这样的男孩也算有福气。自律的她突然回过神,感觉刚才想入非非就像在做白日梦,赶紧又强迫自己迅速投入学习状态,在她的观念里,成绩不好一切都白谈,梦想还是要靠自身努力实现。

　　陈龙早就对县中、对县中的学生,甚至县中的一砖一瓦、一草一木都有一种发自内心的崇拜,县中被称为本省唯一的一所山顶上的重点中学,它坐落在风景秀丽的第一山顶,站在教学楼或者操场上可以远眺玉带一样的淮河从山脚下逶迤流过。以前他去县中玩,步行到半山腰"S"形路口的时候,"登山——县中人的必修课!"几个励志大字赫然醒目,有一种不待扬鞭自奋蹄的感召力,让许多人看了都心潮澎湃。这简单的一句标语激励一代代县中人不畏艰难、勇于拼搏,让他们取得了许多骄人的成绩,也让县中为清华、北大等名牌高校输送了大批人才。虽然他一直没有机会去县中读书,但是今天在家读到县中老师推荐的课外辅导书,陈龙激动不已,爱不释手,非常投入地看讲解、做题目。对杨红娟做过的难题,有的他看了多遍还是不理解,从而对她更是佩服得五体投地。陈龙呆呆地想,上天为何赏赐给她这么聪明的脑袋,而没有给我呢?让我在升学的道路上苦苦求索还事倍功半,他进一步脑洞大开地想,以后究竟什么样的男孩子才配得上红娟的才华?她会是多少人心中的女神?

　　周日下午回到学校以后,陈龙根据红娟提供的订书信息,也准备买几本和县中一样的学习资料。他认为如果自己用的书和他们一样,只要把上面的题目学懂弄通,成绩自然就会提高到一定的水平。然而后来事与愿违,在完成了老师布置的作业,并将辅导资料同步内容大概学了以后,就要到晚休时间了。最要命的是,对县中这套学习资料,例题一看就懂,习题一做就错,他自己也觉得匪夷所思,是怪自己脑子太笨还是怪题目出得太怪呢?他也曾和同学们交流过,没想到其他同学也遇到了类似的问题。看样子同学们中没人能破解其中的奥秘,他又想到了杨红娟,去哪找她?总不能去县中问吧?对,回村里,我好傻,这么便利的条件。可还没高兴几分钟又自我否决了,不能老往她家跑。苦思冥想一番后,陈龙突然眼前一亮,何不一起坐车遇到时再请教?

很快又到了放月假的时候,这天凉风习习,秋雨绵绵,放学比较早,同学们归心似箭,都想早点回家。陈龙将书本、衣物简单装入从家带来的白色尿素口袋,背起就约上几个好友坐三轮车赶往汽车南站。到了车站他发现开往山明化工厂的这趟小中巴车还没什么客人,于是爬上车后挑了个最后排安静的角落,刚坐下就拿出《平凡的世界》专注地阅读起来。当他正看得津津有味时,听到一阵清泉般的喧哗声涌进车厢,他抬头一望,眼前清一色的蓝白红三色校服,这明显都是县中学生,三中的校服是红白搭配,二中的是蓝白搭配。他通过发型辨认出大部分是女生,再仔细一瞧她们的背影,坐在自己前两排一个女生怎么这么像杨红娟?"红娟子!"陈龙冒昧地喊了一声,本来担心喊错人当众出丑,没想到她头一回果然就是,心里一阵小激动,真是梦里寻她千百度,蓦然回首,那人却在灯火阑珊处啊。

"你们也放假啦?来这坐啊,我想问你点事情的。"

杨红娟一看是陈龙,喜悦地说:"哎,好巧啊,今天又碰巧坐一车。"说着就起身来到后边和他并排坐在一起,几个同学见状都上下仔细打量了一下杨红娟这个老乡,因为陈龙长相不算丑,几个女生都好奇地多看了几眼,看得陈龙难为情地低下了头。

两人这么久没见自然就聊了不少新话题,尽管陈龙在普通高中,但因为是一起长大的发小,杨红娟从来没有对他低看一眼。他小学转到县城全班同学就羡慕不已,况且现在还这么努力上进,她觉得一个人只要具备勤奋精神,总会取得一定的成功。

实际上今天心中的女神紧挨着坐在旁边,陈龙还是有点紧张,不知道是杨红娟擦了雅霜还是体香,当然也可能是心理作用,陈龙始终嗅到她身上散发着幽幽的清香味,不过他果断斩断了自己的想入非非。"对了,红娟,问一个我很迷惑的问题啊,我不是买了几本和你们一样的学习资料吗?自学后例题都能看懂,可是很多题目做的时候还是无从下手,你说是什么原因呢?"陈龙小声问。

红娟不愧是优秀学生,她对陈龙提出的常见问题并没有表现得很惊讶,也没有感觉很可笑,而是像一个德高望重的老师一样,认真地帮助他分析说:"其实你遇到的问题,很多同学都会遇到,主要原因可能是例题看懂说明你对这些题目的基本概念还是晓得的,但有时候知其然不知其所以然,对一些知识还有盲点,特别是数理化,习题上考的不仅仅是基本知识点,还考查学生理论联系实际和综合应用的能力,这就需要我们广泛涉猎,对于新学的知识要吃深吃透,这样才能带着理解牢记基本的概念,以不变应万变。"

陈龙感觉听君一席话,胜读十年书,赞不绝口夸道:"厉害厉害,不愧是县中学生,听了你的分析,我茅塞顿开,恍然大悟。"

杨红娟腼腆地直摆手小声说:"我只是谈了自己一点粗浅的体会,让你见笑了。"

两个人感觉还没聊几句,车就已经开到山洼,他们下了车一同带着大包小袋并肩向村里走去。这时雨已住,天空的乌云依然很低沉,村子连着田野,远远望去,到处像肆意泼墨的《富春山居图》,隐隐约约,迷迷蒙蒙。红娟触景生情,随口感叹一句:"雨中的家乡就像仙境,也像世外桃源,无论是作家还是画家,如果看到这样的画面一定会觉得是绝妙的素材,能激发不少灵感,创作出经典作品,怪不得有一句歌唱得好,谁不说俺家乡好,我们的家乡真好。"

陈龙接着说:"是的,田园生活人人向往,可是我们村经济还是比较落后,人挣不到钱往往就无法解决许多生产生活和社会问题,简单地讲,有的男人没有钱可能就要打光棍,没有钱就住不上宽敞明亮的房子,到现在村里的主干道还是坑坑洼洼的土路,只要从那走就会晴天一身灰,雨天一身泥。"

路两侧有些在田地里劳作的乡亲看到村里这两个未来之星一同走过去,都投来羡慕的目光,因为这两个孩子无论是人品还是拼搏精神都值得村里其他孩子学习。他们现在仿佛已经是城里人了,每次放假回来就像是探亲,大家平日里见到他们也都是主动客气地打招呼,也有人说这两个孩子要是能结婚真是天造地设的一对。

第十四章

一九九八年的惊蛰时节,正当家家户户忙着春耕,李刚一家却在紧急找媒人商量定亲的事,这个消息不胫而走,一下在村里炸开了锅,让很多邻居都觉得蹊跷,纷纷猜测原因。在农村无论定亲还是结婚往往都会选择农闲时,除非是长辈去世需要百日里结婚冲喜,还有一种可能就是女孩子怀孕了,不得不在肚子圆滚之前完婚,以免被人戳脊梁骨。李刚如今已经长成十九岁的大小伙子,发育得非常好,一米八的身高,冷峻白皙的瓜子脸,经常跟着潮流走,穿着花衬衫和蓝色紧身牛仔裤,俨然一副花花公子的模样,排下来可以算得上村里的一哥。在邻居们看来,这样急着不声不响地定亲,无非就是谈的对象已经有身孕了。

以倪婶为首的一些人自发地组成了一个山寨记者团,喜欢刨根问底地打探张家长李家短,对一些新鲜事,更是乐此不疲,总在第一时间口口相传给左邻右舍。没出半天,刘新兰就按捺不住喜悦主动扎进女人堆,在倪婶几个女人看似真心实意的关心下,掏心掏肺装着难为情地说:"我们家这个李刚啊,不少债,和他外奶家庄上的仙红都谈一年多了,听小炮铳说媳妇可能都已经怀孕两个月了。"说着用围裙抹了一下咧嘴淌下的口水,继续佯装无奈地埋怨道:"就是我们看不上眼也没办法啦,生米都煮成熟饭了,以后有福他就享,有罪他就受呗。"

"那个女孩子长得怎么样啊,家里什么条件呢?"几个没看过仙红的妇女继续关切地问。

仙红是刘新兰娘家村里的孩子,刘新兰对她的家庭情况和性格长相当然是一清二楚。一听这些人问起值得她自豪的话题,眼睛一下闪亮起来,神气地说:"长得嘛,我们都没有话讲,反正每年玩旱船都少不了她,也算一个主角子。"

"哎哟喂,那肯定不丑啊,打算什么时候结婚呀?"几个妇女继续大惊小怪地八卦着,万巧萍羡慕地奉承说:"小李刚子有本事呢,看平时好玩,关键时候也没让家里花什么钱就把媳妇弄到手了。"

其实李刚和仙红都没睡过,更不要说让她怀孕了,已经怀孕只不过是他们编织的幌子。李刚无数次对仙红许诺要对她负责,把最美好的那一天留到新婚之夜,但又想早点光明正大地生活在一起,实在不能再煎熬地等下去了,所以编织了一个对仙红来说有点委屈的谎言。

李家立马找来村上伶牙俐齿的刘奶奶做现成媒婆,刘奶奶在这方面有着丰富的成功经验,平时热心给年轻人牵线搭桥,经她撮合成功的有好几对,所以刘奶奶是最佳人选,李家放心地将孩子的终身大事交给她办。农历二月二十六,在刘奶奶的热心主持下,定亲顺利进行,礼金一千八百元,通过翻看老皇历,商讨大喜日子就定在农历四月初八,一个非常吉利的数字。

时间飞快,刚收完菜籽,大喜的日子就到了,这一天风和日丽,鸟语花香。几个小屁孩在李刚家门口跑着追着,闹着笑着,有的拐起腿来叽叽喳喳转着圈挑衅地找人斗鸡。熟人社会的山洼村,哪家办喜事全村人都跟着高兴,这些顽皮的孩子疯一会儿就穿梭在忙乱的人群中,眼睛直勾勾地盯着主家的每个大人,运气稍好就可以吃到一些喜糖。下午三点半一到,媒人刘奶奶就精神充沛地吆喝抬嫁妆,带亲的几个小伙子抱几床棉被匆匆上车,黑皮、小丫作为李刚的好朋友,自然都被邀请在带亲的行列,他们穿上体面的衣服,感觉像自己结婚一样开心。李正财孙子李鑫也在小伙伴羡慕的目光下,抱着一只大公鸡一边吸着鼻涕,一边流着口水羞怯地爬进车厢。收拾完毕,一行人开两辆贴上喜字的手扶车风风火火、颠簸着向河湾镇出发。

　　李刚父母几天前就做好当喜公公喜婆婆的心理准备,怎么说话、怎么待客、怎么操持,在心里已经彩排过多次,就怕对客人照顾不周,让人家说闲话。人逢喜事精神爽,老两口平时大嗓门喊惯了,今天拿捏得非常到位,感觉见到任何人都很顺眼。午饭后,就连看到患有羊角风拖鼻涕淌眼泪站在门口痴笑的黑子媳妇也把她当个人物,热情地迎到大门口声音扬起来招呼:"小钱吃没吃啊,进来坐坐啊。"并顺手递上去一小把糖,而在跟一些长者交流时却故意压低嗓音,脸上挂着神秘的笑容,仿佛天机不可泄露的样子。

　　走村串户要饭的嗅觉一直很灵敏,哪家有个喜事就像提前接到请帖一样,总会准时出现在热闹的现场。他们来了先放一挂手指长的鞭炮,以示庆贺,然后说一大串让人听了心里美滋滋的喜话。下午四时许,只见一对操着浓重北方侉子口音的陌生老头老太,各挂着一根破竹篙,老太端个旧瓷碗,老头背个灰布袋,将鞭炮放得噼噼啪啪营造出喜庆的气氛,接着打起快板,说起莲花落子。两个人一唱一和:"响亮,好!人财两旺!好!里添人,外添财,金马驹子跑进来,好!"尽管这个祝福方式有点俗气,上不了台面,但也让李家兴高采烈。

　　中午吃完酒席的一些亲戚邻居到了下午三四点仍然不愿散去,院墙内外人声鼎沸、热闹非凡,有的在帮着李家操办酒席、布置婚房,有的一边热血沸腾地打牌,一边准备晚上继续喝喜酒看新娘子。初夏的夜幕降临得格外迟,晚上七时许,几盏崭新的四十瓦灯泡发出橘色的光芒,庄重地等待新人的到来。喜糖味、喜烟味、喜酒味、喜联味交织在一起,整个堂屋三间房弥漫着浓烈的香气,喜庆的味道扑鼻而来。

李刚奶奶今天从黎明开始就跑到孙子家主动找点烧锅、扫地、洗碗的杂事做,能看到孙子结婚也是她老人家的一大乐事。她一边干活一边抬头用力睁着一只老花的独眼到处去辨认熟悉和不熟悉的客人,自从惨案发生以来她就一直跟着小儿子过,帮着做些家务活,内心孤寂的她很少出来溜门子,因此许多曾经熟悉的亲戚邻居她也多年没见了,再见总会勾起诸多回忆。现在一些穿得像城里人一样的年轻人,许多年前可能还在拖鼻涕穿开裆裤,哪个没有低三下四地到她家小站要过果子吃?如果老伴还活着,见到孙子结婚来了这么多客人,该会多高兴啊!哎,上天太不长眼了。想到这里,李奶奶趁着给锅堂添柴火的机会用竹枝一样干枯的手偷偷抹了一把老泪,她并不糊涂,知道今天是大喜的日子,哪能淌眼泪呢?太不像话了,瞥了一眼周围,幸亏没人发现,二儿媳妇要是看见还不把自己骂死了。已经长成大姑娘的李燕今天为了哥哥的婚事更完美,像个艺术总监一样带领几个小姐妹一遍遍地对婚房和其他地方布置的细节查漏补缺。

大厨老侯,也就是侯海林的爸爸,天生本分敦厚,勤劳少语,跟三岁小孩都没红过脸,年轻时是给大户人家做饭的用人,练出一手好厨艺。改革开放后,村里哪家有红白喜事总会请老侯帮忙掌勺,他都来者不拒。天一黑透,最隆重的一顿菜肴在老侯的指挥、操刀下,已经准备了大半。还没摆放餐具,酒桌上已经坐满了前来吃喜酒的亲朋好友,小毛孩们坐在大人怀抱里扭动着屁股,不停地用嘴巴吮吸着黑乎乎的小指头;半大的孩子则站在家人身后,仰着头焦急地等待,都铆足劲准备吃香喝辣、饱腹一顿。知客陈国柱抬起左腕上的机械表望了望时间,立马向几个打杂的小年幼招招手,大声叮嘱了几句就准备开席。人群又是一阵骚动,站着的人各就各位,酒桌上坐着的人耸了耸肩,端正一下姿势静待菜来。李刚穿着黑色夹克,灰色西裤,踩着锃亮的皮鞋,攥着一包红塔山烟,前屋转到堂屋,院内走到院外,笑嘻嘻地跟来宾一边打招呼,一边散烟。

河湾的赵家对仙红这桩婚事非常满意,因为李刚潇洒俊逸的外表完全配得上花容月貌的仙红,至于好吃懒做的缺点,他们相信随着年龄的增长这个姑爷能改正,所以对于李家的催婚也是不假思索,就是东拼西凑借钱,也要把这个面子挣足了,办得热热闹闹、红红火火,好让亲朋好友看看他们的闺女多有眼光、有福气。此刻,仙红家的陪嫁嫁妆大衣橱、写字台、缝纫机、脸盆架等已经装了满满的一车。两个伴娘正在精心帮她梳头、搽油、插花,妆化得比新娘还浓的刘奶奶扭着冬瓜一般的身子沙哑地催促大家准备出发。仙红和她妈此时仿佛一别再难相见,在房间当众放开声"乖乖,肉子""妈……妈……妈"地嚎了起来。之所以这样哭,一方面她妈确实伤心,另一方面也是风俗需要。具有表演天赋的仙红真是学什么像什么,她和李刚是自谈的,心甘情愿嫁给他,能和他过日子是梦寐以求的事情,而这场戏她必须把"嫁出去的女儿泼出去的水"的情感淋漓尽致地表现出来。后来,在亲朋好友苦口婆心的安抚下,母女俩才恋恋不舍地松开了手,放低了哭声。

赵家亲戚中的一个小伙子在知客的指挥下马不停蹄地跑到队长家向李刚的 BP 机发了传呼。

黑皮瞟了小丫一眼,开玩笑地问:"看到了吗?你以后和我结婚会不会也像这样伤心欲绝,出嫁好像遭罪一样地委屈?"

"不。"小丫头一偏,嘴一噘,"就怕到时高兴还来不及,谁难道跟幸福有仇?再说我也不擅长逢场做戏。"

"哼,看把你能的,到那天再看你嘴怎么犟。"

在众人祝福的目光中,简朴的车队缓慢驶出金岗村,刚出了村口,杨振虎和红中就开始加大马力,带着重大使命自豪地向山洼村奔去。仙红和两个送亲的姐妹并排坐在铺好稻草、被褥的车厢里,看着熟悉的房子、树木渐行渐远,心中难免有些伤感,在娘家的点滴往事就像放电影一样在脑海中一一闪过,后面等待她的将是下一场重头戏。

李刚一听腰上的BP机又滴滴滴响了几声,赶忙低头抽出来看了看,只见上面显示:新娘已经从家出发。他高兴得嘴角弯了弯,立马告诉知客。这时随着李家几张八仙桌哗啦啦分发酒杯、汤瓢、筷子清脆的声音响起,酒席正式拉开帷幕。按照程序,先是上了凉拌萝卜丝、浇卤煮鸡蛋、水煮花生米、菠菜拌鸡蛋皮、猪耳朵等几个凉菜,大家拿起筷子,对长辈和敬重的人客气几句,就开始狼吞虎咽地吃着、喝着、高声谈笑着。酒过三巡时,锅屋又传出打杂小年幼高亢的喊声——让着让着油烫着啊,都让开让开啊,热菜来啦。他们将装有几碗杂烩汤的筛子举过头顶,小心穿过拥挤的人群,嘴里不停地重复着友情提醒,大菜开上喽。不少人好久没聚了,只听桌上有的说:"我们老弟兄几个喝几杯。""我们老姊妹几个喝几杯。""算起来,我们还是表亲呢。""老大家今年小麦长得不孬,估计几芕子是跑不掉的。"大家兴高采烈地叙旧、叙亲、叙收成。

这时已经吃得半饱的孩子在桌上待不住了,脱开父母的视线,像遛堂人一样到处乱窜。李刚叔伯、舅舅等一些长辈坐在八仙桌的东边,也就是上席,一派老资格的架势,几杯酒下肚,庄稼汉粗粝的双颊染满红晕,一直洇到脖子,嚷着嗓子在划拳助兴:"哥俩好啊""三星照啊""五魁首啊""六六顺啊",越喊越起劲,吵得村里的狗都跟在后边汪汪汪起哄叫了起来。海林、发财等一些毛头小伙子今天也穿着体面的衣服在一一敬酒,如果哪桌有年轻的小姑娘,他们就更活跃了,又是散烟又是央大家吃菜地积极表现。女人们则很少喝酒,大多笑呵呵地趴在桌上看男人们发挥。

新娘还没到,婚房里已经站了很多人,大家充满了好奇,仔细打量着床上被子的款式、议论着墙上的婚纱照、欣赏着床头的"喜"字。根据月亮行走的位置推测,新娘应该快到了,早在刚开席时,就有几个小孩蛋子蹦蹦跳跳地到村口等候,想第一时间见到婚车,好快速向主家通报。从村口到李刚家只有二百来米,一个晚上都是来来往往的人,像赶集一样,川流不息。许多没去吃酒的人早早在家喝了玉米粥,而后锁上门打着手电筒,陆陆续续赶去看新娘子。小孩耳朵就是灵敏,红娟弟弟欢子刚听到蚊子一样嗡嗡嗡的机器低鸣声就兴奋地欢蹦了起来,到了到了。说时迟那时快,当嘟嘟嘟的手扶车响声渐渐划破寂静的星空,随之便是四道耀眼的白光扫向村口,此时的孩子们欢呼雀跃,嬉笑着向李刚家边跑边拼命喊道:"新娘子来了,新娘子来了!"有的孩子不小心摔了一跤也顾不上疼痛,爬起来继续发力狂奔。欢子跑在最前面,看到人就喊"新娘子来啦",大家得到消息,前屋的大门迅速筑起几道人墙。不一会,婚车已快到家门口,大炮、鞭炮同时嘭、啪震耳欲聋地响了起来,吓得一个村耳朵灵敏的家禽牲畜都跟着大喊大叫,李家以最高的礼遇迎接这位新人。

等手扶车停稳,司机打开车厢挡板,仙红穿着金光闪闪的红外套,低着头,在姐妹们的搀扶下小心翼翼地走下车,伴娘拨开簇拥的人群让仙红快步向大门口走去。她预料这一关闯不过去,但还是抱着侥幸的心态,仗着自己勇敢胆大、身材苗条,想硬挤进去。这时院内外吵翻了天,不断有人喊"给糖,给糖""散烟,散烟",李刚在一旁小心地赔着笑,努力做大家的思想工作:"都给,都给,外边有点凉,让新娘快进去。"边说边从口袋里掏出烟和糖塞给仙红发给众人。李鑫夹在人群中,双手紧紧搂着一只花色痰盂,这只痰盂在李鑫眼里如黄金打造的聚宝盆,有了它就可以理直气壮地向二叔李刚换回一大把糖。刘新兰生怕自己的儿媳妇被挤坏了身子，主动跑在仙红前面打前站，她早就乐得合不拢嘴。一番挤挤挨挨的折腾，三道门足足让仙红过五关斩六将用了十几分钟才坐到婚床上。

现在婚房的人气达到了顶峰，不仅水泥地上塞满了脚，有的小孩个子矮看不到新娘，还被大人抱着或者扛着观看。一些小伙子大胆地挤到仙红旁边，嬉皮笑脸地跟她套近乎，并逗她说："新娘头抬起来给大家看看啊，我们都没看过。"仙红正襟危坐，含羞微笑，一言不发，抿着用印泥涂抹的鲜红嘴唇，文静地望着被面。李刚大姑抱着小孙女吃力地向前挤，吐着一口玉米粒般金黄的牙齿，尖着嗓子喊："她表婶，给秀霞几块糖吃吃啊，小孩子都等半天了。"仙红一看是亲戚，赶忙从红棉袄右侧口袋抓出四块高粱饴，让一起跟来送亲的红花转手递给眨巴着黑宝石一样小眼睛，向四周胆怯张望的孩子。

山洼村乃至周围的十里八乡，年轻人大都会严格遵守约定俗成的规矩，在结婚之前绝不会在公开场合牵手，甚至结过婚在乡村小路上行走时还一前一后。李刚看到屋子里这么多年轻人在热闹地撩新娘很矛盾，怕大家不闹显得冷清，又怕他们乱来让自己吃醋。

侯海林今年二十五岁，长得玉树临风，由于早恋，孩子都会打酱油了，整天一有空就到处逮鱼摸虾耽误庄稼，然后和朋友五啊六地吃喝。他一看到花姑娘就走不动路，撩妹是拿手好戏。此时，床边离新娘最近的就是海林，他嘴上叼着一支烟，耳朵上还别着一支，眯着眼睛油腔滑调地说："新娘子能否赏个光，给哥哥点支烟呢？"仙红瞥了一眼，觉得像海林这样的二流子最难缠。没办法，她只好从身上掏出印有金色双喜图案的火柴盒，划着一支后轻轻移向他的烟头，谁知海林略施伎俩，轻轻一吹就将火给吹灭了，然后噘着小嘴滋溜滋溜地尖叫着,边叫边用手搓下巴,佯装烧到他胡子了,当众要求仙红重新点,把大家乐得哄堂大笑。

李刚很疼媳妇,对海林和颜悦色地说:"兄弟,我来点吧,别为难你弟妹了,她一个女孩子哪会点烟啊!"

海林头一歪,斜着白眼邪魅地一笑说:"你点有什么意思,大家说对不对?"接着,又是一阵人潮涌动,众人齐声起哄说:"对!"仙红没辙,只好又划着一根火柴,并用左手小心翼翼地护着,生怕海林故技重演。哪知海林是个老手,神不知鬼不觉地换了一根潮湿的烟头,以至于她那么用心还是点不着。一些看出破绽的男人龇牙咧嘴笑得前仰后合,将身后的人踩得鬼喊狼叫。黑皮本也是个性格开朗的人,小丫始终跟前跟后地黏着,让他无法像海林那样放开手脚捉弄新娘,只能在一旁看热闹。而同是发小的陈龙毕竟还是学生,且比李刚小一岁多,只是文明地站在一旁微笑着看热闹。听说自己的好兄弟结婚,早就做好了准备,不仅请假参加,而且送了一个索尼牌的随身听作为礼物。

有几个才成婚没几年的少妇今晚也借此机会,将自己结婚时的红外套穿上来怀念时光。看到这些曾经熟悉的场景,眼里冒出晶莹的泪花,这泪花里有美好的回忆,也有对岁月的无奈。老光棍吴四已经六十多岁,趁空挪着步子往床边钻,想近距离一睹新娘的芳容,被几位老奶奶嫌弃地挡住了。倪婶高声对他说:"你真是老头看新娘假欢喜,来凑什么热闹的。"一句戏谑,把几个妇女逗得嘎嘎嘎嘎差点笑岔气。

几个回合下来,一直折腾到晚上将近十点大家才恋恋不舍地离去,李刚和仙红的二人世界总算真正开始了。关了灯,李刚控制住内心的激动,斯文地剥去扣在身上的外套,只留一条灰色的平角内裤,一边轻轻掀起被角,一边温柔地问老婆:"冷吗?"

仙红羞答答地说:"嗯,有点。"

李刚毕竟第一次和爱不释手的心肝宝贝赤身接触,心跳在不由自主地加速。刚开始彼此都很矜持,中规中矩地平躺着,但裹着一条被子的狭小空间让他们无处可逃,更加局促不安。在静默了十几秒后,还是李刚憋不住了,急迫地将盖在肚皮上的左手滑向紧挨着的仙红腰肢,本来想攥着她的手,却尴尬地发现只有温热光滑的肌肤。黑暗中,他兀自抿了抿嘴,轻轻地翻了个身,顺势将右手直接搭在她的小腹上。这时,李刚不由自主地坏笑了一下,他惊喜地发现仙红的两只手像两条甲鱼蜷伏在肚皮上纹丝不动。很多男人就是这样,在特定场合,女生越胆小,他越胆大,看仙红默许他的放肆,李刚骨碌一下爬起伏到老婆身上对她真诚地发誓说:"老婆,从今以后我们就是一家人了,我一定会好好干活多苦钱,让你早日住上大平房。"

伶牙俐齿的仙红娇滴滴地说:"你做主就好,我都听。"

李刚听了很兴奋,心想有个这样体贴温柔的妻子是他今生的福气,从而继续保证说:"老婆,你相信我,我不仅要给你个好家庭,还要宠着你,依着你,保护你,不准任何人欺负你。"

李刚信誓旦旦的一番话说得仙红心花怒放,她也认真地说:"刚哥,你真好,这辈子跟着你就是拿棍要饭我也心甘情愿。"

仙红几句百依百顺的心声吐露,把李刚的心彻底融化,他得到鼓励,接下来一双整装待发的大手毫不犹豫地在仙红身上忙开了……

第十五章

　　看到李刚和仙红结了婚,黑皮和小丫也按捺不住了,都是庄稼人,早点结婚成家既是两人的梦想,也符合乡里传统观念。很快黑皮家出面也请出了刘奶奶,二人在九月结为连理,正式走到了一起。来年开春仙红生下个白白净净的儿子李浩然,酷暑时节,小丫也生下了胖嘟嘟的大儿子陆壮晖。其实当初黑皮跟小丫提亲的事情并不顺利,当小丫把自己关于终身大事的想法跟家人透露了以后,吴长年第一个跳出来板着脸反对:"什么?你要和黑皮谈?他家里穷得叮当响,又没什么本事,跟他以后能有什么好日子过啊?"

　　徐金花瞪着眼说得更难听,"你看他又黑又胖,而你长这么漂亮,那不是一朵鲜花插到牛粪上了?"

　　二姐吴永霞也跟在后边挖苦说:"小妹,你大概头脑被牛踢了,凭你这样长相和性格什么样条件的找不到,非要找那样一个二流子?"

　　小丫听了家人的反对意见极其生气,声音冷冷地说:"鞋子合不合适,只有自己知道,黑皮尽管长相一般,但是也没你们说得那么丑吧,况且他对我很好,懂得照顾人,一个男孩子太老实在社会上反而容易被人欺负,何谈保护家人?我爸说他家穷,古人不就说过穷没有根,富没有苗,他现在开石头苦得不是可以啊?你们看三间大瓦房都已经盖起来了,比哪家差啊?"家里人为此争论不下,后来小丫请倪婶和刘奶奶出面帮忙,才说动家人捏个鼻子勉强答应。

张玉梅看到两个好姐妹都抱上了孙子,心里羡慕不已,每次见到这两个小肉憨子都要逗上玩一会,心想自己哪天要是抱上孙子眼都能笑眯了。自己的儿子陈龙还在上高中,等到大学毕业至少还要四五年,再结婚生子,怎么也要个六七年,没办法,学不能不上,不上学就苦一辈子,甚至苦几代人,好日子都是熬出来等出来的,耐心等吧。在山洼村大家最看重的就是谁家先抱上儿子、孙子,这两个姐妹一看到张玉梅渴盼的神情就会用怜悯的口气安慰她说:"快得很,几年一下就过去了,那时你也能抱上大孙子了。"

几个小杆子两年前就在刘二的带领下逐渐收心归位、专务正业。他们合开一个塘口,分工明确,密切配合,黑皮力气大,黑子有一身蛮劲,两人负责抡大锤;刘二做事有耐心,主要开风钻,或者和海林一起用平车清理碎石和渣土;李刚和红中兄弟俩则主要忙着跑运输。每天破晓时分,几人就摇响手扶车,带上撬杠、铁锹等工具开始了叮叮咚咚的采石工作。在乡下,大家崇尚吃苦耐劳,讲究苦干实干精神,只要具备这种精神,就是苦不到钱也让人敬佩,作为正面典型被宣扬学习,否则就被视为歪门邪道。因此,李刚他们这时变成了正面学习的榜样。哪家孩子要是有放屁怕腰疼的懒惰情况,大人就会数落道:"你看,海林、李刚他们那样的二流子现在都起五更睡半夜开石头苦钱,哪个在家闲着的?"

通过体力劳动锻炼,这些小杆子成长得异常迅猛,不仅增加了体重,力气也是猛增,扛一百斤粮食就如扔一袋棉花那么容易。看着塘口大块深蓝色的青石,红中兄弟俩时常眼睛放光,觉得这是黄金,是肥肉,是希望,也是力量。过早踏入社会的他们几乎同时学会了开手扶车,整天摩拳擦掌,准备大展宏图。刘二因为考虑到安全问题，一直没有帮助他们实现独自开手扶车的愿望，但转而又想，他们渐渐长大，整天扛大锤也不是根本出路，况且有比他们小的都开车了，自己的队伍也在逐渐壮大，实力在不断增强，刘二最终拗不过同样倔强的两个儿子，只好狠狠心为他们分别买了一辆。精干的兄弟俩好像有这方面的天赋，开起手扶车特别麻溜，如驾驭一辆玩具车一样灵巧地穿梭在狭窄颠簸的马路上。也喜欢开车的李刚和发财调皮的本性一直难改，在路上要是遇到老头老太太想搭便车，就是踮起脚满脸堆笑地招手也不停，要是看到漂亮的小姑娘站在路上，哪怕高冷得面若冰霜，他们也会主动减速停下搭讪，觍着脸询问她们是否要坐车。

　　近年来，一系列先进的机械化采石设备被引进到山洼村，尤其是当全国广大地区发生洪涝灾害，许多庄稼颗粒无收，山洼村一夜之间变成了农民苦钱的香饽饽，不仅附近乡镇一些人闻风而动，带车驻守在村子里拼命干，甚至安徽蚌埠、宿州的一些人也拖家带口加入采石大军。黑皮和李刚作为地头蛇，成为很多外地小青年愿意结交的对象，李刚的初中同学，和黑皮打过架的黄小辉就是其中之一，已经成年的小辉属于那种好朋好友的年轻人，跟许多人都是自来熟，吃喝嫖赌一样不落，在采石场不是最勤劳的，却是最活络的，见到那些老板和有头有脸的人毕恭毕敬，客客气气，马首是瞻。黑皮他们很乐意和小辉几个外乡人玩，互相称兄道弟，没事在一起吹吹牛，喝喝酒，打打牙祭，尤其是小辉那张嘴，吹起牛来活灵活现，哄起人来柔情似水，这些本领和特长吸引着女孩，也凝聚起一帮男孩经常围着他转。隔壁一家规模更大的采石场老板看他有眼识会来事，就安排他协助做一些管理工作，收入一点都不比那些扛大锤扶风钻的低。

　　李刚的女人仙红，不仅颇有几分姿色，而且能说会道，个性张扬，真是金子在哪里都会发光，来到山洼村才一年多就逐渐成了知

- 149 -

名人物。别看她在乡下长大,但爱美的本性一直没有改变,经常用瘦小的鲜艳衣服裹着如葫芦般的身材,除了洗脸洗澡,面颊上始终覆盖着厚白的雪花膏,香气四溢,从哪家门前路过都会让人不由自主地做个深呼吸。赶时髦的她,做姑娘时就学着挂历上的女明星用火剪烫了个爆炸头,现在整天扎个高马尾,像黑色的瀑布一样垂到身后。说起话来还细腔细调,扭捏微笑,让人浑身酥麻、骨头散架。

仙红和李刚因为是自谈的,之前两人感情一直很真挚,心无旁骛地经营属于自己的爱情和爱巢。可是如今她捡萝卜眼花,吃着碗里还看着锅里的,生完孩子后很快喜新厌旧,遇到优秀的更有感觉的男人时,传统封建观念不断受到新思潮的冲击,像个花痴一样身不由己地移情别恋。

小辉和李刚他们处成了好兄弟,遗憾的是他没有做到兄弟妻不可欺。仙红仿佛一朵娇艳的桃花经常招蜂引蝶,吸引得小辉之类本来就喜欢拈花惹草的色鬼常常垂涎三尺,将兄弟感情全然抛之脑后。李刚倒没觉察出异常,而李正柱两口却听到些风言风语,考虑到儿媳妇才进自家门没几年,也没十足的证据,就装聋作哑,但是暗地里常常关注着儿媳妇的一举一动。

十月的一个早上,一轮红日刚越过洼东山顶,刘二他们几个如往常一样在石头塘挥汗如雨,早就饿得饥肠辘辘,这时仙红又准时出现在塘口,她掐着腰,高颧骨上方两只狐狸眼笑眯眯地东张西望,这是她每天来到这里的习惯做法,先欣赏一遍家外几个男人。真是猫有猫朋,狗有狗友,邪门的她最近却偏偏喜欢上了小辉这样身材匀称、油腔滑调、痞味十足的男人。前段日子几人在她家喝酒时,她利用端菜的机会,趁人不注意和小辉悄悄地挤眉弄眼,暗送秋波,擦出了爱情的火花,从此迅速坠入情网。

可惜世上没有不透风的墙,就在上次黄庙逢集的清晨,天刚蒙蒙亮,黑子看李刚半天还没到塘口,就到他家望望是怎么回事,结果大喊大叫并咚咚咚地拍了半天大铁门,仙红才在屋里仓促地应答一句,说李刚跟红娟家赶集买小猪秧去了,黑子哦了一声就转身离开。他刚走到后洼竹园,突然想起来还要去李刚家拿铁锨,就再次折回头向他家走去,然而还没走两步,就听李刚家大白鹅像遇到什么危险一样,嘎嘎嘎情况异常地叫了起来,紧接着又听到沉闷的咚一声,他原以为是墙上的石头掉下来的,可还没来得及细看,就瞧见一个人猫着腰从大杨柳树底下一闪而过。黑子定睛一看,是小辉,不用问也知道是怎么回事了,都是熟人,他不敢声张,只好默默地装作什么都不知道。

整个采石场两台发电机因同时损坏已经送到县里经营部维修,由于不知何时能修好,其他几个采石场正好趁机放假让员工休息两天,而贪心不足的刘二不想耽误工作进程,要求手下几人继续干,他们就用原始的钻孔技术作业,并请小辉来帮忙。这时仙红看见红中蹲马步一样两腿岔开,双手牢牢扶着石头上草圈围着的钢钎,一旁的小辉抿着嘴抡起大锤,绷紧浑身肌肉,节奏分明地捶打着钎头。每砸一下,钢钎就转动一下,红中皱着眉头躲避溅出的灰浆,他们每捶几下还要用竹坯子将灰浆掏出来灌些水继续打。发财和李刚在一旁用铁锨和平车有条不紊地忙着清理碎石和渣土,其他人咬着牙正往车上搬石头。

这热火朝天的场面甚是壮观,仙红看完了清喉咙,酝酿了一下,找准合适的时机拉着嗓子大声吆喝道:"李刚,走家吃饭啊?"这叫声清脆中夹带着温柔,清脆声是喊家人的,温柔的部分是送给小辉的。

听到山谷里悦耳的回响,小辉就像打了兴奋剂,铆足劲开始表现,逞能似的将锤头抡出一个大圆,藕节硬的胳膊青筋凸起,砸得钎头火星四溅,一锤下去至少多砸一厘米。仙红看到知心爱人饿着肚子还这么辛苦,心头掠过一丝揪心的疼痛,但又不能当众表露,况且家里的男人也在现场,就礼节性跟大家打个招呼说:"都上我们家吃啊?"

几人异口同声客气地说:"不用喽,走家了。"

只有小辉这个家伙的回答与众不同,调侃似的大声喊句:"不去剋了。"

如果是其他女人听到别人用"剋"这个字和她说话,一定会甩过去一个白眼,并嘀咕几句,因为这个多义字也有粗鲁的含义,而习惯了打情骂俏的仙红只是莞尔一笑,就像听到了喜讯一样兴奋,比吃了蜂蜜还甜。

第十六章

到了高三,姐姐陈凤已经出嫁,谁也没想到的是,陈凤竟然嫁给了小学同桌、陈龙曾经的冤家蒋建磊。蒋建磊和陈凤的爱情既浪漫又曲折,两人从同桌开始就互生好感,看着彼此都顺眼,但那仅仅是磁场相投,爱情的实际萌发还是在他们十八九岁的时候。受当时《小芳》这首耳熟能详、火遍大江南北的情歌影响,冬日里有天听说隔壁村子的龙潭小学要在下午放电影《小芳的故事》,许多年轻人都心驰神往、蠢蠢欲动,想一睹主人公小芳的风采。

吃完午饭后,十里八村的年轻人谈笑风生、成群结队地向龙潭小学聚集,有些人不是为看电影,而是为看人而赶来凑热闹的。偌大的一间教室除了前四排放了几条长板凳让先到的观众有座位,其余人只能站在后面看,电影放映前半小时大家就已经吵吵嚷嚷将现场挤得水泄不通。

陈凤和陈龙、黑皮、小丫他们因为路程较远,穿过一片片树林、一块块麦田、一座座小桥后赶到现场,在摩肩接踵的人群中挨挨挤挤好不容易才在中间位置找到个立脚的地方。电影正式放映后现场也根本安静不下来,各村之间百姓通婚已久,许多人在附近村子都有亲戚或者熟人,好久不见自然要热情打招呼、互致问候,当看到电影里一些动人的画面和情节,一些活跃的观众更忍不住地要评论一番。而有些处于热恋、暗恋中的小年轻触景生情,兴奋不已,在人群中默默地分泌出大量多巴胺。此刻不要说被喜欢的人挤一下,就是撞一下也是一种享受,大冬天里挤挤更暖和。

陈凤此时已经十八岁,早就长成了亭亭玉立的大姑娘,初一辍学后一直在家务农,许多人看陈凤出落得水灵清秀都有意接近,但陈凤有自己的难言之隐,即她一直暗恋的小学同桌蒋建磊和家人有过节,她在强势的妈妈面前哪敢轻易说出口,况且她年龄还不算大,这样就给有想法的人留下了一个悬念。蒋建磊到了这个年龄也长成敦实的大小伙子,做起农活不亚于黑皮、红中这些同龄人。蒋建磊也一直迷恋这个心中的"小芳",尽管没表白过,不过每次偶遇她总会情不自禁地笑一笑,方便的时候还会主动给她打个招呼馋馋嘴。

陈凤正看得入迷时,突然后面的人浪潮水般涌来,差点将她挤倒,许多小姑娘吓得一片尖叫,几个调皮的小伙子还幸灾乐祸地趁机起哄,吹起了清脆的口哨,幸亏她及时抓住了前面小丫的衣服才稳住。紧接着不远处一个男孩大声坏笑道:"建磊子,你想揩女生油啊?"另一个男孩接着恶作剧般问:"那是不是陈凤啊?"陈凤一听建磊的小名,就条件反射地转头看看,我的天啦,她的心差点蹦出胸膛,高大的建磊像个护花使者般正笑吟吟地站在身后,他旁边还站着几个同一个小队的伙伴,这个"死形子"何时神不知鬼不觉地站在自己后边的啊?电影刚开始的时候她后边还是些陌生人呢。辍学后他们再也没这样零距离接触过,在不怀好意的众目睽睽之下,陈凤吓得赶紧扭头装作继续专心看电影。不远处的陈龙听到陌生人叫姐姐的名字,有点厌恶地向那里看了看,却看到姐姐已经被挤到离自己三四米远的地方了,她身后正是曾经的对头蒋建磊。他无奈地发现姐姐不但没生气,还羞答答地在微笑,姐姐有男孩追当然是好事,说明她长得不错,但再怎么他也不希望是蒋建磊啊。

陈凤一个下午脑海里都浮现着电影里的画面,而主人公早已换成了自己和蒋建磊。一场电影后来成全了两人梦想中的爱情,虽然几年前陈家和蒋家曾发生过纠纷,玉梅刚开始听说这门婚事是一百个不同意,但蒋家不断找人做工作,最终玉梅还是勉强接受了这个做梦也没想到的实在女婿,两人结婚后就长期到常州打工挣钱养家了。

如今三强一家三口就剩陈龙一人识字,他所掌握的知识早就超出了农村人期望的看懂一封信、会算一笔账。他对社会上的一些问题和现象会有自己的见地,对家里产生的一些问题更是能客观冷静地分析,不像小时候那样总认为妈妈说的什么都是对的,妈妈没处得来的邻居他也跟着同仇敌忾。不过,这种情况的悄然改变还得从立冬的晚上说起,这天高三放月假,陈龙像往常一样赶到家时天已黑了。当他轻轻推开铁门,发现冷清的院子里异常安静,既没听到妈妈往日里"哪个啊"洪亮的声音,也没有父母无休止的争吵声。他到堂屋把行李放到当门心后径直走向锅屋,大团浓白的水蒸气不断从灶台上向门窗外突突地冒出,走近一看,父亲正坐在锅底闷头添柴火,妈妈则眯着眼眉头紧锁地搂玉米面。

"妈!"陈龙亲切地叫了一声妈妈。

"嗯?回来啦?"玉梅哭丧着脸小声问道。

"二子啊?"三强也跟着招呼道。

看到这样的气氛,陈龙凭直觉就知道家里肯定出什么事了,脾气暴躁的妈妈和家人或者邻居吵架拌嘴是再正常不过的了,他已经习以为常,妈妈再蛮横毕竟也是妈妈,无论怎么样还是希望她每天幸福安康。

这时屋里安静得只能听到噼噼啪啪的木柴炸裂声,陈龙先主动说话打破了沉寂。

"做什么吃的啊？"

"也就山芋稀饭、发面饼和萝卜干子。"

"哦，菜园里这么多菜，怎么就吃萝卜干的？"

"吴长年把我们气死了，爱占便宜的他欺人太甚，我们苹果园的田不是和他家的挨在一起吗，以前耕地就拼命往这边耕掉板凳宽的埂子，考虑到都是邻居没跟他斤斤计较，多一点发不了财，少一点也不会穷睡灰。现在却得寸进尺起来，直接把新的田埂又耕掉，把麦子撒到我们家田里。你爸跟他讲，他却理直气壮地说应该以田两头的石头为界，他家地就该这么宽，而田两头的石头很小埋得也浅，一个人就能掀得动，前几年就被他们挪过多次，你看气不气人？"玉梅恨之入骨地又贫了一遍。

陈龙看上去像局外人一样，淡淡地嗯了一声。其实他在心里已经迅速打好了处理这个问题的腹稿。陈龙今天这个反应让玉梅稍显不悦，孩子快成年了，用不了几年也就会成为家里的顶梁柱当家理事，面对这样的事情竟然屁都不放一个，两口和别人家争来抢去为了谁？还不是为了这个宝贝儿子，他竟然一点也不领情。陈龙听说是好兄弟黑皮的老丈人，还算很近的关系，如果自己当家就是给他家一半也无妨。他想把《六尺巷》"千里家书只为墙，让他三尺又何妨。万里长城今犹在，不见当年秦始皇"的故事讲给父母听的，又怕他们说那都是傻子做的事，也担心被从不吃亏的吴长年一直这样欺负下去，小时候就听说他比较油头滑脑，亲眼见过他和几个邻居为了农田、树木的一些事情拿起铁叉、锄子大动干戈。比较偏执的玉梅一般听不进陈龙从学校学来的那些为人处世大道理，认为那都是歪理邪说，是懦弱和无能的表现，被别人欺负了就应该负隅顽抗，而不是做个甩子，所以陈龙以前劝导父母的时候都碰了一鼻子灰。

"你们别急，也别生气，身体是自己的，该吃饭吃饭，该睡觉睡觉,明天我去找一下大队书记沙政高。"

老两口听到陈龙这个大胆的想法愣怔住了,都放下手中的活惊恐地盯着他看,突然感觉陈龙再也不是他们眼里的小孩了。平时两口和邻居遇到纠纷最多也就找到小队长,还没踏过书记家的门槛,他们认为那都是大人物出入的地方,看了让人望而生畏,见到这些当大官的说话都不利索。

"什么?你看你能得不轻呢!你小孩子跟他也不熟,找他有什么用,沙政高的三婶还是吴长年大表姐,拐弯亲戚,大队书记肯定偏向吴长年,不会为我们说话的。"玉梅果断地否定了陈龙的这个想法。

原来在父母眼里自己还是没有长大,陈龙生气地反问父母:"那你们现在是公说公有理,婆说婆有理,我就是去找吴长年又能说出什么头绪,他沙政高作为一村书记有义务为老百姓伸张正义,秉公办事。如果他认为我们没理也只好认了,毕竟村里还是他的天下,不能为一年多收个三五斗去得罪一个土皇帝,我以后入党、工作方面说不定还要找他盖章的。再说等我以后找到城里的工作,你们也不需要种这么多地了,你们看是不是呢?"

三强本想说要去找书记也是他去找,但话到嘴边又咽了回去,怕自己真的站在趾高气扬的书记面前会紧张得语无伦次,说得颠三倒四。玉梅终于看到陈龙像个真正的男子汉一样有勇有谋,心情略微舒畅了一些,打起精神说:"我去菜园薅点萝卜来家炒炒,陈龙回来不能就吃萝卜干啊。我们真不是计较的人,只是受不了这个窝囊气。"

第二天吃完早饭,三强两口仍然顾虑重重,在陈龙出发之前又说了许多前怕狼后怕虎的泄气话,陈龙这次表现得非常果敢,决绝地说:"你们别再说了,我会处理好!"说完像个勇敢的战士一样昂起头几步就消失在院子墙角。

陈龙也是第一次到沙书记家,因为不在一个生产队,到了这个队通过打听才知道,庄上唯一有楼房的这户就是大队书记家。

陈龙刚走到高墙大院外面,两条大狼狗就闻声狂吠了起来,吓得陈龙畏畏缩缩地轻轻推开一扇沉重的铁门。狗看到陌生的陈龙,都上蹿下跳想扑过来撕咬。这时书记夫人杜小琴从锅屋迎了出来,真是冬瓜有毛茄子有刺,男人有权女人有势,在山洼村一大群灰头土脸、穿着简朴的小妇女中,沙夫人一头油亮的卷发,一身整洁的米色外套显得与众不同,与其高贵的身份非常匹配,看不出半点庄稼人的样子了。紧接着后边又跟出来一位两只手沾着面粉的妇女,两人一齐看着陈龙小声地嘀咕着。其实家里十来亩地还真不需要她伸什么手,都不够一些亲友和邻居拍马屁抢着忙的,这个贵妇人每天只需在家里做做饭,洗洗衣服,打扮打扮招呼客人。

杜小琴大声吆喝一下,然后一个手势就止住了狗的嚣张气焰。这时陈龙能明显听到堂屋里几个男人在大声地说笑,从恭维和狠毒的话语中听出都是混世的人。"你是哪个啊?"书记夫人看到这么一个有点面熟的年轻人笑眯眯地问。

"我是洼西的陈龙,陈三强家的。"

"哦,三强儿子都这么大了啊,来有什么事啊?"

陈龙礼貌地说:"沙书记在家吗?找他有点事的。"

"在堂屋呢,你进来吧。"杜小琴说着转脸向堂屋门口尖细地喊了一声,"政高啊,洼西三强儿子来找你有事呢。"

沙政高一听是三强儿子陈龙,心里咯噔一下,他作为村主任,对村里每家每户的农田分布、经济状况、人口数量,甚至许多人的年龄模样、脾气秉性、从事职业、特殊嗜好都了然于胸。陈龙是村里为数不多的高中生,在这小小的村子里也算高才生,或许也是未来的人物,所以早就进入自己的视野,心想不能慢待。他知道陈龙在上高中准备考大学,今天来找他无非是开证明之类的事情,再也猜不出其他什么可能的情况。听到老婆的叫唤,客气地让其他客人在屋里稍等一下,然后以一副镇定自若的神态,装作不认识的样子,大摇大摆走到院子里故意高声地问:"哪个啊?"

"沙书记,我是洼西三强家的陈龙。"陈龙又微笑着介绍一遍。

"哦,陈龙啊,现在长大都长变了,来家里坐坐。"沙书记让陈龙第一次感受到被领导客气让座的尊重。

"不了。"陈龙还不太懂社会上待人接物的一些礼节,主要是他老子三强这么大岁数也还不太明白很多场合的社交礼仪,只知诚恳地说明来意,"今天来想向你反映我们家苹果园田交界的事情。"

"哦,什么情况啊?"沙政高听到交界两个字就明白大概了,因为经他手上处理过的类似矛盾不计其数。

陈龙非常客观地将两家之间的纠纷讲了一通,他的意思是不求沙书记偏袒自家,只希望把这个问题妥善处理,不再引起争端。

沙书记不愧是泥抹子,几乎没有片刻思考就脱口对这个后辈宽慰说:"你放心吧,马上我安排你们队长把两家大人喊到田头,根据之前各家登记过的亩数,每家都让出一点地方,筑一道蛇皮口袋宽的新田埂,然后重新量一下各家田的宽度。谁家要是再越界,下次就从谁家那边筑埂,并形成协议,两家签字,一式三份,大队和两家各留一份,你看怎么样?"

这个解决方案让陈龙非常满意,早有耳闻沙书记老奸巨猾,但今天的交谈刷新了陈龙以往对沙书记的不良印象,怪不得人家能做书记,他不仅处事公道,还思路广、办法多,令陈龙肃然起敬。

三强两口根本无心去干活,都在家持着怀疑态度一边魂不守舍地找点无关紧要的事做消磨时间,一边急盼着毛头小子早点回来,看看能说出个什么米和豆子。

没用多久,他们就看到陈龙脸上挂着笑容轻松地踏进家门,三强两口心想肯定有好消息带回来,都急忙围上去刨根问底。陈龙还没说完沙书记提出的方案,玉梅就啪啦啪啦情绪激动地对从自家这边增加田埂的宽度表示强烈反对:"那我们不是更加吃亏,又被刮去一溜头?"三强也跟后边帮腔:"是的,这叫什么处理法,我们不干。"

陈龙这时心里开始有点发毛了,不耐烦地撂个脸色:"那吴长年家不也是一样地损失一部分地吗?可能你们觉得他们拓宽的田埂本来就是两家共有的,对他家来说并不存在让出一部分,也就没有损失,但田埂的划分依据是之前大队丈量过的尺寸,我想我们哪怕就吃这一次亏,这样处理还不是为了两家以后减少争吵吗?都是邻居,抬头不见低头见的,对面不啃西瓜皮好受啊?"

三强两口被这个比自己还高的儿子说得哑口无言,陈龙趁热打铁又接着把沙书记的处理意见一一说完。

三强毕竟是男人,稍微有点大局意识和长远眼光,就对玉梅说:"那就听大队的处理吧,反正大家吃大家磨,省得以后再有吵不完的仗。"

过了一会,陈龙找到黑皮,将这件事悄悄告诉他,请他动员小丫做做她爸的思想工作,都是好朋友,互相让一步,不能因为这些小事都弄得不愉快。黑皮当着陈龙的面愤愤不平地骂了老丈人一句:"老东西真不像话,明天我找他去。"

几天后,两家都气横横地走到一起,但在队长的现场指挥下处理得井井有条,后来又经过黑皮的努力,两家渐渐也都释然了。三强两口尽管认为陈龙还是个孩子,但开始在心里承认他在一些事情的看法和做法上已经超越了自己。

第十七章

前两年刘二看开石头这么苦钱，干得更加卖力，有时到了废寝忘食的地步。和开石头靠的是力气相比，放炮是一项技术活，他生性胆大，不要说杀牛剥狗，就是一个人在坟堆里睡一夜也能做到鼾声如雷。他不仅用心管理着自家的采石场，还把几个石头塘放炮的美差也争取到手，为的就是多苦点钱。每次把炸药塞到洞里以后，他先将雷管插在炮火捻子的一头，接着把它戳到洞内的炸药里，再用火柴点燃炮火捻子的另一头。吹哨人蒋其田每天下午六点会准时一边吹哨，一边大声呼喊"放炮了"，大家听到哨声，立刻就如燕子一样飞向二百米以外的安全地带避险。刘二喜欢看经他引爆的石头，像天女散花一样在空中下起石头雨。

千禧年五月八日这天下午，刘二像往常一样在六点钟点完炮火捻子就撒腿跑开，躲进附近的山洞里，结果凝神等了半天也没听到炮声。他和大家很纳闷，会不会又是因为炮火捻子或者炸药潮湿，或者质量有问题而成了哑炮。他们嘀咕了几句，又耐心地张望着等了几分钟，结果依然悄无声息。这时刘二勇敢地站出来对大家说："你们继续在这等会儿，我和黑子去看看，反正都戴着安全帽。"

刘二和黑子两人虽说是放炮的老手，但心里多少还是有点发伏,石头可不像泥巴松软,砸人不易致命,可正当他们挪着步子来到离炮眼还有五十米远的时候,就听嘭咚一声巨响,顿时两人吓得魂不附体、抱头鼠窜。还没来得及跑到安全地带,紧接着又听到哗啦啦的碎石碰撞声和高飞的石块划破天空的呜呜声。黑子在飞奔逃命的过程中突然听到啊的一声惨叫,回头一望,只见高大的刘二就像被机枪扫射了一样面目狰狞,双手上举,前后晃了几下身子就一头栽倒在地。

原来刘二刚才粗心大意,从山洞匆忙跑出来时虽然戴了安全帽,却忘记系下颚带了。不幸的是,先是一块锋利的小石头砸到他抱头的右手,他本能地护疼,把双手放在胸前,准备用左手去捂住刺痛的右手,哪知两手还没碰到一起,另一个石块又砸到他的帽檐,将安全帽瞬间打翻在地。此时的刘二已经魂飞魄散,更为不幸的是正当他要去捡安全帽,第三块更大的石头一下砸中他的脑袋。黑子见状立即奋不顾身地冲到刘二面前大声疾呼:"二哥!被砸到了吗?"刘二就像睡着一样,躺在地上不省人事,头上鲜血汩汩地往外流,将身底下黄色的泥灰瞬间洇成了褐色,本就破锣嗓子的黑子当即吓得喊岔了声:"快来救命啊!快来救命啊!快,快啊!"躲在洞里的人本就觉得情况不妙,当听到塘口里一阵惨烈的哀号和呼救声,都本能地急忙鱼贯而出赶去救人。

黑子被这接连的突发情况惊得直打哆嗦,说话也前言不搭后语。红中和发财立马冲到父亲身边扯住他衣角大喊:"爸!爸!爸!"震天响地大哭起来,不知所措。还是黑皮比较镇定,一边脱下衬衫迅速地将刘二血肉模糊的头包扎起来,一边催促愣在一旁的李刚快去喊红中他妈,随后黑皮又分秒必争地冲去摇手扶车。刘二头上因砸的洞太大,血还是不断从衬衫里渗出,将一件白衬衫很快染成了血衣。还未等黄立英赶到,周围的人已一起帮忙将刘二抬上车,然后万分火急地拖往大队医疗室找贾大夫。红中和发财在车厢里一人拽着刘二的一只胳膊,如雷鸣般号哭着,任眼泪鼻涕在脸上流淌。

手扶车拖着一车人从村里的大路上呼啸而过,车上撕心裂肺的哭声惊动了沿线所有人,大家跑到路上一看这样的情况就知道出事了,而且是出了大事,不少人还撑着车子问发生了什么事。"红中他爸被石头砸到了,你们谁要看到红中他妈,让她赶快到医疗室啊!"黑子在车上一遍遍唾沫星子乱飞地大声告诉邻居。在缺少话题的封闭小村庄,不要说伤了一个人,就是哪家的一头猪被砸成重伤,也能成为头条新闻,更何况是会苦钱的财迷,人群中不仅有惊讶,还有惊吓、惊奇,甚至是和刘二有过节的人的惊喜。

不一会,手扶车快速平稳地在贾大夫家的院子里停了下来,这个方方正正五十平方米左右的院子,只用几分钟的工夫就被前来看热闹的人挤得水泄不通。正巧贾大夫在家给病人挂水,看黑皮几人神色慌张地将头上血淋淋的刘二像抬死猪一样往长椅上搬,简单问明伤情,感觉情况十分危急,立马弯腰对他进行心肺复苏,先是用右手指肚轻按刘二颈下动脉,发现没有任何跳动,赶忙又将手指转移到他的鼻孔,也没任何气息。就在这时,黄立英呼天抢地哭喊着"红中他爸,红中他爸"赶过来了,一直在颤抖着抽泣的红中兄弟俩转眼看到妈妈伤心欲绝的样子,都靠过去扶着她,又跟着一起放声痛哭。在一旁帮忙、看热闹的人都劝刘二亲属不要吵,这样会打扰贾大夫抢救。结果他们刚强憋着抽泣几声,只见贾大夫神色凝重地对大家摆摆手声音低沉地说:"人早就走了!"

听到这个噩耗,母子三人同时拼了命一样扑到刘二身上绝望地摇晃着呼喊:"你走了,我怎么过啊?""爸……爸啊……你别走……"

黑子几人带着巨大的悲痛,绕开拥挤的人群赶快又小心翼翼地把刘二往手扶车上抬,回去准备后事……

谨慎的黄小辉和几个老乡在这次事故之后担心危险重重,果断辞职另谋了职业。

第十八章

　　七月份的高考在酷暑天一片躁人的蝉鸣声中如期拉开大幕,三强和玉梅夫妻俩一边在田里呼哧呼哧地忙着庄稼,一边牵挂念叨着县城考场上的陈龙,都盼望儿子十几年的寒窗苦读能换来金榜题名,才十点钟就急急呼呼扛着锄头回家做饭。陈龙和很多旗鼓相当的考生一样,每一场考试都绞尽脑汁地苦思冥想,争分夺秒地审题答题。当考完最后一场理科综合时,他感觉这次彻底没戏了,悲观地想,十几年都白忙活了,注定竹篮打水一场空。许多同学约好今晚在县城吃饭喝酒聚一聚,庆祝辛苦的高中生活终于结束,可以放飞自我了,陈龙却像霜打的茄子,交过试卷后哭丧着脸走出校门,穿过人声鼎沸、摩肩接踵、翘首以盼的人群,到宾馆收拾收拾物品就闷头匆匆赶回了家,他晚上是无心去凑热闹了。

　　三强两口这天中午像过节一样,特地做了几个像样的菜,准备犒劳多日不见的儿子,到了十二点一刻看陈龙还没回来,就边吃边等。当十二点半正吃得津津有味时,他们看到陈龙终于胜利归来,夫妇俩喜笑颜开,同时停下手中的筷子,像对待客人一样热情招呼,三强小心翼翼地问:"考得怎么样啊?"

　　陈龙像生了一场大病无力地说:"考得一塌糊涂!"他不敢面对

父母慈祥企盼的目光,勾着头内疚地径直走向房间。

　　三强和玉梅就像遭遇了当头一棒,惊慌失神地对视了一下,心一下凉了半截子,喉头哽住了,嘴里的饭菜也瞬间没了味道。三强心想儿子未来如果过不上好日子,他们的日子又能好到哪里去呢?以后在村里腰杆都挺不直。而玉梅也在想,一季庄稼收成不好还可以指望来年,这大学现在考不上,全家十几年的心血不是打水漂了?考不上大学就意味着捧不上铁饭碗,书没练成又能有什么出路呢?那么瘦弱的身子要是种地肯定还不如黑皮、李刚这些在农村野惯的孩子来劲。现在这丰盛的一桌饭吃不下去了,晕晕乎乎的也想不起来喊儿子吃饭,她像丢了魂一样,急忙走进房间眼睛发绿地追问道:"那估计大专能考上吗?"

　　陈龙不耐烦地说:"大专也就比二本低二十几分,肯定也考不上啊,不要说大专,就连二专也危险。"

　　"这就毁喽!"玉梅脸红脖子粗地说完长叹一口凉气,泼辣惯了的她忍不住想一句说一句,大一声小一声地责怪起儿子来,后来越说越亢奋,像机关枪一样突突突放肆地骂个不停,陈龙知道自己在这个要强的家里犯下了弥天大罪,屁也不敢放一个,此时呼吸都是错的,只能任由妈妈劈头盖脸地无情数落。经过妻子的煽风点火,三强在饭桌前也坐不住了,走到房门口火冒三丈地加入了批斗审判的队伍,两人你一言我一语轮番对陈龙进行羞辱式炮轰。陈龙此时欲哭无泪,只有招架之功,并无还手之力,觉得亲生父母这样势利已经生无可恋,他头脑里一下跳出了高尔基《海燕》里的那句:让暴风雨来得更猛烈些吧!冲刷他千疮百孔、血流成河的心灵,惩罚他记事以来犯下的所有过错。越是这样想,越觉得自己此时一无所有、一无是处,大脑无比清醒理智,摆在眼前的无非两条路,一是喝药自尽了断一生,二是自力更生再拼一年,然而第一条路现在不可能,还没走到那一步,只能在第二条路上努力。

一向不饶人的玉梅说得口干舌燥了,也觉得于事无补了,用力翻着白眼居高临下地问了一句:"你以后打算怎么办?"

陈龙此刻已经想好未来的路打算怎么走,脸上挂着晶莹咸涩的泪珠心平气和地说:"爸、妈,儿子不孝,让你们失望了,现在我已成年,以后不用再麻烦你们了,我决定外出打工,一边工作一边复习,明年再考一年,如果还是考不上就死了练书这条心了。"

三强气喘吁吁地眨了眨眼睛不屑地问:"你现在去哪打工?"

陈龙两眼通红望着父母乞求般地说:"到南京。李燕不是在南京一家饭店里干的,听李刚说村里好几个小学同学都在那个饭店,我看他们那边要不要人。"

"哦,那你问问看吧。"三强难得果断地率先表决。

玉梅也声音小下来赞同地说:"听她妈讲工资不是很高,要是可以,先去干着再说吧,总比在家蹲着要强。"

做了这个决定,陈龙的心里比被一记重拳捣过还痛,自己都不敢相信,李燕小学都没毕业,而自己在这些发小眼里就像天之骄子,喝一肚墨水,最后竟然殊途同归,一样去做门槛较低的饭店服务员工作,现在走投无路只好先委曲求全吧。

夫妻俩觉得再也没啥好说的了,玉梅板着脸对不争气的儿子说:"你先吃饭,吃过饭我去找李燕她妈问问。"

"不想吃,我来整理整理东西,等会我自己去问。"

房间寂静片刻后,只能听到三强两口继续埋头吃饭时用筷子碰撞瓷碗的稀稀拉拉的叮当声,他们对待陈龙的态度冷若冰霜,短短一小时就判若两人,陈龙现在就如别人家的孩子一样,吃不吃饭和他们没半毛钱关系。可还没吃几口,玉梅望着辛苦做的一大桌庆功菜已经凉掉,要强的她再也控制不住心中的苦水,化作苦涩的眼泪顺着酱红色的面颊止不住地往下滴,这时陈龙还在房间里轻声地整理物品,直到妈妈像唱黄梅戏一样痛苦地发出假声般细细的哭腔才觉察到事情不妙,毕竟自己是罪魁祸首,就在他一筹莫展之际,只听爸爸像大人安抚孩子一样语重心长地说:"哭什么呢?我们仁至义尽了,他学不好只能怪他自己,小孩的路还要靠他自己走,你该吃就吃,该喝就喝,要把自己身体弄垮了不值当。"

说是这样说,可三强说着说着连他自己也气饱了,多吃一口都觉得胀得慌。

三强没能哄好玉梅,玉梅反而因为丈夫的同情而变得失态,她嫌小声抽泣不过瘾,排解不了心中的苦闷,委屈得像个十来岁的小姑娘,一下失去了理智张大嘴巴放声号哭。

三强心疼地赶忙站起来将一向要强的妻子扶到床上,颠三倒四地安慰着她。

陈龙本来也想大哭一场来宣泄自己的不幸,看到父母如此颓丧的样子却突然哭不出来了,心里爱恨交加,于是趁这个机会独自坚强地走向李刚家准备要李燕的号码,正好去见见好兄弟,向他倾诉倾诉。

没想到李燕昨天恰巧回来了,午休完刚起床,她正坐在堂屋当门心和父母歪头啃西瓜聊着南京的见闻,刘新兰看到陈龙走进院子,像接待贵人一样连忙站起来大声招呼说:"陈龙什么时候回来的啊?快来吃西瓜。"

陈龙强颜欢笑,摆摆手说:"家里才吃过,中午刚从县里回来。"他走进堂屋四处了望,没看到好兄弟和他媳妇孩子,纳闷地问:"李刚呢?"

刘新兰说:"李刚带着媳妇孩子这两天走老丈人去了,估计明天才能回来。"

"哦。"李刚有点失望,转而望向李燕问道,"李燕什么时候来家的啊,正好找你有点事。"

打扮稍显时髦的李燕微笑着问:"找我什么事啊?"

"你在南京干的那个饭店还要人吗?"

"要啊,谁想去的?"

"我啊。"陈龙闪着发胀的眼睛认真地说。

"你?"刘新兰惊讶得手里的西瓜差点跌落到地上。

李正柱父女俩也好奇地同时停下了嘴里正在吃的半牙西瓜,三人同时盯着陈龙发愣,感觉他在说笑话一样。

"高考没考好,就先打工再说吧,我都这么大了,也可以苦钱了。"

刘新兰听陈龙这么一说,心想一向以儿子读书为傲的张玉梅肯定受不了这样的打击,早就眼巴巴地等着儿子上大学,高昂的学费都开始准备了,幸亏自己的儿子李刚下来得早,要不然这么多年练下来说不定也练不出什么头绪,还不如早点结婚生子来得划算,大学哪有那么容易考的。

有一点见识的李燕这下相信了,因为南京在饭店里勤工俭学的大学生多呢,毕业就失业的大学生也大有人在,于是爽快地对陈龙说:"好吧,马上我去小店打个电话给老板娘问问,你在这里等一会啊。"说完就起身前往小店找公用电话。

"好的。"

陈龙趁此机会就问问李正柱两口李刚最近的情况。

不一会李燕回来高兴地对陈龙说:"老板娘说还要人。"

陈龙听了脸上飘过一丝喜悦,心想这下有工作了,到那一定要好好干,争取做个出色的厨师,但从学生突然转变为社会人,心理上还是有点适应不了,特别是和以前许多成绩不如自己的同村人在一起工作,他觉得有失颜面。

"那我们何时出发?"

"明天早上。"

"好的,我今天回家收拾收拾。"

这天晚上陈龙几乎一夜未眠,未来的路何去何从,他迷茫至极。这样的高考结果让他现在在家里地位全无,甚至还不如软弱无能的爸爸,因为从早上妈妈做的饼和稀饭咸菜就能看出来,以前自己到城里上学,临走时她总会变着花样做自己爱吃的饭菜。从某种意义上来说,父母还在气头上,自己的"刑期"哪能那么快就结束,只好忍受着吧,反正马上就出去打工了,不用每天战战兢兢地看他们的脸色行事。

吃完早饭,李燕带着陈龙辗转多趟汽车,直到下午两点多才赶到他们要去的南京光明大排档。这时吃午饭的客人已接近尾声,只有一两桌客人还在喝酒吃龙虾,身在他乡的陈龙一下看到三四个本村的年轻人非常亲切,仿佛还在村子里遇见,有的是一个队的,有的不是,不过都认识,主要源于在山洼小学上学时经常见面。他们对陈龙变得比在学校和村里时热情许多,主动上前和他打招呼。李燕首先把陈龙带到老板娘面前报到面试,老板娘看上去也就四十来岁的样子,匀称的身材和简单的着装使她看上去很精干,听了李燕的介绍,老板娘不苟言笑地点了两下头表示同意,然后跟李燕说吃过午饭先让他把厕所打扫下。

陈龙听了心里咯噔一下,以前哪干过这种工作啊,倒不是嫌脏嫌累,是在这么多发小面前脸上挂不住啊。他转念一想,觉得刷厕所没问题,新人从最苦的活做起是应该的,但总不能只做苦力活不学个一技之长,于是诚恳地问老板娘:"我想学厨师可以吗?"

老板娘依然面无表情地说:"厨房暂时不缺人。"

"哦,那我是做服务员?"

"服务员也不缺,那个都是女孩子干的,我们现在只缺打杂的。"

"打杂是做什么的?"

"打杂嘛,主要就是搬搬啤酒箱子、帮助杀鱼、打扫卫生之类的。"

陈龙大失所望,心想本来来做个服务员都有点委屈自己了,现在连个像样的工作都没机会做,哎!既来之则安之,只能先干几天再说了。

"好吧。"

坐了大半天车早就饥肠辘辘,陈龙和李燕两个人逮到几个剩菜狼吞虎咽地吃了满满两碗米饭,吃饱了饭就有力气干活了。饭碗一丢,陈龙走到卫生间自觉地拿起刷子打扫起厕所来,其实这个卫生间每天都有人打扫,只不过经过无数人的日积月累的排泄,蹲便器上还是结了厚厚一层如牙结石般坚硬蜡黄的尿垢,这是陈龙要攻克的难点。他倒了些洁厕灵,然后拿着马桶刷像刷鞋子一样龇着牙拼命地刷,并用自来水管对卫生间进行反复冲洗,一心想把它打扫得干净整洁,以此来证明自己能行。他弯腰驼背干得满头大汗,直忙了二十多分钟才将这个老旧厕所打扫好,但还是有一些像水泥凝固起来一样的陈年污垢难以彻底清除。

由于宿舍离饭店较远,大部分员工中午下班后只能在饭店找个地方小眯一会,因为到下午四点钟的时候大家就又得上班了。这时老板娘安排陈龙帮助厨师一起杀鱼,陈龙高兴地走了过去,心想杀鱼还不简单,以前在家做饭也经常杀鱼,对自己来说就是小菜一碟,手到擒来。乖乖,当他跑到厨房门口定睛一看,厨师身旁放了好几条二尺多长如小猪仔一样圆滚滚的青鱼,厨师正在像杀猪一样用力地宰割。陈龙自信地对埋头做事的年轻厨师说:"师傅,老板娘让我来跟你一起杀鱼。"

小厨师抹了一把额头上豆大的汗珠转头对陈龙说:"那边还有一把刀,你杀这条小一点的吧。"

"好的。"陈龙麻利地捡起刀,将鱼平放在木板上,按照以往的经验驾轻就熟地刮起鱼鳞来。乖乖,不得了,这么大的鱼,鳞片如指甲那么大那么厚,每个鳞片就像紧紧地胶在肉上一样,陈龙没想到刮起来相当地吃力,比小刀削树皮还困难。一条鱼他花了将近十分钟才将鱼鳞全部刮完。最要命的是接下来的抠腮,以前在家只要用指甲在薄如蝉翼的鲜嫩鱼鳃两端轻轻一掐,大拇指一抠腮就掉了,现在好了,他龇牙咧嘴、两手交替倒腾好大一会也没抠下一片腮,无奈的他只好悻悻地放下厨刀,难为情地去找老板娘汇报说:"老板娘,鱼鳃我抠不动,要不你安排其他事情给我做吧。"

"哦,那你去和他们把啤酒往店里搬。"老板娘伸手指向一辆货车旁正在卸货的几个工人。

"好的。"

到了黄昏时分,陈龙和几个小伙子已汗流浃背忙了半天杂活,凉水喝了好几斤。这会儿店里陆陆续续开始上客人了,三个一群五个一伙的年轻人,许多是斯文的大学生模样,他们围着白色塑料桌坐下来无一例外地都点上一大盆龙虾和一小盆乒乓球大的螺蛳,有的客人饭量大,嫌不够吃,还要豪爽地再加一份。红通通的大龙虾和青灰色的大螺蛳经过大厨用十三香烹调出来真是色香味俱佳,看得陈龙直咽口水,这个"虾蛳组合"也让陈龙生出无限遐思。听李燕说龙虾和螺蛳就是这家饭店的特色,一年四季除了冬天,其他季节生意都好得不得了,周围有不少大学和企业,因而到这里吃饭的大学生居多,打工的点龙虾吃的还是少数。陈龙心想这些大学生曾经也是高中生,他们经过努力上了大学,可以怡然自得地坐在这里大快朵颐、侃侃而谈,而自己落榜了只能在这赔着笑脸、弯腰屈膝地伺候人家,这是多么痛的领悟,多么深的感触啊!

随着一波波客人蜂拥而至,每个服务员就像上紧了发条,走路都带小跑,陈龙又是打扫卫生,又是搬啤酒、抬餐具,大家手不闲脚不沾地忙活到晚上九点多,客人全部走了以后才闲下来吃夜宵,而后才能做点自己的事情。

李燕说:"陈龙,附近有个夜市去逛逛啊?"

陈龙一天忙下来已经腰酸背痛、疲惫不堪,仿佛身体都被掏空了,恨不得立马躺到地板上倒头就睡,但不好驳老乡的面子,而且受好奇心的驱使还是想去见识见识,就痛快地答应了。

陈龙和李燕他们相跟着东张西望地来到这红火的省城夜市,只见这里吃的用的玩的应有尽有,不仅种类齐全,而且经济实惠,灯火中升腾着浓烈的人间烟火气。陈龙走到一个书摊面前再也走不动了,一摞摞厚重的书籍瞬间刺痛了他脆弱敏感的心灵,有几个学生正在埋头认真挑选,他和这曾经朝夕相处、爱不释手、寄予厚望的"朋友"如今仿佛天各一方,渐行渐远,只停留了一分钟左右,他就摇了摇头伤心地走开了。

回到宿舍,其他人洗洗刷刷后很快响起了鼾声,最瘦弱也最疲乏的陈龙却失眠了,望着窗外流光溢彩的大街,他默默地在黑夜里和自己对话,这像骡马一样累死累活且没有多少技术含量的工作,一个月三百块钱究竟值不值?自己的竞争优势何在?人生价值从何体现?这么忙的工作哪还有多少时间复习?无数个问题从灵魂深处迸发出来追问着自己。

到了第二天早晨醒来时浑身轻松了许多,此时他心里已经有了答案,那就是问姐姐借些钱回到县城租个房子专心复习,而不是继续留在这里。

第十九章

　　随着市场经济的迅猛发展,社会上不断衍生出了更多更好的就业岗位。来年初春,山洼采石场许多有志青年或者说赶热闹的人纷纷摘下安全帽和手套,涌入南下和北上的打工潮,都想去发达地区大显身手,掘一桶金。采石这种又脏又累且危险系数高的工作,只留下一部分中老年人和恋家的青年在做。黑皮看到以前的同事有的因为采石丢掉了小命,有的身负重伤终身残疾,有的腰酸背痛未老先衰,觉得这份工作尽管收入可观,但不是长久之计,而且再看看陈龙可能即将考入大学,未来可期,他也不甘平庸,心想应该另辟蹊径闯出一片属于自己的天地。千台龙虾节的成功举办火了一座城,也富了一方百姓。这年"五一"劳动节刚过天就格外炎热起来,黑皮瞄准商机到了县里最负盛名的苗五龙虾店学烧龙虾,想通过技术改变命运。偌大的石头塘只留下李刚和其他人在继续坚守。仙红看人手不够,也放下镜子,戴起了安全帽。

　　学习还真是需要工夫加方法,陈龙自从那次取得了杨红娟的真经以后,成绩还是稳步前进的,遗憾的是由于去年本省高考的超高难度和激烈竞争,陈龙最后正如他所预料的那样名落孙山。他不甘心,自去年九月份开始又继续到黄庙中学复读,功夫不负有心人,今年终于以超过二本线六分的成绩被淮东工学院录取。这样的高考成绩在县中只能算中等,可是在生源、管理和教学水平一般的黄中却是佼佼者,陈龙被封为理科班的探花。这可让陈龙一家高兴极了,考上大学是他们的集体宏愿,为了这一天,他们眼巴巴地等了十几年。

十几年来,发小们无数次在家门口尖利地呼叫,让陈龙心里像激素飙升一样抓狂难受,想去玩又不敢,因而失去了多次和小伙伴探索山洼村的机会,只能独自一人无论严寒酷暑,都在煎熬着一点点积累知识;到城里上学遭遇多少人的白眼,也只能用幼小的心灵顽强抵抗,实在扛不住了就找个没人的地方像个女孩子一样痛哭一场,一直哭到想开了为止,再委屈也不敢回家跟父母说,因为不想让家里人担惊受怕。父母和姐姐真是做足了后勤保障工作,从出生开始,家里有什么好吃好喝的紧着陈龙吃;他没有衣服穿了,三强就用绳绳袋袋、瓶瓶罐罐装点农产品到城里几个亲戚家满脸堆笑地走走转转,换回一些儿子能穿的旧衣服;学费或者生活费没有了,三强两口不是卖牲口粮食就是厚着脸去村里手头宽裕的人家张张嘴。说到底,一家人就是砸锅卖铁、拖棍要饭也要把陈龙背出来。

知道录取消息后,一向心高气傲的玉梅就像过节一样,连续几天中午去下营买菜,既是一种庆贺犒劳,也是抑制不住地想主动接受乡亲们的一片赞美,听听他们送来的喜话,接收他们投来的羡慕目光。这种恭维是真心还是假意都不重要,重要的是让大家早点知道这个消息。一家人就像吃了兴奋剂,好像有使不完的劲,整天泡在地里忙活,同样一块玉米地往年要三天才能收完,今年只用了两天还不觉得有多疲劳。他们这样拼命就是想在陈龙开学前筹足七千多元的学杂费,这笔费用对于一直过得紧巴巴的普通农家来说无异于天文数字,家里仅剩的两千元打水都不够,能卖的粮食和牲口,都在此时立下了汗马功劳,二亩地西瓜连香瓜也不怎么舍得吃,拉去作践卖给不讲究的人。用三强的话说,哪怕卖一分钱也是好的,如果瓜秧有人要他说不定还能连根拔起送上门卖掉。家里有头糙子猪本来准备过年杀的,也提前让它实现了价值。

按照当地风俗,陈家举行了比李刚结婚还要隆重的升学宴,他家好久没这么热闹了。陈龙舅舅姨妈和伯伯姑妈们大方地在县电视台以八十元一首歌的价格点了《爱拼才会赢》《走四方》等几首励志歌曲,都跟着高调风光了一回。陈龙的好兄弟黑皮和李刚今天放下了手头所有的事情,分别带着二百元厚重的礼金,并合买了一个黑色密码箱前来为这个引以为傲的朋友祝贺。他们还带了各自的儿子来喝喜酒,李浩然和陆壮晖这两个小屁孩现在已经脱掉了开裆裤,整天奶声奶气地要东西吃,并且不知疲倦地像小奶狗一样到处跑着玩了。万巧萍和刘新兰既要忙着帮玉梅家做饭,又不放心地要紧紧盯着两个小孙子的一举一动,怕他们摔倒、磕到,不像她们的儿子那样粗心大意地放任两个孩子乱窜。看到肉圆鱼圆这些好吃的菜一旦出锅了,她们赶紧用筷子夹一块硬塞到孙子的嘴里,直吃到他们七扭八犟哭闹着拒绝才罢休。

从不喝酒的陈龙,今天破天荒和两个情同手足的兄弟喝得吐出了黄疸水,黑皮他们除了腮帮通红,其他地方均安然无恙,三人又把小时候的很多趣事如数家珍般回顾了一遍,临了李刚拍着陈龙的肩膀嚷嚷着奉承道:"兄弟,以后飞黄腾达了不要忘记我们一起穿开裆裤长大的兄弟啊,都等着你罩着呢!"

陈龙眯着眼,口齿含混不清地对着他们起誓:"哪里哪里,未来谁都说不准哪个混得更好,一帮子兄弟不说两家话,我可以保证的是,以后不管走到哪里,只要兄弟们感情在,不分彼此!"

陈龙家不少客人看到这三个小伙子亲密无间,都投来赞赏的目光,觉得陈龙不仅学习好,还很有人缘,处了这么多要好的朋友。

杨家在这方面则平静低调得多,因为杨红娟作为众多姐弟的老大,父母早就想让她下来分担家务,可是杨红娟天生就是学习的料,读书像吃书一样如饥似渴、其乐无穷。小学读完以优异的成绩考上了乡里初中,初中读完又考上了人人向往的省重点高中。去年凭她平时成绩应该能上个一本,但考前几天可能因为精神压力大一下病倒了,躺在医院住了十几天,遗憾地错过了高考。没办法,康复以后又继续在县中复读一年,而这次高考发挥又失常,分数只超过一本线两分,填志愿的时候写了不服从其他专业的调剂,与心之神往的南京师范大学失之交臂,被填报的第二志愿淮东师范学院文秘专业录取。

五年级小学毕业那年夏天,当听到父母说准备让她辍学,她就像发了疯一样地吵闹,不依不饶,不仅两天两夜以绝食要挟,还告到小队长和一些亲戚那里,请他们评理做主。如今高考金榜题名,在其他人看来算是家里烧高香、祖坟头上冒青烟的事情,但杨振虎和李彩云有着浓重的小农思想,一提到这个大女儿就一筹莫展摇头叹息,这么多年没帮上家里什么忙不说,还借钱背债让她上了这么长时间的学,用农村的话说就叫讨债鬼,许多有远见的亲戚邻居都积极地点拨他们说红娟以后工作有出息了,几年的工资就能收回教育成本,说不定还能拉她弟弟妹妹一把,你们老两口就等着住高楼享清福吧。杨振虎夫妻俩听了这些舒心话往往只是摇头苦笑。

当陈龙得知红娟被淮东师范学院录取,和自己同在一个城市,内心窃喜。他现在成年了,思想也开明了许多,一个暑假几次往返于红娟家,打听即将入学的一些情况。两个学校综合实力差不多,不过开学时间相差了一个星期。在陌生的城市不要说一个村的,就是一个县甚至一个市也算是老乡了,他们都希望以后彼此有个照应。

上大学前一天晚上，黑皮和李刚一起来到陈龙家，像两个兄长一样对陈龙关心备至，黑皮问道："陈龙，明天谁把你送到学校呢？"

　　"我爸。"

　　黑皮说："好的，那我和李刚明早用手扶车把你们送到干营公路口，天一亮我们就到，以后我们见面机会说不定变少了。"

　　兄弟三个一直聊到晚上十点多，在玉梅一遍遍高兴地催促下才各自回家睡觉。

　　交通相对落后的千台这时没有直通淮东的公共汽车，陈龙查了一下地图，从扬州转车相对最近。出发这天，等他们爷儿俩疲惫不堪地赶到淮东汽车站已是下午四点多钟，淮东工学院精心安排了大巴车和大学生志愿者在停车场接送，进了学校甚至还有热情的学长引导他如何报到缴费和就餐住宿，学校各项周到的服务让所有新生充分感受到这个大家庭的温暖。

　　等陈龙到了宿舍发现，四人一间的寝室里其他三人已经把床铺安顿好，因为是吃晚饭时间，此时都不在。爷俩奔波了一天都晕晕乎乎的，巴不得饭不吃倒头就睡，结果在打水时闹出了笑话。学校给每位同学发了两个水瓶，看到其他宿舍同学来来往往从门前路过都拎着水瓶，陈龙也找到水房排起队，趁机赶快打了两瓶热水准备晚上用。三强累渴了，拿起陈龙的红色塑料杯就倒了半杯荡了荡喝起来，结果刚咪一小口就哭丧着脸吐槽说："淮东的水什么味啊，真难喝。"陈龙疑惑地将水杯端到鼻翼前轻轻嗅了嗅，感觉确实有股异味，于是把水瓶里的水朝另一个瓷杯一倒，发现水呈红浊的样子，他也哭丧起脸，索性跑到卫生间把一瓶水都倒掉，最后惊讶地发现是一张红色的合格证小纸片污染了一瓶热水。

第二十章

九月秋雨绵绵的一天晚上,李刚正在家里吃饭,电话里突然有一个陌生号码来电,他不假思索地接了起来说:"喂,哪个啊?"

"呵呵,我啊,小辉啊。"

其实李刚听到那久违的魔性笑声就知道是黄小辉了,惊喜地在电话这头插科打诨道:"兄弟,在哪发财呢?这么久不和我联系,发财别忘了我们这帮兄弟啊!"

"兄弟啊,不管多久没联系,都不代表我就忘记你了啊,有了好事肯定第一时间想到你。实话告诉你吧,我现在在山东青岛,一个经济非常发达、景色宜人的海边城市,经朋友介绍在这边一个大型外贸服装厂上班,主要负责打包、上下货的搬运,加加班能拿个两千来块钱一个月。最近订单较多,紧急招人,有兴趣来看看吗?比开石头那是轻松多了,收入也比开石头一个月累死累活拿那几百块钱多几倍,正好也能出来开开眼界。"

还没等巧舌如簧的小辉一口气把话说完,李刚就感觉喜从天降了,不过他没出过远门,一时拿不准,就抑制不住心中的兴奋说:"真的?那我马上和仙红商量商量,如果她同意我就能去看看。"接下来两人又东扯葫芦西扯瓢吹了一通,直到小辉把拿话筒的手举得发麻才罢休。

李刚已经被小辉说得五迷三道,无心再去开石头,刚放下电话就似乎已脱离苦海了,喜不自禁地把这个好消息一股脑告诉还在吃饭的家人们,巧媳妇仙红认真倾听后并没有表现出和李刚一样的兴奋,而是疑惑地反问他道:"这个活你能干得了吗?"

"我平时石头都能搬,服装还搬不动啊?"

"关键是真有这种天上掉馅饼的好事?会不会是传销?"

"传销?绝对不可能的,那都是难得一见的新闻,电视上才会看到的蹊跷事。你看小辉都已经在那干这么久了,他还能骗我这个好兄弟?那还是人做的事吗?"凭借对黄小辉的极度了解,李刚深信不疑。

本来李正柱两口听到这个好事跟李刚一样激动,想夸夸小辉的,但儿媳妇这么一说觉得还是有点道理,他们也犹豫起来。

看到老公又想去和她之前的拐腿子一起发展,仙红心情颇为复杂,无可奈何地说:"这样吧,如果你执意要去看看我也不阻挡,开石头确实不是长久之计,趁年轻总要出去闯荡闯荡,但出门在外要照顾好自己,处处小心,不像在家熟人熟路。如果到时发展得不错,可以把我也带上。你现在一走,我也去不了石头塘了,眼看田里玉米和黄豆已黄,能收了,我一个人就怕忙起来还够呛。"

"不是还有我爸我妈吗?"李刚宽慰仙红说。

一家人丢下饭碗后又继续专心地讨论着这个事情。

不一会电话又响了,李刚一看,还是小辉。

"喂,小辉!"

"和你老婆商量得怎么样啦?这边急等人上班,你要不来我就把机会让给河南这些工人的亲戚了,这么高工资的工作工人好招得很。"

李刚这时就怕鸡飞蛋打,忙不迭提高嗓门喊道:"我们已经商量好了,我明天就出发,从哪里坐车啊?"

"千台汽车站还没有开通到青岛的直达客车,你从高坝205国道拦车,只要车头写有青岛两个字的都到,你上车前问问司机在市南区出口停不停车,如果在那停,就可以坐,到时我在那接你。"小辉详细地告诉李刚。

李刚之前没出过太远的门,而去南京、扬州等地有时也是半路拦车,方式都差不多。被黄牛欺骗、宰客,被司机甩客、卖客的事情都经历过,也算有一定的见识。

第二天早上,李刚背几个包,在仙红含情脉脉的不舍和父母的期盼及千叮咛万嘱咐中踏上了追梦的道路。

让李刚感到意外的是,205国道上开往青岛的大巴车就像公交车一样,每隔十几分钟就有一趟,甚至比县城公交车还频繁,不是南昌、马鞍山等外省城市开往青岛的,就是南京、镇江等省内城市发出的。李刚选择了南京的一趟车,觉得本省的更安全一点。

当李刚风尘仆仆坐了七个多小时的车到达约定地点后,不但第一眼看到了久违的兄弟,还得到了他同事们超热情的接待,小辉及几个大哥模样的同事都一一上前和李刚握手,一口一句老大你辛苦了,争着把行李夺了过去背在身上。这让李刚受宠若惊,感觉自己就像个了不起的人物。

而后几人簇拥着他坐了辆马自达,不一会就到了居住的宿舍楼。上二楼进了屋子,李刚看到三室一厅的房间全部是学生宿舍一样的上下床,屋子里几个人有的在做饭,有的在打扫卫生。

舟车劳顿的李刚歇了一会觉得无所事事,就小声问小辉道:"现在能不能带我先去服装厂玩玩?"

小辉闪烁着满是鬼点子的眼睛说:"不去了吧,马上都吃饭了,等到明天吧。"

李刚不好说什么,就耐住性子在宿舍到处转转看看熟悉情况。

到了晚饭时间,从外面一下走回来十几个青年男女,有的看上去成熟稳重,有的显得稚气未脱,不少人手里还夹着一个本子,屋子顿时显得极其拥挤。第一顿饭大家吃得异常简单,也很热闹,一个小伙子把李刚的饭盛好后端到桌旁递给他,这让他再次感受到了这个集体的温暖。大家围坐在两张大桌周围,除了一道齁咸的辣椒粉凉拌白萝卜丝,只有一盆能照见人影的包菜汤了,汤里甚至看不到一滴油花,还好米饭让大家尽饱吃。李刚心想可能这边晚上就习惯吃得比较清淡吧,也就没放在心上。

吃完饭半小时左右,另一个大哥样子的同事热情地把洗脚水打好直接端到房间里请李刚洗脚,李刚心想自己是新来的小字辈,哪能接受这样和身份不相称的"服务"啊,立马退让说:"大哥你先洗,等会我自己来。"

看到李刚哭笑不得的样子,小辉和其他几个同事都笑着说:"不用客气啊,这是我们公司的规矩,新来的人都有这个待遇,给大哥一个面子吧。"李刚看看不好推让,只好恭敬不如从命。谁知道他刚洗完,这位大哥立马又毫不介意地要上前弯腰替他擦湿漉漉的双脚,让李刚极其难为情,在家还从来没被人这样伺候过,就婉言谢绝他的好意,结果在互相客气的过程中,人家已经攥紧脚布帮他擦干。李刚脸上泛起了潮红,愈加拘束起来,乖乖,接下来倒好,还没等他起身呢,又有几个素不相识的人跑过来争着给他倒洗脚水了。简直就是皇帝的待遇啊!如此反常的举动让机警的李刚开始怀疑他们的动机了,可毕竟才到第一天,现在妄加推测或许还太早,只能先骑驴看唱本——走着瞧吧。

这么久没见,小辉滔滔不绝,似乎对李刚有说不完的知心话,甚至有点埋怨李刚出来发展得迟了,让李刚从内心感激他一直惦记着自己。两人正聊得欢畅,小辉突然对李刚悄悄地说:"兄弟,我最近手头紧,能否借点钱应个急,马上发工资就还你。"

李刚觉得出来就是依靠小辉的,兄弟有难,当之无愧地要伸出援助之手,不过他刚来,只带了一些盘缠,手头也不太宽裕,所以觉得只能力所能及地借给他两百块,让他纳闷的是,既然在服装厂工资这么高,怎么我刚来就向我借钱呢?

他不好多问,只能让情感战胜理智,认真地问:"兄弟你要多少?"

"借五百吧。"

"不好意思,我身上只有两百了。"

"两百也行吧。"

聪明的李刚之前看电视上那么多电视剧、电影和新闻讲过一分钱逼倒英雄汉的故事,所以来之前就已经悄悄为自己留了一条后路,在鞋垫底下偷偷藏了五十块钱,以防出门在外钱被偷、被抢、被借后寸步难行,流落街头,甚至家都回不去。

让李刚万万没想到的是,借完钱小辉又来继续打他的主意说:"兄弟,手机能否再借给我玩玩?"

李刚不假思索地递了过去。

随后将近半个小时过去,小辉磨磨蹭蹭都没有还的意思,李刚忍无可忍地问:"好了吗?"

"我再玩玩,不着急。"

李刚没办法,又眼巴巴地耐心等了将近二十分钟后继续催促道:"这下差不多了吧?"

"哎呀,再玩一会嘛。"

李刚感觉越来越不对劲,开始心慌了,种种迹象都和电视上之前报道的传销组织十分相似,不过他不敢肯定,于是灵机一动,哀求似的对他说:"小辉,我老婆孩子说每天都要和我联系,到现在还没和家里报平安,你现在就给我吧。"

小辉眼看实在抹不开面子了,做传销心再硬也不能没有底线啊,只好勉强还给了李刚。

李刚看周围全是人,不好打电话给仙红直接说出自己的猜测,就悄悄发了一条短信说:"我到了,一路都很平安,具体这里怎么样,明天看了才能知道。"

"好的,那你早点睡吧,外面要不好就回来。"仙红关心地提醒他。

李刚来到陌生的城市,第一个夜晚辗转反侧,孤枕难眠,心想这服装厂的工作究竟能否胜任啊,直到睡觉前也没听哪个同事提到服装厂一个字,今天发生的一切让他心里五味杂陈。到了第二天早上,他起了个大早,准备早点吃过饭去厂里看看什么样子,哪知一直拖到将近中午其他人才陆续起床。更让他乏味的是,今天中午吃的还是和昨晚一样的饭菜,在饭桌上李刚忍不住又追问小辉说:"什么时候去厂里?"

小辉粲然一笑,拍拍他的肩膀安慰说:"兄弟,不着急,先带你去一个地方看看,学习学习。"

李刚只好有气没力地哦一声勉强表示同意。

吃完饭李刚跟着大家一起走出小区,他们穿得整整齐齐,步行二里多路来到一栋仓库似的红色大瓦房。进屋以后李刚发现这完全就是一个教室,有学生上课一样的白板,矮小的塑料凳上坐了黑压压一屋子人,几个领导模样的人打扮得一个比一个帅气,气质非凡。李刚当时上初中就是因为贪玩才主动辍学的,现在再让他像小时候一样静心听讲,无异于精神折磨。

不一会,只见一个西装笔挺的老师油光满面地走上讲台,刚站稳,就充满激情地跟大家朗声问候说:"家人们好!"

台下的人异口同声响亮地回答:"老师好!"

上了一会课,李刚瞟了一眼旁边的小辉,发现他正全神贯注地听讲,天生厌学的小辉小时候打架斗殴是家常便饭,现在的举动却判若两人,因而他好奇地悄悄问小辉说:"兄弟,这课主要是讲什么内容啊?能有这么大的魔力把你都改变了?"

小辉套着李刚耳朵神秘地说:"成功学,成功学,你认真听,会学到很多东西的。"

李刚不好再往下问,只好端正姿势继续装模作样地听,此时台上的老师正讲得眉飞色舞,台下的学生听得热血沸腾,并不时爆发出雷鸣般的掌声和起哄般的叫好声。

在李刚看来,老师讲的内容有点夸夸其谈、不着边际,甚至匪夷所思,特别是说到当你做到一定级别的时候,钱会多到数不过来,自己都不知道自己有多少钱了。

李刚侧头问小辉:"真有这么玄乎?"

"是的啊,青岛有个男的才三十岁,小学只上过一年,凭借自己做销售的本领,已经在北京买了十套房,三辆宝马车,还雇了两个保镖,如果凭打工能苦到这么多钱吗?嗯?"

李刚对小辉说的这些话根本不相信,心想哪有这么好的事情能轮到我们这些平头百姓身上。

整整一下午,李刚都被迫耗在这无聊的教室里。

接下来两天,李刚仍然度日如年般过着宿舍、教室两点一线的生活,黄小辉再也不提服装厂的事情。而且李刚每走一步,都有几人紧紧跟随,根本没有机会逛街、溜达什么的。他不敢打电话跟家里光明正大地说这就是传销,只能又偷偷发信息给老婆说:"被你猜中了,这里就是传销窝点。"

仙红收到消息万分焦急,赶忙问李刚所在的具体位置,她准备带人去解救他。李刚让仙红不要过于担心,以免打草惊蛇,他总会有办法的。

三天后,李刚跟小辉摊牌,言明他想回家了,不干了,也干不了。

小辉却极力怂恿说:"这里发展可以的。你看我和其他人都投了两千八百元成为会员,本钱早就收回了,只有发展成为会员,做出一定的业绩,公司的收益才能带你分红,当然你能力越大、发展的会员越多,挣的钱也才越多。兄弟别那么傻,眼看着挣大钱的机会却轻易放弃,现在教室里的领导哪个不是年收入过百万,以前有的是种地的农民,有的是码头的搬运工,有的是菜场摆小摊的,还不都是在这个宝贵的平台奋斗的结果吗?"

李刚毫不讳言地说:"这课我总是听不下去呢,头晕晕的,感觉我不是做这块工作的料,也没那个命去发财,我还是回去安分开石头吧。"

小辉为了稳住李刚的心开始使出缓兵计,装作妥协说:"过两天再看看吧,如果不行我们就一起回去。"小辉周围几个同伙看李刚心神不定,故意上前配合演起了双簧,装作窃窃私语大声交流让李刚听到。

一个说:"做这个直销事业前景真是太广阔了。"

另一个说:"我要是早一点知道这么好的机会就更好了。"

还有个说:"今年过年我不准备回家,要全身心投入进来。"

李刚没想到昔日难舍难分的好兄弟现在成了大忽悠,小辉和其他几个执迷不悟的人都投过钱,正做着白日梦,哪能轻易放弃,只不过说点好听话罢了。

他不好再说什么,只好硬着头皮委曲求全。

第二天中午李刚刨完一碗米饭刚准备推碗,就见一个身材修长、皮肤光洁的水嫩女孩一把攥住李刚的手笑吟吟地说:"大哥,来,我帮你盛吧。"

这突如其来的举动让李刚异常惊讶,仿佛天上掉下个林妹妹,他觉得这样太不妥,微笑着把碗放下说:"不用了,我吃饱了。"

"吃饱了不想家,给妹妹个面子呗,我帮你再盛一点,我看你前几顿吃的都是两碗嘛。"

李刚觉得这人就像敬酒的架势,盛情难却。其实他的饭量一直就是两碗,到了这里以后没什么体力劳动,而且每天一成不变的凉拌萝卜丝都让李刚的饭量和食欲大降,可是一桌的同事此时正在盯着自己,看样子是实在躲不开了,就只好为难地硬着头皮把碗让给了她。李刚对这个最多只有二十来岁的窈窕女孩顿时产生了好感,感动中伴随着心动。

饭后李刚问小辉才知道这个女孩叫甜甜,人如其名,长相呆萌,声音甜美。男孩一旦看到有感觉的女孩对自己献殷勤难免会有非分之想,别看这小小的一碗白米饭,给几天来萎靡不振的李刚吃出了得意,也吃出了精气神。

到了晚上,李刚拿出塑料盆准备洗衣服,甜甜又主动出现在他的面前,先是妩媚地微笑了一下,紧接着娇滴滴地说:"哥,就交给我吧,反正我也要洗衣服,顺便帮你洗了。"

"不了不了,我现在没事,闲着也是闲着。"

"那好吧,对了,哥你是哪的?听你声音像南方的。"

"我和黄小辉是老乡,千台的。"

"哦?什么地方?好像没听过,哪个省的?"

"哦,属于江苏省的,靠近安徽省明光市。"

"哦,应该很远吧,我是山东日照的,靠近江苏连云港,你看上去很沉稳也很阳光帅气,我和你一样,也才来不久,以后小妹有什么困难还请大哥多多关照啊。"

甜甜把李刚夸得心里甜丝丝的,觉得自己还是有点魅力的,这宿舍里这么多男的,甜甜唯独对自己好。他已经渐渐被美色冲昏了头脑,来不及辩证看待这不寻常的行为,两人又喜笑颜开、天南海北地闲扯几句。李刚天生就有女人缘,也有着男人独特的魅力,否则也不至于能勾引到村花仙红,并早早结婚生子。但殊不知,传销组织就是看李刚在这心神不宁,有逃离的想法才设下的美人计,哪知道李刚是泡妞高手,让带着使命接近他的甜甜假戏真做,还真迷恋起了他,吊儿郎当的李刚从这时起对甜甜也产生了很多幻想。

晚上睡觉前,李刚对小辉说:"兄弟,我这几天听得头昏脑涨的,明天不想去了,准备在宿舍歇一天。"

本来李刚以为小辉会怕他逃走,不同意,没想到他反而很爽快地当即答应了,关心地说:"好的,刚来都有个适应过程,那你就帮助他们一起做饭打扫卫生,后天再去吧。"

"好的,谢谢兄弟关心。"

第二天吃过午饭后大部分人都去上课了,让李刚高兴的是甜甜也没去,他就纳闷地问:"你怎么也没去上课的?"

甜甜仰起粉嫩的脸蛋俏皮地说:"准备和你一起去啊。"没想到这句话一下说到李刚小心思里去了,他浑身肌肉瞬间条件反射地立了起来。

"我今天请假不去了,明天去。"

"那我就在家陪你吧,你不去我也不想去,就是去了也听不进去。"

李刚一时语塞,结婚以来第一次遇到主动大胆的女孩对自己这么依赖,从而情不自禁迷离地闭了一下眼睛,只听见自己短促的呼吸声。他本想也说点肉麻的话,却发现房间里有几个男同事正在朝这边鬼鬼祟祟地张望,所有的邪恶念头也就咔嚓斩断。

甜甜趁热打铁,对李刚招了招手说:"哥,来,我送你一个小礼物,不知道你是否喜欢。"说着将他引向房间。

对甜甜已无防备心理的李刚发现房间里除了他俩再无他人,只见甜甜麻溜地从行李箱中拿出一个硬纸盒捧到他面前。

李刚好奇地问:"这是什么?"

甜甜歪着小脑袋嗲嗲地说:"哥哥打开看看就知道了呀。"

李刚撕开透明的塑料薄膜,打开盒子一看,原来是一条泛着亮光的黑色男士皮带。午后的阳光斜射进来,暖洋洋地照在两个年轻人充满青春活力的脸上,李刚轻声地问:"无功不受禄,这不太好吧?"

甜甜噘着性感的红唇,眼睑低垂,定在那里沉默不语,装着委屈生气的样子,把李刚心疼得立马改口道:"好吧好吧,我收下了,不知道怎么谢谢你才好。"听到这话甜甜立马转悲为喜,眼睛滴溜溜飞转了一下,对李刚小心嘘了一声,示意不要让隔壁人听到,随后转身将门虚掩起来。

李刚突然勇气倍增,将一切伦理道德都抛之脑后,紧紧抓住甜甜白面般的一双小手。甜甜则幸福地将头轻轻依偎在李刚的怀抱……李刚的心被彻底俘获了,再也控制不住自己,大胆地实施了他灵魂深处的想法。

事后两人的感情不断升温,但各自心怀鬼胎,说着自己都不信的海誓山盟。一夜醒来,李刚思来想去,还是觉得此地不可久留,准备伺机逃离。同事们看李刚和甜甜整天缠缠绵绵的,就知道鱼儿已经上钩了,从而放松了警惕,不再安排那么多人时刻盯梢。发生关系后的第三天,李刚掏心掏肺地把自己要走的想法偷偷告诉了这个萍水相逢的小心肝,哪知甜甜知道后哭得梨花带雨,寻死觅活,伤心地表示一天也离不开他,要走也要带她一起走。甜甜很快就将这个消息报告给了上级,这些吃肉不吐骨头的骨干分子得知情况赶忙对李刚进行了严防。其实对于这场不正当关系,李刚确有万般不舍,然而自己毕竟已有家室,况且同事和老师每天还在不断地给他洗脑,这里的生活也只能解决温饱,他怕深陷其中不能自拔,自毁前程,必须快刀斩乱麻,迅速逃离这个魔窟。

真是时来运转啊,第二天下午,李刚又假装拉肚子请了半天假在宿舍休息,他无时无刻不在寻找逃跑的机会,并对同事大献殷勤,争取和他们打成一片,变成他们的自己人尤为重要。留在宿舍的这伙人一看李刚暂时没有逃跑的迹象,就有说有笑地下楼去买菜。关键的一刻李刚看到只有自己和甜甜在,趁甜甜在卫生间洗衣服的空当,他拎起密码箱就悄无声息、心惊胆战地快速往楼下走。让他魂飞魄散的是,刚走到小区拐弯口,就看到马路对面几个同事迎面走来,与此同时,这些同事也看到了李刚,他们警觉地大叫起来:"李刚,李刚,你去哪里?"

千载难逢的逃跑机会哪能轻易错过,李刚此时狠下一条心,就是被车撞死也不在这里被人控制折磨死。此时的密码箱在李刚手里仿佛一个公文包那样轻巧,他拎着它朝车多的地方没命狂奔起来。青岛这个大城市高楼多,车多,人也多,李刚比较苗条,身体素质也很好,村里的小伙伴没几个能跑过他的,而追赶他的几个人,要么是年长的,要么是浑身赘肉的胖子,再不然就是弱不禁风的麻秆一样的身材,还有就是女孩。在撒腿跑了一里路之后,李刚成功地把那几个人甩出老远。更为幸运的是,这时迎面看到几辆摩的司机在悠闲等客,他抬起右腿叉上一辆就催快走,并在车子启动后才结结巴巴告诉司机他要到高速路口。

下了摩的,高速上是川流不息的汽车,眨眼工夫就有大巴开过来了,他也来不及问目的地和价格,拦下就爬了上去,司机大声主动问他道:"小伙子,到哪里?"

"你到哪里我就到哪里。"李刚惊魂未定,心想大的方向没有错就不担心。

司机一愣,以为是说玩笑话,朝李刚好奇地瞧了几眼说:"我们到连云港。"

"可以,多少钱?"

"三十元。"

"好的。"

其实李刚身上仅剩鞋垫底下的五十元,付了这三十元,就只有二十元了。

三个多小时后,李刚到了连云港已是晚上八点多,有着东方桥头堡之称的港城早已亮起了万家灯火,虽然饥肠辘辘,但毕竟远离魔窟五百多里,踏上了江苏大地也就相当于到了家乡,李刚心里顿时踏实了许多。

看着地上独自在这秋夜凉风中拖着个行李箱的身影,李刚甚觉狼狈,他的眼里不自觉地落下了两滴热泪,这两滴泪包含着这么多天所有的酸甜苦辣。他的手机已经欠费,只好找个公用电话亭先向家里报个平安,并让妹妹李燕到高坝路口等他,电话里传来儿子奶声奶气的声音:"爸爸,爸爸,你多晚回来啊?我要吃饼干,我要小汽车。"

李刚不争气的鼻子又泛起了酸味,强忍着悲伤说:"爸爸明天就到家,爸爸给你带了小汽车了。"

"爸爸真好,爸爸真好,我要爸爸抱抱。"电话那头李刚儿子李浩然高兴得哇哇直叫。

挂了电话,旁边店招上"住宿"两个字赫然在目,李刚注意到店里老板是一位年近七旬的老奶奶,说话比较温和,主动跟她诉说了自己的一路风尘以寻求同情,最后可怜兮兮地问:"老板,能否帮个忙,便宜些住一晚?"

老奶奶非常慈祥善良,听了他的遭遇,看到他可怜的样子和蔼地说:"住宿和打电话加起来你一共给二十元吧,这个旅馆是我儿子当家,要是我说了算就不要你钱了,你看怎么样?"

"好的好的,非常感谢!"

老奶奶办理完登记手续,转身去厨房打开煤气灶下了一碗热气腾腾的面条端给李刚填饱肚子,这让李刚受宠若惊。更让李刚感动的是,到了第二天早上赶路前老奶奶又炒了一碗黄亮亮的蛋炒饭给他吃,这个奶奶虽非亲奶但胜似亲奶,他默默地想,自己发达一定要回来好好报答这位奶奶的救命之恩。

从旅馆出来,李刚已经身无分文,但他还是勇敢地找了一辆摩的打到高速路口。下了车后,李刚低声下气地跟司机商量道:"师傅,我暂时身上没钱,在外打工身上钱被骗光了,马上到千台的长途车过来,我跟司机借点钱给你,可以吗?"

摩的司机眼睛一瞪,大声说:"不行,我哪有工夫在这边等,你要没钱那我还给你拉到刚才旅馆那里。"

"不,我就在这里,请你行行好,就当做回善事,好人有好报,以后苦到钱了来还给你。"李刚苦苦地哀求说。

司机可能看他确实可怜,不过也很无奈,只好做个顺水人情,哭丧着脸说:"算了算了,你走吧。"说完气呼呼地踩响车一溜烟跑了。

刚解决完一个问题,新的难题又横在他面前,大巴车都是先打票后乘车,不可能让客人下车再付费。哪个司机愿意大发慈悲帮助自己呢?可又不能滞留在这里啊,再说电话里已经说好请他妹妹到高坝岔路口等自己,无论如何今天都要爬上开往千台的长途车。

果不其然,他站在路边连续拦了十几辆车,司机都不同意他的做法,李刚突然急中生智,心想身上不是有个诺基亚手机吗?豁出去吧,回家心切,手机没了可以再买,回不了家可不行,于是再过来一辆车时,他跟司机可怜兮兮地请求说:"师傅,我到千台的,能到站再给钱吗?"

"不行。"司机仍然强硬地一口回绝。

"那这样吧,如果到站没钱给你,我把手机抵给你,行吗?"

司机一下被李刚逗乐了,咧开嘴笑着说:"那我不要你车费了,手机直接抵车费吧。"

"车费才三十,我的手机怎么说也要好几百吧,如果到站没钱给你,我就把手机给你,可以吗?"

这个司机还算讲义气,慷慨地说:"好的,那就快上车吧。"

离家越来越近了,李刚心情渐渐放松下来,觉得人生又迎来新的曙光,等美美的一觉醒来,车已进入千台县境内。到了高坝岔路口即将下车时,本以为妹妹就站在路边等自己的,哪知道透过车窗看了一圈,除了几个跑马自达的司机,连妹妹的影子也没看到,这时他傻眼了。

几个马自达司机极其热情,看到长途车停下来都像苍蝇一样飞跑着叮到车门口,不管乘客是否要坐车,都主动先把包裹行李接在手上,然后谄媚地笑着问他们到哪的。

李刚自言自语地纳闷道:"我妹妹说在这个路口接我的,怎么没看到人呢?"

接李刚行李的这个女司机极其机灵,一听觉得来菜了,赶忙告诉李刚说:"高坝这边有两个岔路口,前面还有个往东阳去的十字路口,这边是个三岔路口,我看前面那个路口有两个小年轻的,一男一女说在等人,不知道是不是的?"

经过她这一提醒,一筹莫展的李刚茅塞顿开,这时售票员害怕李刚逃票,撵下车跟在李刚屁股后边催要车费,还没等李刚开口,精明的女司机爽快地打开钱包问:"多少?我来垫。"

售票员不假思索地说:"三十块钱。"

李刚心想这两天还遇到不少贵人呢,难怪高坝镇在全县是经济最发达的镇,就连开马自达的师傅都这么有经济头脑,敢于投资。

付完钱,女司机载着李刚屁颠颠地开到了只有一里多路距离的东阳岔路口,李刚再一次被感动,在心里嘀咕道:这个社会还是好人多啊!

到了东阳路口,李刚果然见到了妹妹和她男朋友,喜出望外地招呼他们快过来付钱,刚才光急着找妹妹,也没来得及问一声女司机到这多少钱,结果一问共要付四十元。

李燕纳闷地问他:"哥,你从哪坐的马自达呀,到这要四十块钱?"因为从高坝打车到县城五十多里也不过五十元。

"哦,我现在身无分文了,从连云港到高坝三十块是她帮着垫付的,还有十块是坐马自达钱。"李刚还能说什么呢,事先没谈好,人家对自己也有恩情,只能吃个哑巴亏了。于是他爽快地对妹妹说:"四十就四十吧,付了好赶快回家!"

到家后李刚把这几天的历险记不厌其烦地学给家人和村里人听,大家都觉得李刚还是机智勇敢的,能成功逃脱虎口的并不多见,家人觉得李刚能平安归来实属万幸,像接待一个胜利归来的将军一样杀鸡宰鱼为他接风洗尘。李刚感叹出去真不容易,但是在外边几天也见识了不少世面,回来绝不打算再去石头塘,整天累死累活的,准备先玩一段时间再找事做,于是每天吃过饭就去小店打牌。有一天听店老板叽咕说他们老两口准备去县城跟儿子一起生活,小店要转让,房子暂时不打算卖,不知道谁家有意向。李刚灵机一动,觉得这应该是个好机会,回家即和仙红商量是否可行,这次两人意见不谋而合,当天就找到店老板决定把小店盘下来,从此以后两人都告别了那刻骨铭心的采石生涯。

第二十一章

经过一段时期的相处，陈龙等四个室友大概摸清了彼此的情况和性格，入学成绩最高、身高也是最高的薛伟来自连云港赣榆县，半生不熟的普通话里夹杂着浓重的北方侉子口音，刚开学就被辅导员任命为团支部书记，也是宿舍的舍长。视野开阔、吃穿讲究的杨明家在发达的江阴，性格温和、有点洁癖的汤学飞是盐城阜宁人，还有个就是陈龙，来自穷乡僻壤的千台，他也是四人当中家庭条件最差的。

陈龙从小养成吃苦耐劳的习惯，一直不太注重外在形象，也没有条件像有的男生佩戴耀眼的手表，穿时尚的外套和锃亮的皮鞋。第一天跟父亲走进大学校园还是穿着高中发的肥大蓝白色校服，在一群朝气蓬勃、打扮光鲜亮丽的大学生中显得异常扎眼和寒酸，特别是看到高年级一些女生穿着性感暴露，自卑和落差感油然而生，他一般只敢远观和仰视，然而看来看去，还是认为李春波歌曲里的小芳那样的女孩才更踏实靠谱。不过还好的是，通过一段时间的观察，他发现无论是哪个年级，都还是有穿着朴素、文文静静、只顾埋头学习的传统女孩。大学生几乎都是成年人，闲暇之余，男生们还像高中时一样会默默欣赏各具特色的女孩，然后聚在一起，特别是在宿舍熄灯之后,万籁俱寂中对女生的讨论愈发热烈兴奋,也更加地理性和透辟,陈龙跟着大家也学会了如何全面独到地去发现女生美的不同之处,比如长相美、身材美、知性美、气质美。

陈龙他们辅导员是刚结婚不久的男老师,年轻的他对同学们要求极其严格甚至苛刻,在班会上进出的有些金句和高论让大家觉得不可理喻,其中一条就是严禁大学期间谈恋爱,并语重心长地反复告诉同学们说:"大学四年很快,应该以学习为主,除了几十门基础课、专业课考试必须全部过关,英语四级、计算机二级等级考试也都通过才能将毕业证和学位证都拿到,如果有的同学想进一步深造那就得复习考研。"陈龙当时把老师的这些话视为金科玉律,可他看了看周围同学对老师这个要求的反应,却发现一个个都面无表情。看来只有顺利毕业找到理想的工作,挑选女朋友的余地才会更大,先前一直想在大学里找个称心如意女朋友的念头他打算暂时搁置。辅导员还振振有词地说:"大学考试你去抄袭说明你傻,如果不抄你更傻,如果抄被逮到说不定会被全校通报并交钱补考。"同学们听了一片哗然,陈龙就不明白了,究竟抄还是不抄?胆小的他认为还得要靠自己的真才实学,抄的话太冒险了,实在伤不起。

因为不是理想的大学,杨红娟到了淮东师范学院心静如水,也是独自一人背着简单的行囊默默到校报到。中文系的学生相对其他专业的学生要活泼浪漫一些,在学校各个院系里率先开展了迎新晚会,红娟缺少艺术细胞,也没接受过什么艺术熏陶,无非就是上过音乐课,在高一时学校举行庆国庆歌咏比赛,她参加过班级合唱排练并登台表演。所以在这次迎新晚会上,杨红娟没有什么拿得出手的才艺去展示,只是静静地坐在观众席欣赏。活动开始后,中文系各年级的同学在舞台上载歌载舞、说学逗唱一展风采,台下观众掌声不断,气氛热烈。

可能很多人上了大学都想张扬个性、激扬青春,蓬勃的生命不甘寂寞,期望在大学里能牵手心里的白马王子或白雪公主,不仅是杨红娟,大部分同学既看节目也在看人,遇到形象突出的大家总会评论一番。当晚人气最旺的应数他们班的文艺委员朱剑武,他来自省城,明明可以把普通话说得很好,却傲娇地和同学们讲一口叽里呱啦土腥味十足的方言,以示高人一等。只用几天时间,班级所有同学都认识了这个高挑英俊、打扮时尚、外向开朗的公子哥。

当主持人激情大声地宣布"让我们以热烈的掌声有请大一新生朱剑武上场"时,瞬间引起场下一片骚动,好似明星登台。随着《冰雨》的伴奏声缓缓响起,只见朱剑武身着白色休闲衬衫和黑色西裤,脚蹬一双崭新的皮鞋微笑着从幕后款款走来,他用浑厚磁性的嗓音深情地刚唱完第一句"我是在等待一个女孩,还是在等待沉沦苦海",观众席立马爆发出如雷般的掌声,他未经风霜浸染的白皙皮肤在迷蒙灯光的照射下仿佛正在经历一场冰雨的洗礼,场下一些痴情的女生不知道是激动、感动还是心动,暖暖的泪水和着朱剑武凄柔的《冰雨》模糊了眼前的色彩,她们正在幻想朱剑武就是在等自己,场内渐渐安静下来,谁都不愿意破坏这扣人心弦的意境。杨红娟也早就发现朱剑武身上有一种罕见的魅力,外表形象和举手投足都颇有刘德华的风范,当朱剑武唱到副歌部分,她像被电击了一下,僵住正在嗑瓜子的嘴巴,出神地看着台上大帅哥的一颦一笑发愣。

室友吴佳艳转头问杨红娟:"怎么样?"

"很完美!"

"听说有女朋友了!"

杨红娟一听顿感失落,但想想也没理由反驳,只好无奈地说:"那不正常?这么优秀的男生说不定初中就谈恋爱了。"

朱剑武通过这个节目在全系一炮走红,俘获了众多女孩子的芳心。

晚上回去后,杨红娟莫名其妙地为朱剑武失魂落魄了,大脑里始终盘旋着他玉树临风的身影。她以前只顾一头扎进书海遨游,没谈过恋爱,也没暗恋过谁,也就没尝过爱情的滋味。原以为睡一觉第二天就会没事了,可连续几天这种奇怪的感觉都在大脑里挥之不去,每天都想见到他,接触他。杨红娟自制力还算强,通过强迫着自己将注意力放在学习上,这种妄想症也就逐渐好转了。因为成绩较好,她一开学就被选为班级学习委员,后来经常有机会和文艺委员朱剑武等几个班干部一起开会研究事情,真是近水楼台先得月。朱剑武喜欢踊跃发言,这样她正好可以借机和他探讨问题,这让杨红娟很开心,因为欢喜,觉得他说的什么都很在行也很在理。而杨红娟对任何一件事的条分缕析也让班长沈东雷和文艺委员朱剑武对她刮目相看,朱剑武觉得杨红娟尽管打扮得有点土气,然而清秀的脸蛋却有种清水出芙蓉的自然之美。皮肤粗黑、身材消瘦的沈东雷来自宿河市泗泽县,与杨红娟邻县,他学习刻苦,倔强直爽,关心同学,骨子里就喜欢温柔善良、不施粉黛、勤快礼貌的淳朴女孩,杨红娟无疑是他梦寐以求的那款。

大学生活不像高中,特别是重点高中,每天像上紧的发条滴滴答答转个不停,不仅机械单调,老师还鞭打快牛,不断地在后边吆喝催促。大学的课余时间都由学生自主安排,你学习也好,运动也好,娱乐也好都没人管。学生们最放飞的是周五和周六晚上,校园活动比较丰富多彩,有电影、舞会、社团活动、各种体育运动等可以任意选择,熬得再晚都不担心的,因为第二天可以睡到自然醒,心情一下就会放松和兴奋起来。杨红娟像陈龙一样还保持着高中时紧张学习的习惯,大部分课余时间都用来埋头用功,期望在本科毕业后无论就业还是考研都能有个美好的前程。但当她看到其他同学一到周末聚会的聚会,活动的活动,约会的约会,心里还是会有点躁动的。刚开学那会她也曾积极参加千台老乡组织的聚会,但去过一两次后觉得大部分人不太熟悉,也没多少共同的话题,兴趣自然就逐渐减淡。

金秋十月的一个周四晚上,杨红娟在宿舍意外地接到陈龙打来的电话:"你好,请问杨红娟在吗?"

"我就是啊,你是哪位?"

陈龙立马改用方言说:"我是陈龙。"

"哦,陈龙啊,好啊,你怎么有我号码的?"

"我请我们系的学长和你们学长联系,拐了好几个弯子才要到的。"身在他乡的两个年轻人在电话里听到老乡的声音都比较激动。

陈龙开诚布公地说:"明晚你有空吗,听说你们师院小吃街有许多特色小吃,我想请你尝尝,正好好久不见,也可以聚聚聊聊。"

"好呀,那我就明晚六点在学校南门等你。"

第二天晚上两个发小如约而至,在一个颇具特色的徐州餐馆将带有塑料封皮的破旧菜单翻过来调过去、左看右看后精心点了三道家常菜。在这喧闹的餐馆他们一边吃一边互述见闻,互吐心声,陈龙感叹还是师范学院好啊,不仅美女多,活动也丰富多彩……正当他们聊得起劲时,一个用竹篮挎着几枝玫瑰花的大娘笑呵呵地走到他们面前,眯着眼用本地普通话说:"宝宝给女朋友送一枝美丽的鲜花吧!"

大娘这乱点鸳鸯谱弄得两个小老乡尴尬地笑了笑,陈龙客气地对她说:"大娘,我们只是同学,谢谢您!要不你去看看其他客人要不要?"大娘这才知趣地转身赶到下一桌。

吃完饭两个人又到校园里逛了逛,这是个老校区,又是师范类学院,绿化美化、景观小品都匠心独运,到处充满了文艺气息,走在里边让人感觉心情舒畅、温馨,像逛公园一样浪漫。不像淮东工院新校区空旷风大,除了一些建筑物就是干巴巴的几条道路和不成气候的绿化。悠闲地走在林荫小道上,陈龙想起了小时候同学们开他们青涩的玩笑,一起挑猪菜、打药草、办小家的种种趣事,命运让中学成绩差别较大的两人又在他乡重逢。红娟看着身边的陈龙,觉得他从小到现在还是那么实诚,时光和社会没有把他雕刻成世俗的样子。老乡毕竟是老乡嘛,不像情侣那样可以无所顾忌地卿卿我我、打打闹闹,逛的时间再长也只能叙叙旧、谈谈天,因而没到九点钟两个人就挥手作别。

回到宿舍,火眼金睛的杨明嬉皮笑脸地问陈龙:"你小子今晚是不是去和哪个女生约会了,我们在宿舍打了一晚上的牌也没见你的影子。"

"哦,去师院找老乡聚了一下。"

薛伟一下来了精神,觉得捕捉到了极其重要的信息,立马将脖子伸得像长颈鹿一样长,两眼放光地问:"男的女的啊?"

"女的,一个村的,还是小学同学。"陈龙依然一本正经地回答。

一向木讷的汤学飞也瓮声瓮气地掺和说:"听说师院不少美女,工学院许多男生宿舍和他们女生宿舍都建立了联谊宿舍,周末和节假日可以一起聚聚餐、跳跳舞什么的,遇到对眼的说不定还可以发展成对象。"

杨明就像发现了新大陆,骨碌一下从床铺上跳了下来,倚在门边扑闪着大眼对着陈龙激动地说:"喂,陈龙,如果真是这样,你有空和你老乡说说,看看她们宿舍的人愿意不愿意和我们建立联谊宿舍?"

陈龙听了也眉开眼笑:"这个主意不错,哪天我打电话问她看看。"

就在杨红娟和陈龙小聚过以后的第二天晚上,吃完饭刚回到宿舍,吴佳艳兴奋地对其他两个室友说:"学校舞厅每个周末都很热闹,也不贵,两块钱一票,你们去过吗?"

杨红娟和陈丽丽都直摇头说没去过。

蔡小莹咂咂嘴说:"上了大学不能光顾着学习啊,应该有个大学生的样子,该玩就要玩啊,你们不想早点找个男朋友充实大学生活吗?要不然大学四年太遗憾了!"

吴佳艳一边照着镜子喷香水,一边怂恿道:"是的是的,今晚一起去玩玩啊,还能看看帅哥呢!"

两个腼腆些的女生都被说得有点怦然心动了,杨红娟说:"我们也不会跳啊,去了不是很尴尬?"

蔡小莹尖声尖气地埋怨说:"哎呀,有慢三快四、兔子舞的接龙跳,还有自由舞,所谓自由舞就是根据你的喜好想怎么跳就怎么跳。"

杨红娟和陈丽丽对笑了一下,大方地说:"丽丽,那我们今晚就跟她们去看看吧,学几个舞,说不定以后交际也能用得上呢。"

陈丽丽也爽快地答应了。

于是四人就像约会一样兴奋和重视,匆匆忙忙换了衣服,又稍作打扮就出了门。几人来到舞厅一看,里边一片昏暗,但依稀可见霓虹灯闪烁的舞池里,一对对男女同学正勾肩搭背跟着音乐忘情地漫步。她们找了墙边的一排座椅并排坐下默默欣赏,准备等待合适的机会再上场。看着看着,杨红娟在人群中赫然发现转到眼前的一个高个男生竟然是班里的朱剑武,他正轻搂着一个高挑长发女生贴身起舞,两个人如一对金童玉女,朱剑武本就帅气,再配上潇洒的舞姿就更有魅力了。其他几个女生发现以后也同时盯住她们的班级一哥,悄悄猜测这个女生是谁,心里都无比羡慕。

沉浸在伤感的乐声里,杨红娟开始对朱剑武想入非非,在这种兴奋的状态下,连他的一切缺点如爱吹牛也都认为是优点了。就在她胡思乱想中,舞厅里慢三音乐渐渐停了下来,刚过几秒钟,紧接着又响起了欢快的快四,这回舞池里的人进行了重新洗牌,有的继续留在上面跳,有的找个座椅休息或者站在旁边观看,而场下的人又走上去了一部分,将整个舞池迅速填满。杨红娟就像一个木偶,眼神一直被朱剑武牵着走,她看到朱剑武和那个女生可能是跳累了,没有继续展示他们的风采,各朝不同的方向找地方休息,显然不是男女朋友的关系了,这让杨红娟心生一丝窃喜。没想到朱剑武正巧向她们这边走来,他诧异地发现杨红娟和她宿舍所有女生都来了,微笑着迎上来主动和大家挥手打了个招呼,并格外客气地对红娟说:"稀客,你今晚也来玩的啊?"

杨红娟受宠若惊,微笑着点了点头,不知如何是好。

没想到朱剑武接着发出真诚的邀请,说:"等会儿一起跳一个啊?"

吓得杨红娟直摆手说:"我不会我不会,看看你们跳就好了。"

朱剑武主动献起了殷勤劝道:"很简单的,也就几个步骤,跟着音乐节奏循环往复跳就好了,来,我教你吧。"

吴佳艳酸溜溜半开玩笑地说:"红娟你这就身在福中不知福了,我们班一哥请你跳舞还不给面子啊,不是任何女生都有资格的,去吧,我来教陈丽丽。"

蔡小莹这时也站起来拉了一把杨红娟,用力把她朝舞池里推。

杨红娟尽管是个落落大方的女孩,不过平时很少往人堆里凑热闹、赶时髦,所以第一次在这霓虹闪烁的场合还是有点放不开,话说回来,她又何尝不想和朱剑武来个肌肤接触呢?哪怕只有一秒。之前以为这只是一场梦罢了,但令她无法相信的是这一秒来得太早,有点措手不及、心惊肉跳。她不断给自己打气,反正现在也没有男朋友,又是同学撺掇,机不可失,于是走进舞池按照朱剑武的口令学开了。

这种学习不像课堂学习可以全神贯注,皱眉蹙眼,朱剑武挺拔的身材、发达的胸肌像一座雄伟的火山炽烈灼人,衬衫上淡淡的香水味让人微醺沉醉,无论是和他十指紧扣的左手,还是勾搭在他肩头的右手,通过他滚烫的体温和雄浑的身板,都让这个初尝爱意滋味的小女生感到心慌窒息,仿佛掉进蜜罐里了。她不敢直视他明亮的双眸,也不敢有丝毫的马虎,极力抑制住自己僵硬的笑容,任凭他的指挥和安排,也不管周围有多少双眼睛在嫉妒、嘲笑和关注,她想永远这样和他旋转下去,在他的火山里焚毁然后融为一体。聪明的杨红娟带着紧张、羞怯和兴奋,一曲没结束时就笨手笨脚、汗涔涔地学会了基本步伐,不过协调性和优美度还有待进一步练习。然而好花美丽不常开,就在杨红娟刚进入状态兴趣盎然地享受着这一切时,音响师却不识时务地将快四音乐切换成动感的自由舞音乐了。

这一次舞会可让孤陋寡闻的红娟大开了眼界,尤其当她看到跳自由舞时,震耳欲聋的音乐和眼花缭乱的灯光刺激着吴佳艳和蔡小莹这些活泼开朗的女孩子,她们将头发甩出一道道优美的弧线,一大群同学围着她们高声尖叫、摇头晃脑,实在太令人兴奋了。这就是青春迸发的激情力量,撩拨得杨红娟也想在朱剑武面前大胆放纵一次。

和朱剑武的邂逅如洪水般来去匆匆,没过两天,当她看到朱剑武搂着一个英语系的女生在校园里光明正大地散步时,她暗自神伤,彻底死心。

沈东雷对杨红娟暗恋已久,却始终不知道怎么下手,当听说她也去学校舞厅玩过,可能想找男朋友了,他掂量了一下自己的分量,觉得应该有机会。一个周三上午淫雨霏霏,由于只有一节课,上完才十点钟,沈东雷的室友都去网吧玩游戏了,他一个人闷在宿舍心血来潮,想着不妨试探一下心中女神的反应。

他像考试一样全神贯注,认真地拨通了杨红娟宿舍的电话,接电话的是蔡小莹,她甜甜地问了一句:"你好,请问找谁?"

"蔡小莹啊?我是沈东雷,请问杨红娟在吗?"

"在的,请稍等。"

"杨红娟,班长找你。"

杨红娟迅速接过电话认真地说:"喂,班长找我有事吗?"

沈东雷温柔地说:"是的,杨红娟你好,中午有空吗?想请你吃顿饭。顺便讨论一下近期班级的学习情况。"

杨红娟觉得很意外,以前从没在饭桌上讨论过班级的事情,在电话里感动地说:"谢谢班长,还有谁啊?"

"就我们两个人,怎么,嫌人少了啊?"沈东雷志忑不安地说。

"哦哦,不是。"杨红娟抹不开面子,勉强地答应了下来,"让你请客总感觉不好意思。"

"没事,那十一点二十在一食堂见。"

"好的,班长。"

随后两人都提前几分钟赶到见面地点,吃饭时杨红娟看班长并没提到多少关于班级学习的事情,而是像查户口一样对她个人的情感问题兴趣极大。他们一开始还兴致勃勃地像哲学家一样对情感的问题各抒己见,理性看待,可聊着聊着杨红娟觉得班长今天说得有点多,让她有点不适,于是勉强匆匆吃了几口就借故身体不舒服而逃离了饭桌。

而班长可就自作多情了,自以为杨红娟对自己的感觉还不错,男士就应该主动一点,一开始想写封情书直抒胸臆的,但想想那都是中学生的事情,作为成年人应该循序渐进,水到渠成,如果因为自己的唐突而被拒绝,以后就没法一起做班级的学生工作了。他又经过周密盘算,计划周末再约她去图书馆看书,一起讨论作业,再进一步增进感情。

谈恋爱这种事感觉很重要,而不在于对方本身条件怎么样,接下来无论沈东雷是约图书馆还是约饭,机敏的杨红娟都看出端倪,借各种理由推辞,主要她对这个班长实在不来电,没感觉,只是当好大哥继续保持一定的距离尊重着。沈东雷像哑巴吃黄连有苦说不出,没想到理想的爱情还没开始就结束了,连续多天像霜打的茄子一样提不起精神,不像往日神采奕奕地高声穿梭在同学们中间。但时间很快冲淡一切,沈东雷半个月以后就从失恋的痛苦中走了出来,自此对杨红娟真是爱恨交加。

第二十二章

十月底的一天下午,李刚去城里进货,想顺便看看黑皮在苗五饭店烧龙虾学得怎么样了,他不明白烧个龙虾能有什么花样,学了几个月了还没出师,于是在进货之前就顺道先到饭店里看看老朋友。

苗五龙虾店在千台乃至全省都名声大噪,军人出身的苗老板能吃苦耐劳,为人诚信,做事踏实,转业后先是开了间小饭店,稀饭包子小炒大炖啥都有。开饭店就怕实惠有味嘛,一旦做到了这一点,再有热情服务的态度就不愁生意了。

改革开放以来,千台县城一直就是一个闭塞落后的小山城,离任何一个地级市以上的大城市都有一百公里以上,没有支柱性产业,也没有什么全国叫得响的品牌。大部分上班族满足于固定的工资,闲下来的大把时间除了玩就是吃,吃总不能一个人吃吧,那太无趣,喊上三五朋友到饭店剋一顿,喝得酩酊大醉那才叫爽。千台人吃得很讲究,也很精致。就拿杂烩这道菜来说,不像很多地方拿点皮肚、火腿、鸡糕、小青菜、木耳,加点调料后,用白开水一煮就端上桌,既没什么营养,又味同嚼蜡,有的饭店为了抢时间,皮肚还没烧透就急着出锅,那更是连雪菜下饭都不如。千台人可不这么吃,不知从哪个朝代开始,既要放手工做的新鲜小肉圆、小鱼圆、鹌鹑蛋、鸡蛋皮这些营养价值极高的荤菜,还要放粉皮、千张、金银菜、小青菜、醋、酱油、麻油等各种素菜和调味品,光闻一闻就能让人挂下晶莹的口水,谁吃这道菜不至少多剋一碗米饭?怪不得北宋著名文学家苏轼路过此地时曾兴味盎然地写下"蓼茸蒿笋试春盘,人间有味是清欢"的千古名句。

到了1995年,随着经济条件的好转和生活水平的提高,千台人聚会时不再满足于吃那些传统的美味菜肴,开始就地取材,将平时很少吃的龙虾运用新的做法变着花样吃,一大帮人围着一大盆红通通的龙虾一边剥一边海喝海聊,生活是多么有滋有味,因此千台人能把龙虾做出名堂就不难理解了。

李刚一路打听,刚走到饭店门口,就看到好几米高的门楼上"苗五酒店"四个金黄色大字熠熠生辉,从外边看只有一个竖放的招牌和六七米宽的入口,走到里边就别有洞天,尽管下午三点多已过了饭点,却仍有不少人在院子里来来往往,热闹繁忙,有的在面红耳赤地大声握手告别,有的将印有"苗五龙虾"字样的礼盒喜滋滋地往车上拎,足以证明这个饭店生意兴隆,经营有方。李刚看到主楼入口处有"接待大厅"几个字,他就径直走过去打听黑皮的情况。

前台几个服务小姐彬彬有礼、美丽大方,着清一色的黑色套装,头发高高盘起,显得干练利落,看到李刚夹着几个口袋怯生生走进来,其中一个高挑女孩笑盈盈地问候李刚说:"先生你好!"

李刚不习惯跟陌生人说好不好的,单刀直入地问:"你们这里有个叫陆猛的厨师吗?"

"有的,他一般在厨房,不过这时候可能去宿舍休息了,要到四点多钟才能来,你可以过去看看。"

李刚哦了一声转身折向厨房,一边走还一边踌躇地想,这些服务员这么条杆杆、嫩汪汪的,不都便宜了那些居心叵测的男主管和男厨师,黑皮还就有艳福呢,每天跟这些人在一起工作,养眼又养心,怪不得赖在这儿迟迟不肯出师的。

他几步走到厨房门口,看见几个年长的工作人员穿着白色工作服和黑皮靴正在水池附近热火朝天地忙着洗刷、修剪红通通的鲜活大龙虾,这些虾子就像特别物种,比李刚平时看到的大一倍。他礼貌地给一个中年大叔散了一支烟,然后顺口问了一句:"陆猛在吗?"

大叔人声说:"回去睡觉了,等会就来,你在这等一下吧。"

"哦,好的。"

李刚不好意思在这打扰人家干活,稍稍站了一下就借口出去逛了一会,等到了四点多钟感觉黑皮应该上班了,就又回头熟门熟路地再次踏进操作间,还没等他张嘴,那位大叔就主动告诉李刚:"陆猛来了。"可见黑皮在这儿的人缘还不错。

黑皮已经听说有人来找过他,也就格外注意门口的动静,这时听到这位热心大叔提到自己的名字急忙出来迎接,看看究竟是谁。

兄弟俩见面那一刻真有种他乡遇故知的激动,都露出了阳光般的笑容,互相重重地拍了一下对方的肩膀以示亲热,经常黏在一起的好兄弟突然分开那么久怎能不想念,不像和陈龙这么多年一分开就是几个月,已经习惯了。

黑皮自小就壮实,这几个月来在这里每天吃香喝辣的养得虎背熊腰,脑袋大脖子粗,白色的厨师帽一戴,俨然一个标准大厨的形象。李刚嘿嘿地逗趣说:"兄弟,你终于入对了行,啊?你现在这副身板说明这里的伙食营养丰富味道好。"

黑皮哈哈地笑道:"哪里哪里,走,到包间里说吧,这边不方便。"

两个人又嘘寒问暖了一会,接着李刚一边走一边问黑皮:"兄弟,烧个龙虾怎么要学这么久?"

黑皮见到阔别已久的李刚,憋了很久的心里话就像泄洪一样一开口就刹不住,向他娓娓道来:"我既然来学烧龙虾了,也不能光学这一样啊,其他很多菜也要带着学,这样以后自己开饭店才能做出满桌菜,也省下一个厨师了。"

"那你学得怎么样了?还要多久能出师?"

"目前龙虾是会烧了,但有些大菜还要再学几个月才能熟练掌握其中的要领。每道菜烧得能吃很容易,不过烧得好吃很难,让人吃了还想吃就难上加难。你看我师傅苗五本来也就是开小饭店的,通过自己的用心经营,现在做成集餐饮、客房、洗浴于一体的大型综合酒店了,雇用了一百多人,每天营业额数目惊人,还培养了几个出色的徒弟,现在在苏锡常独自经营龙虾店,生意也是非常火爆。他们经常带着厚礼回来看望师傅,跟他们喝酒时听他们讲逆袭的故事,让我们一次次怦然心动,觉得未来充满了希望。"

"你的师傅太厉害,能把普通的小龙虾做成产业,做大做强,肯定有极其过人的智慧。龙虾多少钱一斤啊?"

"是的,当初师傅也像几家同行一样,将洗净的龙虾加点十三香调料放在牛头大锅里一烧就好,十五块钱一斤,薄利多销,很多饭店、大排档、小吃部看这样比较挣钱也纷纷效仿,口味和价格差别不大,最后导致大家客源被分流,生意都很平淡,有的还搞起了恶性竞争。我师傅向来喜欢思考,他觉得顾客就是上帝,顾客的口味就是我们努力的方向,要想稳住客源,留住更多的回头客,必须充分听取客人的意见,尽量满足他们的需求。他认为龙虾的做法上还有很多努力空间,实践出真知,思路决定出路,一些对饮食和品位比较讲究的客人提出的龙虾能否洗得更干净一点、口味能否重一点等问题,他都一一铭记于心,并逐步改进。他宁愿费点功夫、每斤少赚一点,也要尽量把龙虾的品质提升上去,现在做成品牌每斤能卖到三十元。像我们目前的做法就是师傅那时逐步摸索着实践出来的。"

"这么贵啊,简直不是我们普通老百姓能消费得起的啊,太有意思了。你说说看,和我在家做的有什么不同,为什么能卖出这么高的价格?"

"你看,首先这个龙虾的大小规格都是有要求的,没有低于七块钱一只的。这些龙虾不是像小饭店那样从市场上看哪个小贩卖得便宜就买哪家,说不定就是从哪条被污染过的小阴沟或者用药毒死后捕捞上来的,那样可能直接影响到消费者的身体健康。我们这都是从固定渠道由大的供应商按照常年固定的价格配送的,既有好的肉质又保证了食品卫生。这些龙虾运到后要先淘洗几遍,将一些草叶、泥沙去掉,然后再用刷子将每只龙虾壳子外边的污垢刷掉,这样显得干净光亮。为了防止客人食用时被尖利的壳爪戳到嘴,还要将虾头的前端和没肉的小爪子都剪掉,这些工序技术含量都不高,最难搞定的核心技术是烧。"

"你们是怎么烧的呢?让我也学几招。"

"呵呵,你什么都想学,准备抢我饭碗啊?"

"呵呵,不是有句俗话叫'学会羊角风,过河还不要坐船钱',说着玩的,讲讲吧,再跟你玩会儿我还要去进货呢。"

"哦,我们通常家里做的都是在锅里用佐料炒几下兑水闷烧,水干就盛,那都是家常菜的做法。这里是用牛头大锅烧煤,还要用鼓风机,为的就是控制火候。将锅烧得滚热以后,按照比例先倒进菜籽油烧到六成熟,再放入花椒和辣椒粉爆炒,待这些普通佐料变成黄色以后加水,下虾子和十三香调料。这十三香调料可不是超市里卖的那种普通的调料粉啊,这是由十几种中药材配制而成,包括豆蔻、白芷、丁香等,就拿这豆蔻来说,国内很难买到,都要从澳大利亚进口的。"

"这么玄乎啊,它有什么作用呢?"

"主要是提香,白芷也是提香,还能提鲜,这两样东西用的时候得把握好度,加多了会苦,加少了,虾子没香味。"

"怪不得整个院子里都是这种香喷喷的味道,闻了让人飘飘欲仙,那这么一大锅要烧多久啊?"

"一般一百斤要烧二十分钟,全程不盖锅盖,前十几分钟用大火攻,后几分钟用小火慢慢煨,这样烧出的龙虾既鲜美又入味。我今天就请你尝尝吧。"

"天不早了,我马上就要走了,等你以后开饭店做老板我去剐个够。兄弟,过几天回家找我玩啊,一起剐酒聚聚,山洼见。"聊了半小时,两人依依不舍地挥手作别。

元旦前的一个周六早上,杨红娟又接到了陈龙热情的电话,说他们宿舍想和她们宿舍结对联谊,不知意下如何。杨红娟觉得这个主意挺不错,高兴地将这个好消息跟其他几个室友进行了沟通,其他几人因为单身,也想多认识一些朋友,没有多想,他们一拍即合,当即就定在本周六晚上去师院的川菜馆,AA制。

八个人中除了陈丽丽傻乎乎的,以为真的就是多交些朋友,其他人的目的性都很强,陈龙的目标更明确,就是想把这个青梅竹马的老乡搞到手,不过他在谈恋爱方面的经验远没有杨明丰富。

当天晚上,整个聚餐由自来熟的杨明操持,犹如男生宿舍的代言人。在做自我介绍时,每个人介绍完毕,他都要补充几句赞美的话,显得几个男生都是出类拔萃的。而女生这边吴佳艳当家,她也逐一把几个小姐妹夸得像一朵朵花,极其巧合的是,吴佳艳也来自苏南,常州的武进,和杨明家只有十几公里的距离。两人把聚餐和唱歌的活动组织得井井有条,聊得也非常投机,其他几个人权作陪衬了,几乎插不上嘴。

晚上回到宿舍,最兴奋的莫过于杨明,他勇敢地跟室友们宣布说:"兄弟们,我要追吴佳艳。"其他几人惊讶得瞠目结舌,都佩服杨明是个男人。几天后大家果真看到杨明牵着吴佳艳的手来到了这个男生联谊宿舍。一来二去,几个男生对吴佳艳也就更加熟悉了。

有天晚上卧谈会,杨明纳闷地问陈龙:"你老乡长得还不丑呢,干吗不追呀?"

陈龙支支吾吾地说自己目前有贼心没有贼胆,怕万一被拒绝太难堪。

杨明真是个够义气的哥们,慷慨地说:"兄弟,不要怕,有我呢,我让吴佳艳帮助你。"

这个情场王子让陈龙无比感动。

吴佳艳看是男朋友委托的事情就极其卖力,充分发挥自己三寸不烂之舌的功夫来试探杨红娟的想法。

这时杨红娟还没从对朱剑武自作多情的失恋痛苦中走出来,万分感谢同学的一片好心,委婉地表达了自己现在还要以学习为重,谈恋爱的事情以后再说的想法。

陈龙知道这个消息后仿佛受到了爱情的沉重打击,一蹶不振地不断否定自己,接连几次的宿舍联谊都显得低沉木讷,幸亏有杨明和薛伟的及时开导才让他逐渐找回自信,也就继续发扬高中时勤学苦读的精神,每天过着宿舍、教室、食堂三点一线的生活,就是周末也在其他三个室友还做美梦时早早来到图书馆自习,主要是怕在期末考试中挂科,而且如果考试成绩好还会有奖学金,这对于家庭贫困的陈龙而言是一个宝贵的机会。而他三个室友一个爱好足球,一个爱好篮球,一个谈起了恋爱,每天把陈龙或者其他同学作业要过来潦草地抄抄就去忙自己感兴趣的事情,大学生活过得真是充实而又多彩。

到了期末考试,班里一些活跃的同学神通广大地从学长那找到了往年期末考试的真题和答案,陈龙对此不屑一顾,觉得老师已经划了重点,按照老师的要求认真复习就好了,以前考过的不代表这次还会考。最终考试的时候,同学们纷纷通过传纸条、打暗语、在身上藏答案等各种小动作紧张小心地作弊,而陈龙凭着自己的努力独立完成所有的试卷,然后拉起行李箱,志满意得地回家过寒假了。

第二十三章

　　海林的姑父家开了十几年小店，盖了六间瓦房，坐北朝南的三间主屋是堂屋，在主屋南面，也是坐北朝南的两间瓦房就是村里地标建筑——小店，在主屋和小店之间的东侧还有一大间锅屋。李刚与时俱进，和女人仙红把小店盘下来以后，用敏锐的商业眼光捕捉到巨大的商机。他们将百货店扩展到五金日杂，还模仿蒋建磊叔叔家顺带着卖菜。为了方便做生意，他们把家也搬到这里居住了。李刚经过这几年开石头的磨炼，已经练就了吃苦耐劳的精神，哪怕是水性杨花的仙红也养成了起早贪黑的习惯。平日只见人气不见财气的小店没多久就经营得风生水起，既凝聚起人气，还聚敛起财气，小两口整天忙得兴抖抖的，他们的名字已逐渐被人用老板和老板娘代替了。李刚自从有了点小钱以后手又发痒，经常辗转于赌场和自家门市之间，且胆子越来越大，仙红时不时地在他耳边吹风，意思是他们能挣钱，更要守得住财富，李刚一经提醒就会自觉收敛一些。

　　山洼村党支部长久以来软弱涣散，缺乏战斗力和凝聚力，集体经济资不抵债，成为名副其实的"空壳村"。村干部带领群众致富的本领没有，可把自己都养得肚大腰圆，油光满面，不是今天在这个队长家吃小公鸡,就是明天在那个老百姓家喝猪血子,推杯换盏,把酒言欢中欠下了村里百货店一笔笔对这些小老板来说相当可观的账目。每次村干部去赊账,这些老板都眼睛放光,他们的到来让自己的小店蓬荜生辉,既有机会和官老爷套近乎,又可以做几笔大生意,他们出手如此大方,舍得吃喝,何乐而不为呢?几家菜店还为此从明争暗斗演变为争风吃醋。

大队书记沙政高年龄不大,官龄不短,二十五岁就在村里做青年团书记,二十七岁任村委会副主任,二十九岁任村委会主任,三十二岁任村党支部书记,到如今三十七岁已经在村党支部书记位置上干了五年了,他这一步一个脚印都得益于他的父亲沙登贵的悉心栽培。沙登贵是村里的老书记,德高望重,在任期间为村里做了许多利村利民的实事好事,也深受老百姓的爱戴与尊敬。在农村,大队书记有着至高无上的权力,是一个村的主心骨和当家人,"文化大革命"期间,大队书记的孩子还被优先推荐上大学和参军,所以谁要是做到这个书记的位置,亲朋好友都跟着沾光,俗称村里有人。

老沙书记对群众是无私的,可对村书记的接班人是自私的,他本想搞世袭制,在他退位后由这个儿子沙政高接任,没想到人算不如天算,另一个比自己小十几岁的小队长刘金道的三姑爷王宝军以前是村里的知青,通过提干以后,一路平步青云,没用多少年就当上了县公安局局长。王宝军自从当上了局长后权力大增,他吃水不忘挖井人,对曾经有恩于自己和家庭的所有人都以不同的方式进行回报,刘金道以前也在他三姑爷面前委婉流露过自己的想法,想找个更好的发展平台,只是王宝军当时人微言轻,他找到乡里领导,这些世故的干部表面上都答应等合适的机会进行推荐,然而到最后都无影无踪。

可王宝军当上公安局局长还不到一个月,前松乡的党委书记吴飞主动联系王局长，说要给好兄弟举行晋升宴。吴书记在酒桌上觥筹交错之际，不知不觉就扯到刘金道身上了，当着王局长的面，他对刘金道赞不绝口，说他群众基础好，工作能力强，综合素质高，是大队书记的好苗子，组织上很器重他，准备推选到更重要的岗位上。王局长听得喜笑颜开，当即将自己的透明小酒壶斟满，说不尽感激，然后豪爽地站起来说："我先干为敬，你随意。"随后一仰脖子，咕噜咕噜都灌下了肚。吴书记一看王局长这么豪爽，心领神会，哪能真随意啊，尽管他级别和自己一样高，可权力不是在一个水平面上，说不准哪天就会提为副县长，进入县四套班子，那时就是自己的领导了。吴书记将自己的酒壶伸到办公室主任面前，霸气地命令道："倒满！"此时两人都有一种相见恨晚、一醉方休的架势。

王局长见状连声客气道："兄弟，你随意，你随意啊！"

吴书记咬着牙、皱着眉、眯着眼，将同样多的一壶酒也心甘情愿地滋溜吸进嘴里，接着用力抿了几下嘴唇，摸了摸胡须上的酒珠，谦卑地恳请道："欢迎王局长常到前松指导工作，以后小弟有什么事情还请大局长多多关照呢。"

王局长哈哈哈一阵爽朗的笑声过后反而拍起了吴书记的马屁说："哪里哪里，兄弟别见外，前松是我工作的第一站，我的第二故乡，也是我爱情的萌发地，我对这片热土充满感情和感激。如果没有这方水土和百姓的养育，就没有我的今天，说不定还在哪里面朝黄土背朝天地刨一口吃一口，所以说起来你还是我的父母官，以后我在前松遇到困难还得劳驾吴书记费心呢。"

有了王、吴二人这次深交后不久，刘金道连升两级，怡然自得地坐到了村主任的位置，刘金道的深厚背景也就成为老百姓茶余饭后的热门话题。更让人惊讶的是，仅过一年，组织上就以"重用"为由，把沙登贵调任乡城管办主任，由刘金道接任村书记的职位。沙登贵看似被调到上级部门工作,然而前松乡一拃长的街道,东头放个屁,西头都能听到,哪需要那么多城管,又管谁呢?完全就是个清水衙门,他的权力已经不可同日而语,工资低得只够一个人维持温饱,每天还要来回跑十几公里。工资没挣多少,自己家十几亩的庄稼却荒掉了,后来只好和其他村书记的结局一样,解甲归田,重操旧业。不过沙登贵从未放弃过对自己儿子的扶持,一方面利用自己在位时结交的达官显贵关系网进行活动,另一方面在村里帮儿子不断地出谋划策、创造业绩、营造声势,刘金道有几斤几两他了如指掌,王宝军屁股一撅拉什么屎他也知道,凭他多年养成的凌厉眼光,他认为刘金道只不过是三月间的樱桃——红不久。

俗话说基础不牢地动山摇,果不其然,王宝军还没来得及被提拔为副处长就因为贪腐锒铛入狱,树倒猢狲散。刘金道本身就是烂泥扶不上墙,根本驾驭不了村党支部书记的职位,不仅把一个班子搞得四分五裂,组织协调能力也差,群众之间鸡毛蒜皮的小事处理得鸡飞狗跳,老百姓早就对村支部和村书记怨声载道,且上级组织也知晓山洼村的这些情况,只是碍于王局长的面子,大家就睁只眼闭只眼,只要不发生有影响力的事件就行。机会总是给有准备的人,王局长刚出事没几天,前松乡党委当机立断,以民怨太大、举报信太多为由对刘金道进行了调岗,任命他为村党支部专职副书记,并及时地将沙政高推到了村党支部书记的位置上,刘金道专门协助沙政高分管党建工作。刘金道也觉得大势已去,在这个位置上本来就如坐针毡,况且自己的屁股也不干净,经不起上级的较真,所以他不但不怨组织,还认为副官一身轻真好。

新官上任三把火,沙政高受家庭环境的熏陶,刚上任就施展出自己作为官二代非凡的领导才能和管理能力,先是喊村里的老党员、老干部、有头有脸的人在家里撮一顿,争取工作上取得他们的支持。接着对村集体和村民们的矛盾纠纷有求必应,多措并举积极化解,美其名曰为山洼村创造一个安全稳定的发展环境。不久又风风火火地带领三大员和青年团书记到外地参观学习先进的种植养殖经验技术,准备因地制宜引进一些特色项目,带领群众早日致富奔小康。

沙政高第一次感觉到做一把手真好,不但结识的大人物和参加上级的会议多了,围着自己溜须拍马和找上门办事图方便的人也多了,再加上名声大噪,时间不长就开始飘飘然,对于送礼请客几乎来者不拒,他觉得都是为了工作,也证明自己的人缘好。沙政高从小出生在条件较优越的家庭,有着花花公子的派头,不爱学习,只爱交友和玩耍,要是爱学习,凭他的家庭条件可以一直读到大学,不至于后来在家务农。沙政高还有个坏习惯就是喜欢拈花惹草,特别是结婚以后还不安分,经常对村里有些姿色的少妇、大姑娘们心怀不轨、打歪主意。一些本分、矜持的良家妇女还好,能够坚守原则,不为金钱和权力的诱惑所动,而一些本就水性杨花的女人遇见让自己脸热的男人就像馋鱼看到诱饵,一引就上钩。仙红就是不甘寂寞的人,小孩刚满三个月,两人就苟合过两次,她紧紧抱住沙政高的大腿,百货店也就不愁生意了。

二〇〇一年冬月二十六这天傍晚,李刚在外喝了许多酒后又出去赌钱,仙红便在大门外东墙边靠了根棍给沙政高做暗号,说明李刚又出去赌了。晚饭后她把孩子哄在西厢房睡觉,接着先后把庭院大门和堂屋大门一关,闩也不闩就激动地回东厢房倒热水洗洗屁股,光溜溜钻进被窝静等沙书记来,可是她累了一天等着等着却等睡着了。让她想不到的是李刚今天手气很背,带的钱不一会就输完了。由于他喝得醉醺醺的,说话已颠三倒四,问几个人借钱都不肯借给他,他没辙,只好垂头丧气地提前撤退摸回家。走到大门口正准备喊老婆开门,没想到手一推门就开了,他跟跟跄跄走进院子,却忘了把门闩上,接着到了堂屋还是这样,门推一下也就开了，他嘴里不干不净地骂道："死女人妥尸啦，连门都不闩。"骂完后他才想起要把堂屋的门闩插上了。当他走进东厢房到床边把被子猛一掀，准备继续骂粗心大意的女人，结果一看老婆白花花的胴体连一根布条也没系，小和尚立马就不争气地精神抖擞起来了，仙红迷迷糊糊中眯眼看见是自己的丈夫，大吃一惊，忙问："李刚，你今天怎么这么早就回来啦？"

李刚什么话也不说，褪下裤子就压到老婆肚皮上，然而让他扫兴的是大公鸡急吼吼刚准备喝水，忽然听见堂屋大门外响起啪啪啪响亮的敲门声。李刚不耐烦地忙问："谁呀？"沙政高到底是大队书记出身，见多识广，一听是李刚的声音，他随机应变，赶忙辩称："是我，沙政高，家里来几个人，菜不够，上你家称点豆腐兑兑。"李刚一听是大队书记，忙不迭哑着嗓子大声叫道："噢，是书记啊？我来了！"他掀起被子刚要起床，仙红闻到李刚浑身酒气，立马按住他说："你喝多了躺着歇歇吧，我去。"说完快速穿起长袄就滑下床，李刚心疼地叮嘱媳妇说："多穿点，不要冻着啊！"仙红理也不理，急忙奔出去。当她打开院子大门，看到沙书记孤身一人站在月光下，正对着自己色眯眯地微笑，不顾羞耻主动贴上去轻轻揪了一下他的鼻子，然后蹑手蹑脚地将他带往院子里的锅屋，因为白天没卖完的豆腐放在锅屋一个水缸里养着，而不是放在百货店。

两人在锅屋真是干柴遇到烈火，省略了云雨的前奏和宽衣解带，站着就裹了起来。由于沙政高与仙红个头有悬殊，沙政高就说你高一点，仙红哼唧着说你低一点。东厢房和锅屋的窗户均用塑料纸蒙着，隔音效果不太好，他俩的说话声让睡在床上处于迷糊状态的李刚隐约听到了，忙埋怨地喊道："仙红，你这个娘儿们怎么抠抠搜搜的，书记来称豆腐你称高就高一点呗。"仙红听了扑哧笑了一声，心想李刚幸亏没察觉到他们的"好事"，美滋滋地大声说："好哎！"然后又投入快活的极乐世界中去。

他们偷偷摸摸中吧唧吧唧饱餐一顿后,沙政高心满意足地提着豆腐走了,留下仙红心惊肉跳地关好门,也悄悄回到东厢房。李刚睡在床的外沿,仙红只好从他头顶爬过去,哪里想由于仙红刚才没穿裤头,在她腿跨过李刚头上时,沙政高刚留在仙红体内热乎乎的"豆浆"偏偏滴到了他的脸上,将他一下激醒了,李刚嗔怪地骂道:"你妈的,刚才叫你多穿点多穿点非不听,清水鼻涕淌下来了吧?"仙红吓得浑身一颤,但庆幸没有被丈夫识破,急忙从床上扯张卫生纸给他擦干净。她自知做下了亏心事,这时李刚骂什么她都无脸还嘴,只好默默装个小鳖羔子。

第二十四章

今年的腊月很快结束,按照传统,一年到头在外再忙碌的人,到了中国人的传统佳节春节时都要克服艰难险阻回村和家人团聚,人们心里都有一种根深蒂固的观念——有钱没钱回家过年。哪怕吃完饭就走,也感觉这个年才算过了,心里就安恬很多。这不仅是一种风俗,也是出于享受天伦之乐、孝亲爱老、融洽亲情的美好追求。

陈龙在春节前二十多天就已回到家里,现在再也不用听父母在耳边像苍蝇一样整天唠叨看书看书、学习学习,毕竟已经上了大学嘛。在这个温带地区的苏北农村,冬天一直是很难过的,像北方尽管冷,不过屋里有暖气或者炕很舒服,南方因为气温比较高,冬天也很暖和,就是这不南不北的江淮一带要啥没啥,一个孩子冬天在冰冷的房间里一坐老半天去埋头学习,只能靠自身的体温去抵御严寒,这不仅是对意志力的考验,也是一种吃苦精神的体现。

以前中学放假时,三强两口就看不得陈龙去找别家小孩玩,也不喜欢小孩来家找陈龙玩,认为那样就荒废学业,且容易被那些不思进取的孩子带坏。可是喜欢玩是人的天性,陈龙尽管心里很想每天去村里走一走,哪怕是和老年人聊聊天也觉得可以解解闷,然而迫于妈妈的威严,只好善罢甘休。现在父母不仅不逼着他学习,还赶他到村里找人玩,可是因为长久的分离和从事的行业不同,除了和从小玩到大的李刚能经常聊聊,其他人都渐渐疏远了,到了一起不容易找到共同的话题,他只能到处转转、看看热闹,或者到山上和田野里重温童年岁月。人以群分,物以类聚,那些没练过几天书的年轻小伙子三个一群、两个一伙在一起要么喝酒吹牛,要么打牌赌钱,不亦乐乎,陈龙很难再融进曾经熟悉的伙伴中。你看黑皮,他在县里学厨师比较忙,虽然一直到年二十九才回家,然而刚到家就围来了许多小伙伴,有找他喝酒的,有找他赌钱的,有找他打台球的,十分繁忙。他兴趣最大的就是每天坐在桌前炸金花,也就是俗称的炸鸡,每人起三张牌,几分钟一把,来去自由,不像麻将一场有时要打两三个小时,而且要把整场打完才能离开。

　　不过这个春节,山洼村最热闹的事就是又恢复了往常过年的花船表演,演员们一个腊月里整天敲锣打鼓咚咚嚓嚓,让每个人的心里都热乎乎的,也让无所事事、热爱文艺的陈龙每天多了一个好去处。

　　山洼村今年能如此红火热闹,仙红可以说功不可没。一向爱表现和不甘寂寞的她在冬月里就跟拐腿子沙政高提过,说村里怎么没有花船,每年过年村里冷气空秋的,感受不到多少过年的气氛。沙政高一听还真是自己的疏忽,很多邻村一到过年就玩旱船、舞狮子,好不热闹,他掌舵下的山洼村已经十几年没有了这项活动,作为书记理应在重大节日组织群众活动,既可以使得山洼村发展得蓬蓬勃勃,又能凝聚人心,况且这项活动也没多少成本,山洼村再难也不在乎这点小钱吧。听到仙红如此好的建议,沙政高当即决定今年要把这个传统文化传承弘扬下去,但他马上又对仙红讲了现实困难,问她谁来教呢?仙红一点也不谦虚地对沙政高说:"我以前在娘家就经常玩旱船,如果书记看得起我,就由我来组织排练,你看怎么样?"

沙政高一听立马喜上眉梢,对仙红刮目相看,爽快地说:"我的小心肝,你还有这个本事啊?那就交给你办了,费用由大队出。"

仙红看沙书记这样信任和宠爱自己,暗暗决定将自己的文艺天赋在组织交给的神圣使命里充分发挥出来。

没几天,仙红就通过自家的百货店将这个振奋人心的消息散播了出去。老年人对这种民俗文化情有独钟,很多过去玩旱船的老演员听到这个消息都喜出望外,拍手叫好,再次点燃了他们曾经的激情,脸上又焕发出青春时的光彩。因为在物资匮乏的年代,玩旱船是他们那时主要的娱乐方式,要么参与其中,要么追着观看,而现在的年轻人兴趣倒不是很浓,不过组织个表演队伍还不成问题。仙红动员了一些自己熟悉的和有兴趣的年轻人,不管高矮胖瘦,也不管嗓音粗细,就这样将杂凑班子迅速搭建,很多人觉得会做几节广播体操,会哼两首流行歌曲,就自不量力地想通过这个机会来展示自己的文艺天赋,并在父老乡亲面前露一手。

间断了十几年的旱船锣鼓声再次在村庄里咚咚嚓嚓响起,每天排练时都会吸引前村后组的许多父老乡亲扶老携幼前来观看。到了大年初二,旱船队就正式开始拜年,按照传统和其他村的惯例,主要是到村干部、党员、老师、军人和经商老板这些有头有脸、名门望族的家里拜,每到一家,主家都会给些香烟、大糕、花生等礼品,虽说花费有点大,但这是脸面啊,不是每家都有这个资格,也象征着新的一年里日子过得红红火火,万事如意。

仙红因为年轻观念前卫,又有玩旱船经验,她将老祖宗留下的传统模式和流行歌曲、时尚服装结合起来,还真是老少咸宜,雅俗共赏。当大年初四回到洼西组的时候,李刚家因为是村里有名的个体经营户,生意做得也风生水起,自然也就在拜年门户之列。这天一大早,李刚全家总动员将家前屋后打扫得利利亮亮,准备以隆重的礼仪迎接这支代表官方的演出队伍。

知道旱船今天到洼西,不仅爱逛大路、溜门子的人,就连一些整天泡在赌场、窝在各个小卖部、蹲在火塘边的老百姓也倾巢而出,撵着旱船紧看。大队书记沙政高率全体班子成员带领船队对要拜年的名门大户家家必到。人们都晓得去李刚家看热闹好处多,旱船还在去他家的路上时,家门口的石堆上、小路边、草堆旁就提前站满了黑压压的人群。李刚为有这份荣耀感到非常自豪,也为媳妇成为旱船队的头头而骄傲,真是双喜临门。吃完早饭立即把陈龙、黑皮以及村里一帮子玩的小伙伴都喊来一起张罗这场重大的活动。

只见旱船划开后,仙红在震耳欲聋的锣鼓声中将五彩缤纷的花船扭得像大海上遇到风浪的小船一样颠簸摇晃。在其他小队演出时,仙红和搭档们在表演民间小调时会开一些让人捧腹大笑的荤段子,而到了本队特别是自家门口时就收敛得多,一家老小都在场她无法放开,只能中规中矩地扭扭船、唱些正能量的歌曲。只见这边的李刚和他父母正满面笑容地到处给人散烟、递花生瓜子,一向好面子的老李要是在天有灵,看到孙子也成了村里有头有脸的人物,一定也会九泉含笑。围观的群众有的夸仙红有本事,有的七嘴八舌地对这些熟悉的演员评头论足、津津乐道,一向有毒舌之称的倪婶看小丫的二姐永霞子像唐老鸭一样扭着肥胖的身子跟着一起吃力地跳舞耍红绸,一边美美地嗑着瓜子,一边跟身旁叽叽喳喳的妇女们口无遮拦地哂笑说:"好玩呢,你看永霞屁股像磨盘一样往下坠,哪能跳得动呢,田鼠要走家鼠步——瞎逞能。"

听到这话,几个女人笑得前仰后合。不巧的是,徐金花就站在倪婶身后不远处听得一清二楚,看她当众嘲笑自己还没出门的二女儿,脸顿时气得血红,两步走到倪婶面前大声质问:"倪素珍,你说哪个瞎逞能的?"

大家被黑地里钻出的李逵吓得大吃一惊，都为倪婶捏把汗，结果倪婶不但不辩解，还嬉皮笑脸地朝着徐金花挑衅地顶几句："嗯？怎么啦？还能不是的吗？我就讲个笑话，你看你大新年什么样子？"

徐金花也不是吃素的，一气之下破口大骂，她们不堪入耳的对骂声立即把大家的目光都吸引过来，两个女人都是人来疯，在众人面前寸步不让，场面立马混乱不堪。沙政高一看情况不妙，迅速带几个村干部跑到跟前制止，并及时了解有关情况，正在卖力演出的几个演员见状也没了兴致，慢慢停了下来，演出活动只能被迫中止。现场气氛没想到转眼由喜庆变为晦气，两家的子女很多也在演出现场，一看这架势纷纷围拢过来，面红耳赤地立在周围随时待命。因为有大队干部正在处理也就无法加入恶战中，沙书记果断安排副书记刘金道带领船队匆匆赶往下一家，他和其他干部则继续留在现场调解。

这件事确实怪倪婶，可倪婶又是村里德高望重的陈国柱儿媳妇，沙书记现场对其委婉地批评教育了几句，对这个老长辈徐金花又好言安慰几句才妥善解决。而永霞子却不管三七二十一，气得当场就脱下戏服扔在地上，愤怒地说："以后不演了。"以至于当天的其他几场拜年活动少了一个演员，第二天在沙书记的好说歹劝下，永霞子才冷着个脸继续把计划中的活动进行完。

春节一过，很多打工、探亲的就各奔东西，山洼村又恢复了往日的宁静，留在村里的绝大多数是空巢老人和留守儿童。有一天趁李刚去城里进货，沙政高和仙红又伺机准备偷偷摸摸地寻欢作乐，他们都是要脸要面子的人，之前几次怕露馅从不讲究地点，只要安全不被人发现，猪圈都能拱进去，然后尽量像做贼一样速战速决，感受不到有多少情调和温存。仙红借口去田里看看小麦长势，把小店安排给婆婆看守，而沙政高作为村书记想转到哪里都不用跟夫人请示。

在仙红家南大塘麦田不远处有一个人字形瓜棚,这是早年马本才家种西瓜时搭的,里边除了一张大板凳和床笆支起来的简易小床也没什么贵重物品,因为选的材料优良,建得比较牢固,所以这个瓜棚十几年下来还屹立不倒。老马为了存放柴草和农具方便,每年会对这个草棚进行维护修缮,这里也是村民们在地里干活时歇脚和躲雨的好地方,不过这个草棚一到冬天用处就不是太大,除了放些干柴,很少有人踏足,可这反而成为那些野鸳鸯约会的伊甸园。在这里极目四野,除了呼呼的风声,就是一片片枯败的枝叶或者嫩绿的麦苗、油菜,偶尔也会有小鸟自由地尖叫着飞过,远处如黛的山峦连绵肃穆,就像一位饱经风霜的老人,见证着山洼村的岁月流转,庇佑着村里的无数生灵。这天,他俩按照约定时间,怀着喜悦的心情匆匆赶往那个能让人神魂颠倒的极乐世界。

他们是第一次来这里,即将进行所谓的野战。别看仙红在作风上有点放浪,可从不喜欢让别人白白占便宜,她和野男人的每一次邂逅都有一定的目的性。沙政高早先一步赶到这个草棚,等仙红到达时一支烟的工夫已经过去了。他在这等待的过程中心急火燎,总觉得这公共场所一不小心仍然可能会被人看见。当仙红在寒风中哆嗦着牙齿刚踏进来还没立定,沙政高迫不及待地立即迎上去用双臂紧紧勒住她的腰肢,二话不说,低头就往她脸上拱,准备做人工呼吸。

仙红淫荡地哼了一声,恬不知耻地说:"老公,心急吃不了热豆腐,在这荒郊野岭的孤岛上,慢慢地享受嘛。"

沙政高一把将仙红拽到床边,让她坐在自己的大腿上,一边用手在其如刚出笼的实心馒头般的胸脯上轻抚,一边温柔地哄她说:"我的小心肝,你说得对,你说我对你好不好呀?"

"好呀,我老公最棒了。"

沙政高猥琐地笑道:"哪里棒?"

仙红一边娇羞地说"你好坏",一边用食指指着沙书记已经鼓起的小山岭嘿嘿地笑着说"这里"。

沙政高就像得到了上级领导的高度肯定,浑身来劲,小山岭迅速变成了小山峰一样挺拔。他顾不得床上脏不脏、篾刺戳不戳人,顺势就将"小心肝"压倒在床上,反正两人都穿着厚厚的棉衣。

仙红假装被压疼了,哎哟一声将沙政高轻轻推开,但她并没有表现出很生气的样子,而是嗲嗲地请"老公"移开一下,她要站起来缓缓。

沙政高见状不停对"小心肝"赔着不是,并怜惜地扶着她。

仙红趁热打铁,这时瞬间改变了称呼和说话口气,一本正经地问:"沙书记,你看村里现在渐渐剩下些老弱病残的了,要想把村里发展好,还需要你们大队干部有本事。俗话说一个好汉三个帮,你看我家李刚既年轻,做事又活套,能不能在大队安排个岗位让他锻炼锻炼,助你一臂之力,这样我们见面的机会就多点,干什么也方便一些,嗯?"

沙政高笑而不语,沉吟了片刻说:"我的小乖,你还挺深谋远虑呢,你要是做个村干部更合适。你的提议很好,我们村干部正处于断层状态,需要补充新鲜血液,不过这得要我回去和其他几个干部商量一下。那他愿意吗?"

仙红认真地"嗯嗯"着点点头说:"他愿意,他说小时候就羡慕他大伯在村里当会计,工作轻松又风光,对村里的小队长他都高看一眼呢。"

"美人,头戴皇冠必承其重啊,当村干部表面是风光,责任和压力可也不小,既然你们都有这个愿望,我就尽最大努力吧。"

仙红听了乐开了花,又虔诚地一头扑进了沙书记温暖的怀抱,投入地娇喘起来。

官本位思想自古至今由来已久,多少人做梦都想谋个一官半职,当仙红回家把她的想法跟李刚说了以后,李刚心里掠过一道霞光,惊喜地盯着老婆问:"你怎么好意思跟沙书记开这个口的?我们又不是他沾亲带故的人呀。"

"嘻嘻,这有什么的,你看村里现在年轻人这么少,他来买菜时我只是开玩笑一样提了一下,拾到不喜,掉了不忧嘛,对不对?"

"呵呵,你还挺能呢,那他怎么说的?"

"他说要和其他干部商量看看。"

李刚哦了一声就没当回事,转头去理货。

做村团委书记不是入党也不是三大员岗位,李刚本身政治清白且人缘很好,在当月的村两委会上,村干部们毫无争议地就通过了沙书记的提议。

过了几天李刚如愿以偿地接到了村里的任职通知,空缺了好几年的村团委书记岗位由李刚正式担任。

为了酬谢沙政高的提携之恩,李刚两口将村里所有干部以及本队的小队长都邀请了一遍,又是全家齐上阵,提前一天就开始准备宴席,并将村里专给人家做红白喜事的大厨老侯请来掌勺,怕忙不过来,还喊了两个做事麻利的邻家妇女过来帮忙,想在这一方小天地的领导人面前展示一下自家的实力和诚意。

上任后头两个月,李刚除了参加大队的一些会议也无所事事,但明显感觉到村里很多人对他又高看了一眼,见面比以前更客气了,这让李刚志得意满,生意也更加兴隆。世上没有不透风的墙,有些猜到端倪并曾经和李刚家有过节的人开始偶尔投过来一些鄙夷的眼光,不过李刚暂时还察觉不到。

没有多少城府的仙红觉得攀上了高枝、找到了靠山,更是扬扬自得。在这个村不管多大的干部,她没有不敢开玩笑的,觉得自己浑身都是本事,然而俗话说吃人嘴软拿人手短,仙红对于大队书记沙政高后来的一系列呼唤更是招之即到,一点也不敢怠慢,当然这个位高权重的贵人也给仙红带来了无尽的"幸福"。

二〇〇二年三月的一天,村里召开两委联席会议,李刚作为列席人员参加了会议,其中一项议题就是他的家族承包的二百多亩山林小站即将在六月到期,准备对外发包,请大家做好宣传。连同小站在内的还有个十亩大坝,租期十五年,租金十万元,分三期付清,第一期是刚承包时要付百分之三十,也就是三万元,第二期就是三年后,要付百分之四十,也就是四万元,第三期是五年后,要付百分之三十,还是三万元。沙政高说完会场鸦雀无声,显然大家对这个小站和大坝没多大兴趣。先说说小站吧,老李在世的时候经营得风风火火,而他的三儿子成事不足,败事有余,接手以后不仅刨掉了所有的果木,还将大部分比碗口粗的树放倒卖钱装进自己的腰包,现在这片山林主要剩下些杂树和刚栽上不久的大杨柳,三五年都不会有什么起色。而这个大坝虽说风调雨顺时养鱼能赚到一两个钱,然而要经常看守,特别是遇到旱季,鱼的死亡率会直线上升,也不是稳赚不赔的买卖。

李刚是个有情怀的人,从记事开始小站就是他的儿童乐园,发展成现在这个样子真不是他愿意看到的,他想承包下来好好经营,也想让这个小站在他李家手上更长久一点。李刚当场就表态,他有意向承包,不过得回去和老婆商量商量,大家一下被他这个"妻管严"逗得哈哈大笑。

李刚回到家高兴地把承包小站的想法急忙跟老婆汇报,以充分征求她的意见。仙红对这个小站没什么感情,也没得到过它的什么好处,精明的她反问李刚的第一个问题就是怎么盈利。

为了说服自己也说服老婆,李刚一路上已经盘算过自己的计划了。

李刚慢条斯理地说:"先拿小站来说吧,现在人都讲究健康和养生,这一百多亩的山林一是可以栽些成材快的树木,比如杨树,也可以育些果木、花木的树苗。二是靠近大坝,可以养殖一些鸡、鸭等家禽,这些家禽几个月就可以长大,既可以卖蛋,又可以卖肉,我们不喂饲料,再让它跑着长,这样养出的家禽味道鲜美、营养价值高,形成我们自己的品牌,比如仙红牌草鸡蛋,无论是价格还是销路应该都不成问题。"一边说一边情不自禁地嘿嘿笑起来,逗得仙红也嘎嘎嘎笑得好像实现了梦想一样乐开怀。李刚看仙红被他说得心花怒放,一下灵感迸发,无数个美好的设想纷至沓来,他继续滔滔不绝地描绘着:"这个大坝,我们用挖掘机将它深挖,可以储存更多的水资源,那就可以养殖更多的水产品,比如鱼虾蟹等,现在千台龙虾被炒作得价格比鱼高多了。我们还可以开发几个垂钓项目,给那些热爱钓鱼钓虾的朋友提供场地。你看这些不都是可以生财的吗?"

仙红刚才还笑得眼泪夹夹的,现在突然冷静下来问道:"这么大规模的种植养殖谁来看管?"

李刚说:"我爸现在做木匠也不挣什么钱了,让他和我妈去看,忙的时候再从村上雇一点人,他们的工钱也不会太高。"

仙红觉得李刚说得很在理,但这么大的投资还是要三思而后行,否则开弓没有回头箭,因而轻声细语地对李刚说:"老公,这么大的事情要从长计议啊,我们再考虑几天你看怎么样?"李刚感动地对老婆点了点头。第二天午饭时他又跟父母商量了一下,本来以为古板的父母会在他头上狠狠地浇一盆冷水。没想到李正柱两口这次相当开明,当即就同意了李刚的想法,他们都认为年轻人就应该抓住改革开放的好机会去拼搏一把,而不能像他们年轻时一样,按部就班地忙大半辈子也只能解决个温饱。他们不仅在思想上支持儿子儿媳,还要拿出两万块钱给他们作为启动资金。其实李刚自从在大队会议室萌生了这个想法,就没在内心里打过退堂鼓,他仿佛已经看到绿油油的小站渐渐变成了金山银山,满腔热血地日夜谋划,以前开这个百货店都没有这样兴奋过。

仙红从头至尾基本上还是持中立态度,她毕竟没见识过什么世面,因循守旧,不过最终还是同意了老公的决定。

过了两天,李刚买了一些烟酒等礼品,登门孝敬沙政高并说明来意。自从小站对外发包以后并没有受到很多人的关注,不过也有几个村内外经济条件较好的大户有这个意向,相比较而言,沙书记更倾向于把这个机会留给李刚,他毕竟是本村人,又在村里任职,有什么事情沟通起来也方便一点。他觉得年轻人有闯劲,应该可以把小站盘活来提高村集体收入,最重要的是让这个小子每天忙忙碌碌,他就有更多的机会和情人快活了。因而见到李刚找上门来心里暗暗高兴,脸上却表现出将信将疑的样子,让李刚从心底里对他表决心并感激涕零,这叫一箭三雕。

李刚轻易就拿到了小站的承包权。自此李刚的本事开始得到充分的施展,在完成了签合同、交费等一系列手续以后,仅用两个多月的时间就把小站和大坝的经营框架有模有样地拉起来了,趁着春天栽树、放鱼、捞家禽的最佳时机,将小站原有的三大间和两小间看守用的草房翻新盖成了红色瓦房,并用水泥将墙面和地坪粉抹了一下。远远看去,万绿丛中一点红,别致而幽雅,这样人住进去也敞亮舒适一些,并给小站起了一个很时尚的名字:山洼生态园。看得村里许多父老乡亲眼红嘴馋、议论纷纷,羡慕嫉妒恨,什么样的心情都有,但大多数人都笃定李刚一家肯定能靠这个生态园发家致富。

第二十五章

　　按照设想,陈龙觉得自己最后应该能拿到奖学金,可第二学期开学后成绩出来却傻眼了,陈龙不仅没有拿到,还成为全宿舍唯一一个大学物理考试没过的同学,这样的结果对陈龙来说是致命性的打击。他烦闷至极,自惭形秽,觉得自己好失败,上学期那么努力,结果却惨不忍睹,所有的梦想都泡汤了。他就像泄了气的皮球,连续几天郁郁寡欢,独自一人在大学校园里徘徊,对未来极其迷茫,学习成绩上没有薛伟优秀,人家经常睡懒觉还拿了个二等奖学金;爱情上没有杨明顺利,是自己牵线的宿舍联谊,可自己最后一无所获,反而让他抱得美人归;再想想自己的两个发小,尽管没上过几天学,但人家都已经结婚生子,事业有成,特别是李刚,每天做生意挣的钱比自己的父母加起来还多。黑皮虽然还处在学徒期,但磨刀不误砍柴工,应该很快就可以独闯江湖,前途也不可限量。

　　以前在逸夫楼一楼看到有间办公室门口挂的牌子是心理健康咨询室,从未开过门,也就没看到有人进出过,同学们包括自己路过那里都会嗤之以鼻,经常开玩笑说谁的心理有问题还能来上大学吗?就是心理有问题一去咨询不就暴露了,这种功能室简直就是形同虚设。没想到如今自己就有心理问题了,解不开的疙瘩、挥之不去的烦恼不知该跟谁说,现在走投无路,突然想到这边咨询咨询,可是跑过去一看,门锁竟然都已生出黄锈。很多时候,当一个人遇到心理上的障碍,指望别人三言两语就能开导好是很难的,除非这个人真的是阅人无数、能言善辩,这样厉害的人在我们的身边可遇不可求,最主要还得靠自己学会放下,慢慢自愈。

当陈龙完全适应了大学生活以后,每个月的开销渐渐增加,为了补贴生活,他和室友们一起找到毓林路家教一条街,模仿别人在自行车龙头上放个写有"家教"两个字的广告纸牌,静等学生家长前来咨询。今天他旗开得胜,有的同学连续多日找不到一份家教工作,而陈龙凭借五元一小时的低廉价格和温文尔雅的表现获得不少家长的青睐,仅用几小时就一口气接到三个家教的活。后来每个周末一有空,他就屁颠屁颠骑个二手自行车奔赴三个不同的小区去辅导中小学生。辅导孩子所带来的成就感,让他不断找回一些自信和欢乐。然而好景不长,两个多月后,三份家教就剩下一份高中的了,那个小学生由于成绩已经提升上去,就不需要继续辅导,而那个初中生因为基础没打牢,不是练书的料,短期内提升不明显,也不再续教。这时夏天已经到来,到处绿树掩映,郁郁葱葱,也是许多年轻人展示身材和皮肤的最好时节。

有天晚上陈龙在宿舍跟室友哀叹自己又处于半失业状态,室长薛伟听了安慰他说:"兄弟,别气馁,我也被炒鱿鱼了,明天是周六,下午我们一起再去毓林路碰碰运气。"家庭条件优越、处于恋爱繁忙期的杨明和只顾踢足球的汤学飞既没耐心做家教,也没这个需要,自然也就无法体会做家教的乐趣所在。

到了周六下午真是活见鬼,他们两人在炎热的老地方呆呆地等了一下午都鲜有人问津,可能大部分该找的在开学时已找好,当然与大量师范学院学生的加入也有很大的关系,他们在牌子上写上"师院家教"就是明显的优势,谁不希望找个科班出身的家教老师呢?在这种激烈的竞争环境中要想分得一杯羹实在是太难。就是咨询的几个家长也都提出比如保成效、试教期打折等非常苛刻的条件。

晚霞满天的时候陈龙对室长说:"薛伟,等了半天一无所获,再难也不能委屈自己呀,口干舌燥的,我们去买个西瓜啃啃吧?一边吃一边等,然后就在这附近吃顿晚饭,马上我再打个电话给杨明和汤学飞,吃完晚饭我们一起去人民商场旁边的金城迪吧玩玩,我还没去过,以前光听杨明说比舞厅好玩,我们也去体验一下如何?"

"好好好。"两人一拍即合。

陈龙让薛伟在原地继续守候,他则兴冲冲去打电话和买西瓜,本来以为杨明和汤学飞会没时间或没兴致,没想到这两人很爽快地就答应了,于是四人在电话里约好晚上八点在迪吧门口见。

陈龙随之将买来的西瓜像庖丁解牛一样熟练地掐了几下就一掰两半。两人没有任何工具,只能一瓣一瓣掰开,然后捧起就剋,都像小猪吃食一样吧唧吧唧啃得满脸都是红莹莹的瓜水,两人还边吃边憨笑着抬头打量对方吃成大花脸的样子。

快要吃撑的时候,薛伟满足地说:"真过瘾,爽歪歪的周末生活。"

陈龙也放下没吃完的一小半西瓜,打了一个响亮的饱嗝说:"饱得晚饭都不想吃了。"

带着憧憬,两人七点半就找到了迪吧所在地。早就听说这是淮东市最大也是人气最旺的迪吧,可这个迪吧门牌并不是很气派,离地一米多高霓虹闪烁的"金城娱乐中心"几个字要是不留意还以为是哪个普通的舞厅招牌,他们问了保安才知道迪吧在地下室,只见很多人从招牌底下楼梯口像走马灯一样进进出出,见此情景他们迫不及待地上前买票,想先进去一睹为快。这个迪厅收费模式和学校的舞厅一样,只需男的买票,女的免费,而男的也不过十块钱一个人,感觉许多男的来这些场所就是冲着女的来的。两人下了地下室,像刘姥姥进了大观园,走迷宫一样地东张西望。整个娱乐中心看上去布局合理,设计精心,不仅有动感奔放的迪厅,也有可以一展歌喉的KTV,甚至还有浪漫潇洒的舞厅,满足了不同人群的需求。此时舞厅和KTV已经人气爆棚,而迪厅这边悠扬的音乐里除了工作人员在按部就班地做准备,并没多少客人,稍显冷清。

很快到了八点钟,让陈龙他们更加激动的是,在门口不仅等到了两个室友,没想到师范学院联谊宿舍的四个女生也被杨明召唤来了。娱乐场所是人越多越热闹,陈龙注意到这四个女生每人都精心打扮过,看样子今晚都想大放光彩,尤其是自己的老乡杨红娟穿的衣服尽管朴素,却化了个小淡妆,披散着头发,比之前洋气了不少。

大家来得太早无所事事,就先到舞厅坐一会慢慢等待,然后边嗑瓜子边悠然观看杨明和吴佳艳情意绵绵地跳了几支交谊舞,看时间差不多时,他们才站起身拘束地跟着杨明转场到迪吧去。

所谓蹦迪即跳自由舞,早在学校里大家就在舞厅跳过,不过这里的环境设备和氛围很不一样,完全就是一个疯狂世界。只见两个DJ戴上酷酷的耳麦,通过声嘶力竭的喊叫引领掌控着全场,变幻莫测的酷炫灯光照得人晕头转向,立体环绕音响效果震慑人心,拥挤的年轻人贴身站在长方形的弹簧地板上,就像吃了摇头丸一样随着音乐一起摇头摆尾,在DJ身旁还有个火辣性感的女郎正甩着金色的头发卖力领舞,每个人都被现场的气氛感染着。杨明环顾一起来的几个在看热闹的同学,兴奋地说:"大家一起上去跳啊,很好玩的。"几人这才推推搡搡一起走上了舞池,最放得开的当然是杨明、吴佳艳和蔡小莹,其他人有的是照猫画虎,而有的就是邯郸学步了。

陈龙发现周围许多年轻貌美的女孩子不仅浓妆艳抹、香气扑鼻，摇摆的动作也是自然流畅。几个打扮新潮的男孩可能是朋友，也可能是互不相识，和这些女孩一起昂首大声吆喝，尽情地释放青春活力，特别是有个黄头发戴耳钉的文身男孩，他搂着面前一个苗条女孩的小蛮腰一起同向摇摆，看得人心醉迷乱。当音乐渐渐到达高潮，舞池里忽然下起了人工雪，为这激情奔放的时刻更增添了一份清凉、浪漫和想象。跳了半天大汗淋漓，陈龙觉得自己身在其中就像一个土包子，看着心上人近在咫尺，而两颗心却相隔千里，心想能像身旁的耳钉男孩那样恣意洒脱该多好啊。

大家又继续卖力跳了好大一会儿，音乐开始舒缓起来，只听两个DJ严肃认真、语重心长地说："尽管有太多的忧伤充斥着我们的心灵，太多的无奈写在我们的脸上，没关系，阳光下让我们做个孩子，风雨中让我们做个勇士，一切都来得及，从今天开始，从现在开始，加油！"陈龙本来以为在这里听到的都是些恶搞、粗鲁甚至下流的话，没想到也有励志和充满正能量的呐喊，这些DJ对人生的理解在某些方面比他们大学生还透彻，这些金玉良言句句都打在自己的心上，仿佛就是说给自己听的，在场的很多人也都微闭着眼睛细细品味。陈龙决定不去想那么多了，把眼睛一闭，跟着快节奏的音乐继续加速摇晃，所有的烦恼即刻烟消云散！

三强看陈龙已经上大学，今年春天头一回停种了西瓜，因为怕没人看，到时便宜了别人。陈龙得知这个消息无比开心，第一次觉得可以过个轻松自由的暑假了。然而真到了暑假，忙惯的他不想浪费两个月的大好时光，自己跑到县建设局找了一份没有工资的实习工作，主要是想拓宽专业知识面，从而将理论和实践更好地结合。县建设局领导非常关心年轻人的成长，将几个专业对口且想来见习的大学生全都接收了下来，并分在不同的科室，正好他们也需要人手帮忙打杂。

此时黑皮还在苗五饭店认真学手艺。有天晚上,饭店几个服务员有事请假,黑皮就被老板临时安排去端盘子。当他端着满满一大盆热气腾腾、红通通的龙虾走进一个豪包,看到一大桌像是政府官员模样的人在斯文地敬酒聊天,不像有的人吵吵嚷嚷,也自然跟着拘谨起来。就在他小心翼翼地把盆放到转盘上时,突然有个熟悉的声音跟他打招呼道:"黑皮。"

这让他大吃一惊,怎么像陈龙的声音?应声抬头仔细一瞧,原来还真是他。

黑皮憨笑着问:"来吃饭的啊,好久不见,听李刚说你最近到县里实习了?"

陈龙立马放下筷子,走到黑皮旁边搂着他的肩膀说:"是的,在县建设局质量检测站。你在这学厨子,这么久都没来看过你,正准备吃完饭就找你玩的。"

陈龙左边戴着金丝边眼镜、大腹便便的吴局长和蔼可亲地问他:"这是谁啊?"桌上其他人也都停止了说话,盯着他俩望。这个吴局长也就是曾经在前松乡做过党委书记的吴飞,几经辗转现在已经到肥得冒油的建设系统独揽大权了。当他听说陈龙来自前松乡,自然也就多了一份亲切感。

陈龙面向局长恭敬地汇报道:"哦,这是我发小,从小一起长大的陆猛,现在在这边学厨师的。"

吴局长世故地客气道:"哦,都是小老乡,要不要来一起喝两杯啊,我们局里今天为陈龙几个实习生举行接风晚宴。"

如果不是亲戚关系,普通百姓和领导之间始终隔着一道无形的墙,极少有往来和交流。黑皮到这饭店干了几个月,尽管这些菜出自他们厨师之手,但是几乎没什么机会可以和领导坐一桌吃饭喝酒,不过这种场面话还是听过不少,再待在这里就显得碍事了。黑皮连忙摆手说:"谢谢领导,不客气了,我厨房还要忙。陈龙,走啦。"说完转身跨出包间,为了避免兄弟之间的尴尬,下面黑皮就请其他同事为他们端菜。

充实的暑期实习让陈龙对学习土木工程专业增加了不少兴趣。大二上学期开学不久,根据老师要求,陈龙和同学们兴冲冲地到文峰大世界商场花几百元将画图所用的丁字尺、比例尺、制图模板、铅笔、三角板、圆规等工具一一买齐,准备上画图课用。同学们都梦想未来做一名优秀的工程师,不只是普通的技术员,而要想出人头地、在这个领域有所建树,必须从现在开始扎实练好基本功。画图是锻炼自己动手能力的第一步,因此大家都不想输在成为工程师的起跑线上。

这门课的带课老师是男的,叫林栋,讲课时温文尔雅、面带微笑,也深受同学们的喜爱,在他的指导下,同学们画的第一幅图都是千篇一律的临摹,主要是练练手。陈龙之前看过设计艺术学院的同学往往在画室一待就是好几个小时,无比佩服他们的耐心和毅力,而现在要想画好一幅简单的工程图,听说也需要好几个小时,虽然听起来有点吓人,不过这么多同学在一起同时画,大家觉得很新鲜有趣,也是初次尝试,因此不会感觉有多枯燥。陈龙用极其认真的态度对待画图,只见他不停地调换着各种工具,每一笔都画得小心翼翼、一丝不苟,生怕哪里做得不符合要求。

过了一个小时以后,他感觉腰酸背痛,连眼睛都酸胀难受,就站起来舒展一下筋骨,然而当他转身望望其他同学,发现大家都趴在桌上聚精会神地工作,危机感促使他不敢懈怠,继续埋头画,内急都忍了忍没及时去解决。为了赶进度,他们吃完午饭顾不上休息,又跑到教室在图纸上沙沙沙地接着忙碌起来。当他们画到下午三点钟时,已经六个多小时过去了,陈龙的作品这时也已完成了一大半,看上去有模有样,像那么一回事了,尽管很疲惫,但也给他带来了小小的成就感,于是他放下工具,悠然地跑到其他同学面前转转，想看看他们的进展如何。乖乖，不看不知道，一看真是吓一跳，先看了薛伟的，感觉他的平面图框架明显比自己的大一号，他心里咯噔一下，但拿不准是自己画错了还是薛伟画错了。为了弄明白，接着又认真看了杨明和汤学飞的，看完他脸都绿了，仿佛遭遇了晴天霹雳，自己的图明显比其他同学都小一号。他不死心地又接连问了好几个同学才弄明白原来是自己粗心大意，不小心将比例弄错了才导致这个结果。他一下六神无主，哭丧着脸自言自语道："这可怎么办呀？"同学们见状都投来同情的目光，提醒他说赶快去问林老师啊，因为这个作品是否合格就是由他来评判的，只要他说没问题，那就都不是问题，如果有问题，看看怎么样采取补救措施。他这才如梦初醒，急忙抱着画板径直跑到林老师面前愁眉苦脸地央求道："林老师，你看我因为比例弄小了，画出来的图比其他同学都小一号，就这样行不行啊？"

这时林老师正在一些女同学面前手把手、精心地指导，向陈龙看了看后，他用标志性的语气掷地有声地强调："肯定不行啊，要重画！"

"重画要好几个小时呢，我好不容易画到现在这个样子，那我修改一下可以吗？"

"怎么改呢？就像孩子的衣服尺码比成人的小，你要想改为大人能穿的，还不得全部拆散了才能做，那还不意味着要重做？"

林老师一句话把陈龙堵得哑口无言，他只好怏怏不乐地回到座位上。看着自己忙活了一天的图，自认为是精品力作，瞬间却变成了废纸一张，这时他感到绝望无助、灰心丧气，眼看其他同学都要完成任务，而自己一朝回到解放前，真是生无可恋。他再也坐不住了，无形的压力逼得他喘不过气，就勾头没精打采地向教室外走去。

怎么办怎么办？他又开始自惭形秽起来，这个大学上得多窝囊啊,奖学金没拿过一次,谈恋爱没遇到有缘人,特别是上次计算机二级考试因为最后没保存到指定的A盘,成为全班四个没过的其中一员,不得不又交费重修,严重挫伤了奋斗的积极性,而现在画这个倒霉的工程图又让自己跌进深渊,一蹶不振。然而大部分老师就像许多家长一样不善于鼓励和培育孩子,只懂得机械呆板地指教和批评,这就导致了心理脆弱的孩子容易走向极端。

看样子这书念不下去了。为谁而念?是为父母,既为父母的颜面,也为父母的养老,这个观念不停地在陈龙的脑海里盘旋。一直待在象牙塔里的他没走上社会,还体会不到社会的残酷和无情,更不知道自己适合干什么,哎!他反过来想,从小到大退学的同学多着呢,不上这个学难道活不成了?我就不信这个邪,解铃还须系铃人,既然父母让我上学的愿望比自己要上学的愿望更强烈,那就去找父母诉说上学的不易。

陈龙慢慢走向校园电话亭,拨通了家里的固定电话,正巧是妈妈张玉梅接的,她声音洪亮地问:"哪个啊?"

"妈,是我。"

听到是儿子的声音,性格直爽的张玉梅高兴地说:"哦,大龙啊,打电话什么事啊?"

"我不想念了。"

电话这头的张玉梅眉头一拧,急忙问:"什么?出了什么事了?"

"老跟不上课,作业老出错,就怕最后毕不了业,还不如退学直接去打工。"

这么多年来,张玉梅这是第一次感觉到陈龙的艰难,也难得对儿子说了些暖心话。她心想万里长征眼看要走完,说放弃就放弃多可惜啊,没有什么文化的她想到电视上有时会放到学生因厌学而自杀或自残的新闻,心里还是为自己儿子捏一把汗的,他毕竟大了、成年了,不像小时候可以被当成自己的附属品,想怎么摆弄就怎么摆弄,现在他真要反抗起来,就怕自己已经力不从心。"那你就再念一段时间看看吧,如果真念不下去,我们也不强迫你,你自己选择的路,最后不后悔就行,骑马坐轿还是挂棍要饭只能天注定了。"

听到妈妈难得的宽慰人心的话,陈龙异常感动,身心一下子轻松许多,长久被妈妈压制的他,不好意思在电话里表达对妈妈理解自己的感激之情,平静地说:"嗯,那我过几天再看看。"

有了退路之后,陈龙瞬间感到天阔地宽,许多励志的故事和名言一齐涌向耳际,和那些悬梁刺股故事中的孙敬、苏秦比起来,自己太渺小了,用几个小时重画一张工程图算个屁事,也正如刘欢的《从头再来》唱的:心若在梦就在,天地之间还有真爱,看成败人生豪迈,只不过是从头再来。想到这些,他大步走回教室,自言自语道:老子大不了从头再来!从头再来!

自此他开始面对现实,从而迅速地调整了学习方法和生活规划,将一部分时间用在了自己喜爱的文艺活动上,凭借对表演的兴趣还顺利加入了校大学生艺术团,主要演些悲伤的话剧和主持一些晚会。经过几个月社团活动的锻炼,陈龙不仅交际交流、组织协调等能力得到了较大的锻炼,学习成绩也提高了不少,有好几门课程在期末考试中甚至取得了全班前几名的好成绩,这给他的学习和个人发展都增加了很大的动力和信心。

第二十六章

大二下学期,"非典"即将结束,有个周六晚上,没有晚自习,陈龙正在宿舍和几个室友斗地主时,开心地接到黑皮从老家打来的电话,这个电话让陈龙既激动又意外,黑皮告诉陈龙要到他上学的城市——淮东开龙虾店。这样一个劲爆的新闻让久未联系的兄弟俩聊了半个多小时还热血沸腾,通过交流陈龙得知,黑皮从乡里的信用社贷款十万元,主要是看好淮东经济发达,人口密集,居民消费水平高等优势,不管赔赚都要搏一把,趁现在"非典"期间房子好租,这两天就要去找门面房,希望陈龙到时能陪他一起参考参考,出出主意。陈龙毫不犹豫地表示:"老哥你放心,我会全力做好你的向导,竭诚为你服务,以后我还要到你店里勤工俭学呢,你不要嫌弃啊。"

"说的哪里话,能经常见到你,我就很高兴了。"

黑皮也算个敢想敢干的有志青年,一周后果然和小丫、李刚一起舟车劳顿来到了淮东,几人通过连续三天的考察咨询,最后选中了小区较多的解放路和新民路交叉口一家楼上下两层共三百平方米的待转让饭店,房租一年三万元,转让费三万元。他们看好后立马邀请老乡陈龙、杨红娟前来掌掌眼,听听他们的建议。最后五人一致认为这个地方比较适合开龙虾店,据了解,之前这个中餐馆生意也不错,后来因为老板嗜赌如命而将好端端的一个饭店败掉了,现在转让广告刚贴出来两个小时,就碰巧被路过的黑皮他们看到,这个黄金位置哪怕房租再高一点也不愁租不出去。表面上看是黑皮他们运气太好,轻而易举就捡到这样一块风水宝地,实际上是黑皮从小就练就的铁嘴皮子,再加上这些年的社会阅历,把房东说得相见恨晚,就像见到了真兄弟,所以也就心甘情愿地把这个聚宝盆拱手租给了他们。

黑皮在苗五饭店只干了两年就把烧龙虾的技术学到了手,并且是青出于蓝而胜于蓝,在师傅传授的十三香做法基础上又创新开发了蒜泥、蛋黄、冰镇、咸菜等多种做法。黑皮好像有做厨子的天赋,别人用几年时间才能学会的做菜手艺,他仅用两年就掌握了,此时也正是千台十三香龙虾名扬海内外的高光时刻,黑皮觉得现在是抢抓商机的黄金时间,潜意识里认为眼下必须另起炉灶、独闯江湖了。来淮东市之前,黑皮没有像很多人那样委婉地找个借口辞职后远走高飞,而是恭敬地把自己的想法跟苗老板作了详细汇报,没想到心胸宽广的苗老板不但没有阻拦黑皮的创业之路,还竖起大拇指夸这个徒弟说:"陆猛,你是好样的,不想当将军的士兵不是好士兵,不想当老板的厨师不是好厨师,缺多少创业启动资金尽管跟我说。"此时的苗五饭店年营业额已经达到了三百多万元,苗老板对于自己的爱徒是有求必应,希望所有的爱徒都能闯出自己的一片天地。

"苗叔,你这么关心和支持我,让我非常感动,我已经从乡信用社贷款十万元,如果到时候不够的话再请您帮忙。"

"哦,这样也好,自加压力,成功的可能性更大。"

开业前夕,黑皮把经验丰富的苗老板请到了现场,请他对所有环节再做最后的把关。

黑皮受千台许多龙虾店名的启发,给自己的店起了一个既大气又好记的响亮名字"千台陆大龙虾",在店名下方还打出了"正宗千台十三香生态龙虾"的宣传广告来招徕顾客。由于远在他乡,开业典礼并没有邀请多少亲朋好友到场庆贺,不过除了黑皮两口、雇用的几个厨师服务员,还有苗老板夫妇、李刚、陈龙、杨红娟以及他们的同学,加起来也有十几号人呢,在饭店门口站得挤挤挨挨一大片。在众人祝福的目光下,黑皮把两挂一万响的鞭炮惊天动地地放了好几分钟。开业庆典隆重而热烈,人群中只有小丫眼里偷偷闪烁着喜悦的泪花,她一直相信丈夫的眼光和能力,可也担心万一经营不善会赔得倾家荡产啊!

俗话说万事开头难,奇怪的是黑皮的龙虾店自从开业以来每天都顾客盈门、高朋满座、日进斗金,饭店里所有员工每天忙起来的时候抽空喝水的时间都没有,这是黑皮夫妻俩始料不及的。每天中午和晚上就像开流水席一样,这拨客人没走,下一拨客人已开始耐心排队等候。陆大龙虾之所以这么火爆,还在于黑皮秉持以人为本的先进理念,他的饭店经济实惠、物美价廉、服务周到,做出的十三香龙虾麻不伤口、辣不伤胃,在鲜、香、嫩、麻、辣的基础上,还可以根据客人的口味偏好灵活调整做法,最难得的是,黑皮再忙都要亲自到每桌去俯首恭听顾客的意见和建议,这样保姆式的贴心服务让所有请客的东道主既有面子,又觉得温暖。有的顾客就是冲着千台龙虾的名气来尝个鲜,也有的是听到良好的口碑来亲身感受,许多"头回客"渐渐变成了"回头客"。

开业以后,陈龙和杨红娟这两个小老乡一有空就跑到饭店来帮忙端端盘子,既可以挣点生活费、锻炼自己增加社会阅历,又可以和老乡们聚聚拉拉家常。当然,黑皮也没有亏待他们,往往都是按照管理层的标准给他们开高工资。功夫不负有心人,仅用大半年时间,黑皮就还清了所有的债务。其实陈龙和杨红娟通过在一起打工还增进了对彼此的了解,杨红娟在陈龙眼里一直就是出类拔萃的,过去是,现在更是,不仅学习成绩好,就是工作也做得井井有条,一丝不苟,深受大家的好评。而之前杨红娟将陈龙对她的暗暗追求因各种复杂原因婉言谢绝以后,现在反而有点懊悔了,曾经让她心动过的那些同学看上去确实都英俊潇洒、风流倜傥,不过真谈恋爱的话,从他们频繁更换女朋友而无所谓的态度就会发现大部分很不靠谱。朴素的陈龙尽管外表不那么光彩夺目,可为人一直真诚坦率,也有着农村人的勤劳踏实,像大哥哥一样温暖和安全,让她越发觉得珍贵,然而此时这份温情只能深藏心间。

到了年底,陈龙不仅为学校艺术团的工作整天马不停蹄,还有准备考研、学习专业课等繁杂的任务,所以分身乏术,无法继续去黑皮饭店帮忙了,杨红娟这时也回去找了一份轻松的家教工作补贴生活费。饭店少了两个小老乡的帮忙,尽管也照常运转,黑皮却感觉身边少了一分亲切感,家乡话和心里话少说了不少。义气的黑皮每到节假日仍然会把他俩及他们的同学喊来一起聚聚,帮他们改善改善伙食,唠唠家常,联络联络感情,再顺便请他们搭把手。

别小看这个大学生艺术团,事情还真不少呢,从人员培训、排练节目到开展活动、参加比赛,陈龙整天忙得不可开交,取得了一个个骄人的成绩,也颇得艺术团指导老师的赏识。为了便于开展工作,陈龙还被任命兼任了校学生会文艺部部长,并有了自己独立的办公桌,他一有空就满足地坐在办公桌前精心谋划艺术团的系列工作,或者埋头刻苦学习。事实上,鱼和熊掌哪能兼得呢?兴趣不仅是最好的老师,也是最大的动力,在兴趣和学业面前,陈龙选择了前者,把更多的精力用在了整天热热闹闹、风光无限的艺术团工作上,而考研的事情,他虽然也连带着在准备,但学习成效差强人意,考试结果也就可想而知了。不过这时候本科生还是比较好就业的,考上研究生无非意味着未来就业的路径更宽广一点,陈龙常常这样安慰自己。

就这样忙忙碌碌很快又进入炎热的夏天,陈龙在学校忙着大学生"三下乡"文艺演出;黑皮在自家生意兴隆的饭店每天亲力亲为,只能睡五六个小时;而彼时远在家乡的李刚更像个陀螺,家里家外转个不停,家里的百货店主要交给老婆仙红打理,他除了要应付村里的团委工作,把更多的时间精力都投入在了一百多亩的山林和鱼塘上了。这时的西瓜已经成熟,绿油油的瓜地里一个个西瓜又大又圆,长势喜人,而之前春天里鲜红的草莓和初夏香喷喷的桃李让新时代的小站在第二年就接连展现出生机勃勃的景象。七月底,黑皮和陈龙约定一起回家看看,黑皮要回去补办身份证,陈龙则要回家过几天,为家里忙碌的父母搭把手,给芝麻和黄豆锄锄草。

听说两个好兄弟回来了,李刚当天晚上立即丢下手里的活,回去看望他们,并诚挚地邀请好兄弟们去生态园品尝新鲜的西瓜,黑皮和陈龙两人也是急不可耐,扒拉几口晚饭就踩着板结的土路和李刚相跟着沙沙作响地走向瓜地。夏日山野上空的月光明亮清丽,照得人心里都亮堂堂的,无数小动物趁着夜晚凉爽的时刻哼哼唧唧地在忙着交配繁殖、捕食戏耍,处于疯长期的庄稼更是像五六个月大的婴儿,将根牢牢地插进泥土,贪婪地吮吸着大地的乳汁。而南山此时像身穿黑衣的汉子,正在宁静的星空下安详沉睡,日夜守护着这方蓝天和沃土。与之形成鲜明对比的则是远处的村庄灯光点点,一些人和家畜大嗓门的喊叫声清晰可辨,这是村里许多人梦想起航的地方。

一路上三个人滔滔不绝,满心欢喜,有诉不完的见闻和感受,聊不尽的畅想和未来,走在熟悉的道路上不免又回忆起小时候在这片原野上曾经干过的那些无知龌龊的事,让人一下感觉到真是无论你出走多久,归来仍是少年。

快到瓜地时,李刚家机敏的大公狗"黑豹"汪汪地大叫起来,在这黑夜幽谷里听起来令人毛骨悚然,不寒而栗,李刚只吹了一声清脆婉转的口哨,黑豹就哼唧几声乖乖坐下了。也不管三人能不能吃下那么多,为了显示主人的热情好客,李刚在瓜地里左拍拍右弹弹特地挑了一个足有十几斤重的大西瓜,只用千疮百孔的破布子擦了擦泥土和露水,就拿起刀子咔嚓咔嚓几下动作娴熟地剖成十几瓣。两个兄弟一点也不把自己当外人,捧起来就剐,三人歪头啃着清凉可口的西瓜别说有多过瘾了。黑皮和陈龙对李刚的本领和种出的西瓜啧啧称赞,都说吃到了小时候的味道。李刚也毫不谦虚,由此感叹一大家人整天披星戴月地忙碌总算天道酬勤,看到回报了。

酒逢知己千杯少,话逢知己千句短,三人不知不觉聊到晚上十一点依然热血沸腾,意犹未尽,为了不让家里人担心,他们约好第二天天亮后继续来参观。

白天来看小站又是另一番风景。站在山坡上朝下张望,经过整修疏浚的大坝耸立,清澈的湖水波光粼粼,一群群麻鸭和白鹅在水岸边悠闲地浮水。而小站这边除了茂盛的西瓜地,初步成型的桃林里,六月青桃子已经挂果成熟,累累硕果将瘦弱的桃枝坠弯了腰,处于童年期的白杨树叶在山风吹拂下飒飒作响,几百只草鸡在树林和草地里追逐觅食。不难看出,生态园在李刚全家的共同努力下已经逐渐走上正轨,并且在高效运转,李刚相当于生态园的董事长、总策划,他的父母是高管,仙红不用整天耗在这里,但她是财务总监,掌管经济大权,将生态园的收支账目做得一清二楚。他们除了从附近村子里相对固定地雇用了几个得劲的劳动力之外,繁忙的时候还会临时再找些钟点工。

这一片生机盎然的生态园看得人赏心悦目,黑皮调侃李刚说:"你现在算是飞黄腾达、人生赢家了,财运和官运都一齐亨通,还能做到老婆孩子热炕头,一家人团聚在一起,不像我们背井离乡,照顾不到孩子和父母,心里始终放心不下。"

"哪里哪里,都是小打小闹,说到底还是个农民坯子,谁不知道你黑皮在淮东市开饭店日进斗金,发大财了,有传言说你已经是我们村的首富了,就是沙书记见到你不都一口一个陆总的。"

听惯了恭维话的黑皮看好兄弟也这样开涮自己,哈哈哈笑得呛起来了,本就肥厚的嘴唇看上去更厚了,话不成句地说:"兄弟太抬举我了,确实挣到一些小钱,可是我每天的支出和开销也大啊,你知道开店才一年多,也存不下来钱,就算成功了,也是陈龙他们支持的结果。"

书卷气较浓的陈龙听了脸一红,他不会像李刚那样油嘴滑舌,和黑皮什么玩笑都能开,什么粗鄙的话都能说,他腼腆地微笑着说:"我一个端盘子的小服务员哪有那么大本事,还是因为老大经营有方。"

弟兄三个越聊越开心,有人说人生没有白走的路,每一步都算数,回忆起过去的任何事情,哪怕是当时看来很丢人的糗事,现在品味起来都觉得记忆犹新、回味无穷。特别是远离家乡的游子,对村里任何人的近况,就算以前接触很少的人,也都十分关注,提到就很亲切,因为大家再熟悉不过,曾经或多或少互相帮助过,给彼此带来过欢乐。黑皮和陈龙要想了解村里的最新信息,李刚就是最好的途径,这个"万事通"不仅知道得多,凭着村干部的便利条件也掌握着最新的情况。这些"乡贤"当然在自己有了一定的能力之后也十分关注家乡的发展,都想竭尽全能为家乡出一把力。这天李刚兴奋地告诉两人,常州来了一位大老板承包了小平山,打算建采石场,并准备在村后建一个石子加工厂,目前正在进行青苗测算补偿和其他准备工作,运转起来以后将会增加不少村集体收入并带动附近的老百姓就业。之前村里退休的一个村干部和他大伯已经被老板高薪聘用,协助他们做一些沟通和矛盾协调工作,整天屁颠屁颠忙得都顾不上庄稼了。听不少人说这个项目估计也会带来一系列的问题。

其实这么大的新闻,黑皮和陈龙之前也大概听说了,没想到推进得这么快。

"什么问题?"陈龙问。

"噪声和空气污染啊。"

"不还有你们村干部吗?"黑皮嘿嘿地笑着说。

"我们也有我们的事啊,不可能整天为他们擦屁股的。"

"协调村里的矛盾纠纷不也是你们干部的职责之一吗?"陈龙接着说。

李刚帅气的丹凤眼骨碌转了一下,理直气壮地说:"话是这么说,可大队平时给我们开的工资连抽烟都不够,让我们像牛马一样忙也不太现实呀,这个社会谁傻呢? 不是吗?"

其他两人听了都默不作声,当是认可他这种说法,也算是无言的反驳。

李刚不知从何时开始学会了虚伪。因为自从采石场破土动工以来,老板就私下里对每个村干部或多或少地进行了打点和表示。徐老板有天晚上跑到生态园将一万元现金用信封装好偷偷塞给他,请他以后多关照,李刚客气了两声也就笑纳了,觉得这个村官做得太滋润,有的人打工半年也不一定能挣到一万,而自己仅凭一顶"破草帽"就像捡钱一样容易。他当时按捺住内心的喜悦,在月光下搜肠刮肚将想到的奉承话都一股脑说给徐老板听了。

李刚没有接受过专门的廉政教育,不过他深知受贿犯法,可看看周围的同事又有谁因为贪污受贿被绳之以法了呢? 山洼村自古以来也没有,还是因为村委会是清水衙门,没什么油水可捞,那都是大干部或其他有钱的村才会这样,据说也都是因为有人举报才东窗事发。徐老板走后他想:我现在帮这个外地老板办事,他给报酬难道不是天经地义的吗?我大伯他们退下来的老干部据说还千把块钱一个月呢,我为什么就要白帮他跑腿?

李刚将这笔不义之财直接私自藏起来了,毕竟这种事知道的人越少越好,要神不知鬼不觉,若是告诉老婆仙红不仅自己只能过个手,说不定一不小心或者一生气还会败露出去,那样就亏大发了,他干脆来个猪八戒吃西瓜——独吞。

到了第二年春天进入正式采石期以后,李刚发现这个现代化的开采技术比以前的要先进得多,首先就说这钻孔技术,不再用手扶的风钻,而采用履带式潜孔钻机,这种设备爬坡能力强,对于像山洼村崎岖不平的路面适应性极强,凿岩作业稳定性也好,能够钻凿不同孔径、不同深度、多种方位、多种角度的爆破孔、预裂孔等,凿岩效率较高。就连爆破技术也有了质的飞跃,用电雷管取代了传统的火燃雷管。这碎石技术更是省力又省时,用岩石壁钩机只要几分钟就能将几吨重的大石头劈得八瓣开花。这些高科技吸引很多人经常组团前去参观,并不断发出啧啧、啊呀的惊叹声。

让村干部和当地老百姓万万没想到的是由采石产生了很多新的问题,比如一天二十四小时不间断地作业,岩石壁钩机发出的嘟嘟嘟的噪声吵得许多村民经常睡不好觉;大型机械的持续振动就像地震一样,将村里的一些本就不牢固的危房墙壁震出更多更宽的裂纹;老虎机粉碎石料产生的粉尘污染,让房屋、树上和庄稼地里像撒了一层白粉一样到处灰蒙蒙的一片;在采石场附近的一些地里长的南瓜、冬瓜等个头较大的庄稼也难免有被砸坏的时候。村民们看到自己的利益受损,经常拉住徐老板的衣服或者堵在车头前讨说法,要不就去作业现场阻工。这些大大小小的民生问题都需要村干部和公安配合前去调解和处理,毕竟受人恩惠,一开始李刚还有耐心去做群众工作或者帮助群众去跟老板反映问题,可时间一长也就烦了,恰巧这个采石场就在洼西生产队,所以老板请他帮忙或者村书记委托他处理问题的次数相对其他村干部也就多一点。

李刚还是有点年轻,缺乏处理复杂问题的经验,自家本身还有一大摊子事情要打理,所以他后来对这种群众工作只好应付了事,这让老谋深算的徐老板颇为不满,心想难道是自己送少了吗?这个毛头小伙子还不如其他干部够意思,于是不放心地又故技重演,趁人不备,夹个公文包满脸堆笑地摸进生态园再次找到李刚,感谢他这么长时间以来的关心支持,还请其继续多费心。李刚定睛一看又是红通通的一沓百元大钞送上门,对自己之前的消极态度甚至有点内疚,大言不惭地说这都是自己分内的事,请徐老板不用这么客气和见外,假装推让了两下觉得实在盛情难却,也就任徐老板安排了。徐老板走后,李刚就像兔子躲黄豆地里偷偷地盘算一样,咧着嘴仔细一数又是一万,心里顿时漾起一阵和煦的春风。

将近两年干下来,黑皮手上已经有了一笔数额不菲的存款,看到村里发展得如火如荼,心想自己家的房子也应该与时俱进改善改善了,他和小丫决定趁着春暖花开在村里繁华地段另择地基盖上一栋三层时髦的楼房。夫妻俩平时在村里住得很少,但这是一户人家在村里地位和财富的象征。黑皮要盖三层楼房的新闻如一声春雷在村里炸响,引得众乡亲对陆家刮目相看。自从十里八村养猪的人家越来越少,家里条件也在逐渐好转,陆必贵就开始收起屠刀拿起镰刀,在家一边带小孙子,一边专心种田了。黑皮和小丫要忙着龙虾店的生意,主要就靠陆必贵老两口整天轮流在现场监工,防止有人偷盗建筑材料、工人偷工减料。其实村里有几户人家已经盖起两层小楼房,不过那都是火柴盒建筑,标准不高,造型简单,没有多少艺术性和可观赏性,黑皮家这个小洋房拔地而起后,没出两个月就见到了雏形,不仅楼层高,造型还很典雅,俨然一栋很气派的豪华别墅,光设计费就花了五万元。

每天前来参观的乡亲们络绎不绝,陆必贵用黑皮准备的玉溪烟招待工人和乡亲们,有人就是为了去蹭点好烟抽抽的。上梁这天,黑皮将村里的三大员、家族长辈、有威望的头头脑脑和玩得好的发小都请到了家里,摆上两大桌进行大张旗鼓的庆祝。村里许多晚辈以前看到陆必贵都喊黑皮他爸,现在都渐渐改口喊大伯或者二爷了,就连大大咧咧、一直不太受待见的万巧萍,村里有头有脸的干部、老板看到她也主动赔上笑脸热情打招呼了,这一切还不是父母以子为贵嘛。

第二十七章

　　为了找到更满意的工作,到了大四上学期,同学们早早就开始制作精美的简历,目的就是把自己包装成独具特色甚至不可多得的人才,好让用人单位青睐。陈龙也不例外,他将自己所有的优点和获得过的奖项及荣誉逐一罗列出来,有的优点还被数倍放大。对整个简历的内容他都字斟句酌认真推敲,并请同学们审核把关,然后找专业的广告公司对简历从样式、尺寸、字体、排版进行全方位设计打造,最后再大手笔一式多份进行批量生产。

　　陈龙捧着厚厚的简历跟着同学们起早贪黑地坐着大巴车一块跑南京、奔常州、赶无锡,就连学校里的每一场招聘会也不放过。在同学们的眼里,衡量一份工作好坏,工资待遇还是最核心的指标,从区域经济发展情况来看,苏南和上海相对来说待遇整体偏高,不管当初是什么原因选土木工程专业,找工作时的优势仍显而易见。在全国上下大兴土木、大搞建设的年代,土木工程专业毕业生一下处于供不应求的热门状态,但要想找到一家规模大、前景好、待遇高的公司还需要自身实力雄厚,陈龙在专业课上底气不是太足,而在沟通和协调方面还比较自信,之前通过学校社团、家教、建设局和饭店里的锻炼,具备一定的社会阅历和实践经验。就像钓龙虾一样,一排摆开十个钓钩,总有几个钩子会有虾上钩。事实也证明了这一点,在投了海量的工作简历以后,陈龙陆续收到几家公司的面试通知,而有些同学至今连一家公司的反馈都没收到,或者只有寥寥无几的几家公司有兴趣,这也让他感到之前的社会实践还是有用处的,真是阳光总在风雨后。

从投出第一份简历的忐忑到收到第一份面试通知的喜悦,再到陆续收到其他面试通知的自信,想想眼看就要告别校园,正式走进社会,走上工作岗位了,陈龙心里真是十五个水桶打水——七上八下,既舍不得优越感十足、舒适快乐的大学生活,又怕面对社会上的风霜雨雪。从内心里说,陈龙是极不习惯,也不适应在工程项目中和领导们在一起抽烟喝酒打牌洗脚的庸俗生活,特别是喝酒,不要说酗酒了,就是喝二两白酒或者一瓶啤酒皮肤都会过敏,鼓起红色的生姜片,状态不好的时候甚至在喝过酒没多长时间就将吃下的饭菜像喷泉一样喷射出来,那种痛苦只有经历过的人才体会得到。除此之外,做土木工程的有关工作,经常要在室外风吹日晒,工地上整天叮叮当当噪声不断,灰尘满天飞,这都不是他理想的工作环境和追求。当离毕业还有三个多月的时候,陈龙突然又迷茫了起来,摆在自己面前的十几家施工单位除了工作地点不一样,其他如开出的薪资、工作内容等都大同小异,难道没有更好的选择?难道就必须和钢筋混凝土打交道?他无数次在心里叩问自己,甚至在夜幕降临以后,为了即将面临的选择还经常徘徊在校园的路灯下苦苦思索。

然而谁也没有料到,四月底校园里有一则不起眼的宣传海报瞬间扭转了他对就业的看法和选择。按照惯例,校团委根据上级要求对大学生志愿服务西部计划进行了及时的宣传,"到西部去、到基层去、到祖国和人民最需要的地方去""因为这个选择,西部的明天更加美好;因为这个选择,我们的青春更加壮丽"等宣传口号听起来让人热血沸腾、激情澎湃,尽管以前也大致听过这样一个项目,但没深入了解过具体情况,西部服务到底是怎么一回事呢?陈龙心头一亮,带着好奇心迅速钻进网吧,对这个服务项目进行仔细的研究和琢磨。他发现,这个项目不仅有教育、医疗卫生,还有农业科技、青年中心等多种岗位,在搜索大学生志愿服务西部计划的时候无意中还发现了感动中国人物中有关徐本禹的先进事迹。当晚详细查看了有关他的支教报道以后,陈龙被他自强不息、大爱无疆的奉献精神感动得泪流满面。原来中国还有条件这么艰苦的地方,国家早几年提出的全面建设小康社会、实施西部大开发等看样子是非常有必要的,一直乐于助人的他当场决定参加大学生志愿服务西部计划,争取为落后地区发展贡献自己一点微薄的力量。这个决定不是心血来潮和茫然冲动的,而是蕴藏在内心深处已久的爱国情怀和奉献激情的喷薄而出。

定了,就这么定了,去西部,去西部哪个城市呢?陈龙一边对着屏幕默默地想着,一边噼噼啪啪在键盘上像打算盘一样计算着距离和风险系数。他在贵州省和陕西省之间比较了一下,感觉贵州实在山高路远,自己弱不禁风的小身板就怕经不起长途跋涉的折腾。听说二姨奶家在陕西,由于这个情结,就初选了相对较近一点的陕西省,然后又分别从其中的两个乡镇选了青年中心岗位。当天晚上陈龙为自己的这个决定无比兴奋,倍感自豪,迫不及待地跟同学分享他的打算,同学们听了以后不约而同地惊讶不已,当然更多是对他的钦佩和鼓励。

夜深人静的时候,陈龙开始辗转反侧,去西部志愿服务可不是一个人的事情,而是一家人的事情,父母含辛茹苦地将自己培养出来,即将看到回报,现在他却要去吃更大的苦头,不仅挣不到钱,甚至还要贴钱,妈妈早就念叨何时才能拿工资、何时才能还债?他想到唠唠叨叨的父母就黯然神伤,觉得这样做很对不起他们。父母都是穷苦的农民出身,斗大的字不识一筐,不一定有那么高的觉悟和那么大的胸怀,再想到西部还有很多贫困地区的农民特别是孩子在艰难的生活环境中苦苦挣扎,自己就情不由己,仿佛那就是自己的亲人身处困境,他不能视而不见、听而不闻、袖手旁观,而应该去搭把手、出把力,想着想着就迷迷瞪瞪睡着了,那一夜他做了好几个梦,每个梦都和西部有关,而每一次惊醒都浑身冒汗。

第二天一大早吃完饭,为了不吵醒熟睡的同学,陈龙赶在父母去庄稼地之前到公共电话亭打了一个长途电话,他将自己的想法和做法和盘托出,然后勇敢地静候可能出现的两种不同反应。一开始张玉梅确实大吃一惊,觉得儿子的想法简直是异想天开、不可理喻。陈龙为了更好地说服她,就说未来考研究生有加分,这才让妈妈渐渐松口,语气无奈而又婉转地对他说:"你现在长大了,我们说了也不算,只要你不后悔就行。"说完冷冰无力地挂了电话。

陈龙此时心里最大的一块石头落了地,尽管困难重重、顾虑很多,但人生的重大决定自己总算能做主了。当然这个项目不是报了名就能去的,有关团组织还要认真审核,择优录取。在经过一个多月的耐心等待后,他如愿以偿地被清沙市雄原县录取。

李刚听说陈龙要大学毕业了,心想这哥们儿肯定会找到一份不错的工作,准备等他回来请他喝酒,为他庆功。

过了几天陈龙果然回来了,第一件事自然是找李刚玩。李刚见到他格外兴奋地叫了起来:"哎哟,大学生回来啦,现在毕业准备去哪里高就啊?"

"哪有什么高就,去黄土高坡陕北做个西部计划志愿者。"

"什么?去陕北?这么遥远的地方?做什么?我没听懂。"

一连串的问题陈龙不知跟多少人解释过,这不符合当下大部分大学生的就业观,因为时下流行一句话——"宁要东部一张床,不要西部一套房"。

"就是去义务支援贫穷落后地区的。"

李刚下巴都要惊掉了,瞪大了眼睛问:"不要工资?"

"是的。"

李刚有点怀疑自己的听觉,继续刨根问底道:"那你练那么多年书是图什么的?"

"练书多就是为了更好地为人民服务啊,我觉得相比较而言,偏远落后的地方更需要大学生,需要人才,这样我们的祖国才能早日实现全面建成小康社会的目标。我本来还想去新疆或者西藏呢,只可惜团中央今年没有安排江苏大学毕业生支援这些地方的计划。"

"那要多长时间呢?"

"至少两年吧。"

"那你去白白奉献两年时间不会后悔?"

"我一直有个当兵梦,只是因为自己的视力和身高而无缘军营,现在去艰苦的地方支边,我觉得一样可以磨炼自己、报效祖国,这次去也许会后悔两年,但不去我可能会后悔一辈子。"

李刚心想陈龙练书是不是练成书呆子或者练傻了,他不能当面打击自己的好兄弟吧,话锋一转说:"对了,黑皮前两天打电话来说过几天回来找红中、发财商量什么事情的,到时正好一起聚聚。"

"好的,我在家就待十天,看看亲朋好友就准备奔赴陕西了。"

"本来我想像黑皮那样,你在哪里工作我就去哪里开饭店,指望你罩着的呢,没想到你一下要远走高飞了,我想去投靠也不可能了。听说陕西以面食为主,我去把龙虾做成龙肉就怕也卖不出去。"

"哥,我过两年不就回来了吗,到时候需要我做什么的,只要吱一声,我必当全力以赴。"

"行了行了,我的好兄弟,有你这句话就够了。"

炎热的七月也是农村较忙的一个月,陈龙还没串几家门、走几块田,就登上了西去的列车。出征那天,陈龙和全省二百二十二名有志青年,怀揣着激情与梦想,乘坐一列绿皮火车浩浩荡荡地向陕西出发了。

西安作为十三朝古都,许多人都晓得它的历史文化底蕴非常深厚,因而对这里也就无比向往,想早点儿一睹它几千年积淀的灿烂文明。第二天早上刚出火车站,同学们就发现这座古城展现出的与众不同的文化特色。无论是火车站还是古城墙,包括附近几个大型酒店,都充满了浓郁的古代气息,飞檐翘角、青砖绿瓦随处可见。陈龙在大学期间主要负责艺术团和校学生会文艺部的工作,和校团委打交道较多,对团委的工作性质和工作内容有所了解,从报名选志愿开始,他就选了自己感兴趣又容易发挥特长的乡镇青年中心岗位,想尽办法帮助农村青年就业创业、提升能力。

到了这里,陕西团省委先给这些大学生安排了几天培训,江苏来的志愿者通过培训对陕西、对如何做好一名志愿者有了更全面和细致的了解,一些得到分配名额的团县委书记还亲自到培训基地接见大家,并陪着大家一起学习。在这期间,陈龙所在的雄原县团县委书记杨敏告诉陈龙,他被分到离县城五公里的尚家庄小学支教,相比较而言学校更需要大学生。听到这个消息,陈龙就像被浇了一盆冷水,一时难以接受,真是计划赶不上变化,本来雄心勃勃准备到那里为年轻人发光发热的,现在要去教书育人。他当场就郁闷地跟杨书记提出能否调个岗位,自己不是师范专业出身,也没教师资格证,就怕误人子弟。

精干的杨书记眨巴着一双几乎会说话的铜铃大眼,语重心长地告诉陈龙说:"没关系的,大学生教个小学生有什么难度,只要尽心尽力按照教学大纲教就没问题。"陈龙看拗不过书记,只能勉为其难地答应了下来,转念一想,以前做家教还有寒暑假回家都会义务教村里的孩子学知识,那时就感受到了太阳底下最光辉的职业是多么让人自豪,他这点微弱的光放在大城市可能一下就被淹没了,但放在贫困的山区兴许能照亮一些孩子成长的道路,于是立马愉快地答应了下来。

培训期间,陈龙每天和同去雄原县的志愿者们吃住在一起,有的志愿者本身就是清沙市或雄原县的人,陈龙通过他们进一步了解到雄原县离省会西安有一千多里,坐汽车要十三个小时左右,这个惊人的数字让他再一次打了退堂鼓,虽说心里早有吃苦的准备,然而没想到陕西省的交通还这样的落后。于是他勇敢地找到团省委领导汇报,看看能否调到离西安稍近的一些市,哪怕是延安市也可以。团省委领导听了以后无可奈何地劝陈龙还是服从安排吧,现在一个萝卜一个坑,实在没法调换。他又没辙了,心想反正一批二十几个人呢,光江苏高校毕业的就有十几个人,也算是有很多老乡一起做伴吧。

从西安出发的前一天夜里,一场大雨过后急速降温,一直怕冷的陈龙早上起来感觉嗓子不太舒服,原本想在七点多乘卧铺大巴车出发之前到附近药店买点消炎药和感冒药抑制病情的发展,结果他一连跑了两家药店发现都还没开门,因此他只好把希望寄托在途经的服务区。

陈龙想得太过于理想和天真,汽车开到铜川的时候就没有了高速,剩下的路途要么是弯弯曲曲的盘山公路,要么是狭窄拥堵的沿河公路。每到服务区停下的时候,他着急的第一件事不是去吃饭和上厕所,而是打听是否有治疗嗓子发炎的药物,然而让他心灰意冷的是,除了一家有西瓜霜,其他几家啥药都没有,他就尽量克制少说话,多喝水,祈祷靠自身的免疫力抵抗病毒的肆虐。

几个小时坐下来,拥挤的车厢里空气无比沉闷,到了延安时一说话喉咙就会疼得像针扎的一样,想睡又睡不着,只能强忍着痛苦迷迷瞪瞪地听大家滔滔不绝地谈笑风生,这时候他开始相信那句人倒霉时喝凉水都塞牙缝的老话是有道理的,唯有认命。从西安到陕北,一路上风景名胜不胜枚举,无论是路过雄伟壮观的黄帝陵,还是巍巍的宝塔山、滚滚的延河,没精打采的陈龙都无心欣赏,只在心里企盼着自己能早点康复,但当他看到一望无际雄浑的黄土高坡和隐蔽拱形的窑洞时还是感到无比震撼,许多地方远远看上去就如不毛之地,光秃秃的,不像江苏——鱼米之乡,到处郁郁葱葱,物产也丰富。他心想,难怪陕北民歌那么高亢悠长,估计和这独特的自然环境有着极大的关系,一个交通不便、干旱少雨的地方,自古以来百姓生存是何等的艰难呀?

到了晚上七点多钟,大巴车绕到一个山脚下的时候,志愿者们看到山顶上次第铺开的建筑仿佛布达拉宫一样宏伟壮丽,一栋六七层高的办公大楼绿波幕墙在金色夕阳照耀下闪闪发光、异常夺目,售票员指着那栋大楼自豪地说:"大家看,这就是雄原县人民政府办公楼,也是县城最豪华的一幢建筑。"年轻的志愿者们听她这么一说都张大嘴巴大声感叹,现代和传统、先进和落后在这山顶上相互映照,彼此衬托,市井的真实生活当真唯有走近才能看清。

从山顶到山脚,直线距离也就一公里左右,感觉近在咫尺,这车子却弯弯绕绕走了将近三公里才到达,这是所有高山高原交通的共同特点。十几个小时的颠簸、疲惫和翘首,在下车的那一刻都得到了缓解和释放,这时陈龙的嗓子几乎要冒火了,咽唾沫和喝水都像吞刀片般疼痛。真没想到他会以这样的状态走进工作的第一站。落日的余晖还没有散尽,青石板铺就的街道上,几个满脸沧桑的老人无精打采地蹲守在灰色柳条编织的篮篮筐筐旁,里边摆放着新鲜的蔬菜瓜果,看样子是在静候买主的光顾。路上的行人步履轻缓闲适,不断和熟人互相问候打着招呼。这街市上慢悠悠的生活节奏,让陈龙心头掠过一丝欢欣,头脑里猛然蹦出那句"人生何其短,何不淡然过"的至理名言。在参加县委举行的招待晚宴之前,陈龙独自一人抽空摸到附近的县人民医院买了几盒药,或许是心理作用,也可能是物极必反,疼到了极点发生了转变,刚吃了几颗药就感到症状有些缓解,整个人的精气神也提高了不少。

陈龙和来自清沙市石州县的刘建都分到了尚家庄小学,此时学校正在装修,第二天校长用摩托车在一路土黄色的灰尘中将他俩驮到了村里,让他们临时住进给学校做饭的韩阿姨家。有了刘建的陪伴,陈龙就少了一分孤独感。刘建算是本地人,对这里的风土人情既熟悉也了解,不存在适应的过程。陈龙同是农村出身,再回到农村工作,按道理适应起来会很快,可陕北的农村和苏北的农村大相径庭,字同意不同,农民是一样的苦,却是不同的味儿。

在韩阿姨的热情带领下,陈龙和刘建拖着行李,怀着愉悦的心情踏进了温馨的农家小院。陈龙是第一次住窑洞,对这种独特的建筑风格非常好奇,尽管自己学的是土木工程,但以前课本上却很少提及这方面的知识,这种建筑属于低调内敛的风格,别看外观其貌不扬,里边还真是别有洞天,不仅有着冬暖夏凉的天然属性,而且三面靠墙的炕睡上去宽敞而踏实。

午休时,陈龙感觉有点闷热,悄悄地问刘建:"兄弟,她家好像没有电风扇,天这么热怎么办呢?"

"哦,这个啊,不要说阿姨家没有,就是整个陕北农村,我也没听说过谁家用电风扇,窑洞里不会太热的,实在不行你就去用凉水洗把脸,用蒲扇降降温吧。"

陈龙将信将疑地哦了一声。

到了晚上睡觉时问题又来了,躺在炕上和刘建聊天的当儿,一只一分钱硬币大的虫子悄然飞到陈龙白嫩的胳膊上,幸亏他眼疾手快,在它叮咬之前,一巴掌将其拍成了肉饼,然后习惯性地又用手指捻成碎屑才掸掉。结果刚消停没几分钟,又有一只差不多大小的这种虫子轻飘飘地落到他大腿上,这次陈龙没有急于拍打,而是先仔细观察了一番,在江苏从没见过,不知道是什么物种,就问刘建:"你看我腿上叮的是什么?"

"那是蚊子啊!"刘建见怪不怪地说。

陈龙惊奇地说:"不会吧,没想到你们这儿蚊子就像变异过的,怎么长得比苍蝇还大,像一只小蚂蚱一样。"为了防止它咬到自己,陈龙不敢大意,就再次轻轻地将手掌伸直慢慢靠近它,然后趁其不备,一掌毙命。陈龙对自己丰硕的战果不但不高兴,反而疑惑不解,以前在老家或者学校,要想捉到一只正在叮咬自己的蚊子成功率很低,因为那些蚊子无比狡猾,反应很敏捷,就像经过蚊虫部队特训的一样,你刚抬手它就飞得无影无踪,而在这里连抓了两只蚊子,百发百中,无一逃脱,他百思不得其解。

刘建说:"我们这蚊子有大有小,这种大蚊子不是很多见……"陈龙光顾着跟刘建讨论两地蚊子的区别,忽视了周围正悄悄逼近的新危险。不知是蚊子为自己的亲朋好友报仇来了,还是它们的饭点到了,没过几分钟,陈龙突然感觉小腿肚像被狗尾巴草掸了一下,痒痒的。他低头一看,又一只巨蚊正专心致志地抱着他的小腿狂啃。陈龙想,它此时这么投入,且已经被咬了,也不是很痒,我看看能否活捉到它,于是就像小时候捉蝴蝶或者蜻蜓一样,憋住气,右手小心翼翼地向它靠近,然后用大拇指和食指迅速去捏其翅膀,好家伙,他竟然没费吹灰之力就将这只吃饱喝足的蚊子逮到了,然后开心地将它举到眼前仔细端详把玩。他笑着对刘建打趣说:"大西北比起东南地区民风相对淳朴些,怎么连蚊子也这样厚道,别看个头大,毒性却不大,咬过以后不是钻心的痒,只是像苍蝇从上面擦过一般,非常人性化,一方水土不仅养一方人,还养一方蚊子呀。既然这里没有蚊帐,那我们就点盘蚊香吧,要不然蚊子骚扰嗡嗡地叫会影响睡眠质量的。"

"那你问问韩阿姨看看?"刘建微笑着认真地建议道。

陈龙去问过以后才知道,这里家家户户既不用蚊帐也不点蚊香,蚊子实在多了就点艾草来熏赶,健康又环保。

第二天陈龙起床后闲来无事,趁早凉和刘建到家前屋后转了转,韩阿姨家处于尚家庄的最南边,出门迎面就是坡坡坎坎的枣林,不少林地穿插种了一些黑豆、小米,这时里边已经有不少勤劳的村民在弯腰锄草。再向南走一点,他们看到有个几十米深的峡谷,在如此干旱的情况下,谷底竟然还有一条玉带一样的溪流弯弯曲曲地伸向远方。

两人玩了约莫半小时后,陈龙说:"刘建,我们回去吃饭吧?"

"吃什么饭?"

"早饭啊。"

"早呢,要到上午十点多才能吃饭。"

"怎么这么迟,那这个算早饭还是午饭?"

"我们这边农村没有早饭的说法,一天两顿,只有午饭和晚饭。"

"怎么会这样?"

"据说以前交通闭塞,发展落后,天灾较多,为了活命,许多人饿得到山西或者南方要饭,饥一顿饱一顿,渐渐也就养成吃两顿的习惯了。我的大学是在清沙学院上的,学校的食堂里就是三顿了。"

"懂了懂了!"

这天吃完午饭,校长将他俩带到学校,开始帮助三至六年级的孩子补习英语,陈龙看见这些天真活泼的孩子好像又回到了快乐的童年,可是自己当年还不如这些孩子现在的上学条件,他们至少有游乐设施,还有两层小楼。陈龙对他们叽叽喳喳自己听不懂的方言感到好奇,孩子们对新来的老师也觉得新鲜,特别是听说陈龙来自发达的江苏更是议论纷纷。

由于嗓子还没有痊愈,陈龙前些天的课主要就以熟悉学生和教授简单的单词为主,但几天工作下来,陈龙和刘建不仅成为师生津津乐道的话题,也渐渐成为村民们茶余饭后谈资的一部分。

不知不觉中,陈龙渐渐爱上了这片神奇的土地,一有空就会到处转转,他被漫山遍野开着淡黄色小碎花的枣树迷住了,黄土高坡有多辽阔,枣林就能绵延多远,红枣成了陕北的主要农作物,这里简直就是枣树的世界。孩子们得知陈龙喜欢吃红枣,都纷纷从家里带来收藏的干枣作为礼物送给他,而他也被孩子们热情朴实的行为深深感动,一颗颗红枣吃起来感觉比蜜都甜,他下定决心要把自己所掌握的知识尽可能多地传授给这些可爱的孩子。

陈龙后来发现,这边不仅有一天只吃两顿饭的习惯,而且每一顿的菜肴也都差不多,无非是土豆、白菜、粉条一锅烩,只是偶尔会炒个青椒、茄子、鸡蛋和西红柿什么的,最关键的是很少看到肉。刚开始还行,可连吃了几顿就有点泛酸水,这和江苏人讲究营养丰富和均衡、每顿都得有几个菜没法比,但这并没有打击到陈龙,他想这里的百姓千百年来都能适应,我就两年难道还不能忍吗?后来咬牙熬过了这个艰难期自然也就适应了。

快乐可以治愈人的很多烦恼,在和这些无忧无虑的孩子磨合了十几天后就迎来了正式开学的日子,这时学校又增加了一部分师生,让本就充满活力的校园变得更加喧闹和有趣。陈龙既是孩子们的教育者,而自己也受到陕北老乡艰苦奋斗精神的再教育,他渐渐克服了饮食习惯、居住条件、思念家乡、工作收入较低和不稳定等诸多方面的困难。校领导高度重视对两个年轻人的培养和锤炼,为他们多压担子,这可能也是很多单位的惯例。根据会议分工,陈龙和刘建每人包了一个班,所有的科目均由一个人带。这样的分工应该是皆大欢喜,其他老师觉得任务比以前减轻了不少,而一心想做出点成绩来的陈龙也觉得这样更利于充分施展自己的手脚。

　　陈龙真没想到他带的四年级仅有十四名学生,有四个学生开学后才来上课,不像其他学生在暑假里就已经和他打成一片,处得很熟。人与人之间相处往往真的是靠缘分,有缘千里来相会嘛,其中一个同学叫马二涛,他就如一匹"黑马"闯入了陈龙的视线,许多特殊情况集中在他一个人身上,他显得与众不同,也独具个性。尚家庄顾名思义姓尚的人比较多,不仅全村百分之五十的人姓尚,就连村书记也是连续多任由尚姓人士担任。尚家庄三大姓占了百分之九十,姓许的占了百分之二十,姓张的占了百分之二十,剩下的各种姓氏加起来不超过百分之十,在陈龙任教的学生里也充分体现了出来。马二涛原本不是尚家庄人,也不是转学来的,而是在他四岁的时候,父亲不幸因病去世,而后跟着妈妈改嫁到这里一户姓许的人家。本就兄妹五个,他妈妈到了这里又生了一个弟弟后,现在总共有兄妹六个,除了大姐已经出嫁,家里七口人中还有四个孩子都在读书,因此家里经济状况极其困难,暑假补课每人十块钱都没来补也就不难理解了。

　　马二涛在班级里年龄最大,和黑皮一样,那一双小老鼠似的眼睛整天滴溜溜地转。因为远视,他是班里唯一一个戴眼镜的孩子。陈龙对马二涛的遭遇极其同情,因此对他总是格外照顾。成绩一般的他性格活泼、手脚勤快、机灵得很,对老师也非常有礼貌,很快就成为陈龙教学方面的小助手。

　　开学两周后,陈龙对全体同学的语数外通过考试进行了大致的摸底,他惊讶地发现,除了数学成绩还可以,其他两门许多同学不仅书写不端正,还错别字连篇,语文作文甚至很难憋出几个字。怎么办?看着一个个懵懂天真的孩子,陈龙突然感觉自己肩上的责任沉甸甸的,不仅不抱怨当初团委领导对他的工作安排,还打心底里感谢他们将这个光荣的任务交给了他。一踏进尚家庄他就看见了"百年大计教育为本,教育大计教师为本"几个醒目的大字,用蓝色涂料端正地书写在坡道旁边的峭壁上。此刻站在校园里向隔壁山坡上张望,这几个大字就像指南针,鞭策着自己务必履行好作为一名教师的职责使命,做个让家长放心,让学生认可,让学校满意的支教老师。

每天晚上躺在窑洞里,陈龙想得最多的就是怎样把孩子们教育好,他逐步构思了一整套教育教学计划并将其付诸实施,这里边不仅借鉴了学校老教师和自己恩师们的一些好做法,还因地制宜,因材施教,创新性地设计了一些举措。

先是在班级创造一个团结公正的学习环境。课间休息时他要求所有孩子一起活动,可以分成几个组,但是不能排挤哪个家庭困难、性格内向或成绩不理想的同学,让他们落单,否则排挤的人要受到相应的惩罚。这项工作是由马二涛同学负责监督的,班长由所有同学轮流担任,除非这个同学自己提出来不愿意担任,否则每个同学都有机会通过班长这个岗位来锻炼自己的管理能力。

接下来他开始提升孩子们的学习成绩和综合素质。他要求班里学生每天早上比其他班级同学早到二十分钟,到了以后先到操场跑上十圈锻炼身体。每节课开始前,同学们要齐声喊句"为了我们更加美好的明天,加油,耶!"的口号来振奋士气。他把十四个孩子每两人分成一组,让一个成绩优秀的和一个成绩普通的坐在一起,并且由成绩优秀的义务帮助辅导同桌一些功课。所有同学每天必须写一篇限定题材的作文,字数四百左右,以此来不断提高大家的写作水平。对于数学这门学科,他也会与时俱进地出一些生动有趣的应用题来提升孩子们的学习兴趣,比如小明和小刚会换成当时流行的动画片里的角色,如唐老鸭与米老鼠。英语课文不仅要求会背,还要会默写。平时他利用课余时间给孩子们排练一些健身操和小品,欣赏一些高雅和流行的乐曲。秋天举办一场全校的运动会,冬天举办一场全校的冬之韵文艺演出,到了春天和秋天时还带他们各开展一次游学,还有清明节集体去为革命烈士扫墓等活动。因为黄土高原干旱少雨,陈龙看到许多孩子经常流鼻血,就鼓励全班同学要经常吃各种蔬菜,补充维生素,平衡体内的营养,到了五年级,这种情况还真得到了极大的改善。

不仅如此,他还很重视培养孩子们的动手能力和良好的习惯,要求孩子们每天吃完饭以后得帮家里洗碗、打扫卫生,看电视的时长必须控制在一小时之内,做得不到位也会受到一定的惩罚。

陈龙在学校实施的一系列创新性举措得到了很多老师和家长的高度赞赏。通过这些努力,全班同学的成绩在稳步提升,语文平均分能达到八十二分以上,数学能达到九十分以上,初步消灭了班上逢考必有不及格的现象,家长们为遇到这样的好老师感到无比庆幸,孩子们每天在欢声笑语中茁壮成长。而这些可爱又懂事的孩子们也对陈龙的一片爱心给予了反哺,家里要是做什么好吃的菜,他们一定会带一碗到学校和他一起分享。红枣成熟了,又或者加工成酒枣、紫金枣,他们也一定不会忘了提一小袋请他品尝,因而陈龙的窑洞里常年有吃不完的红枣。在陕北第一年的中秋节,村里许多孩子担心陈龙一个人在学校孤独,晚上都来陪他拉话,把他邀请到村子里串串,为此陈龙还有感而发写了一首小诗《月光下》留作纪念:

多年前,
月光下,
金色的玉米堆旁催促着妈妈,
我端瓢芝麻,
踩着月光,

路过一户户人家,
怯懦地跟在她身后听肚皮说话。
大柱家的石臼旁,
馋嘴的孩子们在叽叽喳喳,
捣碎的芝麻刺激着桂花,
灵魂一齐飘向月光下。
长大后,
坐在陕北黄土高坡的山岗上,
如银的月光倾斜而下,
淋得我全身酥麻。
小精灵们怕我想家,
捧着粉嫩的脸蛋,
围着给我讲笑话。
我抬了抬头,
招了招手,
拜托明净的月儿捎回我的泪花。

第二十八章

  小龙虾资源丰富,制作方法看上去简单好复制,利润也高,到了二〇〇六年的春天,整个江苏大大小小的城市,包括许多镇上的小饭馆都打出了千台龙虾的餐饮招牌,光淮东市区就增加了至少一百多家大型龙虾店,但品质和做出的口味却千差万别,以至于整个龙虾市场上鱼目混珠,泥沙俱下。在如此激烈的竞争下,黑皮的"陆大龙虾"自然也受到了不小的冲击,火爆程度远不如前几年。值得庆幸的是,每天店里依然保持客满,不过因为整天披星戴月地忙碌,他的身体也有点吃不消了。这时黑皮两口手上的存款已经达到了五百多万元,看到各地都在大搞基建,许多小老板接了几个工程就轻易成了暴发户,黑皮有点心动了,心想做个包工头应该不错,每天穿得光鲜体面,夹个公文包指挥指挥,协调协调关系就好了,不至于整天像头驴一样,被拴在店里拉磨般累得哈哧哈哧地原地打转。当然,产生这样的念头跟黑皮心中那份多年的情结是分不开的,他从小生活在狭小简陋的草房里,一到雨雪天气就会漏水,家里本就凹凸不平的泥土地面常常像刚抽干水的泥塘一样,被雨水浸泡得黏糊糊的,鞋子踩在上面会发出吧唧吧唧的声音,特别是有一次因为妈妈烧火不小心导致锅门着火后将整个房顶带着了,再加上草干风大,没几分钟就将整个草房烧得只剩下黑乎乎的房梁和四面墙了,那才真叫家徒四壁。那时黑皮就奢望以后能住进安全舒适的房子里,不再为水火担心。

黑皮把自己经过深思熟虑的新想法跟小丫一说,小丫一开始还犹豫不决,这几年和这个店,还有那些跟他们一起打拼的员工,都产生了深厚的感情,生意也做得非常红火,一下转让出去还真有点不舍,不过善解人意的她一直理解和支持这个青梅竹马的丈夫,对他的所有决定几乎都是双手赞成并且鼎力支持。人们常说一个成功男人的背后必然有一个伟大的女人,小丫确实很伟大,从一起放牛谈恋爱开始就对黑皮言听计从,包容他所有的不足,为了他可以一起冒险去偷杏子,为了他可以舍弃饭店服务员优厚的待遇,为了他可以背井离乡来到陌生的城市艰苦创业。而今,她念叨了几句内心的想法后,再次深情地对丈夫说:"你定吧!"

其实去年夏天的时候黑皮就有了这个想法,而且还特地回到村里向红中、发财一起请教过如何开个建筑公司。红中和发财在建筑行业干了几年,积累了一定的经验,对施工的管理、技术、流程等要比黑皮懂得多,可资金实力远远赶不上黑皮。不过那次由于条件还不成熟,黑皮也就大致了解了一下这个行业,跟红中他们相约等到合适的时机再一起合作。投资谨慎的黑皮没有急于下手,也正是因为那次的促膝长谈,让他对建筑市场和行情有了进一步的了解和认识,之后更是格外关注这个行业的发展态势。最让黑皮感到兴奋的是,房地产行业形势目前真是一片大好,如火如荼,就像不断上涨的股市,一路飘红。立秋后就到了龙虾淡季,没多少生意,他觉得现在各方面的时机都差不多了,就再次回到千台老家,把正在北京建筑工地打工的红中和发财兄弟俩喊回来,详细商量他们的合作大计。

首先是公司注册地址和办公地点设置的问题,黑皮是个有情有义的人,吃水不忘挖井人,不仅想在建筑行业大显身手,也想通过事业的成功来回报乡梓。他决定把公司地址选在老家千台,和红中、发财几人像考古队一样整天踏破铁鞋把千台县城大街小巷几乎都走遍了,终于在工业园区找到一栋带院子的三层小楼正在对外出租,整个公司占地面积七千平方米,其中办公楼占地面积两千平方米,一年租金四十万元,黑皮对这个位置、场地和价格都是非常满意的。有了公司,他们立即开始招兵买马,黑皮就是看上红中兄弟俩懂行,知根知底,有一定的人脉资源才一起合作的,这让他在初期的起步阶段省了不少心力。凭借红中和发财在建筑市场摸爬滚打的这几年,找些志同道合或者说愿意跟随他们一起打拼的技术员、操作工一点儿问题也没有,不过要找到几个科班出身并且有高学历和职称的工程师来加盟还是相当有难度,毕竟是才成立的小公司,吸引力上远远不如实力雄厚、历史相对较久的大公司。

  对商场已有些经验的黑皮一点儿也没把缺少工程师这个难题当回事,他颇有战略眼光地在首次员工大会上像个演说家一样气势磅礴地指出:"任何一个公司都要经历从小到大、从弱到强的发展过程,著名的民营企业华为和娃哈哈一开始也很普通,经过全体员工艰苦卓绝的努力,现在不仅在中国,就是在全世界都是响当当的。古人讲,好风凭借力,送我上青云。能用众力,则无敌于天下矣!做人,要学会借力,不要光会努力。任何人、任何单位的资源都是有限的,当需要某种资源而自身又没有时,就要想法子向第三方借力。所以我们现在尽管没有什么高端人才,但我们可以邀请他们来挂靠,关键技术请他们把关,给他们以高额的利润回报,只要我们凝心聚力、抱团取暖、安全第一、质量至上,把简单的小工程做优做精,不断取得主管部门、建设单位和服务对象的认可,还愁做不出业绩?是不是?是不是?"他越说越激动,声音也越来越大,

"我相信良禽择木而栖,贤臣择主而事,到那时是人才找我们,我们选人才,而不是饥不择食,随便将就地求一些只有学历没有能力的大学生充门面。"

经过多年的锻炼和见识,只有小学文化水平的黑皮现在的口才不亚于很多大学毕业生,他一边说还一边观察大家的反应,只见下面的人都一个个瞪大了眼睛在专心聆听。他喝了一口茶水,又继续铿锵有力地说道:"你们在座的都是公司的元老,也是公司的主人,我陆某创业不只是为了自己,更要带领兄弟姐妹们一起朝乾夕惕,实现梦想,改变命运,我们每个人的命运都掌握在自己的手里,你要相信你是最棒的,是不可替代的,是无与伦比的。你们缺的不是能力,不是吃苦的精神,你们缺的是机会、是环境、是舞台,懂吗?各位,如果你觉得自己以前怀才不遇、事业不顺、前途不佳,那么现在你人生的重大机遇来了,我决定拿出一部分股份给大家,如果你愿意搏一把、挑战自己,愿意和我们风雨同舟、携手前行,那就一起入股,几万不嫌多,几千不嫌少,量力而行,变不可能为可能。公司每年还会拿出利润的百分之十进行分红,剩下的百分之九十放在公司里继续做下一年的再投入。当然,人各有志,即使你不想入股也没关系,你依然是公司的元老,公司是属于大家的,属于集体的,你们要珍惜这个机会……"一番慷慨激昂的讲话,鼓动得二十多个员工热血沸腾、群情激昂、掌声雷鸣,这场鼓舞士气、振奋人心的演讲无疑是成功的。

黑皮毋庸置疑是公司的实际控股人,也是总经理,而红中不仅占了百分之二十股份,还被任命为负责业务洽谈和技术管理的副总经理,也就是二把手。发财也有百分之十的股份,也被任命为副总经理,他主要负责后勤和人事管理。公司下设了办公室、工程部、财务部、质量安全部等几个部门,通过面向社会一次次的招聘,好不容易物色到一个二十六岁年轻貌美的大学生任办公室主任,这人是谁呢？她就是曾经在大学里非常优秀的林巧巧。

还真是世上无难事，只怕有心人，在千台大搞基建和房地产开发的时候，不要说建筑技术员，就是扛钢筋、拎浆桶的小工都供不应求，而且收入非常可观，没有低于八十块钱一天的。应该说，黑皮抓住了这个良好的契机，再加上几个股东的人脉关系，只用半年时间就一口气接了九个砌墙、铺路和河道疏浚的工程，他们算算账，除去设备租赁、人员工资、分红等各种成本开销，公司净利润竟达二百六十多万元，这样的起步成绩再次给了黑皮和全体股东巨大的鼓舞和信心。黑皮深知，要想让更多的员工死心塌地跟在他后面卖力，必须让他们取得家人的支持和关心，聪明的他又从公司发展资金里拿出很少的一部分，作为对员工家属春节的慰问金，每人两百元，钱尽管不多，却对温暖人心、树立良好口碑起到了四两拨千斤的作用，让这些员工既有面子，又有盼头，自然为公司干活儿也就更卖力了。

同样文化水平较低的小丫却在这个公司没有多少用武之地。开公司不像开饭店，大多数都是体力活，老板员工齐上阵，每个人在上客高峰期的时候都像钟表上紧的发条一样转个不停，手忙脚乱的。黑皮心疼她，觉得自己媳妇跟他这些年吃了不少苦，现在公司渐渐走上正轨，就说让她不要上班，在家里专门带孩子读书，没事的时候找人打打牌，享享清福。可小丫是一个忙惯了的人，要是让她这个老板娘突然闲下来像个贵妇人一样摇个香扇到处转悠，逛逛街买买奢侈品啥的，她还真学不会撇这个味儿，那样她也许比生病还难受，甚至对她来说就是一种精神的摧残和折磨。后来果真如此，当她迫不得已做了几个月的家庭主妇以后感到极不习惯，无比闷人，觉得自己整天游手好闲、无所事事，像个没用的废人一样被人养着。有一天她突然对黑皮提出来要去公司上班，黑皮大吃一惊，说公司哪儿有适合你做的工作啊？而工地上又脏又累，更不适合你,小丫听了黑皮的一番好言相劝,尽管不认同但也不想辜负他的一片好心,于是委婉地说:"我这么年轻哪能就这样在家闲着呢,别的事我做不了,去公司食堂帮着一起做饭还能做不了吗?"

黑皮苦笑了一下说:"这哪像老板娘做的事啊?人家还以为我轻视虐待你的呢?"

"没关系的,都是穷苦人家出身,没必要拽那个牌子,我每天在公司除了可以帮着做饭,也能照应照应其他一些事情,什么都指望外人也不放心啊,你说呢?"

黑皮不想惹老婆不开心,觉得她说得也有一定的道理,就勉强答应了她的请求。

女人经常说,十个男人九个花,小丫想去公司工作其实还有一个不可告人的目的,那就是偷偷监督黑皮的日常行为,怕他移情别恋或者有外遇,毕竟能抵制住花花世界诱惑的男人还是少数。凡事都有前兆,她发现黑皮自从开饭店手里有了点儿小钱以后偶尔也去足疗店、迪吧、KTV这些娱乐休闲场所,美其名曰为了生意,要陪好客户,这也能理解,不过有时在饭店和一些女服务员开些荤玩笑,还是让她心里难免酸溜溜的,也就严加提防。小丫深知现在的美好生活和成功事业来之不易,决不能让青梅竹马的丈夫毁在石榴裙底下,她小丫有这个义务和责任为这个家庭把好关、守好门。所幸黑皮之前从未闹出过什么桃色新闻,但谨慎的小丫在家里开了这个建筑公司以后心里还是窸窸窣窣的,人毕竟都是会变的嘛,过去安稳不代表永远正派。随着事业的不断发展壮大和业务的逐渐繁忙,黑皮在外面过夜的次数也渐渐增加,不像以前再忙再累都要和她倒在一起入睡,因此小丫常常独守空房辗转反侧。这种担心不能说出口,怕冤枉了丈夫,也怕影响他的事业,所以也就铁了心要到公司去上班,哪怕是去扫厕所、打扫卫生都行,这样心里总归踏实些。

其实小丫的这种担心一点也不多余。黑皮开龙虾店发财以后内心在逐渐膨胀,但更多的是一种窃喜,他并没有用金银珠宝粉饰自己,过起纸醉金迷、声色犬马的生活,那样会让人感觉是一副穷人乍富弓腰腆肚的暴发户形象。他不想错过挣钱的最佳时机,把大部分时间精力都扑在经营饭店上了,他一直是个大方的男人,喜欢意气用事,对于曾经有恩于自己的亲朋好友,只要张嘴借钱,几乎都是来者不拒,不管多与少总会借出一些以解他们的燃眉之急。有钱就是大爷,大家看黑皮这么有钱,一些轻浮的女孩子就会主动投怀送抱,也有人投桃报李,还好都被正派的黑皮巧妙地躲过和拒绝了。他不是没有这个贼胆,而是心里过意不去,他觉得和小丫的感情很深,彼此之间既有爱也有恩,一旦开了这个道德的口子,自己的良心会受到严厉的谴责。遗憾的是,如此固若金汤的情感在黑皮迎来第二份辉煌事业的时候果真悄悄产生裂缝了。

这个办公室主任林巧巧说来还真巧,也毕业于淮东师范学院中文系,和杨红娟是老乡也是校友,比杨红娟高一届,算是学姐,在学校是校学生会副主席,还是个系花,当时杨红娟在系学生会能够得到较好的锻炼和成长,还得益于这个小老乡的格外关照。林巧巧不仅长相甜美、性格温柔,工作能力也非常出色,在公司成立之初就展现出了过人的本领。如此集美貌与才华于一身的女生在学校自然是个大红大紫的人物,追随的男孩子闭着眼想也是排成一条街的,而很有心机的林巧巧可不是那么随随便便就能让一个男孩追到的,早熟的她既清高也矜持,很多自不量力的男孩听闻这个情况后纷纷知难而退,敢于直接表白的男孩也就寥寥无几。说实话,当时林巧巧自己也没有明确的标准,究竟想找什么样的人做男友,可能平时接触的领导、老师、优秀的学长比较多,总觉得周围追自己的同学大多显得很幼稚、肤浅甚至庸俗,找不到那种一见倾心、成熟稳重、可以依靠的感觉。这么优秀的女孩一直单着,更增添了她在同学心中的神秘色彩。

内心孤寂的巧巧直到大四上学期才时来运转,学生会工作的原因,和一个才毕业考到校团委任艺术指导老师的王伟伟渐渐擦出了爱情的火花,王老师因为是搞艺术的,性格相对活泼开朗,穿着打扮比较新潮,谈吐也儒雅大方。他或许在学生时代就是个情场高手,在讨得女孩子欢心这方面很有一套,所以才能让林巧巧刮目相看。王老师在遇到林巧巧以后,也被她独有的气质和外表给迷倒了,由于考虑到是师生关系,又刚来不久,就算两个人一见钟情,还是怕有损于自己的老师形象,因而他心里反复嘀咕着冲动是魔鬼,冲动是魔鬼。但他又反过来想了想,林巧巧还有一年就毕业了,两人也相差不了几岁,如果等到毕业再下手,就怕人家姑娘已经名花有主了。在经过激烈的思想斗争以后,王老师认为不能过于莽撞,心急吃不了热豆腐,还是听从缘分的安排吧。

过了不久,根据校团委分工,王老师不仅负责团委的艺术教育工作,领导还把学生会的工作也让他一并负责,这就更增加了两人交往的机会。敏感的林巧巧明显感觉到她崇拜的王老师对自己有些偏爱,在工作上会帮助其出谋划策、排忧解难,在生活中也是经常嘘寒问暖,偶尔请几个学生干部聚餐时还拣自己爱吃的菜点,在评先评优中,也会为她争取更多的荣誉。这都让林巧巧心里暖洋洋的,再看到王老师就会有一种莫名的紧张,心里小鹿受惊似的乱撞,她心想哪天要能像其他同学那样,在操场草坪上找一个安静的角落,依偎在他的怀抱里数星星,那该是多么幸福和甜蜜啊。但老师毕竟不是同学,如果是哪个同学,她肯定会勇敢地倒追过去。而王老师也经常幻想着哪天要是能和这个小美女一起看场电影或者跳一次舞那一定很浪漫。两人心里的那堵墙,一时半会儿谁也没有勇气去推倒。

这种微妙的关系一直持续到那年初冬都没有实质性的突破,

直到十二月份的一天晚上,校团委举行一场歌手大赛,决赛结束以后,学生会主席张小强为了答谢大赛后勤工作组林巧巧等几个骨干,当然,也有几分是受当晚音乐氛围的熏陶,兴之所至,把他们约到学校附近的钱柜KTV去吼几嗓子,活泼的张小强把王老师也叫上了。王老师想着都是年轻人,代沟也不是太深,再说自己本身就是教音乐的,唱歌是他的拿手好戏,因而欣然前往。

到了包间,在张小强的指挥下,几个有一定社会阅历的学生干部围绕王老师争抢着进行表现,有的老练地点歌,有的忙着安排酒水、水果和小零食,一场同学间的普通聚会瞬间变成了众星捧月的巴结会、表现会。机灵的巧巧看果盘上来了,立刻挽起袖子用一个塑料叉子轻轻挑起一瓣水灵灵的苹果,优雅地递到王老师面前。看着巧巧灿烂的笑容,王老师一边兴高采烈地接过去,一边连声说着谢谢谢谢。

大家一边唱,一边聊,一边喝,年轻人有的是精力和歌唱兴趣,只要能调动气氛,九腔十八调的什么歌都喜欢吼两嗓子。同学们再能闹腾,可王老师却不能呀,他在学生面前是为人师表的角色,也是他们的领导,必须保持住自己沉稳的形象,在同学们的极力撺掇下,只唱了《江南》《十年》两首四平八稳的抒情歌曲,他把大多数的机会都留给了学生。张小强这一年的学生会主席可不是白干的,早就学会了察言观色和心理揣摩,两周前,他率先发觉王老师和林巧巧的暧昧关系,奇怪的是从未看到他们有进一步发展的迹象,这也就让自己的猜测变得扑朔迷离。他决定今晚借此机会一探究竟,趁别人投入唱歌的时候,他默默地点了一首毛宁和杨钰莹的《心雨》并顶了上去。

当《心雨》的音乐声响起,张小强拿过话筒笑呵呵地大声对同学们说:"我们请王老师来个男女对唱怎么样?"其他同学一起大声起哄说好好好,接着,一阵啪啪啪的掌声响起。张小强用敏锐的目光瞄了大家一眼,随之停留在林巧巧紧张局促的脸上,热切地问:"今天来了这么多女同学,谁能和王老师一起合唱这首歌呢?"

王老师觉得盛情难却,高兴地接过一个男生递过来的话筒,还没等哪个女生自告奋勇或得到同学们的推荐,就大胆地问林巧巧:"林巧巧,你会唱吗?"

其实在座的所有人都是听着这首歌长大的,几乎都会唱。林巧巧看王老师直接点自己,一时不知如何是好,就像天上掉馅饼一样,觉得这个机会来得太突然,简直不敢相信。就在她面红耳赤犹豫不决的时候,张小强已经把话筒递到她手上,并高声帮她喊道:"会。"巧巧也不去想那么多了,觉得既然幸福已经来敲门了,那就大胆地把门打开迎接吧。

这两人还真是珠联璧合、相得益彰,林巧巧尽管没有王老师唱得专业,然而很深情,有一种情意绵绵的呢喃,王老师更不用说了,磁性的嗓音唱得直抵人心。当两人唱到合唱部分时,王老师情不自禁地望了巧巧一眼,而此时眼里涌动着幸福泪花的巧巧也正含情脉脉地看着王老师,两双眼睛对视的那一刻,都像被强光刺了一下,难为情地把目光回转到电视屏幕上。由于激动,唱到"我的思念不再是决堤的海"时,林巧巧不小心哽咽了一下,其他人以为她唱跑调了,其实不然,那是因为她的情感一下子成了决堤的海,还好没有哭出声,她把这股潮水用力又堵回自己的心田了,只在眼角处溅了一点点浪花。在这昏暗的灯光里,没有人注意到她情感的变化。

这对师生在投入对唱时,其他同学无人敢乱走动,都在做忠实的观众,专注地看着他们精彩的表演,并多次鼓掌加以配合,一曲结束的时候不免又是一片夸张的喝彩声和掌声。张小强端起酒杯提议大家一起为师生的成功演唱表示祝贺,同学们心领神会,纷纷站起来捏着自己的酒杯聚拢到王老师和林巧巧面前,一边赔笑奉承,一边将酒杯和他们的杯子响亮地哐当碰一下,然后仰头一口闷下去。王老师和林巧巧此时就像正在结婚的一对新人,在喧闹声中红着脸羞答答地接受着大家的祝福,然后也是一大口豪饮下去。

接下来林巧巧被张小强刻意安排照顾王老师,林巧巧也就顺风使帆,愉快地接受了这个光荣的任务。这帮学生太皮了,通过几番闹腾,把不胜酒力的王老师和林巧巧都灌得微醺,就这样一来二去,在林巧巧频繁给王老师端茶、倒酒、递话筒、敬酒的过程中,两人身体渐渐有了接触,从一开始的触电感,到变成了习以为常,直至享受,两个人都心照不宣地沉迷于这种肉体的碰撞,一股炽烈的爱情火花在耳畔嗤嗤作响,让这个夜晚显得绚丽而短暂。

有了这次相聚,好面子的两人在爱情上迅速升温,他们都极力为对方着想,始终不敢像其他同学那样光明正大地在校园里做些牵手、接吻等司空见惯的亲昵动作。如果他们公开做出其中任何一个再寻常不过的举动,对两人的影响可能都是负面甚至是毁灭性的,因此,他们只能在夜晚像做贼一样偷偷躲到市区的公园里亲热亲热,或者去电影院找个角落共度良宵。他们这样如履薄冰地相处了四个月,林巧巧很快就要面临毕业和找工作,王老师也才工作不久,暂时还没有能力和实力为心爱的巧巧找一份满意的工作,所以主要还是得靠她自己不断地跑人才市场。庆幸的是,最后她凭自己的本事在经济发达、风景秀丽的苏州工业园区找到了一家电子厂办公室文员的工作,试用期一个月能有一千五,各种福利待遇也很丰厚,这让巧巧欣喜若狂,接到录用通知书后第一时间就把这个喜讯告诉了男友,而男友听到这个消息一开始也假装很高兴,但晚上在公园约会时却将自己的担忧向巧巧诉说,这样意味着他们以后要两地分居了,怎么办?

站在择业的十字路口,巧巧的内心也很纠结,自己确实对这个优秀的男友有所不舍,但也不得不为自己的前程考虑啊。之前在家里为了将来的工作就和父母争论过一番,巧巧是千台城郊人,也是家里的独生女,家庭条件也算优越,父母常年在小商品世界做百货批发生意,一直视这个女儿为掌上明珠,不过从不溺爱孩子,从小就培养她吃苦耐劳和甘于奉献的精神,这自然就养成了巧巧独立自主的性格和懂事孝顺的品德,使她打小就深受亲友们的喜爱。像很多年轻人一样,巧巧刚上大学时就跟父母说毕业后想到大城市闯一闯、见见世面,而父母则希望她能回到家乡工作,留在他们身边,有什么事情也能互相有个照应。双方最后不断协商的结果是,父母同意巧巧毕业后先去发达地区见识见识,如果发展得不好就回千台找工作,这让巧巧无比开心,感觉一下子放飞了自我,可以自由翱翔了,学习的动力也就更足了、斗志也更强了。

夏日的夜晚月光皎洁,淮东清凉的晚风吹在巧巧秀丽的脸上更显妩媚动人,她忽闪了几下明亮的大眼轻声问男友:"这都什么年代了,距离还是问题吗?有的广州北京相隔几千里,恋爱不也谈得轰轰烈烈,我们这才两百多公里,坐火车不到两个小时就到了,汽车也就三个小时。我也很想留在你身边,留在这个城市,始终不分离,但你也知道我找了几个单位都不太满意啊,等以后遇到称心的工作我再回来,好吗?"

王老师还能说什么呢?总不能为了一己之私,委屈女友去将就一份工作吧。他被巧巧的一番话说得转悲为喜,冷峻的脸庞渐渐舒展开灿烂的笑容,于是用力揽了揽巧巧纤细的腰肢,温柔地说:"是的,宝贝,距离有时还能产生浪漫和新鲜感呢,我以后节假日会经常去看你的。"其实这时所有的语言都是多余的,四片温热的嘴唇立马缠裹在一起,无声地诉说着感动和不舍。

理想是丰满的,现实却很骨感,林巧巧一开始在公司里干得如鱼得水,颇得主管的赏识,工作的顺利让巧巧经常忍不住在电话里跟男友分享自己的喜悦和心得,而男友也会将学校发生的新鲜事及时告诉这个小女友,节假日不加班不值班的时候,王老师偶尔还会抽空去和她约约会。就这样主要靠煲电话粥继续交往了三个月,在工作和生活都没有什么交集的情况下,两个人的共同语言在不知不觉中开始变得越来越少,经常聊着聊着就会出现冷场或乏味的情况,从一天一个电话到两天或者三四天一个电话,有时一周才一个电话,也没有多少热烈的话题可以畅聊,以至于发展到后来变成了例行公事地问候几声就找借口匆匆挂掉电话,发短信也很少有超过十个字的,彼此都沉浸在各自新的花花世界中,但也敏感地觉察到这种感情泡沫即将破裂。巧巧没有勇气说出那句常用分手语"我们以后就做普通朋友吧",最后还是识趣的王老师在一个阳光明媚的早晨咬牙艰难地给女友发了一条隐晦的消息:"巧巧,我们从相识、相知到相爱走过了将近一年的时间,这一年里对我来说几乎每天都很甜蜜,奈何我们都难以翻越两地分居这道现实的鸿沟,所以,我想跟你说声对不起,我不想耽误你,你很优秀,应该有更好的选择,祝你早日找到能时刻守在你身边的白马王子。"发完这条短信王老师心情相当忐忑,他怕巧巧因接受不了这样的事实而伤心欲绝。

此时巧巧正在办公室哼着歌打扫卫生,听到手机滴滴滴响了几声,就下意识打开看了一下。这条短信她反复看了三遍才确定没看错,一向要强的她脸上没有表现出任何的惊诧,冥冥之中预感到这一天迟早会到来,但内心还是像刚经历过一场大雪,寒冷彻骨。她一个人立在原地,抬头望着外面繁华喧闹的都市,安静地回忆两人在一起的所有快乐时光,一切仿佛就在昨天,可现实又如雷电般无情,把之前的憧憬击得粉碎,让曾经的两地相思发展成相顾无言。

他们交往期间从未像其他情侣那样发生过互相发火吵架的情况,现在只是彼此的目光不再落在对方的身上了,走到这一步也算是和平分手,同样没有大吵大闹、你死我活、情绪失控的场面。

过了半个小时,巧巧才把早已编辑好的短信发了出去:"谢谢相伴,你若安好,便是晴天,也祝优秀的王老师早日遇到红颜知己。"

王老师及时回了"谢谢"两个字,这段师生恋也就彻底结束了。两人后来难免又伤感了几天,这种伤感主要是对往日的唏嘘和感慨,可再伤感也回不到从前了,人总不能老活在回忆中啊,还是需要风花雪月和对生活的美好期待的。

过了些日子,巧巧迅速调整好自己的状态,再一次全身心投入自己的事业中去,想通过认真工作来实现人生价值并且忘掉这些愁绪。正常情况下,能力强、素质高的员工在哪儿发展都不会太差,这家电子公司实在是藏龙卧虎,像林巧巧这样优秀的员工不在少数,大部分人都在奋力拼搏,想在这里站稳脚跟,向着升职加薪的方向努力。巧巧每天兢兢业业、加班加点地把材料撰写、文档整理等工作完成得一丝不苟,为了顾全大局,在陪客人喝酒时,还不惜将自己喝吐过两次,幸亏没有醉得不省人事而失态。可是忙忙碌碌两年后,巧巧并没有等到期待中的升职,工资倒是涨了一点儿,从试用期满的一千八涨到了两千二,好不容易有个主管助理的岗位空缺下来,巧巧正信心十足地等待公司下文明确让她接任,最后却被和她同批进入办公室,工作能力和业绩都不如她的另一个女大学生捷足先登了。一个大姐为她鸣不平,悄悄告诉她,这个女孩是一个副总的亲戚,让她不要泄气,民营企业也讲究论资排辈和人脉关系,是金子总会发光的。

巧巧嘴上说着不在乎,可内心已经很凄凉了。在生活上,独立惯了的她不想再像学生时代一样多人挤在一个宿舍,休息不好不说,可能还要花些时间处理与室友之间的关系,因此她就在附近小区咬牙每月花三百元租了一间房子,这样就有了自己的一方小天地和私密空间,可是除去房租和零用,最后每个月都所剩无几了。在和王老师分手以后她想:这个电子厂有这么多年轻人,一定能再遇到自己心仪的对象。然而出乎她意料的是,每天忙得团团转,根本挤不出时间去找对象,关心她的领导和同事也曾经给她介绍过几个各方面条件都还不错的小伙子,但不是因为她工作太忙,就是因对方学历太低、不够成熟或志趣不同而分道扬镳。

工作两年下来,父母发现巧巧还没个对象,收入也就那么回事,就劝说巧巧还是回到千台,回到他们身边来,这样找个本地对象也就方便得多,就算找到的工作没有苏州收入高也不是什么大问题,毕竟家里经济条件摆在那儿呢,吃住可以在家里,而且可以给她买套房。再说这几年千台发展得也是热火朝天,日新月异,一年一度的千台龙虾节在提高了千台的知名度和美誉度以后,吸引了大量的客商前来投资兴业,当地政府还出台了许多优惠政策吸引在外务工的农民工返乡创业,当然,还需要大量大学毕业生参与到全县的发展中。刚开始巧巧是坚决反对的,认为苏州发展机会肯定比千台多,尽管暂时遇到一些困难,但不经历风雨怎么能见彩虹呢?父母拿巧巧没办法,只好任由她选择。

到了第二年春节时,父母发现巧巧在爱情和事业上仍然在原地踏步,就再次苦口婆心地劝说,这时巧巧还真有点动摇了。中学同学聚会时她发现好几个同学大学毕业后都回到了千台发展,有的考进机关事业单位,有的做了老师,有的自己创业做生意,而有的在国企或者民营企业也找到了不错的工作,她感觉和同学们聊天儿也比在公司里和同事聊得投缘。她转而对父母说:"让我再坚持半年,半年后做决定,如果真回千台,也不会什么都依赖你们,我还是想通过自己的奋斗来实现梦想。""好好好。"父母听到这个话喜上眉梢,心想只要你能回我们身边工作什么都好说,从而放心地鼓励她说:"我们相信你有这个能力。"

回到公司,巧巧开始边工作边在网上求职,每天关注千台那边的招聘信息,另外还托亲拜友让他们帮自己留意合适的岗位。在pass掉几十个岗位以后,有一天在千台论坛上一个名不见经传的小公司吸引了她的眼球,这个公司注明刚成立不久,需要招聘一名办公室主任,有办公室工作经验的优先,男女不限,大专及以上学历,年龄不超过三十五周岁,基本工资就两千块钱,比苏州的文员岗位也少不了多少,对于一个刚成立的小公司来说也绝对是大手笔了。

巧巧对这个岗位非常感兴趣,因为其他很多单位办公室招聘中文文秘专业都只是文员岗位,而这个直接就是办公室主任,相当于进门就当家。巧巧之前在学校一直是学生干部,习惯了指挥调度和统筹谋划,而不太喜欢头上有太多的"婆婆",特别是让她被一些能力还不如自己的人指手画脚,那样的感觉太郁闷了。于是在接到老家的面试通知后,她决定找个理由请假,回到千台参加面试看看,哪知道面试官就是黑皮、红中和发财,这三个人都是大老粗出身,都没从事过办公室的工作,俗话说得好,读万卷书不如行万里路,行万里路不如阅人无数。黑皮有着几年个体户的管理经验,红中和发财之前就是从事建筑工作的,和好几个建筑公司办公室都打过交道,大概也晓得办公室主任应该具备什么样的能力。三个门外汉在面试了十几个人之后,对这个能力非凡的年轻女孩刮目相看,一致觉得她是最佳人选,于是当天就决定录用她,并请她在一周之内到公司报到。

巧巧接到录用通知的第二天火速赶往苏州,毫不犹豫地给原公司打了辞职报告,后来在完成了一系列工作交接手续之后,又马不停蹄地奔赴新东家,好像怕这煮熟的鸭子会一不留神儿就飞了一样。

到新公司工作了一段时间,林巧巧不负众望,一点也不用领导烦神,在她的带领下,无论是公司的文稿撰写、来人接待、财务管理,还是物品采购、电话接听、宣传策划都安排得有条不紊、干净利落。在黑皮眼里,巧巧不仅是一名优秀的办公室主任,也是他学习的榜样,她身上有许多优秀的品质,如做事情严谨细致,礼貌得体,情感细腻,让他这个老总都觉得汗颜。关键在一起陪同接待客户时,她在待人接物、敬酒沟通等方面做得一点不比男人差,都是落落大方、谈吐不凡、知性优雅,真是上得了厅堂,下得了厨房,连一些首次见到她的客商都为巧巧竖起大拇指,说陆总能有这样一位才貌双全的女孩做得力助手真是可遇不可求啊,这也为公司促成了许多业务上的合作。一些慧眼识珠的老板想挖巧巧过去,都被她婉拒掉了。

巧巧回千台不知不觉就一年了,事业可谓是风生水起,无奈在爱情上依旧是一片空白,那个有缘人仍然淹没在人海中。黑皮怜香惜玉,无形中对她多了一层工作之外的关心和呵护,这让巧巧相当感动也极其钦佩。她觉得陆总虽然没上过多少学,但是事业非常成功,为人处世内方外圆,期望以后找个对象也能像陆总这样成熟睿智,风度翩翩。她越来越发现,对于未来的男友,学历真的不是最重要的,有担当、会来事、有男人味才是她梦寐以求的,要不是看陆总已经有家室了,她一定会抛却世俗观念,奋不顾身地把这个小学都没毕业的老板搞到手。办公室主任和老板联系必然很多,黑皮在许多方面已经离不开巧巧了,而巧巧也因为陆总的赏识和肯定,在工作和生活中充满了自信。不知从何时起,两人经常用眼神向对方倾诉着自己的情愫,回眸一笑都能让彼此心花怒放,世界上有些爱情虽然不能修成正果,但就是在无期的守望中也很幸福,一天不见都很想念,三天不见就会茶饭不思,无比煎熬,他们俩就属于这一种。

黑皮现在见多识广,很多美女在他面前如过眼云烟,有时甚至会审美疲劳,只有这个巧巧让他鬼迷心窍,时常默默地看着她想入非非。相比较而言,小丫在巧巧面前就相形见绌了,小丫在家里富有了之后还是留着蘑菇头短发,常年穿着绒裤或者牛仔裤,上身穿着严实宽松的外套,还经常对黑皮唠叨,说他回家太晚,顾家太少,不怎么过问小孩的学习和成长,这让黑皮有些忽视小丫身上朴实节俭的优点,反而更欣赏巧巧身上的那种气质高雅、能力过人、娇柔妩媚的韵味,特别是以工作的名义带出去应酬时,会觉得很有面子。这两个强人都有种与生俱来的自制力和大局观,明明互相喜欢着对方,却能够强忍着不去犯低级错误,这大约就叫灵魂出轨吧。

  黑皮觉得自己成功的形象和红火的事业不能拜倒在美色下,巧巧考虑得更周到,自己是个黄花大闺女,事业也在蒸蒸日上,不能在家门口干伤风败俗的事情而自毁前程。然而世上没有不透风的墙,对于男女之间的微妙关系,有时哪怕没有发生过肉体上的亲昵动作,只要有言语或是神情上的流露就会被传得沸沸扬扬。公司后勤上几个员工每天大部分时间都在公司转,闲得无聊时就会说些男男女女的事情来打发时间,一些想讨好老板娘的员工像哈巴狗一样跑前跑后帮助她监督,时常捕风捉影地偷偷给小丫通风报信,这让小丫开始深信不疑,也就留心观察了起来。可是无论她怎么留意,都找不到爱人和巧巧勾搭的蛛丝马迹,从而也就渐渐放松了对自己男人的警惕,反而更加坚信黑皮一直是个好男人,再后来对别人说的流言蜚语直接置之不理,别人当然也就没什么兴致和胆量公开讨论这个话题了。

第二十九章

在时光嘀嗒转到二〇〇七年初夏时,李刚家的生态园通过五年的大力发展,已呈现出一派生机盎然的景象,大坝里的肥鱼儿不时欢腾地跃出水面发出嘭咚一声响,所有的果木都长得枝繁叶茂,很多城里人慕名来到这个生态农庄采摘、购物、休闲,所有人都是乘兴而来,满意而归。旧貌换新颜,小站这张古老的历史名片被再次擦亮。随着家用电器的普及,一年四季,山洼村的大部分村民每天晚上吃完饭,喂完牲口就爬床上看电视了,往往看到八点多就会被一天的疲惫拖入梦乡。可一些年轻人晚上却经常按捺不住青春的悸动,异常活跃,因为离县城近,交通也发达了,于是三个一群,两个一伙,骑上摩托车或者打一辆出租车呼啦一下就冲到县城里喝酒吹牛、唱歌蹦迪去了,有些想不劳而获的赌鬼还喜欢到处找场子碰运气。

良好的效益让李刚迅速在村里发达起来。李刚一直喜欢和别人称兄道弟,也好面子、讲义气,从十几岁开始,忙里偷闲时就会和好兄弟喝两杯、赌两把。现在这些年轻人爱玩的活动当然少不了这个有权有钱又有势的小干部。黑皮的建筑公司就在千台,让他俩的相聚变得更加频繁,一起喝酒,一起蹦迪,一起 K 歌,有时还一起赌几把。黑皮作为全村首富为富且仁,不仅对亲朋好友出手大方,还知恩图报,在山洼小学设立了陆猛奖学金,每年拿出两万元用于奖励品学兼优的学生。仙红从做百货生意开始就把握着家里的经济大权,通情达理的她看到爱人辛辛苦苦挣下来这么大的家业,闲暇的时候在场子上小玩几把解解乏也是情有可原,而且他在外也要交流应酬,所以她隔三岔五会主动给他几百块钱,保证能应付一些社交场面,后来李刚微薄的工资都不需要交给她了。识大体的老婆体谅他,让他留着钱用,这令李刚很高兴。其实生态园这么大,几乎每天都有农产品交易,也就有现金进账,大手大脚的李刚总是能巧妙地从这些买卖收入中刮一点油水出来,拾芝麻凑斗嘛,只用两三年的时间,李刚私设的小金库就已经有了三四万元的个人存款。

有一天,村书记沙政高在电话里兴高采烈地将李刚叫到自己的办公室,李刚毕恭毕敬按时按点来到这里一看,村里三大员齐刷刷地都在,李刚还没落座就连忙满脸堆笑为这三大巨头散了一圈烟,然后恭敬地问书记有什么指示。

沙政高清了一下嗓子和蔼地说:"洪会计现在在无锡找到一个机械加工厂的管理工作,会计工作就无法兼顾,你正好年轻,通过几年团委书记岗位的锻炼,成长得很快,而且得到了干部群众的一致好评,我现在以党组织的名义征求一下你的个人意见,是否愿意接任会计的岗位?"

刚才还没等书记把话说完,李刚就猜出事情的原委,这样的美差打着灯笼也找不到啊!何况是组织上信任自己,认可自己,需要自己,这既是一种提拔,也是一种权力的象征,同时意味着村里的"玉玺"将由自己保管,不像之前的团委书记徒有虚名。听到这话,李刚故作镇定,直了直身子,瞟了一眼满脸严肃的三人,然后微笑着跟书记汇报道:"书记,首先非常感谢组织对我的信任和栽培,也承蒙各位领导这几年对我的关心和帮助,应该说没有组织的培养,就没有今天的我。刚才书记说让我接任会计一职,我坚决服从组织安排,不过就怕自己才疏学浅,无法胜任,还请组织慎重考虑。"

沙政高听了李刚谦虚的表决心以后,微微一笑,心想这小子现在说话是滴水不漏啊,相当成熟,再也不是刚当团委书记时那个青涩的毛头小伙子了,看样子自己没选错人,然后代表组织继续说道:"请你接任会计是组织经过认真研究和慎重考虑才做出的决定。俗话说,世上无难事,只怕有心人,熟悉会计业务确实需要一个过程,但我们相信,你这么年轻,人又活套,只要你不怕苦不怕难,努力钻研,一定会干好的。我们请洪会计推迟几天去无锡,再专门带你一段时间,你看如何?"

"没问题,谢谢书记。"李刚回答得很干脆。

没几天,聪明的李刚就在洪会计的精心指导下,很快熟悉了村会计的所有业务,并掌握了一些技巧。通过亲自做几笔账试手,看得出他也能独立完成一些核算和处理。负责任的洪会计这才放心地和组织辞别,远走高飞。

有钱能使鬼推磨啊,李刚现在走到哪里,都有巴结他的人为他点烟、斟酒甚至开车门,谦卑地称呼他为李总,说些阿谀奉承的话,连以前对他指指点点的老人见到他都客客气气、礼让三分,可以说是风光无限。不要说在本村没有摆不平的事情,就是在本乡社会圈也是渐渐小有名气,老婆仙红也跟着沾光,和李刚出双入对时,别人经常会投来仰慕的目光,所以她开始翘起尾巴了。李刚本就天资聪颖,记忆力和反应能力都超乎常人,每次在村里打麻将,他身后都会围一圈人默默地学技术,看到他高超的估牌和出牌技术,都会不由自主发出一串串赞叹和叫好声。有些想找李刚办事或者借钱的人为了讨好他,在打麻将时还故意放水,这让李刚常常扬扬得意,觉得自己的智商高人一等,运气胜人一筹,连老婆仙红对他也多了一份钦佩之情。

巴结的人中新老朋友都有,其中不得不提的一个熟人,是曾经将李刚成功骗入传销组织或者说和李刚同样是受害者的黄小辉,他嗅觉灵敏、消息灵通,当李刚生态园的鱼塘挖好,还没放鱼苗的时候,他就厚着脸皮、笑嘻嘻地拎着几包礼品登门拜访了。李刚一看老朋友这么客气来看他,立马不计前嫌,热情地把他迎到家里的堂屋摆起了酒杯。从那之后,黄小辉每隔十天半个月就会来找李刚玩,陪他打打麻将,一起到生态园忙活忙活,到吃饭时间也就不把自己当外人,主动留下来不挑不拣地吃一顿。他比较好酒,只要李刚有时间,就到李刚家百货店自己花钱拿点酒劝李刚喝几杯解解乏,而仙红自从和沙政高勾搭上后,对黄小辉就不怎么感冒了。

有了钱之后,李刚的心胆就越来越大,经不起一帮狐朋狗友的勾结诱导、软磨硬泡,再也没有耐心去打麻将浪费时间了,而是热衷辗转于村子里或者邻村的牌九场,高的时候,将每牌的筹码加到上百块。说来也巧,李刚手气好时每场能赢小几千元,比家里农场和百货店一天的平均收入多得多,这让他再次尝到了甜头,心里想着,只要用心琢磨赌博,照样可以发财,看过的录像、电影里包括自己的身边,靠赌博致富和出名的大有人在,这比辛辛苦苦创业来得轻松和快捷多了。因而他渐渐对辛苦耕刨的生态园不像以前那样用心和投入了,去的次数也越来越少,总觉得有吃苦耐劳的父母整天帮忙打理也不会出什么问题。不过他有时也会输得血本无归,两眼冒金星,但那只是少数情况,赌博玩的就是胆量,吓死胆小的,撑死胆大的。

与之形成鲜明对比的是,手头一直比较拮据的黄小辉,有了一点儿小钱以后,偶尔也会像李刚那样豪爽地在赌桌上一掷千金,可是他的手就像抹了屎一样,不管他怎么绞尽脑汁去估牌和揣摩对手的心理,都是十赌九输。让他最刻骨铭心也最痛心疾首的是,有一次他老婆董金妹把辛辛苦苦养了近两年的肥猪卖了两千多块钱,喜滋滋地将所卖的整钱当天就交到他手上,并再三叮嘱他一定要好好保管起来,自己只留点零头用于日常生活。黄小辉闭着眼嗷嗷嗷地叫了几声就有了新主意,结果钱还没在衩口焐热呢,他就跑到赌场两三把输了个精光。

董金妹初中时因为成绩还不错后来考上了高中,但最后高考时却未能如愿过了那根通往大学的独木桥,最后只好下来打工。她和黄小辉同村,在初中时不仅暗恋过李刚,也喜欢过痞里痞气的黄小辉,她高中毕业后见到黄小辉的机会又多了,且黄小辉也更有魅力了,就主动追起了对方。黄小辉看她是高中毕业,人品和家庭条件还算不错,也就同意了。董家原本也是穷苦人家,好在董金妹的爸爸脑子比较灵活,而且胆大心细,后来做些粮食生意使得家里的经济状况日渐好转。

小辉属于赢得起输不起的那类人,当时感觉这辈子最对不起的人就是自己贤惠有才的妻子,发誓以后再也不能做这种脑子进水的事情了。不过狗改不了吃屎,在屡战屡败后,理智上他虽然再也不拿钱打水漂了,但还是会小玩几把或者跑到几个大场子看看热闹,直到有一天输得只剩下内裤,他才开始变得聪明了,决定改变人生"奋斗"方向。他通过托关系认识了一些开赌场的大佬,做他们的马仔,每天帮助这些大佬牵线寻找赌徒,做些跑腿的事情,每介绍一个新赌徒五百元。跑跑腿一天也能挣到几百到上千元不等,再加上吃喜面,这样旱涝保收的美差让小辉觉得简直是天赐良机,仿佛发现了新的生财之道。果不其然,三个月干下来发现每天不仅能吃好玩好,一个月还能净赚七八千元,他很知足,一点也不眼红那些 场能赢几万元甚至十几万元的人,因为自己没有那个命呀。他本来想把李刚也介绍到这些场子赚中介费的,后来想想还是算了,万一他输得很惨,岂不是要失去一个好朋友,但要是他知道这个门路主动找到自己帮忙,那又是另一回事了。

赌场上实际并没有常胜将军,除非做了手脚,李刚在频繁出入各地赌窝大半年以后,身上几万元的私房钱已经所剩无几,在别人为他惋惜的时候,他却一直有种阿Q精神胜利法,自我安慰道:"钱都是身外之物,来得快去得也快,这都是些小钱,男子汉大丈夫要能屈能伸。"与此同时,他疏于管理的这年,生态园逐渐开始走下坡路,大坝里的鱼在炎热的夏日里连续几天肚皮朝上漂起了不少;养的草鸡遇到禽流感没有及时预防和治疗,也死了好几百只;桃树冬天管理得比较粗糙,导致残留的病虫害很多,产量也在降低。李刚的父母对此怨言不断,心大的他却像应付差事一样去绕几圈或者牙龇着笑笑就混过去了。如果是仙红这样抱怨,他或许还会上点心,没想到仙红觉得这都是难免的情况,因为今年夏天天气太热,大坝里鱼又稠,是缺氧导致呼吸困难才死这么多的,听说附近几个村子也有遇到类似的情况。再比如禽流感是普遍性的,这种病毒主要靠禽类传播,也是防不胜防。而桃子减产仙红觉得还是公公婆婆带人修剪和将树干涂白的时候粗心大意造成的,也不是干一年两年了,怎么能怪罪到李刚头上?李刚整天里里外外操劳奔波也不容易,他也不想家里变成这个样子。

其实李刚打心底里很不服这口气,于是,赌钱人常挂在嘴边的那句至理名言瞬间迸进了他的大脑:输钱不捞,家有金条。于是他决定东山再起,绝地反击。其实这又陷入了老套套,赢了想赢得更多,输了想拼命捞回来。能否捞回来这三万多元先不谈,眼下的首要问题是得有本钱,他不敢跟仙红要,怕事情败露,再说生态园卖农产品几天之内也攒不到这么多啊!就是一天私藏三百元,三万元也要攒一百天呢。对了,去借,凭他的本事借几万元钱也就是一个电话的事情,但转念一想,不行,借也不保险,万一再输掉被人催债,那就丢人了。为了找钱这事,李刚连续两天茶饭不思,心急如焚,无计可施的时候只能老老实实每天去生态园待着。李刚最近没心情去找那些酒肉朋友玩,有人主动找他聚聚也都找各种理由进行推托。而黄小辉自从有了新的生财之道后,每天"工作"异常繁忙,整天扑在一些跨乡越县的大场子里,有时饭都来不及吃,和李刚的联系也变得极少。

小辉一看半个多月没有好兄弟的消息,这天上午起床后感觉神清气爽,就抽空打个电话问了一下兄弟的近况,李刚正愁没地方倾诉,他在心里早就把小辉当作知心朋友了,逮着这个机会像竹筒倒豆子一样将近期的烦恼一吐为快。如果李刚跟做人诚恳、做事平稳的陈龙说,陈龙说不定会劝他浪子回头,就当买一次教训,以后戒掉赌这个坏习惯也就罢了,可李刚偏偏觉得只有和他气味相投的人才能理解他的痛苦。

见惯大世面的小辉听了李刚的吐槽,心里有点嘲笑他的魄力了,在电话里像个大爷一样嚷起来:"兄弟,你一个堂堂的老板,还是村里的干部,有头有脸的人物,为这点钱发愁谁能信呢?别的不说,光黑皮一次性借十几万应该都不成问题吧。哎呀,说到底你不就是想捞钱吗?"咋呼几声后,又压低嗓门悄悄地说:"兄弟啊,说实在的,你平时玩的那些场子,现在你就是有了本钱,要想捞回输掉的那几万块钱,可能都比较费劲。"

李刚一听好像这些场子有什么问题,急忙追问道:"那怎么办呢?"

"兄弟,你也不是外人,你等我,中午去找你,把酒菜准备好了,就我们兄弟俩,我当面告诉你一个秘密的赌博圣地,让你开开眼界,这也极有可能是你翻盘的最好机会。"李刚一听就像遇到了救星,立马好好好地连声应着。

当天中午,两人早早坐到了镇上的张四酒家,刚点完菜李刚就迫不及待地悄悄问小辉:"兄弟,你说的赌博圣地是什么意思啊?"

小辉故弄玄虚,跟李刚神秘地眨了眨眼,又向四周望了望,发现没有什么可疑人员之后,才开始跟他透露道:"兄弟,你平时玩的那些都是小儿科。"

"不会吧,一场几千输赢还小啊?哪边还有更大的?"

"实不相瞒,我也是在输得吐血以后才通过朋友偶然得知这个新世界的,朋友看我走投无路,人比较活套,时间相对充裕,体格也还可以,有一天晚上就把我带到龙虾大厦那边的一辆大巴上。上了车我才发现,闹哄哄的一车人全是赌徒和赌场的服务人员,车行驶半小时后就停在了淮河边的一个堤岸上,大家下了车又改乘小船来到河中间的一条大船上。不过他们也不是猪脑袋,经常打一枪换一个地方,心血来潮的时候还会跑到偏僻幽深的山林里去赌。"

李刚听得一愣一愣的,抢话说:"这个安全系数够高的,又是大巴,又是轮船的,外人做梦也不会想到是去干这勾当的。"

"那倒是,我当时想,既然这样大动干戈肯定赌得都不小,果不其然,正式开始后,庄家和打家每人面前都摞着一堆一捆捆未拆分的百元大钞,每捆就是一万,很少有带几百几千的,其实稳赚钱的既不是庄家,也不是打家,而是开赌场的大佬。"

"为什么这样说呢?"李刚抽了一口烟追问道。

"你想,每一把不管是庄家赢,还是打家赢,他们都要摆水子,也就是从赢的钱中拿出百分之十给大佬,这么高的回扣,老板吃肉,我们就喝点汤汤水水的也比在家种地强啊,你说是不是?"

"是的,这个大佬背景肯定不一般吧,至少是黑白两道通吃的。"

"那还用说,大佬是个讲义气的人,为所有的赌客、马仔以及接送赌客的司机都订了饭店、宾馆和浴室,吃住洗一条龙免费服务,这也为他们赢得了良好的口碑。"

"厉害呀！那这样的场子我也不敢碰啊，一场至少好几千的输赢吧？"

"那肯定啊，有一回一个老板赢了八十八万还不肯收手，准备装满一百万再走。结果事与愿违，最后不但没赢到一百万，连八十八万都没保住，你看看！是不是肠子都悔青了？"

"太可惜了！"李刚情不自禁地叹息。

"关键看你每把带多少了，这要根据自己的实力来，不能冲动，如果眼看庄家在淌小条子，那就可以适当多带点，这个道理你也不是不知道的。

"兄弟，如果你真的缺钱，我也可以帮你想办法拿小惠钱。"

"不不不，我再想想其他办法。"李刚当场表示拒绝。

吃过午饭回去睡觉时，李刚就在头脑里琢磨怎么样去弄几万元的本钱，小辉说的这个确实是个翻盘的好机会，男人就应该搏一把嘛，现在的关键问题还是钱从哪里来。就在他苦思冥想一筹莫展的时候，眼前突然掠过一道曙光，对了，村里账务上还有十几万元，从上面神不知鬼不觉地拿出两万元，如果赢了就迅速还上，输了也可以再想其他办法补上。他想，应该不会每次都这么背吧？下次一定见好就收，不能再抱桌腿了，万一真的倒霉输到一万元的话，那就再也不去那个大场子了，到时去找好兄弟黑皮帮忙解困也未尝不可。欲望的闸门一旦打开就同如决堤的洪水，一泻千里，覆水难收。他熟知财务纪律，不过觉得金额不大，上级监管也不严，于是决定冒险一试。

第二天,他怀着忐忑不安的心情到办公室保险柜里取出来两万元现金，只犹豫了片刻，晚上就和小辉如约来到了那个传说中漂在水上的赌场。他没想到，在这个陌生的场合竟然还遇到了两三个本乡的知名赌友，这也算是他乡遇故知吧，他们互相热情地打了招呼，无形中也给对方增加了勇气。正式开始后，李刚发现这里仿佛影视剧里的场景,很多社会上的大佬在这里出手极其大方,说话掷地有声,江湖气十足,钱在这里就像纸一样廉价得到处都是,整个船舱充斥着浓郁的油墨臭味,自己身上的两万元反倒略显羞涩,凭他这点资本根本没有底气坐个门子,只能站在后边带小驴子。

  李刚今天晚上应该说很顺,趁庄家不瘟不火的时候,立马勇敢地找了一家兴门子带了十把,每次带两千,再少就拿不出手了,否则面子上也挂不住。结果赢八把,输两把,当总共赢到一万二的时候他果断刹住了车。之前从未在一场赢过这么多呀,这让他欣喜若狂,想见好就收,然后怀着激动的心情请小辉悄悄联系船只和车辆把他赶紧送走,因为他担心自己控制不住继续赌。小辉知道李刚第一次来这里还是有一定的胆怯心理,觉得赢点就走也是对的,李刚吃水不忘挖井人,当场就给了好兄弟三百元喜面钱,临走还不忘叮嘱小辉明天中午老饭店见,再请他撮一顿,小辉说自己最近太忙,过几天再说,反问李刚道:"你明天难道就不来了?"

  "再看吧。"李刚说完就喜滋滋地转身离开了。

  李刚舟车劳顿回到家时,明月已经高悬在大坝上空微笑地聆听村庄均匀的呼吸。老婆仙红埋怨他今天怎么又这么迟才回来,李刚很了解老婆的性格,没有急于辩解,而是不慌不忙地从身上掏出一千块红票子塞到老婆手上笑嘻嘻地说:"今天手气不错,又赢了。"李刚没有把自己参加大赌的情况告诉仙红,仙红也以为李刚去的是平时那些场子,也就没有多问。仙红见钱眼开,转而说了几句贴心的话就继续安然入睡了。李刚因为太兴奋,此时思绪纷飞,微闭着眼睛还在独自品咂赢钱的喜悦,心想按照这样赢下去,自己有一天说不定也会成为赌神,过上声色犬马的生活,快活似神仙,再也不用整天钻在生态园里面朝黄土背朝天了,到那时说不定这一船人的命运还得由自己来主宰沉浮呢,但想来想去好像又不太现实,谁能有那么好的运气经常赢而且赢那么多呢?自己之前在小赌场也曾雄心勃勃地想捡点钱做个土财主,后来还不是偷鸡不成反而蚀把米?这么大的场子高手如云,还是慎重一点的好,明天继续去生态园老老实实干活养精蓄锐,连续作战肯定吃不消,想着想着就慢慢打起了呼噜……

第二天早上阳光明媚,空气清新,捧着老婆做的热腾可口的早饭,李刚的心一下子又回到了昨晚那个高潮迭起的船上,感觉自己今晚要是再不去人都撑不到明天天亮,对了,要趁热打铁,应该趁着好手气多捞几把。吃完早饭,他又一颠一颠跑到生态园兴致勃勃地指挥调度,浑身干劲,期待着晚上激动人心的时刻早点到来。

有了更多本钱,底气也就十足。这天晚上,李刚带着三万元大大方方地再次踏进这艘"游船",人到得差不多的时候,大家围坐在桌子四周摩拳擦掌、散烟寒暄,当看见庄家面前高高摞起红通通的几摞人民币时,每个人眼睛都发绿,连喘息也变得粗重起来,静观对手的表情举止,准备大展拳脚。

今晚的庄家已经换成了一个三十多岁的年轻光头小伙,戴着粗金链子,两只手的中指上还分别戴着大金戒指,看上去清瘦精干,说话快言快语,洗牌动作麻利娴熟,两边各站着两个精神帅气的马仔,几人的胳膊上都画龙雕凤,一看就是混社会的。只见那小伙子三下五除二码好牌后,劲爆地大喊一声"开船了",同时把两颗崭新的骰子当啷啷潇洒地掷在碗里。

李刚鸿运当头,第一把就赢了两千元,四周立马投来了对赢家羡慕的目光,他高兴地从衩口里掏出一包软中华烟就近挨个散了一遍,幸运的是后来连续两把又都赢了。尝到了甜头,到了第四把他实在按捺不住了,已经不满足于下两千块的注,因为他深知要想赢得更多,既要有工牌,又要下更大的赌注。一不做二不休,这次他开始霸气地发力,干脆换了个门子上了三千。阿弥陀佛,命运之神再次眷顾他,眨眨眼的工夫就赢了九千。旁边几个不知道是媒子还是和他一样的赌客,见他步步为营、节节胜利,都跟在后边鼓动说:"小伙子,你手气这么好,还不多带点?"头脑发热的李刚被激发出了斗志,得意地笑了笑,还真的破天荒砸了五千,然后就凝心聚力,心怦怦直跳,期待奇迹的再次出现。人的命运说到底都是起起伏伏的,贪婪的李刚这下不但没有等来奇迹,反而从这局开始连输了四把。输红了眼后他气得干脆孤注一掷,准备死磕到底,一把不漏地接连下庄。结果让他沮丧的是,一直到当晚带来的三万元输完,中间也只赢过两把,这两把还都是带的两千。小辉看到李刚这个惨状,立马有点愧疚地把他拉到一边为他出谋划策道:"兄弟,你今天手气有点儿背啊,这边有人放水子,你要不要?"放水子也就是放高利贷。正说这话时,旁边赌桌上又传来庄家接连淌小条子的喜讯,李刚心有不甘,谨慎地问:"利息是多少?"

"市场价,十个点。"

他犹豫片刻,鼓起勇气说:"哦,那就先拿两万吧。"

小辉到旁边一个五大三粗的中年男人面前耳语了几句,然后向李刚招了招手把他叫到跟前,债主面无表情地问:"借多久?"

李刚说:"最迟三天,最快今晚就能还。"

"可以,利息一天十个点,第一天的利息我现在就要扣下来,你懂吧?"

"懂的懂的。"李刚勉强赔着笑应道。

中年男人随即愉快地从皮包里抽出一万八千元递给了李刚,并嘱咐说:"你点一下。"

李刚低头一数确实是一万八,而后恭敬地点头说:"对的。"他刚拿到钱转头又精神焕发地站到一个门子后边准备伺机下手。

这次他紧紧抓住庄家继续淌小条子的契机,一把头就捞回三千,本来以为时来运转能翻盘的,可是还没焐热,后边几把又输得一败涂地,再也没翻过身。小辉见此情形又屁颠屁颠跑过来装作难为情的样子征求兄弟的意见是否还借些,此时的李刚像个败将一样,肺都要气炸了,垂头丧气地挥了挥手表示不用了,然后灰溜溜地离开了这艘不祥之船。

回到家仙红已经熟睡,他也没心情洗漱,蹑手蹑脚地脱了衣服鞋袜就瘫倒在了被窝里。

第二天早上,仙红兑菜回来看到李刚脸色有些不对劲儿,敏感地问他是不是昨晚输大了。

李刚眼看掩饰不住就搪塞说还好还好,也就几千。

"什么,又输几千?"赢得起输不起的仙红一下子气得脸色铁青,暴跳如雷地对李刚吼起来:"你这个和尚,整天像个游尸鬼一样到处游荡不归家,这么大一个好端端的生态园眼看成了百草园,你也不想想办法,就知道赌,钱是容易苦的吗?真是成事不足败事有余,你让我这个日子还怎么过,啊?"

李刚自知理亏,心如刀绞,被老婆数落得闷着头一言不发。

这时几个较早买菜的顾客已经来到了店里,见此情形纷纷好言相劝帮助拉弯子,仙红这才呼哧呼哧歪头翻着白眼停住了叫骂。

第三十章

两个好兄弟在社会上摸爬滚打了这么多年,陈龙还在象牙塔里做着清贫却快乐的工作。他很享受和孩子们在一起的无忧无虑的美好时光,尽管孩子们调皮起来确实让人抓狂,可一听到他们风铃般纯净的笑声,这些令他头疼的问题就显得无足轻重,这样的快乐是多少钱也买不到的。他甚至经常想,要是永远在学校里做个老师多好,只可惜自己没有教师资格证,成不了在编人员,工资也就提高不了,那就无法在学校里待太久。因为机会难得,也就格外珍惜,因为热爱教育,也就格外用心。这些学生之前在家里从来没有过过一个像样的生日,孩子们看到电视里的孩子过生日都开热闹的生日 party,跟亲朋好友在一起品美食、吃蛋糕、吹蜡烛,他们都无比羡慕,感觉这都是童话里才有的美好故事,现实中一次都没见过。陈龙了解到这一情况后,帮助他们一一实现了童年的梦想,每到一个孩子过生日的时候,他就会用班费从县城买回一个精致的小蛋糕,放晚学后组织全班同学一起到这个小寿星家表演节目,放鞭炮,一起唱生日歌,分蛋糕,给他们过一次有仪式感的生日。家长们也会热情地用丰盛的晚宴招待这些小客人,借此为孩子留下一个美好的童年回忆。

在大学生志愿服务西部计划两年期即将结束的时候,根据家长和孩子们的请求,也是出于自己对孩子们的责任、情感,陈龙做出了一个重大决定,跟学校申请,再义务教这些孩子一年,也就是教到六年级,给他们的小学生涯画上一个完美的句号。学校很爽快地就同意了陈龙的这个请求,因为他们只需负担食宿和一个月几百元的生活费,何乐而不为呢?

陈龙善始善终,在这所小学兢兢业业地又干了一年,将孩子们带到小学毕业。六月底的一天晚上,他组织大家给一个后转进班的孩子过完生日回到宿舍刚躺下,准备闭眼眯一会儿,顺便回味一下当天的幸福时光,突然接到了黑皮从千台打来的电话。每次接到好兄弟的电话他都很激动,也有聊不完的话题,但是今天这个电话听上去明显感觉不对劲,在喂喂几声确定双方都能听到说话声以后,对方语气明显比平时严肃得多,黑皮问:"你知不知道?李刚出事了。"电话里还传来几声大大小小的狗叫声。

"什么事啊?"陈龙大吃一惊。

"刚刚被县纪委带走了。"

"天啦,为什么啊?"

"据说是经济上犯错误了。"

"具体情况呢?"

"暂时还不知道。"

"那怎么办?"

"我准备先托朋友到县纪委问问是怎么回事,如果用钱能赎回来,我愿意帮这个忙。"

"那你赶快去跑跑看啊。"

"我现在在村里,很多人都顾不得吃晚饭,三五成群聚在一起议论这个爆炸性的新闻。李刚他妈和仙红在家里鼻涕眼泪哭成了一团,婆媳两人哭一阵,骂一阵,爱恨交加,不知如何是好,感觉天已经塌下来了,几个村干部和好多邻居在这苦口婆心劝慰也无济于事。"

远在陕北的陈龙,心里一直牵挂着几千里之外的山洼村,不管听到哪个老乡的艰难困苦都会让他黯然神伤,更不要说自己好兄弟的事情了。他提心吊胆,牵肠挂肚,但他不便跟父母联系问张家长李家短,怕被他们批评多管闲事,事情发生后每天主要就是通过电话跟黑皮及时了解李刚的情况。这样惴惴不安地过了两周,他才大体晓得整个事情的来龙去脉。

原来和李刚一个生产队的刘三在二十世纪九十年代中期就举家去上海打工了,出去的前几年还捎带着把田种种,但是由于平时管理不到位,每年地里的收成在交完"五大费用"和留足自家吃的口粮后就所剩无几了,还要在夏、秋两季请假回去农忙。后来到了一九九九年收完秋天的玉米和水稻后,机灵的他干脆跟大队和几个村民说他家承包的地都不要了,还给集体,这样既可以一心打工,省得请那么多天的假得不偿失,也不要再交"五大费用"了,一举两得。村里当时也没任何异议就同意了刘三的请求,李正柱夫妇俩紧紧抓住这个良好的契机,因为刘三家大部分田都在他们家附近,就跟村里说想把这几块地都拾去种,这样也方便管理。村里二话没说就答应了。短短两天,其他几户也趁机把刘三家剩下的那些地当个宝贝一样捡去种了。此时,扔地的和捡地的都各生欢喜。

然而计划赶不上变化,让刘三和很多村民没想到的是,二〇〇四年,国家为了促进粮食生产和农民增收,先后实施了农作物良种补贴、种粮农民直接补贴和农资综合补贴等三项惠农政策,这让广大农民欢欣鼓舞、奔走相告。不仅如此,到了二〇〇五年,国家有关农业政策又破天荒地发生了一百八十度大转变,在全国范围内逐步取消了农业税的征收,并在二〇〇六年一月一日起废止了《农业税条例》,这就意味着从春秋开始,在中国延续了两千六百多年的"皇粮国税"走进了历史档案馆。全面取消农业税表明国家在想方设法减轻农民的负担,在实行工业反哺农业、城市支持农村方面也取得了重要突破,这更加增强了广大农民种粮的信心和积极性。

比如刘三,随着自己年龄渐长、孩子开始工作、城市竞争越来越激烈,看到国家"三农"政策越来越好,在外漂泊了十几年的他于二〇〇七年春节前带着一家人又难为情地回到了生养他的小山村,准备到大队要回自己以前种的那些地,继续自己的宿命,顺带着在附近找点临时工做做。可当他满面春风地掏出香烟找到村书记说明来意时,沙书记一脸无奈地告诉他这个老长辈,他家以前的土地都已经分给其他村民了,不好再要回头,除非他们私下里去协商。刘三真是乘兴而来,败兴而归,他想反正之前承包他家地的几户都是一个生产队的,平时处得也不错,不会有什么问题,那就回去直接跟他们说吧。

然而让他闹心的是,从李刚家开始,刘三就接连碰壁,没有一户愿意把土地还给他的,这几户都振振有词地说这地是村里给他们种的。身在农村却无地可种,就像被村里抛弃了一样,这让他感到无比气愤和寒心。既然协商解决不了,那就去政府部门告,告谁?主要就告大队会计李刚,因为李刚是村干部,带头与民争利,而且他家占得最多。刘三是小学毕业,多少还是识两个字的,这些年在外闯荡也见识过一些世面,他先是拿着诉状倔杠杠地告到乡里,哪知几天下来不了了之。他不服气,夹个掉色的人造革皮包又告到县信访局,信访局干部热情接待了他,有关领导及时批示请前松乡妥处,耐心做好群众的情绪安抚工作。他在耐心等待了几周后,结果仍然没有丝毫改变。

刘三不死心,又先后风尘仆仆、不知疲倦地坐车找到了更上一级的信访部门,然后在眼巴巴地等待了一段时间后依然是一无所获,也因此与这几户都结下了仇恨的种子。不过这一切并没有把他击倒,几个月来通过上访认识了不少和他一样到处申冤告状的访友,学到了一些宝贵经验。受到他们的启发,他又继续想,既然这些信访部门无法解决他这块心病,那他就向其他有关部门不断反映,生命不息、上访不止,倔强的他要和李刚来个鱼死网破、斗争到底,你让我无法活,我就让你也不好过,哼,我不信你李刚屁股就干净。

实际上,在村里红得发紫的李刚也没有把这个算是他长辈的刘三放在眼里,他经常大言不惭地和仙红说,不要说我种的这几块地是通过村里合法手续得来的,就是他当时私下里给我种,也不是他现在想要就能要回头的,一个光有身高,没权没钱没背景的大老粗能翻多大浪呢?他不是喜欢告吗?天下这么大,他要是精神足,尽管让他跑,让他告,我看他就是跑到天涯海角也是徒劳。

但下了决心的刘三开始带着报复的心理寻找李刚的把柄,几年前就听说几个村干部从这个外地来的采石场老板身上没少捞到好处,李刚作为采石场所在小组的地头蛇更不可能吃一点亏的。还真是无巧不成书,他最近又从村里的娱乐中心和赌钱场上听说李刚现在都在外边赌大的了,一场多的都能输到几万,那个破生态园早就入不敷出,他哪有这么多钱作为赌资的?再说干部大赌本身就是违法违纪的行为,还有人传说李刚利用手中的会计权力,将一些上级发下来的补贴款进行挪用、占用、滥发,哼!看他那浪荡的德行完全有可能,刘三继而义愤填膺地想,我这不仅是为自己解愁解恨,也是为党和村民们挖出一条蛀虫。他想想都觉得自己很伟大、很光荣,做了一件为民除害的正义之事。刘三媳妇李彩虹听男人说他又要去告状,就皱着苦瓜脸哀求似的拉住他的手让他不要再折腾了,好赖话说了一箩筐,你一个小老百姓胳膊拧不过大腿就认命吧,种地的事情只能再慢慢周旋,看旁人家是否有愿意撂下来的,我们想办法要来种。刘三像着了魔似的,不到黄河不死心,将自家女人臭嚼一二三后脖子一拧,又夹个破皮包踏上了喊冤的路,这次他准备到县纪委反映李刚乱作为、不作为的情况。

到了县纪委,刘三反映的第一个问题就是自己的地被村干部李刚等强行霸占了,接着又滔滔不绝地反映了早就准备好的关于李刚的系列问题。这次刘三总算没有白跑,纪委的干部一一详细记录下这些问题,没过几天就见县里派出由纪委、农工部、财政局等部门组成的联合调查组突然杀进山洼村,将财务进行冻结,并请乡纪委配合。县纪委这次之所以动真格,还有一个因素是在这之前他们就曾经接到过几封关于李刚的匿名举报信,但一般都是生活作风或者其他较小的经济问题,在交给乡纪委调查后,因没能收集到有力的证据就被暂时搁置了。

这时李刚开始惴惴不安,因为他挪用的两万元赌债还没来得及还上。县里在经过几天紧锣密鼓地走访了解、财务审计后,还真查出了不少肮脏的问题,李刚随后也就被纪检监察机关双规了。李刚毕竟年轻啊,没有那么多心机和顽强的抗打压能力,在经过几轮严肃紧张的谈话后,不打自招,对所指的挪用公款、占用"三农"补贴、聚众赌博等犯罪行为供认不讳。带着恐惧的心理,他还交代了纪委之前没有掌握的其他情况,比如收受采石场投资商的两万元,随之又是一番程序烦琐的调查取证,之后他就直接被送进了看守所里。

李刚从小到大虽说不是养尊处优,但也是在宠爱中长大的,没受过什么大罪,也没吃过太大的苦头,可这一次惨了,他在这个高墙大院的看守所里失去人身自由不说,光饮食起居就让他无所适从,但再苦也只能咬牙忍受了,还不怪自己疏忽大意吗?也算是上天对他所犯之罪的应有惩罚了。有天晚上,乌云密布,倾盆大雨,他忽然想起了人们常说的千古名言"世道有轮回,苍天饶过谁",一阵阵捶胸顿足、后悔莫及。在这里他们十二个人挤一间小房子，连床都没有，只能睡集体大通铺，根据要求，他们每两个小时要轮流值一次班，值班情况都有警官通过监控进行监督，这让自由散漫惯的李刚每天都感到睡眠不足。刚去的前几天他们还进行了枯燥乏味的三大纪律、八项注意等方面的学习，目的是让每个人都能做个遵规守纪的人。尤其遭罪的是，一日三餐就像寺庙里苦行僧的修行，早饭只给吃些大米粥和咸菜，而中午除了米饭就是滴几滴调和油、飘几片菜叶的清汤，只有晚上还不错，能提供米饭和青菜豆腐汤给他们改善改善伙食，这让李刚想起了前几年误入传销组织时吃的包菜汤，和汤里看不到一滴油花的灰暗日子。半个月后，在警官的带领下，他们每天又得义务做一些切管子、组装玩具等手工活来进行劳教。

陈龙愉快的支教生涯一晃到了七月中旬就结束了，这三年他在人生阅历和精神境界方面收获了很多，与尚家庄的乡亲们结下了不解之缘，走的时候自然是依依不舍的，毕竟在这里志愿挥洒了三年的青春和汗水。之前看到周围很多志愿者整天都在忙着考编寻找出路，他对此还知之甚少，也就无动于衷。直到支教即将结束的那段时间才如梦初醒，开始重新考虑未来的择业问题，凭着土木工程专业的背景去找个施工单位并不是太难，不过要想找个轻松稳定的工作，听许多人说，还真得去考个编制什么的。抱着试试看的心态，他在网上一搜索还真看到老家他曾经实习过的建设局正在招事业编制人员，其中土木工程专业就招三人，这给陈龙的择业迷茫期带来一丝希望，他赶紧买来相关辅导资料开始勤学苦练，等这边支教结束正好能赶上七月底的考试。

陈龙回到老家后的第一件事并不是忙着复习，而是跟李刚家人了解他的最新情况，看看能否帮他做点什么。此时的李刚仍处在有关部门调查阶段。陈龙很为他惋惜，老早就约好，回来后和兄弟们聚一聚,没想到事情会发展成这个样子,真是计划赶不上变化。毕竟每个人的生活都得继续啊,陈龙不得不抓紧时间投入紧张的复习当中。最后相当遗憾的是,他在九十多个报考人中笔试排在第十二名,没能入围一比三的面试,不过这也给了他极大的信心,在几乎裸考的情况下能取得这样的成绩,说明自己底子不错,在考编这条道路上还是有点希望的。

第三十一章

陈龙名落孙山以后就先在家帮着父母做点农活,思来想去,他觉得明年还应继续搏一次,可是这一年的工作怎么办呢?去找个建筑公司边干边考吗?那只能像大学刚毕业时那样再次向一些公司投递简历,他的同学已经工作了两年,很多也都失去了联系。对于自己的现状,现在找个合适的人商量都不容易。对了,好兄弟黑皮不是就有建筑公司吗?小是小了点,但毕竟离家近啊,平时有什么事情请假估计也会方便些。他立马把这个想法跟父母说了一下,要强的玉梅听了以后差点气晕过去,什么?你一个堂堂的大学生去跟没文化的黑皮后边干,那不是天大的笑话吗?当初我们花那么大代价供你去上学为的就是这个?你在陕西两三年一分钱没挣我们就不说了,现在再去那个小公司能拿多少钱一个月?家里猴年马月能翻身?三强听了陈龙的想法也非常生气,坚决不同意,也认为至少要找个大的公司才能拿到高工资,本来觉得自己的儿子高人一等,现在反而显得矮了半截子,面子上挂不住啊。陈龙感到自己三观和父母不在一个频道上,他们看到的只是收入的高低,对于发展前景、人生价值、幸福指数什么的几乎没有概念。

后来陈龙苦口婆心说了一大堆考上编制的好处,并承诺一年后考不上就去大城市闯闯,这才把父母的思想工作勉强做通。没有了父母这边的后顾之忧,他也就可以甩开膀子干了,说实话也没啥施工方面的经验,黑皮要不要他还是两说。没想到的是,当他把自己想到新元建筑公司求职的想法打电话跟兄弟说了以后,黑皮激动地说:"只要兄弟不嫌弃随时欢迎。"第二天陈龙就跑到公司办公室找到好兄弟,黑皮把公司的最新情况跟陈龙说了一遍,并征求他的意见,陈龙毫不避讳地表示:"如果能分在办公室最好,工作轻松点又有时间复习看书。"黑皮二话不说当即就拍板决定让他留在办公室做个文员,开出的工资是两千元,这个工资水准在此时算中等偏上了,这让陈龙非常满意。

陈龙觉得交几个有本事的兄弟真好,小时候原以为黑皮和李刚长大后需要自己拉一把,没想到自己从大学开始就不断地需要黑皮帮忙,真是戏剧性的反转,也说明现在社会确实是海阔凭鱼跃,天高任鸟飞,能力很多时候大于学历。到公司上班第一天,陈龙就把几本考编的书背过去了,每天一边做着轻松的工作,一边专心复习,黑皮偶尔还会带上他参加一些社交和娱乐活动,这样钱多事少离家近的工作正是很多年轻人向往的啊!可是毕竟好花美丽不常开,好景宜人不常在,这种舒适的状态仅仅过了两周多就悄然发生了变化,让他万万没想到的是,让他感觉不爽的人既不是黑皮也不是小丫,而是那个一开始还很客气,但后来就显得尖酸刻薄的办公室主任林巧巧。

黑皮和林巧巧保持一定距离的暧昧关系在某次饭局后发生了新的突破,那天黑皮在阳湖县为了巴结当地建设局领导,到最豪华的红源大酒店设宴款待,本来同去的还有红中。不巧的是,大家正喝到用壶推的时候,红中突然接到家里电话说妈妈黄立英得了急性阑尾炎,要赶快进行手术,就不得不中途先退了场,留下黑皮和巧巧卖力应酬,结果他俩寡不敌众,黑皮一不小心又喝高了,最后结束的时候说话一直打不着边际,走路歪歪扭扭,别人都先走了,只留下巧巧哼哧哼哧将壮熊一样的黑皮慢慢扶到酒店房间。到了房间,屁股还没沾床,黑皮就像被人浇了一盆冷水,瞬间清醒,只见此时巧巧正对他暗送秋波。他伸头看看门已关严,趁着酒劲肆无忌惮地一把将她揽进怀中,而巧巧久旱逢甘雨,已顾不得那么多,不管她是激动还是冲动,就像一棵刚被锯断的大树,顺势倒向老板有着巨大牵引力的胸膛,这一天巧巧等得太久太久了。

林巧巧自从得到了老总的"高度赏识",不仅在办公室主任这个岗位上干得如火如荼,就是在整个公司的话语权也不在很多股东之下。她的眼睛里揉不得沙子,对手下的几个员工严格按照制度管理,奖罚分明,在这样不近人情的情况下,一些懒散的员工难免会私下里抱怨林主任太教条强势,黑皮了解后也及时提醒过她要刚柔并济,说话温和点,和员工和睦相处。不过自从两人有了这层不寻常的关系后,巧巧背地里也就不把他看成高高在上的一把手,而是当成平起平坐的男友,她一番高深的言论反驳得黑皮哑口无言,今天也不偷偷地喊他老公了,一本正经地说道:"陆总,不是我林巧巧和哪个人过意不去,我是严格按照规章制度执行,如果做管理工作都去和稀泥、打和牌,那样只会惯坏一帮人、毁掉一个公司,你想你的公司良性运转吗?你想你的事业蒸蒸日上吗?我把得罪人的事给做了是为了谁?你现在倒变成老好人来数落我了,是不是?让我跟着他们一起意志消沉?陆总,我的人生字典里没有慵懒这两个字……"还没等林巧巧像放鞭炮一样噼里啪啦说完,黑皮心疼地又一把将她揽入怀中,用厚实的嘴唇卖力安抚,然后自责地劝慰说:"好了好了,我知道你都是为了公司好,为了我好,以后把握个度就好了。"嘴上还强硬的巧巧,实际心里已经开始做出妥协,暗暗决定以后做任何事都得讲究方式方法,避免树敌太多。

林主任早就深知黑皮和陈龙的私交,刚来的时候看他不仅是本科毕业,而且还和自己在同一个城市上大学,无形中就多了一份好感,两个人还共同聊起淮东市很多好玩好吃的地方,结果没几天林主任就感觉到了厌烦。视工作如生命的她看陈龙整天工作被动,无所事事,像个学生一样抱着书在那写写画画,俨然把办公室当成自己的书房或者教室了。不是林巧巧一个人看不惯,其他几个同事心里也不平衡,陈龙在这个"小机关里"逐渐被同事排挤,被林主任穿小鞋。林巧巧平时绷着一张高冷的脸,像个霸道女总裁一样对陈龙指手画脚,这让他很苦恼,想想也是,自己在公司确实贡献不大,如果去工地或者做公关一类的工作可能更不适合自己,思来想去还是觉得忍一段时间再说。

初秋的一个周六上午,陈龙像往常一样在处理完林主任交代的一些杂事以后就默默打开习题进行操练,正当他在绞尽脑汁做演绎推理题时,突然有人走进办公室鲜甜地喊了一句:"林姐好久不见。"这久违但熟悉的女声打乱了他的思绪,他心里咯噔一下,抬头一看,竟然是在县城做小学语文老师的杨红娟。陈龙失神地望着这两个人热情地互相问候,愣了半天才想起来要赶快去和她打个招呼。杨红娟抬头看到他也是一脸惊讶地问:"啊,陈龙,你支教回来了?"

"是的,现在在陆猛这上班。"

"上多久了?"

"快一个月了。"

一旁的林巧巧看这两人这么热情,看待陈龙的态度立马来了个一百八十度大转弯,对他虚情假意地笑了一下以后,立马和颜悦色地问杨红娟道:"原来你们认识啊?"

"是的啊,我们是一个村的,都和陆总、永丽、发财他们一起长大的。"

"哦,对对对,你们是一个村的,我差点都忘记了。"

同样单身的杨红娟自从林巧巧到这个公司工作就会抽时间来找她玩，不是一起逛街，就是一起吃饭，处得像亲姐妹一样。尽管杨红娟和黑皮他们是一个村的，可是并没有多少共同语言，每次见到最多也就是打个招呼，而黑皮和林巧巧共同参加的一些社交活动一般也不会喊上杨红娟，因为有诸多的不方便。

杨红娟的猛然出现，让陈龙沉寂许久的心一下又起涟漪，在互相问了近况以后，陈龙才得知杨红娟到现在也是单身，这给了他极大的希望。在苏北小县城，无论是什么编制，哪怕工资是只有几百元的环卫工，找对象都相对容易得多。工作这三年，同事朋友陆续给杨红娟介绍了至少二十个对象，但都因长相、性格、家庭等无缘牵手。她传统的父母看到村里和她差不多大的很多姑娘的小孩都会打酱油了，且自己的二女儿和三女儿也已出嫁，每次回家就像催债一样劝红娟放低眼光，早点找个婆家结婚算了，跟谁过不是过，否则一家马上在村里都抬不起头了。红娟是个知识青年，也一直比较有主见，没有因为父母的催促而饥不择食，她始终认为与其随便找个男人凑合一生，不如追求独立的思想和自由的精神。

现在有着丰富相亲经验的杨红娟开始审美疲劳，早不再像大学时那样看重一个男孩的外貌和风度，而是更务实地看重对方的内涵和品位。她看到刚从大西北回来不久的陈龙和学生时代又有着明显的区别了，西北恶劣的气候和艰苦的生活把他磨炼得看上去愈发质朴厚道，这在当下社会并不多见，也难能可贵。杨红娟还不知道林巧巧对陈龙的刁难，以为他们处得还都不错，当场大方提出："既然大家都熟悉了，把黑皮、小丫、红中、发财都喊上，今天我请大家聚聚，给陈龙接个风，怎么样？"

反应迅速的林巧巧装作遗憾地告诉杨红娟说："这个主意不错，只是陆总今晚有安排了，两个刘总又都出差了，要不改天我来安排如何？"杨红娟听到这话心里稍有失望，只好一边点头，一边假装平静地说:"好的。"陈龙也压根就不想和这个林主任共进晚餐,杨红娟刚提出请他吃饭,他正红着脸不知如何是好,幸亏听林主任说几个老总都有安排才化解了这个尴尬。林巧巧摸不准杨红娟和陈龙的具体关系,也就不好在朋友面前说同事的是是非非,否则不是显得自己心胸狭窄嘛。

第二天陈龙看到黑皮就像看到了救星,急忙把他拉到一边问:"红娟子经常到公司找林主任玩吗?"

"是的啊,怎么了,你看到她了?"

"是的,看到了,听她说现在还没对象啊,是不是比较挑啊?"

"感觉她也不是眼光很高的那种女孩,可能还是缘分没到。怎么了,你对她有意思?"

陈龙不好意思地抿嘴笑了一下说:"怎么说呢,以前暗恋过她,也委婉表白过,不过她好像对我没什么感觉。"

"那你现在对她还来电吗?"

"一直都觉得她很好,走上工作岗位还是以前那个清纯的样子,这样的女孩我最喜欢啦。"

"那我请林巧巧马上再跟红娟说说,就说你想约她吃饭,看看她的反应。"

"唉,老哥,得了得了,不用劳烦林主任了,要问请你帮我问,正好有件事我今天也顺便跟你反映下。"

黑皮警觉地滴溜着眼睛撑着问:"什么?"

"林主任看我整天在办公室看书不太高兴,但没事做的时候我不看书也不知道可以做什么,而且还有几个月的时间就要考试,你说我该怎么办呢?"

黑皮得知这一情况以后大吃一惊,拍着陈龙的肩膀安慰说:"兄弟请放心,这个事情我会处理好,红娟的事情就由我来亲自问问她吧。"

事后黑皮偷偷把林巧巧揽在怀里若无其事地问："我的兄弟陈龙在这做得怎么样啊？"

林巧巧怎么也不会在老总面前说他的铁哥们不是啊，那样说不定陆总会认为她喜欢打小报告，于是莞尔一笑假惺惺地说："哦，陈龙啊，还可以，就是人不太活套，还需要锻炼，不过话说回来，他也只是临时在这过渡一段时间，对他要求也不必太高。"说着用葱白一样的嫩指点了一下相好的腮帮，亲昵地反问道："老公你说呢？"

听了这话，黑皮会心地微笑着说："我相信你不会让我兄弟受委屈的，也相信你能在办公室营造出和谐的工作氛围。"

几天后黑皮看红娟还没来公司玩，就主动打电话给她半开玩笑、半直截了当地问："红娟子，给你介绍个对象啊，想不想见见？"

听说是老生常谈的事情，红娟在电话里咯咯一笑，不紧不慢地问道："对方什么情况啊？"

"这么着吧，我也不拐弯抹角了，陈龙对你有意思，你感觉如何？"

红娟在电话里愣了几秒，舔了一下小嘴略感激动，转而装得难为情地说："啊，不会吧，他能看上我？我长得这么丑。"

"哈哈，过分谦虚就是骄傲了啊，你们俩谁也不丑，你意思答应他的追求了？"

红娟故意拿乔说："喂喂，大哥等下，说实话陈龙什么都好，可我想找个像我一样有编制的，请你理解啊。"

"懂的，他不正在努力考吗？我相信他能考上。"

"谢谢大哥，那我再考虑考虑吧。"

黑皮找到陈龙，把红娟的意思直接转达，并告诉他说："兄弟，我看有戏，只不过前提条件是你要考个编制才行。"

陈龙精神为之一振，高兴地说："大哥，我会努力的。"有了红娟的松口,陈龙学习的劲头更加足了,尽管八字还没一撇,可这等于给了他希望,能否实现就靠他的努力和运气了,三分天注定,七分靠打拼嘛。后来在黑皮的努力下,陈龙和红娟相聚的次数越来越频繁,独处的机会也就越来越多。国庆节很快要来临,天气渐凉,两个人散步时陈龙给红娟披了一件外套,两人从而顺利牵手,就此开启恋爱模式。

第三十二章

金秋十月,众人在焦急中等来了李刚的开庭,这一天陈龙、黑皮和李刚其他的一些亲朋好友按照县法院的公告时间都抽空会聚到县第二法庭。众目睽睽之下,控辩双方在凝重的气氛中进行了激烈的辩论,李刚起初面无表情,觉得愧对家人和亲友,不过当看到两个好兄弟也在场的时候,他头脑中迅速闪过大家在一起玩耍的诸多欢快场景,三人再次相见已经今时不同往日,下次再聚也不知要到何时,以前见面大家都是喜笑颜开,从没像今天这样神情严肃,他懊悔自己做了对不起大家的事情。最后审判长对本案进行了庄严宣判:"被告人李刚犯受贿罪,判处有期徒刑二年,并处罚金人民币两万五千元;犯赌博罪,判处有期徒刑六个月,并处罚金人民币一万元;犯挪用公款罪,判处有期徒刑一年,并处罚金人民币两万元。实行数罪并罚,决定执行有期徒刑三年,并处罚金人民币五万五千元(已缴纳)。如不服本判决,可在接到判决书的第二日起十日内,通过本院或者直接向淮州市中级人民法院提出上诉。被告人李刚,以上宣读的判决结果你听清了吗?"

李刚没精打采地说:"听清了。"

审判长又继续大声问道:"被告人李刚,你对法庭还有什么要说的?"

李刚晃了晃身子,将早就准备好的答词脱口而出:"我服从法庭对我的判决,我不上诉。"紧接着审判长将圆形的法槌在方形底座上重重敲了一下,方形底座与圆形槌体暗喻方圆结合,也就是法律的原则性与灵活性相结合。本次庭审落下了帷幕,随后李刚低着头被两名法警架着离开了现场。这样的审判结果让所有关心李刚的人都痛心不已,没控制住情绪的刘新兰哇的一下失声痛哭,伤心欲绝地喊道:"我的儿啊。"这个悲痛的场面立即引起现场一阵喧哗,几个泪点低的至亲也跟着抽泣起来,引人注目的仙红反而表现得异常坚强,不但没哭,还气呼呼地带头离开了法庭。

李刚没有在法定期限的十天内上诉,很快就和其他罪犯被看守所用大巴车一起拉到了青水湖监狱。李刚他们发现这里就像看守所一样,高墙顶部带电的铁丝网上布满了等距离锋利闪亮的刀片,其作用不言而喻,整个监区内外还有不少武警站岗把守,让人看了不寒而栗。大家下了车、点了名,管理人员了解完基本信息后,李刚和其他十五人就被分到同一个号子了。这上下铺的床比看守所的条件相对要好点,心情也就舒畅多了。按照要求,所有新犯人第一个月主要以强身健体和政治学习为主,政治学习每天上下午各一小时,这让好久没认真静下心来学习的李刚受益匪浅。通过一些励志故事的教育,许多犯人决定好好改造,争取早日出去做个对社会有用的人。每天上下午各一个半小时的慢跑、正步走将李刚稍显松散的肌肉练得更加结实,有时他把自己想象成在部队集训,以此来提振精神。这里的伙食也比在看守所时强多了,早上不仅有稀饭咸菜,还有馒头,中午和晚上总算能看见鸭翅烧青菜或者鸡架子烧冬瓜土豆之类的荤菜了,有钱的话,他们甚至还可以买点方便面放在稀饭里泡着吃,算是改善改善伙食。

自六月份李刚案发后,这个本就小有名气的年轻人在十里八村再次扬了名,他在服刑前的每个情况调查和司法流程都牵动着熟悉他的人的神经,特别是在山洼村,人们一有空就会津津乐道地谈论关于李刚的话题,纷纷猜测最后的结局,因为近几年除了采石场没有什么新闻更能引起大家共同的兴趣。这个曾经红极一时的小伙子过山车一样的人生让人们发出无限感慨。

有人替刘三担心,怪他头脑有问题,做事太冲动,难道就不怕李刚出来后进行报复;有的为李刚的大好前途感到惋惜;而和李刚家有过节或者嫉妒他的人则拍手称快或者暗自嘲笑,觉得这都是报应。当然,大家都是背着李刚一家人才会公开讨论。实际上,当李刚夫服刑后,人们便开始将注意力更多地转移到他家其他人的日常工作和生活状态上,甚至有部分人会抱着一种看笑话的心理对他们一家假仁假义地嘘寒问暖。

最难受的还是李刚父母,他们再也没有了事发前的趾高气扬。家道衰败前,他们遇到村里人会逗着说个没完,迫不及待地要将家里的好光景炫耀给别人,和人谈闲都要把话头放在他人之上,别人也觉得理所当然。而现在遇到左邻右舍简单打个招呼应付一下也就匆匆走过,因为他们觉得不仅是李刚一个人丢人,作为老的也很没有脸面,一下失去了靠山就自觉变得极其卑微。为了不让生态园衰败下来,老两口整天扎根在园子里忙活,拼命硬撑着,他们坚信儿子回来后一定会让生态园起死回生。之前景气的时候还能雇一些人跟在他们后边干活,现在实在没那个实力了,不仅如此,对一些趁机敛财的小贼是防不胜防,半夜里经常有人到大坝电鱼或者到圈里偷些家禽,这让他们气得破口大骂也无济于事。

李刚九岁的儿子李浩然已经上三年级,平时在学校和村里依仗爸爸的威风和家里优越的经济条件像个小老虎一样天不怕地不怕,轻易没人敢惹他。买零食和玩具时出手极为大方,引得一大群小伙伴整天围着他转,都想跟后边捞点好处。当知道爸爸被警察抓起来去坐牢后,他不像以前那么活泼了,连续多日看不到自己的爸爸,等于少了一个强大的依靠,有些调皮的孩子和他闹矛盾时也不再畏惧他、让他几分,反而像报仇似的向他发起猛攻,有的甚至会当面笑话他爸爸是坏蛋才被抓起来的,总有一天会把他也给抓起来,这让小浩然听了很愤怒,想去剋他们一顿,但因为较瘦弱,只能扯着嗓子大声吼道:"你们一家都是坏蛋,你们一家都是坏蛋。"然后痛哭流涕地找老师和妈妈告状。

而仙红还是一如既往地坚强,她的独立性充分展现出来,没有因为丈夫犯事而整天苦眉愁脸、茶饭不思,她一人仍然把百货店打理得井井有条,生意甚至比以前还更好,每天进货、卖货忙得不亦乐乎,跟村里人有说有笑,有时开起玩笑来让一些老实巴交的人听到都面红耳赤,这时她和沙政高苟合的地点相对就固定在自家,或者利用进货的机会去县城开个钟点房,玩得过足了瘾才拎起裤子各奔东西。村里有些不知好歹的胆大男人看李刚不在家,也想去百货店找仙红揩几把油。仙红看菜吃饭,出手大方的或者模样周正的,她才可能会对他们插科打诨,其他的用眼神就能逐个逼退,或者告到野男人那里,让他们吃不了兜着走。公公婆婆有时看到仙红傻疯撩气的样子气不打一处来,真不好说什么,只能装作没看见,眼不见心不烦,去百货店的次数也就渐渐减少了。他们觉得儿媳妇也不容易,没有提出和李刚离婚已经是万幸,相信儿子回来她应该就会收敛了。

李刚在里面的日子每天都排得满满当当,而且非常单调乏味,看到个女人比看到个影视明星都难,能给里面灰暗的生活增添一点色彩的就是收到家人和亲朋写来的信,当然最高兴的莫过于有人来看望他。监狱规定,李刚每个月的十五日可以会见家人和亲友,每次最多半小时,但只能隔着玻璃进行面对面的电话聊天,这已让他很满足,毕竟可以看到想见的人了,和他们谈谈最新的情况,说说心里话。他们每次也不会空手来,总会带些慰问金、纪念品什么的。

李刚到监狱还未满一个月,仙红就急急忙忙拉着儿子背着大包小包去探望,里边不仅有四季的衣服、现金,还有一些家庭成员的照片。这时已是九月中旬,人们开始穿上了秋衣。李刚觉得愧对妻儿,见到他们时委屈得像个孩子,热泪迅速涌满眼眶,但为了不让儿子看到自己柔软的一面,又使出浑身力气将泪水强行逼了回去,强颜欢笑地说:"乖乖,我家小浩然又长高了,在家要多听妈妈和老师的话啊,好好学习。"

懂事的小浩然看到爸爸剃个光头,穿着囚服,奶声奶气好奇地问:"爸爸,天气开始变凉了,你剃光头不怕冷吗?"

李刚苦笑着说:"不怕,爸爸在少林寺学过。"

"真的啊？爸爸真厉害。"

心硬的仙红在旁边看到这温馨的一幕也情不自禁地抹了几把眼泪,为儿子的懂事孝顺感到欣慰,也心疼丈夫在这里受苦遭罪。

"你在这里还要待多久才能回家啊？我每天都想你呢。"

"快了快了,等你到六年级就差不多了。"

"好的好的,我等你啊。爸爸,有的小朋友欺负我,说因为你是坏蛋才被警察抓起来的,还说我和他们打架也会被抓起来,是这样吗?"

李刚听了心里一沉,觉得因为自己的糊涂给孩子带来了一定的伤害,但在孩子对很多事情还不是很懂的情况下,应尽量把他引导好,继续微笑着说:"爸爸不是坏蛋,是好爸爸,爸爸很爱你和妈妈,可是爸爸确实犯了错误,任何人犯了错误都应该受到一定的惩罚,知错就改就是好的表现。"

"爸爸我知道了,请爸爸放心,我会努力做个好孩子的。"

"嗯,乖儿子。"

这时小浩然转头灿烂地望向站在一旁的妈妈:"妈妈,电话给你吧。"

仙红接过电话,跟李刚聊了一些家里、村里和牢里的情况,觉得还没聊几句就到了结束时间,一家三口在狱警的催促下不得不依依不舍地挥手作别,期待着下一次的再会。有人说大难临头各自飞,但仙红觉得两人毕竟夫妻一场,尽管对李刚不再像谈恋爱时那样依恋,不过觉得李刚一直对自己还不错,儿子也长得雪白干净、聪明活泼,甚是惹人喜爱,两人的缘分还没有尽,她要守着他,并把家业看好稳住,等着他回来再一起努力把日子往兴旺处过。沙政高再有本事那也是别人的男人,自己只能当他见不得人的姘头。论长相和情调,李刚没有一方面输给沙政高。哎!只怪自己太下贱,为了寻求刺激和虚荣心而让自己深陷其中不能自拔。她暗暗发誓,等李刚回来就和野男人做个彻底了断。

还没舒坦几天,炼狱的日子很快就来临,李刚他们要进服装厂进行劳动改造了。由于年轻,他和一些中青年狱友被分在同一条流水线,这条线从拉布到裁剪、熨烫、拷边和包布等有很多环节,李刚主要负责拉大片、上袖口、卷裤脚等繁重的工序。而一些年龄较大的狱友则被安排做点剪线头、打包衣服等相对简单的工作。在大组长的带领下,六个小组长和主管、技术员对两百多个劳改犯不间断地进行工作监督。为了完成每天定时定量的任务,李刚忙起来根本顾不上抬头,去厕所时间还受限制。李刚属于能屈能伸的类型,小时候成绩那么好,就可以看出那时学习很专注,后来贪玩都是受当时的环境影响。

这里现在每天连轴转,他没用几天就适应了节奏,但有些人自控力和动手能力就差些,经常拖沓、走神,一旦完不成任务,第一次要被警告面壁思过,第二次就要受到像老师打学生那样的体罚,第三次则要被单独关在一个房间里看着不给睡觉,直到表态能完成才行。尽管如此,还是有人说完成不了,这时警官就会找其谈话,问他们是否想减刑早日获得自由,以此来激发他们的斗志。正常情况下,李刚他们下午五点半就能下班,但忙的时候会加班到晚上十点半,只有周六好点,上午正常都要参加集体学习,而下午就可以自由活动放风了。

因此,在这些疯狂的日子里,他们也会苦中作乐,为了完成当天的任务,几个兄弟必须互相加油支持,协调配合好,否则有一道工序延时都会影响下面所有环节的进度。每当他们合作得好,按时完成任务后都很开心和激动,因为不仅有成就感,离重获自由也就更近了一点。有些讲义气的狱友这时就会买些真空包装的火腿肠、鸭脖子什么的互相请客,犒劳一下大家。

一直在怄气的刘新兰始终觉得李刚今天这个下场完全是自作自受,平时数黄瓜叨茄子,让他少赌钱、多忙生态园,嘴都磨烂了就是听不进去,所以儿子刚到监狱时她狠心不去看望。而当新年的钟声悠扬地敲响,家家户户在热火朝天忙年时,想到儿子即将第一次在监狱过春节,不能和家人团圆,她晚上躺在床上心如刀绞很不是滋味,觉得孩子再错也是自己的心头肉,他不好过自己又怎么能过好呢?经过丈夫和张玉梅、万巧萍这些好姊妹悉心的开导,她又赶忙放下手中的活,带些盘缠和衣物跌跌撞撞地摸到监狱。见到儿子的第一眼,刘新兰忍不住泪雨滂沱地拖长了哭腔,后来在丈夫的吃喝下才渐渐平复了心情。她没有说太多的体己话,在电话里只是一个劲叫李刚要吃饱穿暖,好好改造,争取早日回去。李正柱趴在妻子旁边,目不转睛地看着儿子,见妻子在电话里停顿了几秒钟,见缝插针迅速搜过电话向儿子通报生态园的惨淡现状,李刚平静地安慰父母说:"实在维持不了就转让了吧,你们要以身体为重。"

李正柱态度很坚决地说:"离承包期结束还有好几年呢,钱是没赚多少钱,不过总的来讲也没亏,我们忙这几年吃了很多苦,怎么也舍不得丢下啊,我和你妈再糊几年应付着,你好好表现,争取早点回家。现在水果和家禽这么贵,你这么年轻,以后好好干肯定能翻身的。"接着李正柱又急忙对李刚现在的情况问长问短。

让人惊喜的是,还没说两句,现场伤感的气氛就被刘新兰转悲为喜的惊叫声打破,只听她喊道:"哎哟,黑皮和陈龙也来看李刚了。"李正柱父子俩听到这个好消息,都激动得不约而同转头望去,只见他们手上提着沉重的袋子,看样子也带了不少礼品,这时离会见结束时间只剩下十来分钟,李正柱知道这兄弟仨一起长大,感情甚笃,肯定有很多知心话要说,就赶紧又把电话递给刚到的陈龙。

陈龙和黑皮来之前就知道这里的见面要求,因而不敢耽搁时间,陈龙争分夺秒开门见山地说:"兄弟,不好意思,我和黑皮到现在才来看你,上个月就准备来的,因为黑皮要出差,就拖到了今天。在这边情况怎么样啊?"

"一切都还好,其实人无论在哪里,只要真诚嘴甜、勤快活套都会有好人缘的,阎王爷还喜欢勤溜鬼呢,不是吗?"李刚微笑着说,和知心兄弟说话感觉一下轻松许多,不像和家人那么沉重。

"是的是的,不管怎样,心情也要好,既然事情已经发生了,就勇敢地面对,把身体养好、心态调整好,留得青山在,不怕没柴烧,没有过不去的坎,我和黑皮都相信你会好好表现获得减刑,早日回家,我们会经常来看你,并一直等着你回家,在这有什么困难就跟我们说……"

李刚一边默默听着,一边嗯嗯着点头,等陈龙说完,李刚关心地问:"你们现在也都还好吧?"

陈龙敏感地犹豫了一下,立马又挤出了微笑,他不能对李刚讲黑皮现在的一些现实情况,只好拐个弯说:"还好,请放心吧,老大能力这么强,把我照顾得很好。"

李刚欣慰地笑了,他的眼睛依然炯炯有神,笑起来还是那么帅气迷人,看看时间还剩五分钟,对陈龙讲:"陈龙,那我和黑皮再说两句吧。"

黑皮和李正柱老两口站在旁边一直满脸含笑静静地望着他们,看陈龙把话筒递给他,顿时忘记了自己的烦恼,他毕竟有钱,说话的底气也不一样:"兄弟,在里边没人敢欺负你吧?"

"没有没有,他们对我都不错。"

"需要钱就尽管跟我说啊。"

"好的,暂时家里给的也够用,你们公司现在怎么样?"李刚一直很关心兄弟公司的发展。

"老样子,你知道创业是不容易的,竞争也激烈。"

"是的,但我相信凭黑哥的为人和能力,做什么事情都会很出色。"

黑皮勉强挤出一丝笑容说:"有你这句话就让我很有信心了。"

两人正聊得火热,旁边的狱警不耐烦地大声催促说时间到了,李刚只好难舍难分地和父母及兄弟们不断挥手说着再见。

离开监狱时,黑皮因为要顺便到泗泽县城谈个业务,和陈龙开车将李刚父母送到汽车站后就去忙自己的事了。

没有李刚父母在车上,陈龙跟黑皮感慨道:"人遵纪守法是多么的重要,自律才能自由,否则一失足成千古恨啊。"其实陈龙也是想委婉提醒黑皮要稳稳当当地走好人生路。

黑皮听到陈龙这番话,心里很不是滋味,他有自己的思考和无奈,一边牢牢把着方向盘,一边轻轻地哀叹道:"是的,做人太难了,人都希望自由自在,做个守法的公民,可有时候经不起一些糖衣炮弹的袭击和灯红酒绿的诱惑,还有的情况可能是迫不得已,人在江湖走,怎能不装狗?"

陈龙没想到黑皮在社会大学学到的知识也不比自己少,一番富有哲理的话让他对这个兄弟更加刮目相看了。

第三十三章

陈龙到公司工作以来,尽管有些饭局、K歌、蹦迪的项目黑皮偶尔会带上他,让他多经历一些世面,开阔一些眼界,但赌博、特色洗浴之类的场所绝不让他沾染,可以说黑皮这年把也是过着神仙般的日子,不过好花不常开,好景不常在,谁也没想到在这期间一件让他的命运再次发生转折的事情悄然发生了。

正常情况下,小丫都是在食堂忙活的,不喜欢和办公室的人在一起聊。别看她衣着光鲜,但因为文化水平的差异,和那些受过中高等教育的同事,哪怕是同村的同龄人也没多少共同语言,反而和食堂一些大爷大妈或者像她一样种田长大的人有聊不完的话题。黑皮打电话给红娟说帮她介绍对象的第二天,到了吃午饭时间,小丫看黑皮在忙工作还没下楼,就轻手轻脚跑到他办公室亲自去喊,当看到门关得严严实实,就习惯性地直接推开走进去,然而让她做梦都不敢相信的是,林巧巧正弯着腰和黑皮头挨头在一本正经讨论桌上的文件。两人听到门响动的声音,就像同极的两块磁铁瞬间弹开,并都条件反射一齐向门口张望。此刻三道目光强烈地交织在一起,小丫的γ射线明显比黑皮的α射线和林巧巧的β射线强,室内瞬间定格成一幅画,僵持几秒钟后,多亏大度的小丫苦笑一下才打破沉寂说:"怎么都不吃饭啊?"黑皮一下如释重负赶紧说:"在讨论个工作上的事情,现在就去。"林巧巧也顾不上汇报工作了,从桌上胡乱抓起一份文件僵硬地对老板娘笑了笑,说声我也走了,就灰溜溜地跑出办公室。

没有了第三者在场,小丫砰的一声把门关上,脸上顿时阴云密布,黑皮嬉皮笑脸地站起来转移话题说:"走,吃饭啊。"小丫此时心里百感交集,对自己深爱的老公敢怒不敢言,觉得他们两人交头接耳讨论问题也不算大问题啊,可心里就是感觉不爽,喉咙里泛着醋味,最后还是受不了了,第一次冷着脸子阴阴地问道:"你觉得和小妖精那样顺相吗?"

"你说谁是小妖精?别瞎说啊,我不是在问她问题的吗?"

"你没把她抱在怀里问?"小丫提高嗓门没好气地问他。

"好了好了,别多想啊,吃饭去。"黑皮说着拉起老婆的手就准备去吃饭。

小丫还是不依不饶用力甩开了老公有力的大手,对他翻了翻白眼说:"请你好自为之。"

这等于撕破脸了,黑皮怒火中烧,气不打一处来,觉得自己并没做什么出格的事情被她抓到手脖子,劲爆地撂下一句说:"马上让你来做办公室主任。"然后夺门而出。

黑皮和小丫这么多年相濡以沫的感情瞬间破裂,再也不像以前那样恩爱了,两人心里都憋着一口气,如果像别的夫妻那样大吵大骂一架也就过去了,但这毕竟是公司呀,而且他们这么多年感情很好,从没亮过红灯,两人都觉得再闹下去恐怕覆水难收,自己会成为更大的受害者。此时小丫对自己刚才的行为甚至有点后悔,她很郁闷,但一时也没好办法,打这以后对黑皮的盯防也更紧了,这让黑皮感觉极其不舒服。善解人意的巧巧觉得都怪自己才让老板受了委屈,时不时悄悄慰藉老板兼爱人受伤的心灵。黑皮在小女友这里找到了温暖和前行的动力,从此这份地下情也就得更加谨慎。黑皮痛苦地在两个女人之间挣扎着,有时处理起来像一团乱麻难以理顺。一个男人如果做到家里红旗不倒,外面彩旗飘飘,那么不仅每天有愉悦的心情和十足的精神,工作也会做得得心应手,游刃有余。之前黑皮事业如此顺利,很大程度上也得益于优秀的老婆默默支持,现在可好了,黑皮看到小丫投来的都是怀疑的目光,有时就像霜打的茄子,蔫头耷脑提不起精神,和别人谈业务或者开会的时候还会走神,甚至思路纷乱,这也直接影响了公司的风气和业绩。从小在农村长大,之后到城里创业,由贫穷的农民变身为阔绰的老板,这样的身份转变让他尝遍了人间的酸甜苦辣,有了条件就想体验不同的生活,特别是遇到一些烦恼和忧愁之后更想放纵一下自己以此解忧。

黑皮自打开饭店有了钱,认识了许多形形色色的人,上到达官权贵,下至贩夫走卒,最让他心情欢畅的当然是和一些游手好闲的混混在一起,这些狐朋狗友尽管没权没钱,但是为人仗义,能为朋友两肋插刀,会变着花样带他去开心潇洒。无论是淮东还是千台,在一些斗牛、牌九类赌场,一些迪厅、歌厅类娱乐场所,他总是能不经意地见到一些人毫无顾忌地在吸毒,享受飘飘欲仙的感觉。朋友无数次劝他尝尝,都被他坚决拒绝,最多也就抽抽烟,因为他深知吸毒违反《中华人民共和国治安管理处罚法》,也知道毒瘾过重还会导致倾家荡产、家破人亡。有时候兴奋过头真想抱着侥幸心理去找找传说中的那种感觉,还好每次理智总是能战胜冲动,就像不抽烟的人无论朋友怎么劝,都能守住嘴。但俗话说常在河边走,哪能不湿鞋。

屋漏偏逢连夜雨,当山洼村各家各户在金色的田野上忙着挥镰秋收,县城各机关单位纷纷挂出"庆祝国庆"字样的大红灯笼时,新元建筑公司在为某纺织厂建办公楼的施工过程中,一名建筑工人因安全意识淡薄,中午喝过酒后未系安全带就忙着作业,结果一不小心从四楼脚手架上摔了下来当场死亡,这样一下让黑皮的公司损失惨重。

在遭遇了情感、事业上的双重打击后,黑皮心里无比压抑,他需要释放压力,只是苦于走投无路,这时任何语言上的劝慰都显得无济于事,就在他万般无奈的时候,脑海里瞬间掠过一剂良药,什么药?就是据说能让人忘掉忧愁的东西。深秋的一天晚上,黑皮和兄弟们聚餐,像众星捧月一样,他被大家奉承着、开导着,当喝得有点飘的时候,他搂着旁边一个比自己大几岁的KTV丁老板,人称豹子,眯着眼耳语说:"兄弟,我想尝试那个。"丁总被黑皮说蒙了,"那个"的含义很多,肯定是黑皮没做过的才说尝试,他快速反应过来黑皮没尝试过的项目好像只有"冰",想到这里他张大嘴巴露出惊讶的神色,侧目问了一下进行确认,看黑皮的眼神是认真的,心中顿时窃喜,觉得这真是志同道合的朋友。丁总心领神会,当晚就找三个比较要好的朋友一起到附近一家高档宾馆打牌玩,其中就有黑皮的合作伙伴发财,落拓不羁的发财一年前就溜起了冰,黑皮曾经提醒过他要注意,但被发财敷衍几句也就不再过问。

吃完晚饭到了宾馆,其他三个人看黑皮也来了很好奇,正常情况下到宾馆打牌都少不了"溜冰"项目,黑皮因为没有这方面爱好,所以一般是不到宾馆和他们鬼混的,要打也就是在饭店或者棋牌室打。根据豹子的安排,除了发财在给大家做服务工作,其他四人就在方桌旁坐下打起了流行的掼蛋。黑皮心神不宁地注意到,发财先给每人倒了一杯热水,然后像变魔术似的拿出一些道具,在另一张桌子上有条不紊地铺排开。过了一会,房间里又来了两个打扮性感暴露的美女,其中有一人黑皮曾经还见过,是当地某迪吧有名的驻唱小姐,叫娜娜。两人进来和大家热情打过招呼后就大方地坐到床边色眯眯地看他们打牌。只见豹子给她们每人散发一支香烟,这两人也毫不客气,优雅老练地吞云吐雾起来。黑皮今天近距离看这两个美女始终觉得似曾相识,但不是在迪吧见过,他闭着眼回想了一会突然猛拍大腿指着娜娜说:"雪花?"接着又像发现新大陆一样兴奋地对另一个美女说:"春霞?"

"是的。"两个美女毫不隐瞒,并笑嘻嘻地感慨,"缘分啊!"

黑皮也激动地说:"确实是缘分啊!"

丁总好奇地问黑皮道:"原来你们认识啊?"

黑皮轻描淡写地说:"是的,以前见过。"黑皮不想让丁总知道小丫和这两个混社会的女人共事过,防止节外生枝。

雪花追问黑皮道:"你和永丽后来结婚了吗?"

黑皮心不在焉地小声嗯嗯两下就算回答了,然后立马岔到掼蛋的话题上。

还没打两圈,就听发财兴奋地小声吆喝:"菜来了。"大家就像听到命令一样,都迅速丢下牌到另一张桌子旁围坐成一圈,黑皮这时心里既忐忑又兴奋。

豹子开诚布公地说:"老大最近心情不太好,今天我们请他跟大家同乐'吹泡泡',一起来为他排忧解难,老大毕竟是第一次,可能还不习惯,兄弟姐妹们先示范一下,怎么样?"

"好。"大家纷纷响应……

几分钟后,豹子拿一根新吸管插到一个瓶子里请黑皮品尝,黑皮小心翼翼地试了一下,立马感觉头晕晕的,并没有他们看上去那么快活,就好奇地问是怎么回事。豹子说:"第一次都这样,下次就觉得舒服了,就像烟酒一样,没几个人第一次就感觉很爽的,都很上头,你们说是不是?"

其他几人七嘴八舌地说着自己以前的感受,大家只说好处,不提坏处,这也让黑皮将信将疑地又吸了几口。哪知道他这时却感觉胸闷气短,内心作呕,不过没有大碍,缓一会也就好了,还责怪自己适应能力差。这天晚上,黑皮主要看他们贪婪地享用,自己只尝那么几口,因为喝了一些酒比较困乏,没多久就借故先行离开了。第二天醒来,黑皮觉得昨晚的体验并没有什么特别的感觉,也就没放在心上,继续忙自己的工作去了。

过了几天豹子主动打电话给黑皮,说晚上请他去邻县蹦迪,爽快的黑皮二话没说就答应了。晚上酒足饭饱后他乘车如约来到迪吧,这时豹子已经为他安排好了一个雅座,只见两三个好兄弟正在一边抽烟一边跟着 DJ 的节拍像猩猩一样手舞足蹈地摇啊摇,桌上摆满了打开的啤酒瓶子和五颜六色的新鲜水果。此时气氛已达到高潮,震耳欲聋的音乐声吵得人说话必须将嘴巴靠着对方的耳朵大声讲才能听见。大家看到黑皮来了,都站起来迎接,把他让到沙发的中心位置。有了第一次,豹子也就不再遮遮掩掩,甚至还像炫耀一样安排小弟将溜冰的工具明晃晃摆开了。黑皮还没来得及喝一口水,就看到两个浓妆艳抹的小妹披着齐肩黑发,扭着妖娆的腰肢走过来站到他的对面,豹子得意地问黑皮:"兄弟,这两个妹子怎么样?"

黑皮满意地笑了笑说:"不错,很嫩。"

豹子满意地提议大家一起先蹦会儿迪再慢慢享用,于是几人跟着音乐嘿嘿哦哦跳了好大一会儿。跳着跳着,豹子将两位美女推到了黑皮的身旁,一边一个贴面扭胯甩起了头发,她们身上扑鼻的香味熏得人晕乎沉醉。几人直跳得大汗淋漓,疲惫不堪,才都瘫坐在沙发上休息一会儿,然后慢慢开始"重大项目"。

两个美女依偎在黑皮两侧殷勤地为他倒酒点烟,准备吸具,黑皮享受着帝王般的待遇,觉得豹子不愧是生死与共的好兄弟,以后他要多安排几次,以此来报兄弟知遇之恩。

豹子深知黑皮此时对"吹泡泡"并没什么瘾,毕竟才尝试过一次嘛,就身先士卒带领兄弟们和小妹享用了起来,黑皮看他们吸了几口以后精神抖擞,摇头的姿势都变得更加洒脱和忘情,觉得自己显得格格不入,甚至没有个老板的派头。豹子说:"老大不尝一口吗?"黑皮听到唆使,没有言语一声就豪迈地拿起了吸管。奇怪的是,这次不像第一次那么难受了,反而找到了传说的那种落入梦境、灵魂出窍的感觉,甚至觉得迪厅里的音乐节奏和音量已不过瘾。

有了这两次经历,接下来几天黑皮不但睡不着觉,还无饥饿感,传说中只有神仙才不吃饭不睡觉,他扪心自问,自己真成了神仙?不对,神仙不吃不睡也是神志清醒的,但他会时不时出现神情恍惚的情形,甚至还出现了强迫症和焦躁不安的情绪,比如要是看到墙上有个黑点,非得把它抠掉才心安,这也逐渐影响了他每天的精神状态。不过奇怪得很,只要和朋友在一起"吹泡泡",不仅这种烦躁减少,精神还异常充足,因此他渐渐迷恋上了这个"爱好"。从一开始别人请他,到他也回请别人,同时也学着玩得更欢更花,他和小丫之间渐渐地也就只剩下亲情了,就是和巧巧也只是象征性的搂搂抱抱而没有更多的激情。

两个月下来,关于这一切,公司和家庭都被蒙在鼓里。妻子小丫看到心爱的老公经常萎靡不振,以为他生了什么病,就提醒他去医院检查看看是不是因为整天疲劳所致,黑皮满不在乎地说:"没事,等忙过这段时间歇上几天就好了。"陈龙也觉得好兄弟最近一段时间有点不对劲,看上去目光呆滞,脾气也变得比往日易怒和暴躁,经常无端训斥下属。为此有两个得力员工不辞而别,兼着负责人事工作的林主任费尽口舌去极力挽留也无济于事。更要命的是,一家蒸蒸日上的企业管理逐渐松散,在承接的工程质量和进度上接连出现意想不到的低级问题,合作单位负责人经常出入公司找陆总沟通有关事宜,这时的黑皮往往不是在家呼呼大睡补觉,就是推说有事委托其他副总或者办公室主任处理,这引起了很多合作单位的不满,接到的工程也就渐渐变少。

精明能干的林巧巧其实是最早看出端倪的,她断定他干了一些不可告人的事情,可是不知道具体情况,她曾泪流满面心疼地问过"老公"是怎么回事,想帮助他共渡难关,也是为自己挽回情感寄托,可早就花了心的黑皮用一句"为工作忙的呗,你说还能是怎么回事?"就把巧巧呛回去了。巧巧不敢跟他争吵,只能暗自神伤,因为她深知这份感情就像浮萍,既飘忽不定,也会转瞬即逝。

两个女人害怕的事情终于还是发生了,没想到来得这么快。年底有天晚上,小丫打电话给黑皮想催他早点回来休息,发现电话没人接,以为在忙着应酬谈大业务,就没有继续打,然而不一会等来的却是派出所警察打来的电话,告诉她说黑皮因吸毒被派出所抓获,请她现在就去派出所一趟。接到这个消息,小丫顿时感觉天旋地转,一向坚强的她瞬间泪如雨下,继而号啕大哭起来,将最近几个月以来的痛楚尽情地宣泄。她哭了一阵以后缓了缓神,觉得这个事情还是得请红中跟她一起去,她没去过派出所,也没有勇气独自一人面对这个丑闻,结果当她战战兢兢打电话将情况跟红中一讲,红中却长叹了一口气无奈地说:"我刚接到弟媳打来的电话说发财也吸了,那就正好一起去吧。"

毕竟不是光彩的事情,两家家属紧急赶到派出所时,警察已对黑皮和发财做完了问询笔录,目前正在对其他一起"溜冰"的人进行问询。小丫看到黑皮头勾在那里一言不发,气不打一处来,她不知道吸毒的危害性有多大,只知道比婚外恋更可怕,说不定还会做出伤天害理的事情。在这个严肃的场合,小丫不敢大吵大闹,只有一脸的愁云。见过了家人,她和红中被安排在另一个房间静静地听着警察谈话,警察跟他们大概通报了黑皮和发财两人的吸毒行为和现场抓获情况,科普了吸毒的后果,并强调了再次犯事的处罚措施,请家属做好监督,避免再次发生类似行为。小丫听得毛骨悚然,恨得咬牙切齿,如果家里这个顶梁柱倒下了,她和儿子怎么办呐?这么大家业怎么办呐?她头脑里瞬间塞满了可怕的后果。红中对弟弟的行为也是痛心疾首,无比揪心。父亲去世得早,他作为兄长也相当于父亲,之前带着弟弟一起走南闯北挣钱养家,发财尽管天性贪玩,但也爱思考钻研,能吃苦耐劳,是自己的得力助手,没想到在有了钱以后反而出这么大纰漏,走到如今这一步,自己也很内疚,觉得有责任让这个不安分的弟弟悬崖勒马。

家丑不可外扬,小丫和红中极力将这场丑闻控制在最小范围,然而千台毕竟太小,没出三天就有好几个人知道了这件让他们难以启齿的事情。黑皮和发财作为当事人,都觉得男子汉大丈夫自己做事自己当,已有了心理准备,也就不在乎很多人异样的眼光了。

第三十四章

经过黑皮之前的撮合,陈龙和杨红娟早就公开了恋情,处于热恋中的两人经常互相加油打气,红娟鼓励陈龙认真备考,陈龙陪红娟逛街、看电影、购物,帮她缓解学校沉重的工作压力,逗她开心。陈龙看到公司现在这个样子,忍不住跟女友吐槽,想请她跟巧巧讲,一起出出主意,哪知巧巧也无可奈何,甚至避而不谈。巧巧现在应该说是非常迷茫,遇到了从未有过的困惑,她的心之所爱、心之所忧都不能对外人说,哪怕是对比较要好的朋友红娟也难以启齿,她只能用惯有的坚强独自扛着。

真是天道酬勤,在二〇〇九年六月麦收的季节,陈龙顺利通过了笔试、面试,就剩下了体检、政审和公示环节,不出意外就算考上了县建设局事业编制。他感觉一下得到解脱,再也不用每天埋在题海里,不用忍受办公室同事的白眼,以后可以更专心地投入工作了。他从心底感谢黑皮,感谢他的接纳帮助,感谢他的宽宏大量,可是黑皮现在的情况他实在无能为力,也不知道他究竟遇到了什么麻烦,只能有空陪他一起吃饭来借酒浇愁。真正拿到录用通知书是在炎热的七月初,那一刻陈龙欣喜若狂,情不自禁地第一时间将消息告诉了红娟和父母,他比考上大学时还激动,这等于吃上了皇粮嘛,有了一份既体面又稳定的工作,用农村通俗的话说叫祖坟头子冒青烟。其实在这个小县城,事业编制的工资并不高,只不过用世俗的眼光看是成了人人羡慕的公家人,以后在这边找人办个事都要方便得多。

陈龙拿到录用通知书当天下午回到公司就想告诉黑皮这个好消息的,可在办公室没找到人,他的大总管林巧巧说陆总已经两天没来公司了,一直在外面跑业务,有什么事直接电话联系。陈龙自从有了女朋友以后,遇到事情都会先征求她的意见,做事一贯沉稳的红娟在电话里让陈龙先低调,有什么事晚上再商量。

到了晚上,他俩高兴地来到一家大排档奢侈地一口气点了三人都吃不完的满满一桌菜,并点了一瓶红酒,红娟主动举杯晃了晃,对男友微笑着说:"来,陈龙,祝贺你金榜题名,梦想成真!"

陈龙像个绅士一样擎着高脚杯绕过女友的臂弯幸福地提议道:"来,我们喝个交杯酒。"

红娟脸颊一下羞得比酒还红,眯着眼,抿着嘴,不好意思地点了点头。

吃了一会,陈龙说:"现在第一件事就是明晚请我们几个好朋友撮一顿,好好庆祝一下。"

红娟欣然应允说:"确实可喜可贺,应该让他们一起分享这份喜悦。"

两人排了几个名字后,陈龙掏出手机率先激动地给黑皮打了过去,哪知道对方提示:对不起,您拨打的电话已关机。陈龙紧接着又打小丫电话,小丫这时才平静地告诉陈龙最近发生的一切,这让两个小情侣顿时听得目瞪口呆。

原来上次派出所谈话并没有让黑皮警醒和回心转意,豪爽惯了的他实在经不起那些社会不良青年的教唆和一些别有用心人的暗算,在憋了十几天后,又偷偷和毒友们在一起鬼混了,他因出手阔绰,始终能享受到最好的服务和待遇。然而在经历了十几次的冰毒麻醉后,他的精神愈加萎靡不振,有时说话都前言不搭后语,唯有看到冰毒才能重新燃起人生的希望和对未来的期许。可是他的运势在继续下跌,陈龙拿到录用通知书的这天午后,黑皮因聚众"溜冰"再次被人偷偷举报,从而被公安机关顺利抓获。这次小丫得到消息已不再是震惊和伤心,而是愤怒和绝望,她在派出所也不想多说,更不想去找人捞人,只狠狠地扔给了警察一句话:按最重的处理吧。黑皮这次被拘留了十五天,罚款两千元。从人上人一下变为失去自由的人,黑皮后悔莫及,没想到好兄弟李刚经受的苦难现在轮到自己头上了,不禁生出无限的唏嘘感慨,人生几何,一切都是为什么?他体内因为还有毒瘾存在,再加上吃不好,睡不安,一下变得像一只找不到方向的小船。而乘坐这艘小船的家人也就更加迷茫无措,幸亏红中一直比较稳重,把公司及时顶了起来。

　　陈龙到建设局上班以后长长舒了一口气,觉得这么多年的奋力拼搏总算有了满意的结果,也算对关心他的人有了交代。人生就是这样,实现了一个目标,就应该着眼未来,启程奔赴下一站,看看自己已经二十八岁,该考虑婚事了。有个周五的傍晚时分,陈龙学着年轻人浪漫的样子,大方地买了一大束玫瑰花来到女友的教师公寓门口,见到她的第一眼就把鲜花送了上去,然后搂着她的肩膀不顾路上来来往往行人投来的各种目光,在她耳边温柔地请求说:"亲爱的红娟,嫁给我吧。"杨红娟幸福得笑出了泪花,嗓子突然像塞了花叶般哽咽地说:"嗯嗯,非你不嫁!"

　　然后两人一边走一边畅聊。

　　陈龙趁热打铁说:"我们都不小了,你看何时结婚好?"

　　"是的,再一晃马上就二十九,眼看奔三的人了,那就定在今年国庆可以吗?"

"可是我现在还没买房子,你介意在县里租房子吗?"

"一点也不介意,房子以后都会有的,还有什么能比和你在一起过日子更幸福的呢?"

学会调皮的陈龙双手将红娟箍在怀中,吧唧一下送上一个响亮的香吻。

只要两人定好了事情,其他人的意见就仅仅作为参考了。他们又研究了几天,最后将结婚的日子定在了国庆假日的十月六日,古历的八月十八,这天大部分人都有时间,算是黄道吉日。他们没有赶时髦选个酒店、找个婚庆,像流水线一样办个缺少互动嬉闹的婚礼。他们两个都在农村长大,同乡同俗,看过很多邻居简朴而热闹的传统婚礼场面,小时候心里都渴望自己将来结婚时也有很多亲朋好友来闹闹洞房,一起斗智斗勇。于是他们决定宴席就在家里办,让两家都热闹热闹,双双喜庆。

结婚这天,陈龙和杨红娟家来了很多同学、同事、朋友,像大学同学杨明、汤学飞、薛伟、蔡小莹、吴佳艳、陈丽丽等,这些被请到的同学不是在政府机关、事业单位,就是在企业里做小主管什么的,穿得也都体体面面,为两家的喜事增添了不少光彩。两家在一个生产队,相距也就几百米,陈家却依然安排了六辆清一色的宝马车威武雄壮地去接新娘,陈龙手捧鲜花喜气洋洋坐在头车的副驾驶位置,笔挺的西装、油亮的大背头,无比英俊帅气,就连村里许多看着他长大的邻居这一天都差点没认出来。现在结婚不像以前那样是在晚上,而是与时俱进地放在中午了。

三强两口几天来乐得合不拢嘴,就像自己结婚一样开心,这个上了大学又吃上皇粮的儿子可谓给他们争了大光。心里装着欢喜,身上也就自带光环,两人穿着几天前就买好的新衣服,感觉在亲友面前一下子扬眉吐气了,咧着嘴前前后后抢着忙活。儿子一旦结了婚,他们就要抱上渴望已久的孙子了,身为农民,一生中几个重大任务就快大功告成。陈凤和老公蒋建磊也从厂里请了几天假回来一起操持,陈蒋两家的芥蒂早已消除,他们的感情还是一如既往地浓烈,到哪办事几乎都是形影不离,成为远近闻名的模范小夫妻。由于都在一个村,离得近,三强亲家蒋其田拖家带口主动前来帮忙,让三强夫妇省了不少心力。

　　杨振虎和李彩云今天也是乐呵呵地在接待各方宾朋,特别是李彩云觉得这个最让她头疼的女儿总算嫁出去了,尽管这个女婿不是他们前几年盼望的那样。他们一直想找个城里有钱的家庭,不仅能获得一大笔彩礼,还能帮衬其他几个子女,但想想陈龙也不错,在村里也算顶呱呱的小伙子了,既上过大学,又有稳定的工作,完全门当户对,两家这么近,以后也可以互相照顾。杨振虎心里对陈龙一直就很满意,觉得这个小伙子从小到大都很善良厚道,女儿嫁给他不会吃亏受罪的。当大女儿跟他们夫妻俩商量终身大事,说为了面子象征性要点彩礼就可以了,在李彩云犹豫不决的时候,杨振虎二话没说就抢先爽快答应下来,他认为陈龙家底子薄,小两口还要在县城买房子,就不要为难孩子了。

　　因为是本村,又是大龄青年,杨红娟要上车走时,李彩云和其他几个女儿没有一个抹鼻涕掉眼泪的,像家里招女婿一样,都说笑个没完,感觉女儿只是去下营串门子,而不是远嫁他乡再难相见。杨红娟更是个坚强乐观的女孩,在床上喜笑颜开地和妈妈、几个妹妹分别拥抱了一下就转脸爬到了弟弟的后背上了车。为了向更多的村民谝谝两家婚礼的隆重和气派,车队特地绕了大半个村子才开到陈龙家门口。这时各种爆竹噼噼啪啪炸得满村鸡飞狗叫,空中瞬间腾起一团团白色的云朵,刺鼻的火药味弥漫了整个宅院内外,大门口里三层外三层围满了急于看新娘、闹新娘的亲亲友友,三强两口也挤在最前边维持秩序。

　　在伴娘的怂恿下,当然也是为了争喜热闹,红娟坐在车里攒劲

- 337 -

不肯下来,媒人刘新兰纳闷地问了情况才知道,新娘想问婆婆张玉梅要个一千元大红包才肯下车。之前村里的老红娘刘奶奶在做了无数次媒婆后现在已经光荣"退役",一些人家办事有拿不准的地方还得上门请教她,刘奶奶都乐于发挥余热,积极为众乡邻们出谋划策。陈龙婚礼现场这个事先没有出现在剧本上的突发情况,让精打细算的张玉梅不知所措,伶牙俐齿的刘新兰一把搂过老姊妹神采奕奕地说:"老姐,还愣什么呢?快掏红包啊,争取让新娘十二点钟之前进家啊。"

"那六百行不行?"玉梅眉开眼笑地问。

刘新兰一把推开玉梅,昂首做起了主说:"你这个喜婆婆今天还讨价还价啊,一千一千,抱上孙子,赛过神仙,就这么定了!"

陈龙一些七大姑八大姨也跟着附和说是的是的,给就给呗,给再多还不是给自家人的。

玉梅被大家说得过意不去,只好捏个鼻子从身上掏出了十张红通通的百元大钞,懒洋洋地递给儿媳。

又闯过一道道嘈杂晃动的人墙,红娟才挤进了婚房。今天陈家客人特别多,光年轻人就有三四桌,这些小伙子围着新人不依不饶地要烟要糖,变着花样捉弄他们。陈龙早已不是那个木讷的少年,他和宾朋们积极热情地互动,一张张甜美的笑脸、一阵阵爽朗的笑声将朴素的洞房营造成欢乐的海洋。陈龙从早晨睁眼到现在,脸上一直都挂着笑,他幸福啊!当他正坐在床边和客人打闹逗趣时,突然发现从房门口探进李浩然和陆壮晖两张天真烂漫的笑脸,这笑容瞬间刺痛了他的内心,两个孩子的长相都遗传了他们父亲的基因,像极了各自爸爸小时候的模样。陈龙心里陡然涌上一阵莫名的伤感,今天的客人中好像少了一些重要的人,谁呢?就是像靠山一样从小到大罩着他、带给他安全感并能说知心话的两个好兄弟。他们都因为一些事情今天没能到现场见证和祝福这对新人,这不仅是他们的遗憾,也是今天婚礼的一大遗憾。如果他们今天也在家,无论是气氛还是排场肯定都完全不一样。当年这兄弟俩各自结婚时他都激动地赶到现场送上祝福,而如今却天各一方,难道这就是古人说的良辰乐事古难全?陈龙立马起身,挤到两个孩子面前,给每人口袋里狠命塞满喜糖。

有人不禁要问,如果说李刚因为服刑而无法参加陈龙的婚礼,那么黑皮为何也没能到场呢?其实就在黑皮被拘留放出来仅仅一个多月,一些和黑皮公司竞争的同行狠下黑手,知道黑皮有这个嗜好,不惜重金设下诱饵让他上钩,然后再报警等着看戏。黑皮由于是第三次吸毒被抓获,公安机关对其强制戒毒两年。

陈龙在完成了各项婚俗一周后,他放下手头的事情,带上妻子杨红娟和精心准备的礼物,怀着忐忑的心情,踏上看望两个好兄弟的漫漫长路。